AUFBAU BIBLIOTHEK

»Diderot ist die universalste, impulsivste, funkensprühendste Gestalt des achtzehnten Jahrhunderts in Frankreich gewesen.« (Robert Minder) Aber nicht der Philosoph, nicht das Haupt der »Enzyklopädie«, nicht der Stückeschreiber, nicht der Kunstkritiker in seinen »Salons« – es ist vor allem der Erzähler Diderot, der bis in unsere Zeit so erfrischend modern und in hohem Maße unterhaltsam geblieben ist. Von der Frivolität der »Geschwätzigen Kleinode« über den hinreißenden Witz in »Jacques der Fatalist« bis zur tiefen Tragik der Geschichte der »Nonne« reicht sein erzählerischer Atem.

Die 1748 erschienenen »Kleinode« sind Diderots frühester und sein frechster Roman. Ein sich langweilender Sultan (in dem jedermann den französischen König erkannte), eine einfallsreiche Favoritin (alias die Marquise de Pompadour) und ein Zauberring, mit dem der Herrscher die Geschlechtsorgane seiner Hofdamen sehr zu deren Entsetzen zum Reden bringt – das war Erbauung pur. Die gepfefferte Parodie auf die damals so beliebten erotischen Romane im orientalischen Gewand hat Zeitgenossen wie Literaturkritik stets ein wenig in Verlegenheit gebracht.

Denis Diderot

DIE GESCHWÄTZIGEN KLEINODE

Roman

Aus dem Französischen
von Christel Gersch

Aufbau Taschenbuch Verlag

Titel der Originalausgabe
Les Bijoux indiscrets

Mit einem Nachwort von Martin Fontius und einem
Frontispiz nach einem Kupferstich von Louis Binet

ISBN 3-7466-6007-6

1. Auflage 1997
Aufbau Taschenbuch Verlag GmbH, Berlin

Umschlaggestaltung Andreas Heilmann, Hamburg
freigestellt nach einem Foto aus dem Archiv Aufbau-Verlag
Druck Ebner Ulm
Printed in Germany

An Zima

Zima, nützen Sie den Augenblick: Aga Narkis unterhält Ihre Mutter, Ihre Hofmeisterin wacht auf dem Balkon, ob Ihr Vater heimkommt: also nehmen Sie, lesen Sie, nur keine Scheu. Sie meinen, es gäbe groß Wundern, wenn man „Die geschwätzigen Kleinode" hinter Ihrem Spiegeltischchen entdeckte? Aber nein, Zima, nein; man weiß doch, daß Sie „Das Sofa", den „Tanzaï" und „Die Beichten" unterm Kopfkissen hatten. Sie zaudern noch? Vernehmen Sie denn, daß Aglaé sich nicht zu gut war, Hand an dies Werk zu legen, das Sie so schamhaft abweisen. „Aglaé, sagen Sie, die sittsame Aglaé? ..." Ja, sie. Während Zima sich langweilte oder mit dem jungen Bonzen Halleluja gar auf Abwegen ging, machte sich Aglaé den unschuldigen Spaß, mir die Liebeshändel Zaïdens, Alphanens, Fannis und all der andern zu erzählen; ihr verdank ich das wenige, was mir an der Geschichte um Mangogul gefällt; sie sah durch, was ich geschrieben, und sagte mir, wie ich's verbessern könnte; denn Aglaé ist zwar eine der züchtigsten Frauen in Congo, doch beileibe nicht bigott, dabei selten geistreich, aber von belletristischem Ehrgeiz frei. Glaubt Zima jetzt noch, sie müsse sich zieren? Noch einmal, Zima, nehmen Sie, lesen Sie, ja, lesen Sie alles: ich schließe nicht einmal die Berichte des „vielgereisten Kleinods" aus, die man Ihnen dolmetschen kann, ohne Ihrer Tugend zu schaden; nur sei der Dolmetsch nicht eben Ihr Beichtvater noch Ihr Liebster.

1. Kapitel

Mangoguls Geburt

Hiaouf Zélès Tanzaï herrschte seit langem über Groß-Chechianien, und der wollüstige Fürst beglückte das Land auch fürderhin. Acajou, der König von Minutien, war dem Schicksal erlegen, das sein Vater ihm prophezeit hatte, Zulmis weilte nicht mehr unter den Lebenden. Der Graf von ... lebte immer noch. Splendide, Angola, Misapouf und ein paar andere Potentaten Asiens und der beiden Indien wurden unversehens dahingerafft. Der Herrschaft Schwachsinniger überdrüssig, hatten die Völker das Joch ihrer Nachfahren abgeschüttelt, und die Abkömmlinge der unseligen Monarchen irrten ungekannt und nahezu vergessen durch ihre Lande. Nur der Enkel der berühmten Scheherezade saß fest auf seinem Thron; man ehrte ihn in Mogol unter dem Namen Schachbaam, als Mangogul in Congo geboren wurde. Vieler Fürsten Untergang überschattete, wie man sieht, die Epoche seiner Geburt.

Erguebzed, sein Vater, rief keine Feen an die Wiege seines Sohnes, weil er bemerkt hatte, daß die meisten Prinzen seiner Zeit, deren Erziehung jene weiblichen Geister geleitet hatten, rechte Timpel geworden waren. Er bestellte lediglich sein Horoskop bei einem gewissen Codindo, einem Mann, der leichter zu beschreiben als zu durchschauen ist.

Codindo war Oberhaupt des Haruspizien-Collegs von Banza, der alten Hauptstadt des Reiches. Erguebzed zahlte ihm ein dickes Gehalt und schenkte ihm und seinen Nachkommen in Anerkenntnis der Verdienste ihres Großonkels, der ein hervorragender Koch war, ein prächtiges Schloß an der congoitischen Grenze. Codindo war beauftragt, den Vogelflug und den Stand der Gestirne zu beobachten und dem Hof darüber zu berichten, was er spärlich genug tat. Wenn unstrittig ist, daß Banza die besten Theaterstücke und die schäbigsten Theater ganz Afrikas hatte, so hatte es dafür das schönste Colleg der Welt und die untauglichsten Voraussagen.

Als Codindo erfuhr, was man in Erguebzeds Palast von ihm wollte, begab er sich hochbesorgt um seine Person dorthin; denn der arme Mann konnte sowenig in den Sternen lesen wie du und ich: aber er wurde ungeduldig erwartet. Die höchsten Seigneurs des Hofes waren im Gemach der Großsultanin versammelt. Prächtig geputzte Damen umstanden die Wiege des Kindes. Die Höflinge wetteiferten, Erguebzed zu den großen Dingen zu beglückwünschen, die er gewiß gleich über seinen Sohn erfahren werde. Erguebzed als Vater fand ganz natürlich, daß man aus den ungeformten Zügen eines Kindes erkenne, was dereinst aus ihm werden würde. Endlich traf Codindo ein. „Tretet näher", sagte Erguebzed. „Als der Himmel mir den Prinzen bescherte, den Ihr hier seht, ließ ich den Zeitpunkt seiner Geburt sorgsam aufzeichnen, Ihr müßt davon unterrichtet sein. Sprecht denn aufrichtig zu Eurem Herrn und kündet ihm unverzagt, welches Geschick der Himmel seinem Sohn bereithält."

„Großmächtigster Sultan", begann Codindo, „dem Prinzen als Sohn so erlauchter wie glücklicher Eltern kann nur ein großes und glückvolles Schicksal blühen: aber ich müßte Eure Hoheit betrügen, wollte ich mich einer Wissenschaft rühmen, von der ich nichts verstehe. Die Sterne gehen für mich auf und unter wie für andere Menschen auch und erhellen mir die Zukunft sowenig wie dem unwissendsten Eurer Untertanen."

„Wie denn", sagte der Sultan, „seid Ihr nicht Astrolog?"

„Großmächtiger Sultan", sagte Codindo, „ich habe nicht die Ehre."

„Ja, was zum Teufel seid Ihr sonst?" fragte der alte, aber hitzige Erguebzed.

„Haruspex!"

„Potz Blitz, ich hätte nie gedacht, daß Ihr davon Ahnung hättet. Glaubt mir, Seigneur Codindo, laßt Eure Hühnchen in Frieden picken und sagt jetzt Euren Spruch über das Geschick meines Sohnes, wie Ihr letzthin über den Schnupfen des Papageis meiner Frau getan."

Augenblicklich zog Codindo eine Lupe aus der Tasche, faßte das linke Ohr des Kindes, rieb sich die Augen, drehte und wendete seine Gläser, beschaute das Ohr, tat desgleichen mit dem rechten und verkündete, die Herrschaft des jungen Prinzen werde glücklich sein, falls sie lang währe.

„Ich verstehe", sagte Erguebzed, „mein Sohn wird die schönsten Taten der Welt vollbringen, wenn er Zeit dazu hat. Aber, beim Element, ich will ja eben wissen, ob er Zeit dazu haben wird. Was hilft mir, wenn er tot ist, daß er, hätte er lang genug gelebt, der größte Fürst der Welt geworden wäre? Ich rufe Euch um das Horoskop meines Sohnes und Ihr haltet mir seine Leichenrede!"

Codindo erwiderte dem Fürsten, er bedaure unendlich, nicht mehr zu wissen; allein er flehe Seine Hoheit an, zu bedenken, daß dies für die kurze Zeit, die er wahrsage, doch allerhand sei. Ja, wie denn, was war Codindo zuvor?

2. Kapitel

Mangoguls Erziehung

Ich werde über Mangoguls erste Lebensjahre rasch hingehen. Prinzen haben eine Kindheit wie andere Leute auch, nur daß es Prinzen vergönnt ist, eine Unmenge reizende Dinge zu sagen, noch ehe sie sprechen können. So war auch Erguebzeds Sohn noch keine vier Jahre alt, als er bereits den Stoff zu einer Mangogulana geliefert hatte. Erguebzed, der ein verständiger Mann war und nicht wollte, daß sein Sohn ebenso schlampig erzogen werde wie einst er selber, berief frühzeitig, was es in Congo an großen Männern gab, und band sie mit beachtlichen Gehältern an den Hof: Maler, Philosophen, Dichter, Musiker, Architekten, Tanzmeister, Mathematiker, Geschichtslehrer, Waffenmeister usw. Dank Mangoguls glücklichen Anlagen und den ununterbrochenen Lektionen seiner Lehrer erlernte er alles, was ein junger Prinz üblicherweise in den ersten fünfzehn Lebensjahren lernt, und konnte mit zwanzig Jahren so vollendet essen, trinken und schlafen wie irgendein Potentat seiner Zeit.

Erguebzed, der mit der Bürde des Alters die Bürde der Krone spürte, der es leid war, die Zügel des Reiches zu halten, Schrecken vor den drohenden Unruhen empfand, volles Vertrauen in Mangoguls überragende Fähigkeiten setzte und von religiösen Gefühlen, den untrüglichen Vorzeichen des nahen Todes oder der Vertrottelung der Großen, geplagt war, stieg vom Thron, um seinen Sohn daraufzusetzen; auch wähnte der gute Fürst, er müsse in der Abgeschiedenheit all die Verbrechen einer Staatsverwaltung abbüßen, deren die Jahrbücher Congos doch als der allergerechtesten gedenken.

Es war also im Jahr 1 500 000 003 200 001 der Welt, im Jahr 3 900 000 700 03 des Reiches Congo, als Mangogul, der 1 234 500. seines Geschlechts in direkter Linie, seine Herrschaft antrat. Häufige Sitzungen mit seinen Ministern, die Kriege, die es zu unterhalten galt, sowie die Führung der Staatsgeschäfte lehrten ihn in kürzester Frist, was ihm, aus den Händen seiner Erzieher entlassen, zu lernen übrigblieb; und das war nicht wenig.

Gleichwohl erwarb Mangogul in knapp zehn Jahren den Ruf eines großen Mannes. Er gewann Schlachten, bezwang Städte, vergrößerte sein Reich, befriedete seine Provinzen, klärte die Unordnung seiner Finanzen, ließ Wissenschaften und Künste neu erblühen, errichtete Bauten, verewigte sich durch nützliche Einrichtungen, festigte und verbesserte die Gesetzgebung, gründete sogar Akademien; und, was seiner Universität ein ewiges Rätsel bleiben sollte, er vollbrachte das alles ohne ein einziges Wort Latein.

In seinem Serail war Mangogul nicht minder liebenswürdig wie groß auf seinem Thron. Er dachte nicht daran, sich den albernen Bräuchen seines Landes zu fügen. Er sprengte die Pforten des Palastes, den seine Damen bewohnten; er vertrieb ihre schmählichen Keuschheitswächter und vertraute ihre Treue weislich ihnen selbst: so betrat man ihre Gemächer nicht minder frei wie ein flandrisches Damenstift und war da gewiß ebenso züchtig. Ach, was für ein guter Sultan er war! Nie lebte seinesgleichen, es sei denn in französischen Romanen. Er war milde, leutselig, heiterer Sinne, galant, bezaubernd von Angesicht, den Freuden zugetan, ja, für sie geschaffen, und sein Haupt umschloß mehr Geist, als alle seine Vorgänger zusammen besaßen.

Kein Wunder, daß ihn, ob so seltener Gaben, viele Damen zu erobern trachteten: einigen gelang es. Die sein Herz verfehlten, suchten sich mit den Großen seines Reiches abzufinden. Unter den ersteren aber war die junge Mirzosa. Ich entsage der Lust, Mirzosas Vorzüge und Reize einzeln aufzuführen; es wäre ein Werk ohne Ende, und ich will, daß diese Geschichte eins habe.

3. Kapitel

Das als das erste dieser Geschichte betrachtet werden darf

Mirzosa hielt Mangogul seit Jahren in ihrem Bann. Die Liebenden hatten einander tausendmal gesagt und wiederholt, was eine große Liebe auch den geistreichsten Menschen eingibt. Sie waren zu engster Vertrautheit gelangt; sie hätten sich ein Verbrechen daraus gemacht, einander den geringsten Umstand ihres Lebens zu verheimlichen. Über so denkwürdige Spekulationen wie: „Hätte der Himmel, der mich auf den Thron erhob, mir einen niedrigen Stand beschert, wäret Ihr dann zu mir herabgestiegen, hätte Mirzosa mich dann gekrönt?“ ... „Verlöre Mirzosa die paar Reize, die man ihr zugesteht, würde Mangogul sie dann noch lieben?“ – über solche Spekulationen, sage ich, die erfinderische Liebende gern betreiben, die den empfindlichen oft Streit einhandeln und die aufrichtigsten zum Schwindeln verleiten – über derlei also waren sie längst hinaus.

Die Favoritin, der das so notwendige wie seltene Talent, gut zu erzählen, im höchsten Grade eigen war, hatte Banzas Skandalchronik ausgeschöpft. Nicht eben heißen Temperamentes, war sie den Zärtlichkeiten des Sultans nicht allzeit aufgeschlossen, noch war der Sultan stets geneigt, ihr welche anzutragen. Kurz, es gab Tage, da Mangogul und Mirzosa sich kaum etwas zu sagen wußten, so gut wie nichts zu tun hatten und, ohne sich minder zu lieben, sich nicht eben vergnügten. Tage der Art waren selten, aber es gab sie, und ein solcher kam.

Der Sultan war lässig auf eine Duchesse hingestreckt, der Favoritin gegenüber, die wortlos knötelte. Spazierenzugehen verbot das Wetter. Eine Partie Piquet vorzuschlagen wagte Mangogul nicht, und die verdrießliche Lage hielt seit fast einer Viertelstunde an, als der Sultan unter mehrfachem Gähnen sagte:

„Es ist nicht zu leugnen, daß Géliote geradezu göttlich gesungen hat ..."

„Und daß Eure Hoheit sich zu Tode langweilt", setzte die Favoritin hinzu.

„Nein, Madame", erwiderte Mangogul mit unterdrücktem Gähnen, „Euch zu sehen ist mir nie Langeweile."

„Das fehlte, daß Ihr galant werdet", versetzte Mirzosa. „Allein Ihr sinniert, Ihr seid zerstreut, Ihr gähnt. Fürst, was habt Ihr?"

„Ich weiß es nicht", sagte der Sultan.

„Und ich errate es", sagte die Favoritin. „Ich war achtzehn, als ich das Glück hatte, Euch zu gefallen. Seit vier Jahren liebt Ihr mich. Achtzehn und vier macht zweiundzwanzig. Ich bin eben alt."

Mangogul lächelte ob dieser Rechnung.

„Aber da ich zum Vergnügen nicht mehr tauge", fuhr Mirzosa fort, „will ich Euch zumindest zeigen, daß ich sehr gut zu raten weiß. Die Vielfalt der Lustbarkeiten, die man Euch bietet, hat Euch vor Überdruß nicht bewahrt. Ihr seid übersättigt. Das, Fürst, ist Eure Krankheit."

„Ich sage nicht, daß Ihr's getroffen habt", sagte Mangogul, „doch gesetzt den Fall, es wäre so, wüßtet Ihr dem abzuhelfen?"

Mirzosa besann sich einen Moment, dann sagte sie, Seine Hoheit schiene ihr so viel Spaß an den Erzählungen gefaßt zu haben, die sie ihm von den galanten Abenteuern der Stadt gegeben, daß sie bedauere, keine mehr zu kennen oder über die Liebeshändel an seinem Hof nicht besser unterrichtet zu sein; sie hätte diesen Ausweg aber erprobt, bis ihr Besseres einfiele.

„Ich finde ihn ja sehr gut", sagte Mangogul, „doch wer kennt die Geschichten all der Närrinnen? Und kennte sie jemand, wer erzählte sie mir so wie Ihr?"

„Erfahren wir sie nur erst", sagte Mirzosa. „Wer immer sie Euch erzählt, ich bin sicher, daß Eure Hoheit am Inhalt mehr gewinnen als an der Form verlieren wird."

„Ich könnte mir mit Euch, wenn Ihr so wollt, die Abenteuer meiner Hofdamen ungemein amüsant vorstellen", sagte Mangogul, „aber wären sie es auch hundertmal mehr, was hilft es, wenn ausgeschlossen ist, sie zu erfahren?"

„Es dürfte schwierig sein", sagte Mirzosa, „aber mehr auch nicht, denk ich. Der Geist Cucufa, Euer Gevatter und Freund, hat schon ganz anderes vollbracht. Warum fragt Ihr ihn nicht?"

„Ah! Freude meines Herzens", rief der Sultan, „Ihr seid himmlisch! Ich zweifle nicht, daß der Geist mir zuliebe all seine Macht aufbieten wird. Ich werde mich umgehend in mein Kabinett einschließen und ihn rufen."

Damit erhob sich Mangogul, küßte der Favoritin, wie in Congo Brauch, das linke Auge und ging hinaus.

4. Kapitel

Beschwörung des Geistes

Der Geist Cucufa ist ein alter Hypochonder, der sich aus Furcht, die Unbilden der Welt und die Geschäfte der übrigen Geister könnten seinem Heil hinderlich sein, ins Nichts verzogen hat, um sich in aller Behaglichkeit mit den unendlichen Vollkommenheiten der Großen Pagode zu befassen, sich zu zwicken, zu kratzen, einen Jux zu machen, zu langweilen, aus der Haut zu fahren und Hungers einzugehen. Dort kauert er auf einer Flechtmatte, den Leib in einen Sack gehüllt, einen Strick um die Lenden gezurrt, die Arme über der Brust gekreuzt und den Kopf in eine Kapuze vergraben, aus der nur seine Bartspitze hervorlugt. Er schläft; doch meint man, er meditiere. Seine einzige Gesellschaft sind eine Eule, die zu seinen Füßen duselt, ein paar Ratten, die an seiner Matte nagen, und Fledermäuse, die ihm ums Haupt schwirren: man ruft ihn, indem man eine Glocke läutet und den ersten Vers des Nachtgebets der Brahmanen hersagt; dann lüftet er die Kapuze, reibt sich die Augen, schlüpft in seine Sandalen und macht sich auf den Weg. Man stelle sich einen alten Kamaldulensermönch vor, den zwei feiste Käuze an ihren Klauen durch die Lüfte tragen: so erschien Cucufa dem Sultan!

„Der Segen Brahmas sei mit Euch“, sagte er, indem er sich niederließ.

„Amen“, antwortete der Fürst.

„Was ist Euer Begehr, mein Sohn?“

„Eine ganze Kleinigkeit“, sagte Mangogul, „ein Spaß auf Kosten meiner Hofdamen.“

„Sohn, Sohn“, sagte Cucufa, „Ihr habt allein mehr Begier als ein ganzes Brahmanenkloster. Was wollt Ihr von der närrischen Herde?“

„Wissen, was für Liebeshändel sie hatten und haben, weiter nichts.“

„Ausgeschlossen“, sagte der Geist. „Daß Weiber ihre

Abenteuer beichten, das gab es nie und wird es nie geben."

„Und doch soll es sein", erwiderte der Sultan.

Bei diesen Worten begann der Geist nachzusinnen, wobei er sich am Ohr kratzte und seinen langen Bart abwesend mit den Fingern strählte: sein Sinnen dauerte kurz.

„Mein Sohn", sprach er zu Mangogul, „ich liebe Euch; Ihr sollt Euren Willen haben."

Augenblicks tauchte seine rechte Hand in eine tiefe Tasche unter seiner linken Achsel und brachte samt Heiligenbildchen, geweihten Körnlein, kleinen Bleipagoden und verschimmelten Zuckerbonbons einen silbernen Ring zum Vorschein, den Mangogul zunächst für einen Sankt-Huberts-Ring hielt.

„Seht diesen Ring", sagte er zum Sultan, „steckt ihn an Euren Finger, mein Sohn. Sobald Ihr den Edelstein daran auf ein Weib richtet, wird sie Euch laut, klar und vernehmlich ihre Abenteuer kundtun: aber denkt nicht, daß sie mit dem Munde reden wird."

„Aber womit, heiliger Graubauch, soll sie sonst reden?" rief Mangogul.

„Mit dem freimütigsten Teil, den sie hat und der am besten in die Dinge eingeweiht ist, die Ihr zu wissen wünscht", sagte Cucufa, „mit ihrem Kleinod."

„Ihrem Kleinod!" rief der Sultan und platzte fast vor Lachen, „nein, so was! Kleinode sollen reden? Das ist ein unerhörtes Ding!"

„Mein Sohn", sagte der Geist, „für Euren Großvater hab ich ganz andere Wunder vollbracht; verlaßt Euch getrost auf mein Wort. Gehet hin, und Brahmas Segen sei mit Euch. Macht aber weisen Gebrauch von Eurem Zaubermittel und bedenkt, daß Neugier ihre Grenzen hat."

Hiermit mummelte sich der Gleisner kopfwackelnd in seine Kutte, packte seine Käuze bei den Pfoten und flog durch die Lüfte davon.

5. Kapitel

Mangogul gerät in gefährliche Versuchung

Kaum war Mangogul im Besitz des Zauberrings, als ihn die Versuchung ankam, ihn zuerst bei der Favoritin zu erproben. Ich vergaß zu sagen, daß der Ring nicht nur die Eigenschaft besaß, die Kleinode der Damen, auf die sein Edelstein gerichtet ward, zum Reden zu bringen, sondern daß er denjenigen, der ihn am kleinen Finger trug, auch unsichtbar machte. So konnte Mangogul sich im Nu an hundert Orte versetzen, wo niemand ihn vermutete, und mit eigenen Augen mit ansehen, was gemeinhin ohne Zeugen geschieht; er mußte nur den Ring anstecken und sagen: Ich will dort und dort sein, so war er es. Jetzt also stand er vor Mirzosa.

Mirzosa, die den Sultan nicht mehr erwartet hatte, war zu Bett. Mangogul nahte sacht ihrem Kopfkissen und sah beim Schein des Nachtlichts, daß sie eingeschlummert war. „Gut", sagte er sich, „sie schläft: stecken wir den Ring rasch an den anderen Finger, nehmen unsere Gestalt wieder an, richten den Stein auf die schöne Schläferin und wecken ihr Kleinod ein wenig ... Doch wie wird mir? ... Ich bebe ... sollte Mirzosa ... nein, unmöglich; Mirzosa ist mir treu. Fort, niedrige Zweifel, ich will, ich darf euch nicht gehorchen." Sprach's und griff an den Ring, doch zuckte seine Hand zurück, als rührte sie an glühende Kohlen. „Was tue ich, Unglückseliger!" rief er bei sich selber. „Ich trotze Cucufas Rat. Um meine törichte Neugier zu befriedigen, wag ich meine Liebste und mein Leben ... Wenn mein Kleinod sich beikommen ließe, das Blaue vom Himmel zu schwätzen, sähe ich sie nie wieder und müßte Kummers sterben. Wer weiß denn, was so einem Kleinod in der Seele steckt?" Mangogul war zu erregt, um auf der Hut zu sein: er sprach die letzten Worte ein wenig laut, und die Favoritin erwachte ...

„Ah, Fürst!" sagte sie, weniger verwundert als entzückt über seine Gegenwart, „Ihr hier! Warum hat man Euch nicht gemeldet? Ziemt Euch zu warten, bis ich erwache?"

Mangogul antwortete der Favoritin, indem er ihr den Erfolg seines Treffens mit Cucufa berichtete; er wies ihr den Ring, den er erhalten, und verschwieg ihr keine seiner Eigenschaften.

„Oh, welch ein Teufelsding hat er Euch da gegeben!“ rief Mirzosa. „Ach, Fürst, gedenkt ihr wirklich, es auch anzuwenden?“

„Wie, beim Element!“ sprach der Sultan, „ob ich es anzuwenden gedenke? Ich beginne mit Euch, wenn Ihr mich agitieren wollt.“

Bei dieser Drohung erbleichte die Favoritin und zitterte, doch sie ermannte sich und beschwor den Sultan bei Brahma und allen Pagoden des Congo und der beiden Indien, er möge nicht das Zauberding an ihr erproben, da solches wenig Vertrauen in ihre Treue bezeugte.

„War ich all die Zeit brav“, fuhr sie fort, „wird mein Kleinod Euch nichts Neues berichten, Ihr aber hättet mir einen Schimpf angetan, den ich Euch nie verzeihen könnte: spräche es anders, verlöre ich Eure Achtung und Euer Herz, und Ihr wärt verzweifelt. Bisher habt Ihr Euch, scheint mir, bei unserer Verbindung recht wohl befunden; wozu ihren Bestand gefährden? Fürst, glaubt mir, vertraut dem Rat des Geistes; er ist erfahren, und was Geister raten, soll man stets befolgen.“

„Eben dies sagte ich mir selber“, erwiderte Mangogul, „als Ihr erwachtet: hättet Ihr indes zwei Minuten länger geschlafen, weiß ich nicht, was passiert wäre.“

„Was passiert wäre?“ sagte Mirzosa. „Nun, mein Kleinod hätte Euch etwas vorgeschwiegen, und Ihr wärt mich für immer los.“

„Mag sein“, sagte Mangogul, „doch jetzt, da ich alle Gefahr ermesse, die ich lief, schwöre ich Euch bei der ewigen Pagode, daß Ihr ausgenommen sein sollt von denen, auf die ich meinen Ring richten will.“

Darauf nahm Mirzosa eine beruhigte Miene an und begann, im voraus auf Kosten der Kleinode zu scherzen, die der Fürst befragen würde.

„Cydalisens Kleinod", sagte sie, „müßte viel zu erzählen wissen; und falls es geschwätzig ist wie seine Herrin, wird es sich kaum bitten lassen. Das von Haria ist nicht mehr von dieser Welt, Eure Hoheit bekämen bloß Großmutters Märchen zu hören. Aber das von Glaucé halte ich für sehr geeignet: sie ist kokett und hübsch."

„Und just darum", versetzte der Sultan, „bleibt ihr Kleinod stumm."

„So wendet Euch an das von Phédime", sagte die Sultanin, „sie ist galant und häßlich."

„Ja", versetzte der Sultan, „so häßlich, daß es schon Eurer Bosheit bedarf, um ihr Galanterie nachzusagen. Phédime ist sittsam; das versichre ich Euch, und ich weiß, wovon ich rede."

„So sittsam Ihr wollt", erwiderte die Favoritin, „nur sagen ihre grauen Augen das Gegenteil."

„Ihre Augen lügen", versetzte der Sultan schroff, „Ihr bringt mich auf mit Eurer Phédime: es sieht ja aus, als gäbe es nur dies eine Kleinod zu befragen."

„Dürfte man, ohne Eure Hoheit zu verletzen, wohl erfahren", sagte Mirzosa, „wen Ihr mit Eurer Wahl zu beehren gedenkt?"

„Das", sagte Mangogul, „werden wir gleich im Zirkel der Manimonbanda sehen (so nennt man in Congo die Großsultanin). Jedenfalls werden wir so bald keinen Mangel leiden, und wenn uns die Kleinode meines Hofes langweilen, machen wir einen Streifzug durch Banza: womöglich finden wir die Bürgerinnen züchtiger als die Herzoginnen."

„Fürst", sagte Mirzosa, „ich kenne erstere ein wenig und kann Euch versichern: sie sind lediglich vorsichtiger."

„Bald wissen wir darüber mehr", sagte Mangogul, „ach, ich kann mich des Lachens nicht erwehren, wenn ich mir vorstelle, wie bestürzt und betreten die Damen beim ersten Wort ihrer Kleinode sein werden. Hahaha! Vergeßt nicht, Freude meines Herzens, daß ich Euch bei der Großsultanin erwarte und meinen Ring nicht eher gebrauche, bis Ihr da seid."

„Fürst“, sagte Mirzosa, „vergeßt auch Ihr nicht, was Ihr mir versprochen habt.“

Mangogul lächelte ob ihrer Besorgnis, erneuerte sein Wort, fügte einige Liebkosungen hinzu und ging.

6. Kapitel

Erste Ringprobe · Alcine

Mangogul traf als erster bei der Großsultanin ein; er fand die Damen beim Cavagnole: er überflog mit den Augen alle, deren Ruf ohnehin feststand, entschlossen, seinen Ring an einer von ihnen zu erproben, nur war er noch im Zweifel über seine Wahl. Unschlüssig, mit wem er beginnen solle, gewahrte er in einer Fensternische eine junge Dame aus dem Palast der Manimonbanda: sie schäkerte mit ihrem Gatten, was den Sultan verwunderte, denn sie waren seit gut acht Tagen verheiratet: sie hatten sich in derselben Opernloge, derselben Kutsche auf dem Cours oder im Bois de Boulogne gezeigt; sie hatten ihre Besuche abgestattet, und der Brauch enthob sie, sich weiterhin zu lieben, sogar sich zu begegnen. „Sollte das Kleinod verdreht sein wie die Herrin“, sagte sich Mangogul, „so dürften wir einem ergötzlichen Monolog beiwohnen.“ So weit war er, als die Favoritin erschien.

„Seid willkommen“, raunte der Sultan ihr ins Ohr, „ich habe mein Senkblei schon ausgeworfen.“

„Und auf wen?“ fragte Mirzosa.

„Auf die beiden, die Ihr in der Nische dort tändeln seht“, sagte Mangogul augenzwinkernd.

„Ein guter Anfang“, lobte die Favoritin.

Alcine (so hieß die junge Dame) war temperamentvoll und hübsch. Der Hof des Sultans hatte kaum eine liebenswürdigere und keine galantere Frau aufzuweisen. Ein Emir des Sultans hatte sich in sie verliebt. Man ließ ihn nicht im unklaren über alles, was die Skandalchronik von Alcine wußte;

er war entsetzt, doch tat er wie üblich: er fragte seine Liebste, was davon zu halten sei. Alcine schwor ihm, diese Verleumdungen seien das Geschwätz einiger Laffen, die wohl geschwiegen hätten, hätten sie Ursache zum Schwatzen gehabt: im übrigen gäbe es ja nichts Bestimmtes, und ihm stehe frei, so viel zu glauben, als ihm gut dünke. Die sichere Antwort überzeugte den verliebten Emir von der Unschuld der Schönen. Er schloß den Handel und erwarb den Titel des Gemahls nebst allen Rechten.

Der Sultan richtete seinen Ring auf sie. Ein lautes Gelächter, das Alcine über irgendeinen dummen Witz ihres Gatten ausgestoßen, ward durch die Wirkung des Ringes jäh ausgesetzt, und schon hörte man unter ihren Röcken murmeln: „Endlich bin ich in fester Hand; ach, wie mir das behagt; nichts geht doch über Rang und Namen! Freilich, hätte man auf mich gehört, hätte man mir etwas Besseres als einen Emir ausgesucht, aber ein Emir ist besser als nichts."

Bei diesen Worten fuhren alle Frauen vom Spiel auf und wollten herausfinden, woher die Stimme kam. Ihr Hin und Her machte großen Lärm.

„Stille", gebot Mangogul, „das verdient Aufmerksamkeit."

Alles verstummte, und das Kleinod fuhr fort: „Ein Gatte scheint ja ein sehr wichtiger Gast zu sein, da sein Empfang gar soviel Umstände macht. Was für Zurüstungen! Welche Sintflut von Myrtenwasser! Noch ein Dutzend solcher Prozeduren, und es wäre um mich geschehn; ich wäre unbrauchbar, und der Herr Emir müßte sich anderwärts einquartieren oder mich auf die Insel Jonquille schicken." Hier, sagt mein Autor, seien alle Frauen erbleicht, hätten einander wortlos angeblickt und einen Ernst bewahrt, den er ihrer Furcht zuschreibt, die neue Redeweise könnte Schule machen und allgemein um sich greifen. „Dabei fand ich", fuhr Alcinens Kleinod fort, „der Emir hat soviel Mühe nicht gelohnt; doch erkenne ich darin die Umsicht meiner Herrin; sie beugt dem Schlimmsten vor; darum ward ich für den Eheherrn behandelt wie für seinen Stallknecht."

Das Kleinod wollte in seinen Enthüllungen fortfahren, als

der Sultan das Ärgernis bemerkte, das die züchtige Manimonbanda an dem sonderbaren Auftritt nahm, den Ring umdrehte und den Redner unterbrach. Der Emir war bei den ersten Worten des Kleinods seiner Frau verschwunden. Alcine verlor die Fassung nicht und stellte sich eine Zeitlang ohnmächtig; die Frauen indes wisperten, sie habe Vapeurs. „Ach ja, Vapeurs!" sagte ein Stutzer, „Doktor Cigogne nennt das hysterische Anfälle, das sind so Sachen in der unteren Region. Er weiß ein göttliches Elixier dagegen: eine ursächlich verursachte Ur-Sache, die völlig neu belebt... die ... ich werde es der Dame anraten." Man lächelte über die Spötterei, und unser Zyniker fuhr fort:

„Das ist die reine Wahrheit, meine Damen! Ich selber, wie ich vor Euch stehe, habe es bei Substanzschwund angewendet."

„Substanzschwund? Was ist das, Herr Marquis?" fragte eine junge Dame.

„Oh, Gnädigste", versetzte der Marquis, „das ist eins der ungewollten kleinen Mißgeschicke, die einem so passieren... wer kennt das nicht."

Unterdessen endete die simulierte Ohnmacht. Alcine setzte sich so keck zum Spiel, als hätte ihr Kleinod nichts oder nur die hübschesten Dinge der Welt gesagt. Sie war sogar die einzige, die ganz bei der Sache war. Die Sitzung trug ihr beachtliche Summen ein. Die anderen wußten nicht, was sie taten, erkannten ihre Karten nicht mehr, vergaßen ihre Zahlen, verpaßten ihren Vorteil, setzten zur Unzeit und begingen tausend andere Schnitzer, die Alcine zugute kamen. Schließlich nahm das Spiel ein Ende, und alle zogen sich zurück.

Der Vorfall erregte großes Aufsehen bei Hofe, in der Stadt und in ganz Congo. Epigramme liefen um: die Rede von Alcinens Kleinod wurde publiziert, revidiert, korrigiert, komplettiert und kommentiert von allen freundlichen Mäulern bei Hofe. Spottverse trafen den Emir; sein Weib wurde in die Unsterblichkeit erhoben. Man zeigte sie einander im Schauspiel; auf den Promenaden lief man hinter ihr her, man scharte sich um sie, und allseits hörte sie flüstern: Ja, die da, die ist es, ihr Kleinod hat über zwei Stunden in einem fort geschwatzt.

Alcine hielt ihrem neuen Ruf mit bewundernswertem Gleichmut stand. Sie hörte all diese und manch andere Reden mit einer Gemütsruhe an, die die anderen Frauen nicht aufbrachten. Jeden Augenblick waren sie auf einen Verrat ihrer Kleinode gefaßt, doch das Ereignis des folgenden Kapitels machte sie vollends kopfscheu.

Als der Zirkel auseinandergegangen war, hatte Mangogul der Favoritin die Hand gereicht und sie in ihre Gemächer geleitet. Sie war weit entfernt von jener lebhaften, munteren Stimmung, die sie kaum je verließ. Sie hatte erheblich im Spiel verloren, und die Wirkung des schrecklichen Ringes hatte sie in Grübeleien gestürzt, von denen sie sich noch nicht wieder erholt hatte. Sie kannte die Neugier des Sultans und traute dem Versprechen eines weniger verliebten als despotischen Mannes nicht genug, um jeder Sorge ledig zu sein.

„Was habt Ihr, Wonne meiner Seele?“ fragte Mangogul. „Ihr seid so still.“

„Ich habe mit einem Pech gespielt“, erwiderte Mirzosa, „das seinesgleichen sucht; ich habe meinen ganzen Einsatz verloren: ich hatte zwölf Bilder, und ich glaube, sie haben nicht dreimal gewonnen.“

„Wie betrüblich“, sagte Mangogul, „aber was haltet Ihr von meinem Zauberring?“

„Fürst, ich bleibe dabei“, sagte die Favoritin, „er ist ein Teufelsding; Euch wird er zweifellos ergötzen, doch wird Euer Ergötzen böse Folgen haben. Ihr werdet in allen Häusern Zwietracht säen, Ehemänner aufklären, Liebhaber enttäuschen, Frauen unglücklich machen, Jungfern entehren und hundert andere Heidenärgernisse stiften. Ach, Fürst, ich beschwöre Euch ...“

„Ach, Herrgottsdonner“, sagte Mangogul, „Ihr moralisiert wie Nicole! Ich wüßte wirklich gerne, weshalb das Wohl Eures Nächsten Euch heute gar so rührt. Nein, Madame, nein: ich behalte meinen Ring. Was kümmern mich die aufgeklärten Ehemänner, die verzweifelten Liebhaber, unglücklichen Frauen und entehrten Jungfern, wenn ich meinen Spaß habe? Bin ich umsonst Sultan? Auf morgen, Madame; hoffen wir, daß die künftigen Szenen komischer werden als die erste und daß Ihr allmählich Geschmack daran findet."

„Das glaube ich nicht, Herr", sagte Mirzosa.

„Und ich versichre Euch, Ihr werdet noch sehr spaßige Kleinode finden, so spaßige, daß Ihr Euch gar nicht wehren könnt, ihnen zu lauschen. Was würdet Ihr tun, wenn ich Euch welche als Gesandtschaft schickte? Nun, die Plage ihres Geschwätzes will ich Euch ersparen, wenn Ihr durchaus wollt, aber die Essenz ihrer Abenteuer aus ihrem oder meinem Munde werd ich Euch nicht schenken. Das ist beschlossene Sache; davon gehe ich nicht ab; seht also zu, wie Ihr Euch mit den neuen Plaudertaschen befreundet."

Hiermit küßte er sie, ging in sein Kabinett hinüber, ganz mit der Probe befaßt, die er soeben angestellt, und zollte dem Geist Cucufa andächtigen Dank.

7. Kapitel

Zweite Ringprobe · Die Altäre

Am nächsten Abend gab Mirzosa ein kleines Souper. Die Geladenen versammelten sich rechtzeitig in ihren Gemächern. Vor dem Mirakel des Vorabends kam man gern dorthin; diesmal erschien man einzig aus Höflichkeit: sämtliche Damen zeigten ein gezwungenes Benehmen, redeten nur einsilbig; sie waren auf der Lauer, erwarteten jeden Augenblick, irgendein Kleinod werde sich in die Unterhaltung mischen. Sosehr alle gelüstete, Alcinens Mißgeschick aufs Tapet zu bringen, keine wagte, als erste damit zu beginnen; nicht daß man durch Alcinens Gegenwart behindert worden wäre; wiewohl auf der Gästeliste verzeichnet, blieb sie aus; man erriet, daß sie Migräne habe. Doch sei es nun, daß man die Gefahr weniger fürchtete, weil man den ganzen Tag nur Münder hatte reden hören, sei es, daß man Unerschrockenheit vortäuschte, die Unterhaltung, die am Ersterben war, belebte sich mit eins; die besorgtesten Damen rafften sich auf, spielten Festigkeit; und Mirzosa fragte den Höfling Zégris, was es Neues gebe.

„Madame", sagte Zégris, „man hat Euch die baldige Hochzeit des Aga Chazour mit der jungen Sibérine angekündigt; ich melde Euch, daß sie geplatzt ist."

„Weswegen das?" fragte die Favoritin.

„Wegen einer seltsamen Stimme", sagte Zégris, „die Chazour während der Ankleidestunde seiner Prinzessin gehört haben will; seit gestern ist der Hof des Sultans voll von Leuten, die die Ohren spitzen in der Hoffnung, Geständnisse, wie weiß ich nicht, zu erhaschen, zu denen man durchaus nicht gewillt ist."

„Wie albern", versetzte die Favoritin, „Alcinens Mißgeschick, wenn es eins ist, ist noch nicht erwiesen. Noch ist nicht heraus ..."

„Madame", fiel Zelmaïde ein, „ich habe es deutlich gehört; sie hat geredet, ohne den Mund aufzutun; die Dinge wurden klar ausgesprochen; und es fiel nicht allzu schwer, zu erraten, woher die sonderbaren Töne kamen. Ich gestehe Euch, ich an ihrer Stelle wäre gestorben."

„Gestorben?" rief Zégris. „Man überlebt Ärgeres."

„Ja, gibt es denn etwas Ärgeres", versetzte Zelmaïde, „als wenn ein Kleinod schwatzt? Von jetzt an gibt es keine Wahl mehr: entweder muß man der Galanterie entsagen oder sich damit abfinden, als galant verschrien zu sein."

„Allerdings", sagte Mirzosa, „eine grausame Entscheidung."

„Nein, Madame, nein", sagte eine andere; „Ihr werdet sehen, die Frauen werden sich damit abfinden. Man wird die Kleinode schwatzen lassen, soviel ihnen beliebt, und seiner Wege gehen, ohne sich um den Klatsch der anderen zu kümmern. Und was tut es am Ende, ob nun das Kleinod einer Dame redet oder ihr Galan? Erfährt man die Dinge nicht so oder so?"

„Wenn die Abenteuer einer Frau schon unter die Leute

kommen müssen", sagte eine dritte, „ist es am Ende sogar besser, es geschieht durch ihr Kleinod als durch ihren Liebhaber."

„Ein merkwürdiger Gedanke", sagte die Favoritin . . .

„Aber wahr", ergänzte die, die ihn geäußert, „denn wohlgemerkt ist ein Liebhaber für gewöhnlich unzufrieden, ehe er schwatzt, und folglich versucht, sich zu rächen, indem er alles übertreibt: ein Kleinod hingegen redet ohne Leidenschaft und fügt der Wahrheit nichts hinzu."

„Nun", sagte Zelmaïde, „der Ansicht bin ich keineswegs; hier gilt weniger, wie wahr die Aussagen sind, die den Schuldigen belasten, als die Kraft der Zeugenschaft. Ein Liebhaber, der den Altar, auf dem er geopfert, durch sein Geschwätz entweiht, ist eine Art Gotteslästerer, der keinen Glauben verdient: wenn aber der Altar selber spricht, was dann erwidern?"

„Daß der Altar nicht weiß, was er sagt", meinte die zweite.

Monima, die bislang Schweigen gehütet hatte, sagte mit gleichmütiger Miene und in gedehntem Ton: „Ach, ob mein Altar, da Ihr's denn Altar nennt, nun redet oder stumm bleibt, ich fürchte seine Ergüsse nicht."

Just in dem Augenblick trat Mangogul ein und erfaßte Monimas letzte Worte. Er drehte seinen Ring auf sie, und ihr Kleinod rief: „Glaubt ihr nicht, sie lügt." Ihre Nachbarinnen sahen sich gegenseitig an und fragten sich, wessen Kleinod da gesprochen habe.

„Meins war es nicht", sagte Zelmaïde.

„Meins auch nicht", sagte eine andere.

„Meins auch nicht", sagte Monima.

„Meins auch nicht", sagte der Sultan.

Eine jede, und die Favoritin wie alle übrigen, leugnete beharrlich.

Der Sultan nützte die Ratlosigkeit, um sich an die Damen zu wenden. „Also Altäre habt Ihr?" sagte er. „Wohlan, wie werden sie geehrt?" Und während er sprach, drehte er seinen Ring nacheinander, aber rasch, auf alle Damen, Mirzosa ausgenommen, und da nun jedes Kleinod an die Reihe kam, hörte man in verschiedenen Tönen: „Ich werde oft besucht, mit mir ist es aus, ich bin verlassen, ich gesalbt, ich müde, ich vernachlässigt, ich gelangweilt, usw.“ Ein jedes sagte sein Wort, aber so hart am andern, daß man keins zuzuordnen vermochte. Ihr Geschnatter, bald dumpf, bald schrill, vom Gelächter Mangoguls und seiner Höflinge begleitet, ergab einen ganz neuartigen Lärm. Die Damen räumten – bei sehr ernsten Mienen – ein, daß das sehr spaßig sei. „Wieso auch nicht“, sagte der Sultan, „wir schätzen uns überglücklich, daß die Kleinode nunmehr bereit sind, unsere Sprache zu sprechen und die halbe Konversation zu bestreiten. Die Gesellschaft wird bei solcher Verdoppelung der Organe unendlich gewinnen. Womöglich reden auch wir Männer noch durch anderes als den Mund. Wer weiß? Was so gut zu den Kleinoden paßt, könnte da wohl zum Fragen und Antworten bestimmt sein: mein Anatom freilich denkt darüber anders.“

8. Kapitel

Dritte Ringprobe · Das kleine Souper

Man trug auf, man soupierte und belustigte sich zunächst auf Monimas Kosten: alle Frauen beschuldigten einstimmig ihr Kleinod, als erstes gesprochen zu haben; und sie wäre der vereinten Übermacht erlegen, wäre der Sultan ihr nicht beigesprungen.

„Ich will nicht behaupten“, sagte er, „Monima sei weniger galant als Zelmaïde, nur dünkt mich ihr Kleinod verschwiegener. Doch sagt, wenn Mund und Kleinod einer Frau sich widersprechen, wem soll man glauben?“

„Herr“, antwortete ein Höfling, „ich weiß nicht, was die Kleinode künftig sagen; bislang aber haben sie nur zu einem Kapitel gesprochen, das keiner besser kennt als sie. Und solange sie klug genug sind, nicht über Dinge zu schwätzen, die sie nicht verstehn, glaube ich ihnen wie einem Orakel.“

„Ich könnte mir glaubwürdigere Orakel denken“, sagte Mirzosa.

„Wieso, Madame?“ sagte Mangogul. „Welches Interesse hätten sie, die Wahrheit zu verbergen? Nur der Wahn der Ehre könnte sie dahin bewegen; aber diesen Wahn teilt kein Kleinod; es ist nicht eben Sitz der Vorurteile.“

„Die Ehre ein Wahn!“ sagte Mirzosa. „Vorurteile! Wenn Eure Hoheit denselben Mißlichkeiten ausgesetzt wäre wie wir, würdet Ihr begreifen, daß unser guter Name kein leerer Wahn ist.“

Durch die Antwort der Sultanin ermutigt, beteuerten alle Damen, es sei überflüssig, sie auf gewisse Proben zu stellen; und Mangogul räumte ein, solche Proben seien zumindest nicht immer ungefährlich.

Über solchen Reden wurde Champagner kredenzt, man sprach ihm fröhlich zu, berauschte sich, und die Kleinode kamen in Hitze: den Augenblick hatte Mangogul ausersehn, seine Streiche zu wiederholen. Er drehte seinen Ring auf eine sehr ausgelassene junge Person, die ihm recht nahe und ihrem Gatten gegenüber saß; und unterm Tisch hervor ertönten Klagelaute, eine matte, schmachtende Stimme, die sagte:

„Ach, bin ich kaputt! Ich kann nicht mehr, ich bin hundemüde.“

„Bei der Pagode Pongo Sabiam!“ rief Husseim, „das Kleinod meiner Frau spricht! Was kann da herauskommen?“

„Das wollen wir eben hören“, sagte der Sultan ...

„Aber, Fürst, erlaubt, daß ich es nicht anhöre“, versetzte Husseim, „wenn es nun dummes Zeug spricht, was soll Eure Hoheit denken? ...“

„Ich denke, Ihr seid närrisch“, erwiderte der Sultan, „Euch um das Gekakel eines Kleinods aufzuregen; kennen wir die halbe Beichte nicht im voraus, und erraten wir nicht den Rest? Also setzt Euch hin und sucht Spaß daran zu finden.“

Husseim setzte sich, und das Kleinod seiner Frau schwatzte drauflos wie eine Elster.

„Ob ich den langen Valanto, diesen Schwerenöter, wohl

noch mal loswerde?“ rief es. „Andre Männer hören doch mal auf, aber der...“

Bei diesen Worten fuhr Husseim wie rasend hoch, griff sich ein Messer, stürzte ans andere Ende der Tafel und hätte den Busen seiner Frau durchbohrt, hätten ihre Nachbarn ihn nicht daran gehindert.

„Husseim“, sagte der Sultan, „wenn Ihr so tobt, versteht man nichts. Ihr tut ja, als sei das Kleinod Eurer Frau das einzige verrücktgewordene. Was sollte denn aus all diesen Damen werden, wenn ihre Männer sich gebärdeten wie Ihr? Da verzweifelt Ihr um ein schäbiges kleines Abenteuer mit einem Valanto, der nicht aufhören kann! Setzt Euch, erweist Euch als galanter Mann, beherrscht Euch hinfort und fehlt nicht ein zweites Mal gegen einen Fürsten, der Euch an seinen Belustigungen teilnehmen läßt.“

Während Husseim seine Wut verbarg und sich mit geschlossenen Augen, eine Hand gegen die Stirn gepreßt, auf eine Stuhllehne stützte, drehte der Sultan hurtig seinen Ring, und das Kleinod plapperte weiter: „Ich würde mich ja mit Valantos kleinem Pagen begnügen, aber weiß ich, wann der anfängt? Nun, bis der eine anfangen, der andere aufhören lernt, faß ich mich in Geduld mit dem Brahmanen Egon. Zugegeben, er ist furchtbar häßlich, aber er hat die Gabe, aufzuhören und wieder anzufangen. Oh, so ein Brahmane ist ein großer Mann!“

Als das Kleinod diesen Ausruf tat, schämte sich Husseim, sich wegen einer Frau gegrämt zu haben, die den Kummer nicht lohnte, und lachte mit der übrigen Gesellschaft; doch vergaß er's der Gemahlin nicht. Das Souper fand sein Ende, ein jeder machte sich auf den Heimweg, nur Husseim nicht: er brachte sein Eheweib in ein Nonnenkloster und sperrte sie dort ein. Mangogul hörte von ihrer Strafe und besuchte sie. Er fand das ganze Haus beschäftigt, sie zu trösten, aber mehr noch, ihr die Ursache ihrer Verbannung zu entlocken.

„Ach, ich bin wegen einer Lappalie hier“, sagte sie. „Gestern, als wir beim Sultan zum Souper waren, flossen Champagner und Tokayer; man wußte kaum mehr, was man sagte, da fing mein Kleinod zu faseln an. Seine Worte weiß ich nicht mehr; aber mein Mann hat sie übelgenommen."

„Da hat er gewiß unrecht, Madame", antworteten die Himmelsbräute. „Wer wird um Bagatellen derart zürnen ..."

„Wirklich, Euer Kleinod hat geredet? Redet es denn noch? Ach, wären wir entzückt, wenn wir es einmal hören dürften! Gewiß drückt es sich mit Witz und Anmut aus."

Sie wurden erhört, denn der Sultan drehte seinen Ring auf die arme Gefangene, und alsbald dankte ihr Kleinod ihnen für ihre Höflichkeiten, erklärte aber, sosehr ihre Gesellschaft ihm behage, es zöge sich einen Brahmanen vor.

Der Sultan nutzte die Gelegenheit, dieses und jenes über das Leben der Jungfrauen zu erfahren. Sein Ring befragte das Kleinod einer jungen Schwester namens Cleanthis; und das angeblich unberührte Ding beichtete zwei Gärtner, einen Brahmanen und drei Kavaliere; erzählte auch, wie seine Herrin mit Hilfe einer Medizin und zweier Aderlässe einen Skandal vermieden habe. Zéphirine gestand durch den Mund ihres Kleinods, daß sie dem kleinen Laufburschen des Hauses den Ehrentitel Mutter verdanke. Was aber den Sultan in Erstaunen setzte, war, daß diese wohlverwahrten Kleinode sich nicht nur in höchst unanständigen Worten äußerten, sondern daß die Jungfern, denen sie gehörten, ihnen auch, ohne rot zu werden, lauschten; woraus er schloß, daß man in diesen Klausen, mangelnder Praxis zum Trotz, im Theoretischen sehr bewandert war.

Um klarzusehen, drehte er seinen Ring auf eine Novize von fünfzehn, sechzehn Jahren. „Flora", sagte ihr Kleinod, „hat mehr als einmal durchs Gitter nach einem jungen Offizier geschielt. Er gefiel ihr, dessen bin ich sicher: ihr kleiner Finger hat es mir gesagt." Das bekam Flora übel. Die Alten verdammten sie zu zwei Monaten Zucht und Fasten und ordneten Gebete an, auf daß die Kleinode der Gemeinschaft hinfort stumm blieben.

9. Kapitel

Stand der Akademie der Wissenschaften zu Banza

Mangogul hatte den Klosterfrauen, unter denen ich ihn ließ, kaum den Rücken gekehrt, als sich in Banza herumsprach, alle Jungfern des brahmanischen Steißbein-Ordens sprächen mit dem Kleinod. Dieses Gerücht, das durch Husseims gewaltsame Maßnahme beglaubigt wurde, reizte die Neugier der Gelehrten. Das Phänomen wurde konstatiert; und die klugen Köpfe begannen, die Erklärung einer Tatsache, die sie vorher für unmöglich gehalten hatten, in den Eigenschaften der Materie zu suchen. Das Geschwätz der Kleinode brachte eine Flut ausgezeichneter Studien hervor; und der bedeutende Gegenstand ließ die Sammelbände der Akademien um mehrere Abhandlungen anschwellen, die man als die höchsten Entäußerungen menschlichen Geistes betrachten darf.

Um die Akademie der Wissenschaften von Banza zu formieren und zu einer dauerhaften Einrichtung zu machen, wurde nach wie vor alles berufen, was es in Congo, Monoémugi, Béléguanza und den umliegenden Reichen an aufgeklärten Männern gab. Sie umfaßte unter verschiedenen Abteilungen alle bedeutsamen Persönlichkeiten der Naturgeschichte, der Physik, der mathematischen Wissenschaften und die Mehrheit derer, die sich eines Tages darin auszuzeichnen versprachen. Dieser unermüdliche Bienenschwarm arbeitete rastlos an der Erforschung der Wahrheit; und jedes Jahr empfing die Öffentlichkeit in einem mit Entdeckungen angefüllten Band die Früchte ihres Fleißes.

Derzeit war die Akademie in zwei Fraktionen gespalten, die Vortikosen und die Attraktionisten. Olibri, ein trefflicher Mathematiker und großer Physiker, gründete die Sekte der Vortikosen. Circino, trefflicher Physiker und großer Mathematiker, war der erste Attraktionist. Olibri wie Circino hatten sich beide das Ziel gesetzt, die Natur zu erklären. Olibris Prinzipien muten auf den ersten Blick verführerisch einfach an: sie erfassen die Haupterscheinungen im großen, aber scheitern am konkreten Fall. Was Circino betrifft, so scheint er von einer Absurdität auszugehen: aber nur der erste Schritt fällt bei ihm schwer. Die konkreten kleinen Dinge, die Olibris System zunichte machen, bestätigen seines. Er folgt einer Straße, die, zu Eingang dunkel, in dem Maße sich erhellt, wie man auf ihr fortschreitet. Die Straße Olibris hingegen ist zu Eingang hell, verdunkelt sich aber zusehends. Die Lehre des letzteren erfordert weniger Studien als Intelligenz. Während man Schüler des anderen nicht sein kann ohne viel Intelligenz und Studium. Man betritt Olibris Schule ohne Vorbereitung; jeder hat den Schlüssel dazu. Circinos Schule steht nur den besten Geometrikern offen. Olibris Wirbel sind allen verständlich. Circinos Zentralkräfte begreifen nur erstrangige Mathematiker. Daher kommen stets hundert Vortikosen auf einen Attraktionisten, und ein Attraktionist wiegt stets hundert Vortikosen auf. Dies also war der Stand der Akademie der Wissenschaften zu Banza, als sie sich der Materie der schwatzenden Kleinode bemächtigte.

Die Erscheinung bot wenig Zugriff; sie entzog sich der Anziehungslehre: der Äther drang nicht bis dorthin. Vergebens forderte der Präsident die Herren Mitglieder auf, ihre Ansichten zu äußern: in der Versammlung herrschte tiefes Schweigen. Endlich erhob sich der Vortikose Persiflo, von dem es Abhandlungen die Fülle über Gegenstände gab, die er nicht verstanden hatte, und sagte: „Das Faktum, meine Herrn, könnte wohl mit dem Weltsystem zusammenhängen: ich würde vermuten, daß es prinzipiell die gleiche Ursache hat wie die Gezeiten. Sie werden bemerken, daß wir heute Vollmond und Tagundnachtgleiche haben; aber bevor auf meine Hypothese zu bauen wäre, bliebe abzuwarten, was die Kleinode im nächsten Monat sagen."

Man zuckte die Achseln. Keiner wagte einzuwenden, er rede selber wie ein Kleinod; aber als heller Kopf merkte er plötzlich, daß man es dachte.

Da ergriff der Attraktionist Réciproco das Wort und sagte: „Meine Herren, ich habe Tabellen nach einer Theorie über die Fluthöhe in allen Häfen des Königreichs verfertigt. Freilich stimmen die Messungen nicht ganz mit meinen Berechnungen überein; aber ich hoffe, dieser Nachteil wird wettgemacht durch den Nutzen, der sich daraus ziehen ließe, falls die Redelust der Kleinode weiterhin mit den Erscheinungen von Ebbe und Flut zusammenfallen sollte."

Ein dritter stand auf, ging an die Tafel, zeichnete eine Figur an und sagte: „Gegeben sei ein Kleinod AB . . ."

Hier hat uns die Unfähigkeit der Übersetzer um eine Beweisführung gebracht, die uns der afrikanische Autor zweifellos überliefert hatte. Nach einer Lücke von etwa zwei Seiten liest man: Réciprocos Erörterung schien einleuchtend; und man kam überein, nach den Proben, die er von seiner Dialektik abgelegt hatte, müßte er letztendlich schlußfolgern, daß die Frauen heute mittels der Kleinode aussprächen, was sie von jeher mittels der Ohren gehört hätten.

Darauf sprach Doktor Orcotome, von der Zunft der Anatomen: „Meine Herren, ich meine, man sollte ein Phänomen eher fallenlassen, als die Ursache dafür in luftigen Hypothesen suchen. Was mich betrifft, so hätte ich geschwiegen, könnte ich Ihnen nichts als windige Vermutungen auftischen; aber ich habe beobachtet, untersucht, verglichen. Ich habe Kleinode im Paroxysmus gesehen; und ich bin, auf Grund meiner Kenntnis jener Körperteile und meiner Erfahrung, zu der Gewißheit gelangt, daß das, was wir auf griechisch *delphus* nennen, alle Eigenschaften der Luftröhre hat und daß es folglich Frauenzimmer gibt, die ebensowohl mit dem Kleinod als mit dem Munde reden können. Ja, meine Herrn, der *delphus* ist ein Saiten- wie auch ein Blasinstrument, mehr aber zum Streichen als zum Blasen. Die dort eindringende Luft versieht just den Dienst eines Bogens auf den sehnigen Fasern der Klappen, die ich Stimmbänder oder Stimmsaiten nennen will. Der sanfte Andrang der Luft auf die Stimmsaiten versetzt diese ins Schwingen; und durch ihre mehr oder minder schnellen Schwingungen entstehen verschiedene Töne. Das Ding modifiziert diese Töne nach Belieben, spricht, ja könnte sogar singen.

Da aber nur zwei Stimmbänder oder -saiten von fühlbar gleicher Länge vorhanden sind, wird man mich zweifellos fragen, wie diese denn die Vielfalt der tiefen und hohen, starken und schwachen Töne zu erzeugen vermöchten, deren die menschliche Stimme fähig ist. Meinem Vergleich dieses Organs mit den genannten Musikinstrumenten getreu antworte ich, daß ihre Dehnung und Verengung genügt, diese Wirkungen hervorzubringen.

Daß diese Organteile zu Dehnung und Verengung fähig sind, muß ich einer Versammlung von Gelehrten Ihres Ranges nicht erst dartun, aber daß der *delphus* infolge dieser Dehnung und Verengung mehr oder minder starke Töne, kurz, alle Abwandlungen der Stimme wie die ganze Singeleiter zu produzieren imstande ist, ist eine Tatsache, die ich mir schmeichle Ihnen einwandfrei beweisen zu können. Ich werde mich an Experimente halten. Jawohl, meine Herrn, ich verpflichte mich, Ihnen *delphus* wie Kleinode vorzuführen, wie sie räsonieren, reden oder sogar singen."

So sprach Orcotome, und er versprach sich nichts Geringeres, als die Kleinode in den Rang der Luftröhren eines seiner Kollegen zu erheben, dessen Erfolge der Neid vergeblich angefeindet hatte.

10. Kapitel

Weniger gelehrt und langweilig als das vorige
Die Akademiesitzung geht weiter

Nach den Einwänden zu schließen, die man gegen Orcotome erhob, noch ehe er seine Versuche vorgeführt hatte, fand man seine Ansichten weniger stichhaltig als gewitzigt. Wenn den Kleinoden die Gabe des Wortes natürlich sei, warum, so fragte man, hatten sie dann so lange gewartet, Gebrauch davon zu machen? Wenn Brahma, der den Frauen ein so heftiges Redebedürfnis eingab, in seiner Güte sich herbeigelassen hatte, ihre Sprachorgane zu verdoppeln, sei es doch sehr rätselhaft, daß sie diese köstliche Gabe der Natur so lange verkannt oder vernachlässigt haben sollten. Warum sprach jedes Kleinod nur einmal? Warum sprachen sie jeweils zum selben Thema? Welcher Mechanismus bewirkt, daß der eine Mund schweigen muß, wenn der andere redet? Betrachte man das Geschwätz der Kleinode ferner daraufhin, unter welchen Umständen die meisten gesprochen und wozu sie sich geäußert hätten, so bestehe alle Ursache zu glauben, daß es unfreiwillig geschehen sei und daß diese Teile immer stumm geblieben wären, hätte es in der Macht ihrer Eignerinnen gestanden, sie schweigen zu heißen.

Orcotome legte sich ins Zeug, diese Einwände zu widerlegen, und behauptete, daß die Kleinode zu allen Zeiten geredet hätten, aber so leise, daß selbst ihre Besitzerinnen sie oft nicht verstanden; daß es indes nicht wundernähme, wenn sie heutzutage lauter sprächen, da der Umgangston so frei geworden sei, daß man über die Dinge, die ihnen am geläufigsten seien, ohne Scham und Zurückhaltung rede; daß, wenn sie nur einmal laut gesprochen hätten, daraus nicht zu folgern sei, dies werde das letzte Mal bleiben; daß ein erheblicher Unterschied zwischen Stummsein und Schweigen bestehe; daß, wenn sie alle zum selben Thema gesprochen hätten, dies offenbar das einzige sei, von dem sie etwas verstünden; daß alle, die noch nicht gesprochen hätten, sprechen würden; daß es, wenn sie fürderhin schwiegen, nur daran läge, daß sie nichts zu sagen wüßten oder mißbildet seien, daß es ihnen an Gedanken oder Ausdrücken mangele.

„Kurzum", fuhr er fort, „wer einräumt, daß Brahmas Güte den Frauen ein Mittel gewährt hat, ihre gewaltige Redesucht zu befriedigen, indem er ihre Sprechwerkzeuge verdoppelte, muß auch einsehen, daß seine Weisheit den Übeln, die dieser Wohltat entspringen, vorbauen durfte; das nämlich hat er getan, da ein Mund schweigen muß, indes der andere redet. Es ist für unsereins schon lästig genug, daß die Frauen alle Augenblicke ihre Meinung ändern: wo aber kämen wir hin, wenn Brahma sie befähigt hätte, zwei entgegengesetzte Meinungen gleichzeitig zu äußern? Überdies ward uns die Sprache verliehen, um uns verständlich zu machen: wie aber sollten die Frauen, die schon große Mühe haben, sich mit einem Mund klar auszudrücken, sich verständlich machen, wenn sie mit zweien redeten?"

Orcotome hatte viele Fragen beantwortet, aber er meinte, allen genügt zu haben: er täuschte sich. Man bedrängte ihn hart, und er war nahe am Unterliegen, als der Physiologe Cimonaze ihm beisprang. Da wurde der Streit zum Tumult: man kam vom Thema ab, verirrte sich, kam darauf zurück, verirrte sich neuerdings, stritt erbittert, schrie, steigerte das Geschrei um Beschimpfungen, und die Akademiesitzung wurde geschlossen.

11. Kapitel

Vierte Ringprobe · Das Echo

Während sich die Akademie mit dem Geschwätz der Kleinode befaßte, wurde es in den Zirkeln die Neuigkeit des Tages, gestern, heute, morgen: das Thema war unerschöpflich. Zur Wahrheit gesellte sich die Lüge; alles mögliche kam vor: das Wunder machte alles glauben. Die Konversation zehrte reichlich sechs Monate davon.

Der Sultan hatte seinen Ring erst dreimal erprobt; dennoch wurde in einem Kreis von Hofdamen der Manimonbanda durchgehechelt, was das Kleinod einer Präsidentin, dann das einer Marquise alles ausgeplaudert haben sollten; darauf förderte man die frommen Geheimnisse einer Betschwester und die so mancher anderen Damen zutage, die nicht zugegen waren; Gott weiß, was alles ihren Kleinoden in den Mund gelegt wurde: man sparte nicht mit Schlüpfrigkeiten; und von den Vorfällen fand man zu Verallgemeinerungen.

„Wahrlich", sagte eine der Damen, „dieser Hexenzauber (denn die Kleinode sind verhext) hält uns in einem gräßlichen Zustand: allwege muß man gefaßt sein, daß eine freche Stimme aus einem redet!"

„Aber Madame“, sagte eine zweite, „diese Furcht nimmt uns wunder an Euch: wenn ein Kleinod nichts Blamables zu sagen hat, was liegt daran, ob es schweigt oder redet?“

„Daran liegt so viel“, versetzte die erste, „daß ich bedenkenlos die Hälfte meines Schmucks für die Gewißheit hingäbe, daß meins schweigt.“

„Ei, wer das Stillschweigen der Leute so teuer erkauft, muß gute Gründe haben“, sagte die zweite.

„Ich habe keine besseren als jede andere“, erwiderte Céphise, „trotzdem widerrufe ich mich nicht. Zwanzigtausend Taler für meine Ruhe wären mir nicht zu teuer; denn ich gestehe Euch offen, daß ich meines Kleinods nicht sicherer bin als meines Mundes: mir sind in meinem Leben schon manche Unbedachtheiten entschlüpft. Tagtäglich höre ich so viele tolle Geschichten, die gewisse Kleinode enthüllt, bestätigt, haarklein berichtet haben sollen, daß, selbst wenn man drei Viertel davon abzieht, der Rest hinreicht, eine Frau zu entehren. Würde meins auch nur halb soviel lügen wie die andern, wäre ich verloren. Ach, war es nicht genug, daß unser Betragen in der Macht unserer Kleinode steht, muß nun auch unser guter Name noch von ihrem Geschwätz abhängen?“

„Was mich betrifft“, sagte Ismene beherzt, „so verzichte ich auf diese endlosen Erörterungen und lasse den Dingen ihren Lauf. Heißt Brahma die Kleinode reden, wie mein Brahmane mir bewiesen hat, so wird Er nicht dulden, daß sie lügen: es wäre gottlos, das Gegenteil zu behaupten. Mag mein Kleinod denn schwatzen, so oft und so viel ihm beliebt: was könnte es am Ende schon sagen?“

Da hörte man eine dumpfe Stimme wie unter der Erde hervor, die gleich einem Echo antwortete: „Mancherlei.“ Ismene, die gar nicht begriff, woher die Antwort kam, entrüstete sich, fiel über ihre Nachbarinnen her und sorgte dafür, daß das Ergötzen des Zirkels kein Ende nahm. Der Sultan, der entzückt sah, wie er sie irreführen konnte, ließ einen Minister, mit dem er abseits verhandelt hatte, stehen, trat auf sie zu und sagte: „Seid Ihr auch sicher, Madame, daß Ihr nicht eine dieser Damen früher einmal ins Vertrauen gezogen habt und ihr Kleinod aus Schalkheit an Geschichten erinnert, die Eures vergessen hat?"

Zugleich stellte Mangogul, indem er seinen Ring je nach Bedarf drehte, zwischen der Dame und ihrem Kleinod ein gar seltsames Zwiegespräch her. Ismene, die ihre kleinen Händel immer glücklich geführt und nie Bediente ins Vertrauen gezogen hatte, erwiderte dem Sultan, alle Kunst der Verleumder sei hier vergebens.

„Vielleicht", antwortete die unbekannte Stimme.

„Wieso vielleicht?" fragte Ismene, aufgebracht über den schimpflichen Zweifel. „Was hätte ich von denen zu befürchten ...?"

„Alles, wenn sie wüßten, was ich weiß."

„Und was wißt Ihr?"

„Mancherlei, sage ich Euch."

„Mancherlei, das deutet auf viel und besagt gar nichts. Könnt Ihr Einzelheiten nennen?"

„Zweifellos."

„Und welcher Art denn? Hatte ich Herzensaffären?"

„Nein."

„Liebeleien, Abenteuer?"

„Just das."

„Und mit wem, bitte? Mit Stutzern, Militärs, Senatoren?"

„Nein."

„Mit Schauspielern?"

„Nein."

„Dann wohl mit meinen Pagen, Lakaien, meinem Beichtvater oder dem Finanzrat meines Gemahls?"

„Nein."

„Seid Ihr also am Ende, Herr Aufschneider?"

„Nicht ganz."

„Ich weiß allerdings keinen mehr, mit dem man Abenteuer haben könnte. War es vor, war es nach meiner Hochzeit? Antwortet, Flegel."

„Ei, Madame, erspart Euch, mich zu insultieren; zwingt Euren besten Freund nicht, Euch übel aufzuwarten."

„Redet, Bester, redet, sprecht Euch aus; ich schätze Eure Dienste so gering, daß Euer Schwatzen mich nicht schreckt: erklärt Euch, ich gestatte es; ich befehl es Euch sogar."

„Wohin treibt Ihr mich, Ismene?" sprach das Kleinod unter tiefem Seufzen.

„Der Tugend Recht zu erweisen."

„Nun denn, tugendsame Ismene, entsinnt Ihr Euch des jungen Osmin nicht mehr und des türkischen Gouverneurs Zégris, Eures Tanzmeisters Alaziel, Eures Musiklehrers Almoura?"

„Oh, das Scheusal!" rief Ismene aus. „Nie durfte ich mich so vergehen, meine Mutter war viel zu wachsam, und wenn mein Gemahl hier wäre, könnte er bezeugen, daß er mich wie erwünscht vorgefunden hat."

„Gewiß", versetzte das Kleinod, „dank dem Geheimnis Alcinens, Eurer besten Freundin."

„Das ist eine so alberne, so plumpe Verleumdung", sagte Ismene, „daß man dem nichts erwidern muß. Ich weiß nicht", fuhr sie fort, „welcher dieser Damen das Kleinod gehört, das meine Angelegenheiten so gut zu kennen vorgibt, aber es hat Dinge erzählt, von denen meins nicht die mindeste Ahnung hat."

„Madame", sagte Céphise, „ich versichere Euch, meins hat sich begnügt zuzuhören."

Die übrigen Damen pflichteten dem bei, und man setzte sich zum Spiel, ohne ermittelt zu haben, wer eigentlich der Unterredner in dem verzeichneten Gespräch gewesen war.

12. Kapitel

Fünfte Ringprobe · Das Spiel

Die meisten Damen in der Runde der Manimonbanda spielten wie Besessene; es hätte Mangoguls Scharfsicht nicht bedurft, das festzustellen. Die Spielleidenschaft ist eine der unverhohlensten; sie tut sich, ob bei Gewinn, ob bei Verlust, durch unverwerfliche Zeichen kund. „Aber woher kommt ihnen diese Wut?“ fragte der Sultan. „Wie können sie die Nächte in zitternder Erwartung eines As oder einer Sieben um einen Pharaotisch hinbringen? Solche Zügellosigkeit verdirbt ihnen Gesundheit und Schönheit, falls sie überhaupt schön sind – von der Lotterei ganz zu schweigen, der sie dabei todsicher verfallen.

Ich hätte große Lust“, sagte er leise zu Mirzosa, „hier einen meiner Handstreiche zu vollführen.“

„Und was für einen Streich führt Ihr im Schilde?“ fragte die Favoritin.

„Nun“, sagte Mangogul, „ich will meinen Ring auf die wahnwitzigste dieser Spielschwestern richten, ihr Kleinod befragen und durch dieses Sprachrohr all den grützköpfigen Ehemännern, die zulassen, daß ihre Weiber Ehre und Vermögen ihres Hauses auf eine Karte oder einen Würfel setzen, eine gehörige Lehre erteilen.“

„Die Idee gefällt mir“, erwiderte Mirzosa; „nur müßt Ihr wissen, Fürst, die Manimonbanda hat eben bei ihren Pagoden geschworen, es werde keinen Zirkel mehr bei ihr geben, sollte sie sich der Schamlosigkeit der Engastrimuthen ein weiteres Mal ausgesetzt sehn.“

„Wie habt Ihr gesagt, Wonne meiner Seele?“ unterbrach sie der Sultan.

„Ich nannte den Ausdruck“, versetzte die Favoritin, „den die schamhafte Manimonbanda all denen gibt, deren Kleinode reden.“

„Den Ausdruck hat doch wieder ihr Brahmane, der Holzkopf, erfunden, der sich mit seinem Griechisch brüstet und nicht mal congoitisch kann“, sagte der Sultan; „ob es aber der Manimonbanda und ihrem Hauskaplan nun behagt oder nicht, ich will Manilles Kleinod befragen; und zur Erbauung der lieben Nächsten wäre es das beste, die Befragung fände gleich hier statt.“

„Fürst, wenn Ihr auf mich hören wollt“, sagte Mirzosa, „so erspart Ihr der Großsultanin diesen Verdruß; Ihr könnt es, ohne daß Eure noch meine Neugier zu kurz kommen; Ihr braucht Manille nur zu Hause aufzusuchen."

„Gut, ich gehe zu ihr, da Ihr es so wollt", sagte Mangogul.

„Aber um welche Stunde?" fragte die Sultanin.

„Um Mitternacht."

„Um Mitternacht spielt sie noch."

„Dann warte ich bis zwei", sagte Mangogul.

„Was glaubt Ihr, Fürst", versetzte Mirzosa, „das ist die beste Stunde für eine Spielerin! Wenn Eure Hoheit mich fragen, so nehmt Ihr Manille zwischen sieben und acht, in ihrem ersten Schlummer, vor."

Mangogul folgte Mirzosas Rat und begab sich um sieben Uhr früh zu Manille. Ihre Zofen wollten sie eben zu Bett bringen. An der Trübsal auf ihrem Gesicht erkannte er, daß sie unglücklich gespielt hatte: sie lief auf und nieder, hielt inne, blickte gen Himmel, stampfte mit dem Fuß auf, drückte die Fäuste in die Augen und murmelte allerlei zwischen den Zähnen, was der Sultan nicht verstand. Die Zofen, die sie auskleiden mußten, folgten zitternd jeder ihrer Gebärden; und wenn es ihnen gelang, sie ins Bett zu bringen, so nicht, ohne Kränkungen oder Ärgeres auszustehen. Endlich nun lag Manille im Bett, nachdem sie statt eines Nachtgebets Verwünschungen gegen ein verfluchtes As ausgestoßen, das siebenmal nacheinander auf Verlust gefallen war. Sie hatte die Lider kaum geschlossen, als Mangogul seinen Ring auf sie richtete. Und schon rief ihr Kleinod klagend: „Ach, ich bin neunzig und aus!" Der Sultan lächelte, daß bei Manille sogar das Kleinod im Spielerjargon redete. „Nein", fuhr das Kleinod fort, „nie wieder spiele ich mit Abidul, diesem Falschspieler. Von Darès mag ich schon gar nichts mehr wissen, der sprengt die Bank. Ismal, so schön er ist, hat nicht den Trumpf, den ich brauche. Ach, welch ein Schatz war Mazulim, ehe er durch Crissas Hände ging. Auf Zulmis ist nicht zu setzen, Rica ist verläßlicher, aber der sitzt auf dem trocknen. Und was fing ich mit Lazulin an? Die schönste Frau von Banza brächte den nicht zu einem großen Einsatz. Und Molli erst, wie zag! Wahrlich, es ist eine verheerende Schlappheit unter den Spielern ausgebrochen; man weiß bald nicht mehr, mit wem man eine Partie machen soll."

Nach diesem Klagelied erzählte das Kleinod, wie hart seine Herrin oft in Bedrängnis gewesen sei und wie standhaft und erfinderisch sie sich gegen Fehlschläge behauptet habe. „Ohne mich", sagte es, „wäre Manille schon zwanzigmal ruiniert gewesen: alle Schätze des Sultans hätten die Schulden nicht aufgewogen, die ich bezahlt habe. Beim Krimpelspiel verlor sie einmal in einer Sitzung gegen einen Bankier und einen Abbé über zehntausend Dukaten: ihr blieb nur der Schmuck; aber den hatte ihr Gatte erst vor zu kurzer Zeit wieder ausgelöst, als daß sie ihn erneut wagen durfte. Jedoch hatte sie Karten genommen und sah eins jener verführerischen Spiele in ihrer Hand, wie sie das Glück schickt, ehe es einen erdrosselt: man drängte sie anzusagen. Manille schaute in ihre Karten, griff in ihre Börse, von der sie sicher wußte, daß nichts drinnen war, nahm ihr Spiel wieder vor, prüfte noch einmal und sagte gar nichts.

‚Setzt Madame endlich?' fragte der Bankier.

‚Ja, ich setze', sagte sie, ‚ich setze ... ich setze mein Kleinod.'

‚Wieviel?' fragte Turcarès.

‚Hundert Dukaten', sagte Manille.

Der Abbé verzichtete; das Kleinod dünkte ihm zu teuer. Turcarès schlug ein: Manille verlor und zahlte.

Die törichte Eitelkeit, ein Kleinod von Rang und Adel zu besitzen, blendete Turcarès: er erbot sich, zum Spiel meiner Herrin beizutragen, wenn ich seinem Vergnügen diente: der Handel wurde gleich geschlossen. Aber da Manille hoch spielte und der Bankier nicht unerschöpflich war, sahen wir bald den Boden seiner Kasse.

Meine Herrin hatte das glanzvollste Pharao vorbereitet; all ihre Bekannten waren eingeladen: es sollten nur Dukaten gesetzt werden. Wir rechneten mit der Börse unseres Turcarès; aber in der Frühe des Tages schrieb uns der Lump, er habe keinen Sou, und ließ uns in der äußersten Verlegenheit sitzen: es galt, einen Ausweg zu finden, jeder Augenblick war kostbar. Wir besannen uns eines alten Oberbrahmanen, dem wir reichlich teuer ein paar Gefälligkeiten verkauften, um die er seit einer Ewigkeit gebettelt hatte. Die Partie kostete ihn das Zweifache dessen, was seine Pfründe ihm eintrug.

Indes kam Turcarès nach ein paar Tagen wieder. Er sei verzweifelt, sagte er, daß Madame ihn unversehen betroffen habe: er zähle aber weiterhin auf ihre Güte.

‚Da zählt Ihr falsch, mein Lieber', antwortete Manille; ‚schicklicherweise kann ich Euch nicht mehr empfangen. Als Ihr imstande wart zu leihen, wußte man in der Gesellschaft, weshalb ich Euch litt; jetzt aber, da Ihr zu nichts mehr taugt, brächtet Ihr mich um meine Ehre.'

Turcarès war über solche Reden erbittert, und ich nicht minder, schließlich war er wohl der beste Kerl in ganz Banza. Er vergaß sich so weit, Manille vorzuhalten, sie habe ihn mehr als drei Opernmädchen gekostet, bei denen er sich überdies besser amüsiert hätte.

‚Ach!' rief er klagend, ‚warum blieb ich nicht bei meiner kleinen Weißnäherin! Wie hat mich das Närrchen geliebt. Ich konnte sie mit einem Taftschal glücklich machen!'

Manille, die Vergleiche nicht schätzte, unterbrach ihn in furchterregendem Ton und befahl ihm, sich auf der Stelle zu packen. Turcarès kannte sie; er zog es vor, friedlich über die Treppe heimzukehren als durchs Fenster.

Dann lieh Manille bei einem anderen Brahmanen, der, wie sie sagte, sie in ihrem Unglück trösten kam: der Heilige löste den Finanzmann ab, und wir vergalten seine Tröstungen in gleicher Münze. Sie versetzte mich noch öfter; denn wie jeder weiß, sind Spielschulden die einzigen, die man in der großen Welt bezahlt.

Wenn Manille einmal glücklich spielt, ist sie die angenehmste Frau in Congo. Bis aufs Spielen wandelt sie ihr Betragen, daß es jeden erstaunt; man hört sie nicht fluchen; ihre Tafel ist gut besetzt, sie bezahlt Putzmacherin und Bediente, beschenkt ihre Frauen, löst manchmal gar ihre Nippes aus und streichelt Dogge und Gemahl; aber dreißigmal im Monat setzt sie diese glücklichen Neigungen samt ihrem Geld auf ein Pik-As. So ist das Leben, das sie geführt hat, das sie führen wird; und Gott weiß, wie oft ich noch der Einsatz sein werde!"

Hier verstummte das Kleinod, und Mangogul ging schlafen. Man weckte ihn gegen fünf Uhr abends, und er begab sich in die Oper, da er der Favoritin versprochen hatte, sich dort einzufinden.

13. Kapitel

Sechste Ringprobe · Die Oper von Banza

Die Oper war das einzige Theater in Banza, das sich über Wasser hielt. Utmiutsol und Uremifasolasiututut, zwei berühmte Tonschöpfer, der eine an der Schwelle des Alters, der andere noch am Beginn, besetzten abwechselnd die Opernbühne. Jeder dieser originellen Künstler hatte seine Parteigänger: Ignoranten und Graubärte stimmten für Utmiutsol; die Jugend und die Virtuosen waren für Uremifasolasiututut; und wer Geschmack hatte, ob jung, ob alt, hielt auf beide große Stücke.

Uremifasolasiututut, sagten die Kenner, ist großartig, wenn er seine gute Stunde hat; aber von Zeit zu Zeit schläft er, doch wem widerführe das nicht? Utmiutsol ist beständiger, ausgewogener: er steckt voller Schönheiten; aber er hat keine aufzuweisen, die sich nicht auch und sogar ausgeprägter bei seinem Rivalen fänden, der hingegen Züge hat, die ganz ihm eigen sind und denen man nur in seinen Werken begegnet. Der alte Utmiutsol ist schlicht, natürlich, schmucklos, zu schmucklos manchmal, und das ist sein Fehler. Der junge Uremifasolasiututut ist eigenwillig, glanzvoll, vielschichtig, schwierig, zu schwierig manchmal: aber der Fehler liegt vielleicht beim Hörer; der eine hat nur eine Ouvertüre, die, so schön sie ist, am Anfang aller seiner Werke wiederkehrt; der andere hat so viele Ouvertüren wie Stücke geschaffen; und alle gelten für Meisterwerke. Die Natur leitete Utmiutsol auf den Pfaden der Melodie; durch Studium und Erfahrung entdeckte Uremifasolasiutut die Quellen der Harmonik. Wer verstand zu deklamieren, und wer rezitierte je wie der Alte? Wer schenkte uns leichte Arietten, wollüstige Arien und Charaktersymphonien wie der Moderne? Utmiutsol allein versteht sich auf den Dialog. Vor Uremifasolasiututut kannte keiner die feinen Schattierungen, die das Zärtliche vom Sinnlichen, das Sinnliche vom Leidenschaftlichen, das Leidenschaftliche vom Wollüstigen scheiden: etliche Anhänger des letzteren behaupten sogar, wenn Utmiutsols Dialog den seinen übertreffe, läge das weniger an der Ungleichheit ihrer Talente als am Können ihrer Textdichter ... „Lest die Dardanus-Szene“, sagen sie, „und ihr werdet euch überzeugen, daß Uremifasolasiututut, wenn er nur gute Texte hat, genauso bezaubernde Szenen schreibt wie Utmiutsol.“ Wie dem auch sei, zu meiner Zeit strömte die ganze Stadt zu den tragischen Opern des einen und erdrückte sich bei den Ballettopern des andern.

Derzeit gab man in Banza ein hervorragendes Werk von Uremifasolasiututut, das aber ganz unbemerkt über die Bühne gegangen wäre, hätte die Lieblingsfrau des Sultans nicht den Wunsch bekundet, es zu sehen. Zudem begünstigte die periodische Unpäßlichkeit der Kleinode die Intrigen der „Kleinen Geigen“, denn aus diesem Grund fiel die erste Sängerin aus. Die für sie einsprang, hatte eine weniger schöne Stimme; da sie aber durch ihr Spiel entschädigte, sahen der Sultan und die Favoritin kein Hindernis, die Premiere mit ihrer Anwesenheit zu beehren.

Mirzosa war bereits eingetroffen; Mangogul kommt; der Vorhang hebt sich: das Spiel beginnt. Alles lief nach Wunsch; die Chevalier ließ die Le Maure vergessen, und man war mitten im vierten Akt, als dem Sultan während eines Chors, der nach seinem Dafürhalten zu lang dauerte und über dem die Favoritin schon zweimal hatte gähnen müssen, der Einfall kam, seinen Ring auf die Sängerinnen zu richten. Nie sah man auf der Bühne eine Szene von so seltener Komik. Dreißig Mädchen standen plötzlich stumm: mit aufgesperrten Mäulern verharrten sie in den theatralischen Posen, die sie gerade eingenommen hatten. Indes schmetterten ihre Kleinode bis zum Heiserwerden, dies einen Gassenhauer, jenes ein zotiges Vaudeville, ein drittes eine höchst anstößige Parodie und überhaupt jedes seinem Wesen entsprechende Albernheiten. Von einer Seite hörte man: „Aber ja, Gevatterin, ja." Von der anderen: „Was, zwölfmal?" Hier: „He, wer küßt mich? Bist du's, Friedrich?" Dort: „Nur heran, Pater Cyprian!" Kurzum, alle grölten so laut, so närrisch und verdreht, daß es den ausgefallensten, tollsten und lächerlichsten Chor ergab, der weder vor noch seit jenem Gesang der ... no ... d ... on ... vernommen wurde. (Hier war das Manuskript beschädigt.)

Das Orchester spielte unterdessen unbeirrt weiter, und das Gelächter im Parterre, auf dem Balkon und in den Logen vereinte sich mit dem Instrumentenklang und den Liedern der Kleinode zur vollkommensten Kakophonie.

Etliche Aktricen flüchteten in die Kulissen, aus Furcht, es möchten ihre Kleinode, statt Dummheiten zu trällern, gar welche erzählen; aber sie kamen mit dem Schrecken davon. Überzeugt, das Publikum werde nun nichts Neues mehr erfahren, drehte Mangogul seinen Ring um. Sogleich verstummten die Kleinode, das Gelächter verebbte, die Bühne beruhigte sich, und das Stück lief friedlich weiter bis zum Schluß. Der Vorhang fiel; Sultanin und Sultan zogen sich zurück; und die Kleinode unserer Sängerinnen verfügten sich dorthin, wo sie zu anderem als zum Singen erwartet wurden.

Der Vorfall erregte großes Aufsehn. Die Männer lachten, die Frauen ängstigten sich, die Bonzen entrüsteten sich, und den Akademikern schwirrte der Kopf. Und was sagte Orcotome? Orcotome triumphierte. Er hatte in einer Denkschrift vorausgesagt, die Kleinode würden unfehlbar singen; sie hatten gesungen, und dieses Phänomen, das seine Kollegen aus der Fassung brachte, warf neues Licht auf ihn und bestätigte seine These vollends.

14. Kapitel

Orcotomes Experimente

Am fünfzehnten des ...mondes hatte Orcotome seine Denkschrift vor der Akademie verlesen und seine Ansichten zum Geschwätz der Kleinode dargelegt. Da er bei der Gelegenheit mit größter Überzeugungskraft von unwiderlegbaren, mehrfach und stets mit Erfolg wiederholten Experimenten sprach, ließ sich die große Menge blenden. Die Öffentlichkeit bewahrte eine Zeitlang die günstige Meinung, die sie von ihm gewonnen hatte, und ganze sechs Wochen lang stand Orcotome in dem Ansehen, die allerschönsten Entdeckungen gemacht zu haben.

Es galt nur mehr, die großartigen, von ihm so lauthals gepriesenen Experimente vor der versammelten Akademie zu wiederholen, um seinen Triumph voll zu machen. Das zu diesem Behufe geladene Auditorium konnte nicht erlauchter sein. Minister kamen: der Sultan selbst verschmähte nicht, sich einzufinden; nur blieb er unsichtbar.

Da Mangogul groß im Monologisieren war und ob der Nichtigkeit der zeitgenössischen Konversation die Gewohnheit des Selbstgesprächs angenommen hatte, sprach er bei sich: „Entweder ist Orcotome ein abgefeimter Scharlatan oder mein Schutzgeist ein alter Esel. Wenn der Akademiker, der ganz bestimmt kein Hexenmeister ist, tote Kleinode zum Reden bringen kann, tat mein Beschützer sehr übel, sich dem Teufel zu verschreiben und seine Seele dranzugeben, um quicklebendige Kleinode mit dieser Gabe zu beleihen."

Noch war Mangogul in solche Erwägungen vertieft, als er sich schon mitten in seiner Akademie befand. Wie man sieht, hatte Orcotome alles zu Zuschauern, was in Banza über das Thema der Kleinode im Bilde war. Um mit seinem Publikum voll zufrieden zu sein, brauchte er es nur noch zufriedenzustellen: aber seine Experimente konnten kaum mißlicher ausfallen. Orcotome nahm ein Kleinod, setzte es an den Mund, blies sich die Lunge aus dem Hals, warf es beiseite, nahm es wieder vor, erprobte ein anderes; denn er hatte Kleinode jeden Alters, jeder Größe, jeden Standes und jeder Farbe mitgebracht; aber er mochte blasen, wie er wollte, man vernahm nur unartikulierte Laute, ganz anderer Art, als er versprochen hatte.

Alsbald entstand ein Murmeln, das ihm für einen Augenblick den Witz benahm, aber er faßte sich rasch und erklärte, solche Experimente schickten sich vor einem so zahlreichen Publikum eben nicht; womit er recht hatte.

Mangogul erhob sich entrüstet, ging hinaus und war im Nu bei der Favoritin.

„Nun, Fürst“, sagte sie, als sie seiner ansichtig ward, „wer ist Sieger, Ihr oder Orcotome? Immerhin haben seine Kleinode großes Aufsehen erregt.“

Der Sultan lief etlichemal auf und nieder, ohne Antwort zu geben.

„Ei“, sprach die Favoritin, „Hoheit sind verstimmt?“

„Ach, Madame!“ sagte der Sultan, „die Verwegenheit dieses Orcotome ist beispiellos. Man rede mir nicht mehr von ihm ... Was werdet ihr, künftige Geschlechter, sagen, wenn ihr erfahrt, daß der große Mangogul solchen Leuten hunderttausend Taler Gehalt zahlte, während er wackere Offiziere, die den Lorbeerkranz auf seiner Stirn mit ihrem Blute tränkten, mit vierhundert Livres Rente abgespeist hat? ... Ach, Himmelsakra, ich platze vor Wut! Ich habe für einen Monat schlechte Laune.“

Hierauf verstummte Mangogul, doch fuhr er fort, die Wohnung der Favoritin zu durchmessen. Er hielt den Kopf gesenkt; er kam, er ging, blieb stehen, stampfte von Zeit zu Zeit mit dem Fuß auf. Er setzte sich eine Sekunde, erhob sich brüsk, nahm Urlaub von Mirzosa, vergaß, sie zu küssen, und zog sich in seine Gemächer zurück.

Der afrikanische Autor, der sich durch seine Geschichte der hochherzigen und wunderbaren Taten Erguebzeds und Mangoguls unsterblichen Ruhm erwarb, fährt nun in folgenden Worten fort:

Bei Mangoguls übler Laune mochte man glauben, er werde

sämtliche Gelehrten aus seinem Königreich verbannen. Mitnichten. Anderntags erhob er sich bester Laune, vollführte des Morgens ein Ringelstechen und speiste abends mit seinen Günstlingen und Mirzosa unter einem prächtigen Zelt, das in den Gärten des Palastes errichtet worden war, und schien weniger denn je mit Staatsgeschäften belastet.

Die Nörgler, die Mißvergnügten in Congo und die Neuheitenjäger von Banza verfehlten nicht, solches Benehmen zu bekritteln. Aber was bekritteln diese Leute nicht? „Heißt das“, so redeten sie auf den Promenaden, in den Cafés, „heißt das einen Staat regieren? Den lieben langen Tag mit der Lanze in der Hand, die Nächte beim Gelage zubringen?“

„Ha, wenn ich Sultan wär“, rief ein kleiner Senator, der sich durchs Spiel zugrunde gerichtet, von seiner Frau getrennt hatte und seinen Kindern die jämmerlichste Erziehung der Welt angedeihen ließ, „wenn ich Sultan wär – ich wollte Congo zu ganz anderer Blüte erheben. Ich wollte der Schrekken meiner Feinde und der Abgott meiner Untertanen sein. In weniger als sechs Monden machte ich die Polizei, die Gesetze, die Kriegskunst und die Seemacht wieder groß. Ich hätte hundert Kriegsschiffe. Unser Heideland wäre bald urbar gemacht, die Straßen instand gesetzt. Die Steuern schaffte ich ab oder erließe wenigstens die Hälfte. Und an Gehältern, meine Herren Schöngeister, bekämt ihr, meiner Treu, nicht mehr, als einen hohlen Zahn füllt. Den guten Offizieren, Pongo Sabiam, den guten Offizieren, den alten Soldaten, den Beamten, die wie unsereins ihre Arbeitskraft und ihre Nachtruhe opfern, um den Völkern ihr Recht zu schaffen: das sind die Männer, denen ich meine Wohltaten spenden würde.“

„Entsinnt Ihr Euch noch, meine Herren“, ließ sich in sachverständigem Ton ein zahnloser alter Politiker vernehmen, der mit klebrigem Haar, durchlöcherten Rockärmeln und zerschlissenen Manschetten einherging, „entsinnt Ihr Euch noch unseres großen Kaisers Abdelmalec aus der abessinischen Dynastie, der vor zweitausenddreihundertfünfundachtzig Jahren regiert hat? Wißt Ihr noch, wie er zwei Astronomen schlankweg pfählen ließ, weil sie sich bei der Voraussage einer

Sonnenfinsternis um drei Minuten geirrt hatten, und wie er seinen Chirurgen und seinen Leibarzt lebendigen Leibes vierteilen ließ, weil sie ihm zur Unzeit ein Abführmittel verordnet hatten?"

„Und wozu", fragte ein dritter, „wozu sind all diese müßigen Brahmanen gut, dieses Geschmeiß, das wir mit unserem Blut mästen? Gebührten die ungeheuren Reichtümer, von denen sie strotzen, nicht vielmehr ehrenwerten Leuten wie uns?"

Ein anderer meinte: „Wer hat vor vierzig Jahren die neue Kochkunst und lothringische Liköre gekannt? Ja, man hat sich einem Luxus ergeben, der den nahen Untergang des Reiches ankündigt, wie bei der heutigen Mißachtung der Pagoden und dem Sittenverfall auch gar nicht anders möglich. Als man am Tisch des großen Kanoglou noch Selchfleisch aß und Scherbett trank, was hat man sich da aus Intarsien, aus Martinslack und aus Rameaus Musik gemacht? Die Opernmädchen waren nicht zimperlicher als heutzutage, nur waren sie viel billiger zu haben. Der Fürst, Ihr seht es, verdirbt eben alles. Ach, wenn ich Sultan wär!"

„Wenn du Sultan wärst", antwortete hitzig ein alter Offizier, der den Gefahren der Schlacht bei Fontenoy entronnen war und an der Seite seines Fürsten am Tag von Lawfeld einen Arm verloren hatte, „würdest du noch mehr Dummheiten begehen, als du von dir gibst. Ei, mein Freund! Du kannst deine Zunge nicht im Zaum halten und willst ein Reich regieren! Du bist nicht Herr im eigenen Haus und willst dich in Staatsgeschäfte mischen! Schweig, Unglücksmensch! Ehre die Mächtigen dieser Erde und danke den Göttern, daß sie dir das Leben in einem Reich und unter der Herrschaft eines Fürsten gaben, dessen Weisheit seine Minister erleuchtet, dessen Tapferkeit der Soldat bewundert; der bewirkt hat, daß seine Feinde ihn fürchten und seine Völker ihn lieben, und dem allenfalls vorzuwerfen wäre, mit welcher Nachsicht deinesgleichen unter seiner Regierung geduldet wird."

15. Kapitel

Die Brahmanen

Als die Gelehrten das Thema der Kleinode erschöpft hatten, bemächtigten sich seiner die Brahmanen. Die Religion erklärte sich für ihr Geschwätz zuständig, und ihre Diener behaupteten, Brahmas Finger offenbare sich in diesem Ding.

Es fand eine Generalversammlung der Pontifexe statt, und man beschloß, die geschicktesten Federn zu beauftragen, in aller Form nachzuweisen, daß dieses Ereignis übernatürlich sei; bis aber ihre Schriften gedruckt vorlägen, sollte diese Auffassung in Diskussionen, im Einzelgespräch, in der Seelsorge und in den öffentlichen Predigten vertreten werden.

Während sie aber einmütig dafür stimmten, daß dieses Ereignis übernatürlich sei, gerieten sie, da man in Congo zwei Urmächte anerkannte und eine Art Manichäismus vertrat, in Streit darüber, welcher der beiden Mächte man das Geschwätz der Kleinode zuschreiben sollte.

Die einen, die ihre Klausen kaum je verlassen und nie anderes als ihre Bücher befingert hatten, schrieben Brahma das Wunder zu. „Nur Er“, sagten sie, „kann die Ordnung der Natur durchbrechen; die Zeit wird lehren, welche weisen Absichten Er damit verfolgt.“

Die anderen hingegen, die Alkovenjäger, die häufiger in einem Schlafzimmer ertappt als in ihren Studierstuben angetroffen wurden, hatten Sorge, es möchten etwelche schwatzhafte Kleinode ihr Heuchlertum entlarven, und legten darum ihr Geschwätz Cadabra, der unheilstiftenden Gottheit, Brahmas und seiner Diener geschworenem Feind, zur Last.

Diese Auffassung bot gefährlichen Auslegungen Raum und war nicht eben geeignet, einem Sittenwandel zu dienen. Sogar ihre Verteidiger machten sich darüber nichts vor. Aber es galt, sich abzusichern; und um dieses Zieles willen hatte die Religion keinen einzigen Diener, der die Pagoden und ihre Altäre nicht hundertmal verleumdet hätte.

Mangogul und Mirzosa wohnten regelmäßig dem Gottesdienst zu Ehren Brahmas bei, wovon die Zeitung das ganze Reich zu unterrichten pflegte. Sie hatten sich an einem besonders hohen Feiertag in die große Moschee begeben. Der Brahmane, der mit der Auslegung des Wortes betraut war, bestieg die Kanzel, überschüttete den Sultan und die Favoritin mit Phrasen, Komplimenten und Langeweile und erging sich weitschweifig über die Kunst, sich in Gesellschaft gottgefällig auf einen Stuhl zu setzen. Wie wichtig dies sei, hatte er soeben mit zahllosen Autoritäten bekräftigt, als ihn plötzlich der heilige Eifer packte und er folgende Rede losließ, die um so mächtiger wirkte, als niemand darauf gefaßt war.

„Was höre ich aus allen Zirkeln? Ein wirres Geraune, unerhörte Laute dringen an mein Ohr. Alles hat sich verkehrt, und der Gebrauch des Wortes, welchen Brahma in seiner Güte bislang der Zunge vorbehalten, ist unter seiner rächenden Hand auf andere Organe übergegangen. Und was für Organe! Ihr wißt es, meine Herrn. Bedurfte es denn erst eines Wunders, um dich aus deiner Dumpfheit aufzurütteln, undankbares Volk! Und deine Sünden, hatten sie nicht Zeugen genug, ohne daß deren Hauptwerkzeuge die Stimme erhoben! Gewiß ist das Maß voll, da der Zorn des Himmels neue Züchtigungen ersonnen hat. Vergebens hülltest du dich in Finsternis; vergebens wähltest du stumme Gehilfen deines Frevels: hörst du sie jetzt? Sie haben allerorten gegen dich gezeugt und der Welt deine Schändlichkeit offenbart. O Du, der Du sie in Deiner Weisheit regierst, o Brahma! Dein Richtspruch ist gerecht. Dein Gesetz verdammt den Diebstahl, den Meineid, die Lüge und den Ehebruch; es verbietet die schwarze Verleumdung wie die Schleichwege des Ehrgeizes, den blindwütigen Haß wie die Winkelzüge der Falschheit. Deine getreuen Diener sind nicht müde geworden, Deinen Kindern diese Wahrheiten zu verkündigen und sie mit den Strafen zu bedrohen, die Dein gerechter Zorn den Pflichtvergessenen vorbehält; aber umsonst: die Aberwitzigen haben sich dem Taumel ihrer Leidenschaften überlassen; sie ließen sich fortreißen; sie mißachteten unseren Rat; sie verlachten unsere Drohungen; sie sahen unsere Bannflüche für nichtig an; ihre Laster haben sich nur vermehrt, verstärkt, vervielfältigt; die Stimme ihrer Ruchlosigkeit ist bis zu Dir emporgestiegen, und wir konnten sie vor der furchtbaren Geißel nicht bewahren, mit der Du zugeschlagen hast. Nachdem wir lange um Dein Erbarmen gefleht haben, preisen wir nun Deine Gerechtigkeit. Unter Deinen Schlägen zerschmettert werden sie gewiß zu Dir zurückfinden und die Hand erkennen, die schwer auf ihnen lastet. Aber, o Wunder der Verstocktheit! O Höhepunkt der Verblendung! Sie haben die Wirkung Deiner Macht dem blinden Triebwerk der Natur zugeschrieben. Sie haben sich in ihren Herzen gesagt: Brahma ist nicht. Nicht alle Eigenschaften der Materie sind uns bekannt; und der neue Beweis Seiner Existenz ist nur ein Beweis der Unwissenheit und Leichtgläubigkeit derer, die Ihn uns entgegensetzen. Auf solchem Grund haben sie Systeme errichtet, Hypothesen aufgestellt, Experimente vorgenommen; aber von der Höhe Seiner ewigen Wohnstatt herab hat Brahma ihrer eitlen Pläne gespottet. Er hat die tollkühne Wissenschaft verwirrt; und die Kleinode haben den ohnmächtigen Zaum, den man ihrer Geschwätzigkeit anlegen wollte, zerbrochen wie Glas. Möge dieses hoffärtige Gewürm nun die Ohnmacht seines Verstandes und die Nichtigkeit seiner Anstrengungen eingestehen. Möge es aufhören, Brahmas Existenz zu leugnen oder Seiner Macht Schranken setzen zu wollen. Brahma ist, Er ist allmächtig; und Er offenbart sich uns in seinen schrecklichen Heimsuchungen nicht minder deutlich als in seiner unaussprechlichen Gnade.

Wer aber hat diese Heimsuchungen über unser unseliges Land herabbeschworen? Sind es nicht deine Missetaten, gieriger, gottvergessener Mann? Deine Verbuhltheit und deine törichten Liebeshändel, weltliches, schamloses Weib? Deine Exzesse und schmachvollen Ausschweifungen, verruchter Lüstling? Deine Härte gegen unsere Klöster, Geizhals? Deine Ungerechtigkeiten, bestechlicher Richter? Dein Wucher, unersättlicher Händler? Deine Schlaffheit und dein Unglauben, gottloser, verweichlichter Höfling?

Ihr aber, die ihr von dieser Schande vornehmlich betroffen seid, Frauen und Mädchen, die ihr in Liederlichkeit wandelt: Selbst wenn wir den Pflichten unseres Standes zuwiderhandeln und von euren Entgleisungen schweigen wollten, so tragt ihr nun mit euch eine Stimme, die lästiger ist als unsere; sie folgt euch überallhin und wirft euch eure unreinen Begierden vor, eure zweideutigen Freundschaften, eure verbrecherischen Buhlereien, eure schlimme Gefallsucht, eure vielen Kunstgriffe, die Männer einzufangen, eure große Geschicklichkeit, sie an euch zu fesseln, eure hemmungslose Wollust, eure rasende Eifersucht. Worauf wartet ihr noch, um Cadabras Joch abzuschütteln und heimzufinden unter Brahmas milde Gesetze? Aber kehren wir zu unserem Thema zurück. Ich sagte euch also, daß die Art, wie die Weltkinder sich niedersetzen, gottlos ist aus neun Gründen: erstlich usw."

Diese Predigt wurde sehr unterschiedlich aufgenommen. Mangogul und die Sultanin, die als einzige das Geheimnis des Ringes kannten, fanden, der Brahmane habe das Geschwätz der Kleinode mit Hilfe der Religion nicht minder glücklich erklärt wie Orcotome mit den Lichtern des Verstandes. Die Damen und Stutzer bei Hof sagten, die Predigt sei aufrührerisch, der Prediger sehe Gespenster. Die übrigen Zuhörer sahen in ihm einen Propheten, vergossen Tränen, versenkten sich in Gebete, geißelten sich sogar und änderten ihren Lebenswandel nicht.

Selbst in den Kaffeehäusern sprach man davon. Ein Schöngeist erklärte, der Brahmane habe das Problem nur obenhin gestreift, seine Auslassung sei fades, abgestandenes Wortgeklingel gewesen; nach Ansicht der Bigotten und Erleuchteten indes war dies das lebendigste Stück Beredsamkeit, das seit einem Jahrhundert im Tempel vernommen wurde. Mir scheint, der Schöngeist wie die Frömmler hatten gleicherweise recht.

16. Kapitel

Mangoguls Traum

Während die Kleinode immer fortschwatzten, entstand neue Unruhe im Reich; ein Zwist erhob sich über die Anwendung des Penums, das heißt jenes kleinen Leinentuchs, das man den Verstorbenen auflegte. Die hergebrachte Sitte forderte, daß es auf den Mund gelegt werde. Reformatoren behaupteten nun, es gehöre auf den Hintern. Die Gemüter erhitzten sich. Handgreiflichkeiten drohten, als der Sultan, den beide Parteien um Schlichtung angerufen hatten, ein Streitgespräch zwischen ihren gelehrtesten Anführern in seiner Gegenwart anberaumte. Der Fall wurde tiefgreifend erörtert. Man berief sich auf die Tradition, die heiligen Bücher und ihre Auslegungen. Auf beiden Seiten fanden sich treffliche Gründe und gewichtige Autoritäten. Mangogul war ratlos und vertagte die Entscheidung um eine Woche. Die Zeit verstrich, die Sektierer und ihre Widersacher erschienen abermals zur Audienz.

Der Sultan: Oberpriester und Priester, setzt euch, sprach er. Durchdrungen von der Bedeutsamkeit des Lehrpunktes, der euch entzweit, haben Wir seit jener Konferenz, die zu Füßen Unseres Throns abgehalten ward, unaufhörlich um Erleuchtung von oben gefleht. In der vergangenen Nacht nun, zu der Stunde, da Brahma den Menschen, die er insonders liebt, sich zu offenbaren pflegt, hatten Wir eine Vision. Uns schien, Wir hörten zwei ernsthafte Männer miteinander reden, deren einer glaubte, er habe zwei Nasen im Gesicht, der andere, er habe zwei Löcher im Hintern; folgendes waren ihre Worte. Es war der Mann mit den zwei Nasen, der als erster sprach.

„Alleweil die Hand an den Hintern zu führen ist doch ein lächerlicher Tic ..."

„Zugestanden ..."

„Könntet Ihr den nicht ablegen? ..."

„Sowenig als Ihr Eure zwei Nasen ..."

„Aber meine Nasen sind wirklich; ich sehe sie, ich kann sie berühren; und je öfter ich sie sehe und berühre, desto fester bin ich überzeugt, daß ich sie habe, während Ihr, da Ihr Euch seit zehn Jahren befummelt und Euren Arsch genau wie jeden anderen findet, Euch von Eurer Narrheit längst hättet heilen müssen ..."

„Meine Narrheit! Was Ihr nicht sagt, Herr Zweinase; der Narr von uns seid Ihr."

„Nicht streiten, bitte. Sehn wir weiter, sehn wir weiter: ich habe Euch erzählt, wie ich zu meinen zwei Nasen kam. Erzählt Ihr mir jetzt die Geschichte Eurer zwei Löcher, falls Ihr Euch daran erinnert ..."

„Und ob ich mich erinnere! Dergleichen vergißt man nicht. Es war am einunddreißigsten des ...monats zwischen ein und zwei Uhr morgens."

„Soso, und weiter?"

„Mit Verlaub, bitte! Ich fürchte ... nein. Also, wenn ich ein wenig von Arithmetik verstehe, so berichte ich nur das unbedingt Nötige."

„Sehr bemerkenswert! In jener Nacht also ..."

„In jener Nacht also hörte ich eine Stimme, die mir nicht unbekannt war und Hilfe! Hilfe! schrie. Ich schaue hin und erblicke ein verstörtes junges Geschöpf mit zerzausten Haaren, das in fliegender Eile auf mich zustürzt. Sie wurde von einem grimmigen, gewalttätigen Greis verfolgt. Nach der Tracht und dem Werkzeug zu urteilen, das er bei sich führte, war er ein Schreiner. Er trug Kniehosen und ein Hemd. Er hatte die Hemdsärmel bis über die Ellbogen aufgekrempelt, seine Arme waren sehnig, sein Gesicht sonnverbrannt, die Stirn gefurcht, das Kinn bärtig, die Wangen gedunsen, sein Auge funkelte, die Brust war behaart, und auf dem Kopf saß ihm eine Zipfelmütze."

„Ich sehe ihn vor mir."

„Die Frau, die er fast eingeholt hatte, schrie immerfort: Hilfe! Hilfe! Und der Schreiner rief, während er ihr nachsetzte: Flieh du nur! Ich krieg dich doch; wo steht geschrieben, daß du als einzige keins haben sollst. In Dreiteufelsnamen, du sollst eins haben wie alle anderen auch. In dem Augenblick tritt die Unglückliche fehl, fällt flach auf den Bauch und schreit noch lauter: Hilfe! Hilfe! Und der Schreiner sagt: Schrei du, schrei, soviel du kannst; du sollst eins haben, groß oder klein; dafür bürg ich. Augenblicks hebt er ihre Röcke hoch und legt ihren Hintern bloß. Dieser Hintern, weiß wie Schnee, fett und prall, wohlgerundet, pausbäckig und mollig, glich dem der Frau des obersten Pontifex wie ein Ei dem anderen."

Der Pontifex: Dem meiner Frau!?

Der Sultan: Warum nicht?

Der Mann mit den zwei Löchern fuhr fort: „Sie war es wirklich, denn ich habe sie wiedererkannt. Der alte Schreiner setzt ihr einen Fuß auf den Steiß, bückt sich, legt seine Hände um ihre Schenkel, dort, wo die Beine und die Hinterbacken sich berühren, schiebt ihr beide Knie unter den Bauch und hebt ihren Hintern an, dergestalt, daß ich ihn behaglich betrachten konnte, eine Betrachtung, die mir nicht mißfiel, wiewohl eine versagende Stimme unter ihren Röcken hervordrang und Hilfe! Hilfe! schrie. Ihr werdet mich einer harten Seele, eines erbarmungslosen Herzens zeihen, aber man soll sich nicht besser machen, als man ist; und ich gestehe zu meiner Schande, daß ich in dem Augenblick mehr Neugierde als Mitleid empfand und weniger daran dachte zu helfen, als zu gucken."

Hier unterbrach der oberste Pontifex den Sultan noch einmal und fragte: „Herr, sollte zufällig ich einer der beiden Beteiligten dieses Gesprächs gewesen sein? . . ."

„Warum nicht?"

„Der Mann mit den zwei Nasen?"

„Warum nicht?"

„Und ich", fiel der Anführer der Reformatoren ein, „der Mann mit den zwei Löchern?"

„Warum nicht?

Der bübische Schreiner nahm sein Werkzeug, das er zu Boden gelegt hatte, wieder auf. Es war ein Drillbohrer. Er steckt die Spindel in den Mund, um sie anzufeuchten; er stemmt den

Handgriff gegen seine Magengrube, beugt sich über die Unglückliche, die immerzu Hilfe! Hilfe! schreit, und schickt sich an, ihr ein Loch zu bohren, wo zwei hätten sein müssen und gar keins war."

DER PONTIFEX: Dann war es nicht meine Frau.

DER SULTAN: Plötzlich hielt der Schreiner in seinem Unterfangen inne, besann sich und sagte: Ei, was hätt ich jetzt beinahe für Pfusch gemacht! Aber es wäre ihre Schuld gewesen: warum fügt sie sich nicht freiwillig? Madame, einen kleinen Augenblick Geduld. Er legt seinen Bohrer abermals nieder; er zieht ein blaßrosa Band aus der Tasche; mit dem linken Daumen hält er das eine Ende auf der Spitze ihres Steißbeins fest, faltet das Band zu einer Rinne, drückt es mit dem rechten Handrücken zwischen die Hinterbacken rundum bis zum Ansatz des Unterleibs der Dame, die unentwegt Hilfe! Hilfe! schrie, zappelte, sich wehrte, nach rechts, nach links ausschlug und das Band und die Maße des Schreiners durcheinanderbrachte, woraufhin der sagte: Gnädigste, noch ist nicht Zeit zu schreien; ich tue Euch ja nichts. Ich könnte nicht schonender vorgehn. Wenn Ihr nicht achtgebt, läuft die ganze Arbeit schief; aber dann dürft Ihr Euch bei Euch selbst bedanken. Jedes Ding hat seinen Ort. Es sind gewisse Proportionen zu beachten. Das ist wichtiger, als Ihr denkt. Einen Augenblick später ist keine Abhilfe mehr, und dann seid Ihr verzweifelt.

DER PONTIFEX: Und das habt Ihr alles gehört, Herr?

DER SULTAN: Wie ich Euch höre.

DER PONTIFEX: Und die Frau?

DER SULTAN: Mir schien, sie war halbwegs überzeugt, fuhr der Redner fort; und nach dem Abstand ihrer Fersen nahm ich an, daß sie sich langsam dreinschickte. Ich weiß nicht genau, was sie dem Schreiner sagte, aber der erwiderte: Ah! Ihr nehmt Vernunft an! Was kostet das, die Weiber dahin zu bringen! Nachdem Meister Anoforus mit ein wenig mehr Ruhe Maß genommen und sein rosa Band etwa anderthalb Fuß ausgerollt hatte, wandte er sich, den Bleistift in der Hand, an die Dame und fragte: „Wie wollt Ihr's nun haben?"

„Ich verstehe nicht.“

„Wollt Ihr's nach den alten Maßen oder nach den modernen? ...“

Der Pontifex: Oh, Unerforschlichkeit der himmlischen Ratschlüsse! Wie verrückt wäre all dies, wäre es nicht eine Offenbarung! Werfen wir unseren Verstand von uns und beten wir an.

Der Sultan: Ich entsinne mich nicht mehr, was die Dame erwiderte; aber der Schreiner sagte: Wahrlich, sie spinnt; das wird unmöglich aussehen. Alle werden sagen: Welcher Esel hat den Arsch gebohrt ...

Die Dame: Schluß mit dem Gerede, Meister Anoforus, tut, wie Euch geheißen ...

Anoforus: Tut, wie Euch geheißen? Aber Gnädigste, ein jeder Stand hat seine Ehre ...

Die Dame: Ich will es so und da, sag ich Euch. Ich will's, ich will's ...

Der Schreiner lachte aus vollem Halse; und ich, meint Ihr, ich sei ernst geblieben? Inzwischen zeichnet Anoforus seine Linien auf das Band, legt es an seinen Platz zurück und ruft aus: Gnädigste, das geht nicht; das hat weder Sinn noch Verstand. Wer immer den Arsch sehen wird, gesetzt den Fall, er ist ein Kenner, wird sich über Euch und mich lustig machen. Jeder weiß, daß von da bis da ein Abstand sein muß; aber so groß hat ihn noch keiner gemacht. Was zuviel ist, ist zuviel. Wollt Ihr's denn wirklich so? ...

Die Dame: Ja, ich will's so, und nun macht endlich ...

Augenblicks nimmt Meister Anoforus seinen Bleistift, zeichnet auf die Hinterbacken der Dame seine Linien, entsprechend denen auf dem Band; er trägt seine Maße ab, dabei zuckt er die Achseln und brummt vor sich hin: Wie das aussehen soll! Aber wenn sie's so haben will ... Er greift abermals nach seinem Bohrer und sagt: „Madame will es also da? ...“

„Ja, da; nun macht ...“

„Alsdann, Madame ...“

„Was ist denn noch?“

„Was noch ist? Es geht nicht."

„Und warum nicht?"

„Warum? Weil Ihr zittert und die Hinterbacken zusammenkneift; weil ich meine Zeichen aus dem Auge verloren habe und jetzt zu hoch oder zu tief bohren werde. Los, Madame, faßt Euch ein Herz!"

„Ihr habt gut reden! Zeigt mir erst Euren Bohrer! Oh, Barmherzigkeit!"

„Ich schwör Euch, es ist der kleinste aus meiner Werkstatt. Während wir reden und reden, hätt ich schon ein halbes Dutzend gebohrt. Nur zu, Madame, laßt locker; sehr schön; noch ein bißchen! großartig; noch mehr; noch mehr." Indessen sah ich, wie der hinterlistige Schreiner sacht seinen Bohrer ansetzt. Schon war er... da packt mich eine Wut, auch Mitleid war im Spiel. Ich bäume mich auf; ich will der Ärmsten beistehn: aber da fühle ich mich an beiden Armen gefesselt und kann mich nicht mehr rühren. Ich schreie dem Schreiner zu: Elender Schurke, halt ein! Mein Schrei ist von solcher Gewalt, daß meine Fesseln springen. Ich stürze mich auf den Schreiner: ich packe ihn an der Kehle. Da sagt der Schreiner zu mir: „Wer bist du? Was willst du? Siehst du nicht, daß sie keinen Arsch hat? Lerne mich kennen; ich bin der große Anoforus; ich bin's, der allen, die keine Ärsche haben, einen macht. Ich muß ihr einen machen, so will es Der, welcher mich gesandt hat; und nach mir wird ein Anderer, Mächtigerer kommen; Er hat keinen Drillbohrer; Er hat einen Hohlmeißel, und mit Seinem Hohlmeißel wird er vollenden, was ihr fehlt. Weiche zurück, Laie; oder bei meinem Bohrer oder dem Meißel meines Nachfolgers, ich werde dir..."

„Mir?"

„Dir, ja dir..." Und schon wirft er mit der Linken sein Werkzeug an und setzt die Luft in Brausen.

Und der Mann mit den zwei Löchern, den Ihr bis jetzt reden hörtet, sagte zu dem Mann mit den zwei Nasen: „Was habt Ihr? Warum nehmt Ihr Abstand von mir?"

„Ich fürchte, Ihr schlagt mir mit Eurem Gefuchtel eine meiner Nasen ab. Erzählt weiter."

„Ich weiß nicht mehr, wo ich war."

„Ihr wart bei dem Werkzeug, mit dem der Schreiner die Luft zum Brausen brachte ..."

„Er versetzt mir mit dem rechten Handrücken einen Schlag ins Kreuz, aber einen so mächtigen Schlag, daß ich bäuchlings niederfalle; und schon ist mein Hemd hochgezogen, ein zweiter Hintern in der Luft; und der fürchterliche Anoforus bedroht mich mit der Spitze seines Werkzeugs und sagt: Bitte um Gnade, Lümmel; bitte um Gnade, oder ich mach dir zwei ... Schon spüre ich die kalte Spitze seines Bohrers. Entsetzen überfällt mich; ich erwache; und seitdem glaube ich, ich habe zwei Löcher im Arsch."

Die beiden Redner, fügte der Sultan hinzu, begannen nun, sich einer über den anderen lustig zu machen. „Hahaha, er hat zwei Löcher im Arsch!"

„Hahaha, die sind das Futteral für deine zwei Nasen!"

Dann wandte er sich würdevoll an die Versammelten und sprach: „Und Ihr, Pontifexe, und Ihr, Diener des Altars, Ihr lacht genauso! Dabei ist nichts verbreiteter, als zu glauben, man habe zwei Nasen im Gesicht, und über den zu spotten, der meint, daß er zwei Löcher im Arsche habe."

Nachdem er einen Augenblick Schweigen eingelegt hatte, nahm er wieder eine heitere Miene an, wandte sich den Anführern der Sekten zu und fragte sie, was sie von seinem Traumgesicht hielten.

„Bei Brahma", sagten sie, „es ist eins der tiefsinnigsten, die der Himmel je einem Propheten gesandt hat."

„Begreift Ihr es?"

„Nein, Herr."

„Was haltet Ihr von den zwei Rednern?"

„Daß es Narren sind."

„Und wenn ihnen nun einfiele, sich zu Anführern von Parteien aufzuschwingen, und wenn die Sekte der Zweilöcherärsche anfinge, die Sekte der Zweinasen zu verfolgen? ..."

Die Pontifexe und Priester schlugen die Augen nieder; und Mangogul sprach: „Ich will, daß meine Untertanen nach ihrer Façon selig werden. Ich will, daß ihnen das Penum aufgelegt werde, wie es jedem beliebt; und daß mich hinfort niemand mehr mit solchem Kram belästige."

Die Priester zogen sich zurück; und auf der Synode, die einige Monate später stattfand, wurde beschlossen, Mangoguls Traum in die Sammlung der kanonischen Schriften aufzunehmen, welchen er nicht zur Unzier gereichte

17. Kapitel

Die Maulkörbe

Während die Brahmanen Brahma sprechen ließen, Pagoden durch die Straßen trugen und das Volk zur Buße ermahnten, trachteten andere, aus dem Geschwätz der Kleinode Münze zu schlagen.

Große Städte wimmeln von Menschen, die die Not erfinderisch macht. Sie stehlen nicht, sie betrügen nicht; aber sie unterscheiden sich von den Gaunern wie die Gauner von den Spitzbuben. Sie wissen alles, können alles, sie kennen für alles ein Mittelchen; sie kommen und gehn und schleichen sich ein. Man findet sie bei Hofe, in der Stadt, im Gericht, in der Kirche, im Theater, bei den Kurtisanen, im Café, auf dem Ball, in der Oper, in den Akademien; sie sind alles, was immer man wünschen mag. Ersucht ihr um eine Pension, sie haben das Ohr des Ministers. Führt ihr einen Prozeß, sie führen ihn zu euren Gunsten. Liebt ihr das Spiel, sie sind Bankhalter; die Tafelfreuden, sie sind Logenmeister; die Weiber, sie führen euch bei Amine oder Acaris ein. Bei welcher von beiden wollt ihr euch die Krankheit holen? Wählt getrost; denn habt ihr euch angesteckt, sorgen sie für eure Heilung. Ihre Hauptbeschäftigung ist, die schwache Seite der Menschen auszuspähn und aus der Dummheit des Publikums Münze zu schlagen. Sie sind es auch, die an den Straßenecken, vor den Tempeln, den Theatern, auf den Promenaden Zettel verteilen lassen, die euch gratis davon unterrichten, daß ein Herr Soundso, wohnhaft im Louvre, in Saint-Jean, im Temple oder in der Abtei, unter dem und dem Gewerbeschild, im soundsovielten Stock, von neun Uhr morgens bis zwölf Uhr mittags zu Hause und die übrige Tageszeit in der Stadt beutelschneidet.

Die Kleinode hatten kaum zu reden angefangen, als einer dieser Füchse die Häuser von Banza mit einer Flugschrift überschwemmte, die sich in Form und Inhalt wie folgt darbot. Oben stand in Großbuchstaben:

AN DIE GENEIGTE DAMENWELT

Darunter in kleiner Kursivschrift:

Mit Erlaubnis des Herrn Großseneschalls und
mit Genehmigung der Herren von der Königlichen
Akademie der Wissenschaften

Und darunter:

„Herr Eolipile, Mitglied der Königlichen Akademie zu Banza, Mitglied der Königlichen Gesellschaft von Monoémugi, der Kaiserlichen Akademie von Biafara, der Akademie der Wißbegierigen von Loango, der Camur-Gesellschaft von Monomotapa, des Erecco-Instituts und der Königlichen Akademien von Béléguanza und Angola, welcher seit etlichen Jahren unter dem Beifall des Hofes, der Stadt und der Provinz Vorlesungen über Firlefanz hält, hat zum Wohle des schönen Geschlechts tragbare Maulkörbe oder Knebel erfunden, welche den Kleinoden den Gebrauch der Sprache verwehren, ohne deren natürliche Verrichtungen zu behindern. Sie sind reinlich und bequem und in allen Größen, für jedes Alter und zu jedem Preis erhältlich; der Erfinder darf sich rühmen, bereits höchste Standespersonen beliefert zu haben."

Es geht doch nichts über eine Körperschaft. Ein Ding mag noch so lächerlich sein – wird es empfohlen, hat es Erfolg. So kam es, daß Eolipiles Erfindung einschlug. Man eilte in Scharen herbei: die galanten Damen kamen im eigenen Gespann, die ehrbaren Frauen im Mietwagen; die Betschwestern schickten ihren Beichtiger oder Bedienten: sogar Laienschwestern fanden sich ein. Alle wollten einen Maulkorb; und von der Herzogin bis zur Bürgerin gab es keine Frau, die nicht den ihren haben wollte, gleichviel ob aus Nachäfferei oder gutem Grund.

Die Brahmanen, die das Schwatzen der Kleinode als eine göttliche Geißel erklärt und sich davon einen Wandel der Sitten und andere Vorteile versprochen hatten, sahen nicht ohne Zornesbeben ein Instrument, das die himmlische Rache und ihre Hoffnungen vereitelte. Eben von ihren Kanzeln herabgestiegen, eilen sie wieder hinauf, geifern, donnern, lassen Orakel sprechen und verkünden, der Maulkorb sei Teufelswerk, und wer sich seiner bediene, habe sein Seelenheil verwirkt. „Ihr weltlichen Frauen“, riefen sie, „tut eure Maulkörbe von euch; unterwerft euch dem Willen Brahmas, auf daß die Stimme eurer Kleinode die Stimme eures Gewissens erwecke; und schämt euch nicht, Sünden zu bekennen, die zu begehen ihr euch nicht scheutet.“

Aber so laut sie schrien, mit den Maulkörben ging es wie zuvor mit den ärmellosen Roben und den pikierten Pelzmantillen. Man ließ die Priester getrost in ihren Tempeln sich den Schnupfen holen. Man trug die Knebel und legte sie nicht eher ab, bis ihre Nutzlosigkeit oder Lästigkeit heraus war.

18. Kapitel

Die Reisenden

So lagen die Dinge, als nach langer Abwesenheit, beträchtlichen Ausgaben und unerhörter Mühsal die Reisenden wieder am Hof erschienen, die Mangogul in die entferntesten Lande entsandt hatte, um die Früchte dortiger Weisheit zu ernten; er hielt ihr Tagebuch in Händen und brach bei jeder Zeile in Gelächter aus.

„Was lest Ihr denn so Spaßiges?“ fragte Mirzosa.

„Wenn die hier auch ebenso verlogen sind wie die anderen“, sagte Mangogul, „so sind sie zumindest lustig. Setzt Euch auf das Sofa hier, und ich werde Euch mit einer Verwendung von Thermometern ergötzen, von der Ihr keine Vorstellung habt.

‚Ich versprach Euch gestern‘, so sagte Cyclophile, ‚ein unterhaltendes Schauspiel ...‘ “

MIRZOSA: Wer ist dieser Cyclophile?

MANGOGUL: Ein Insulaner ...

MIRZOSA: Von welcher Insel? ...

MANGOGUL: Was tut das? ...

MIRZOSA: Und zu wem spricht er? ...

MANGOGUL: Zu einem meiner Reisenden ...

MIRZOSA: Ah, Eure Reisenden sind also endlich zurückgekehrt? ...

MANGOGUL: Ja, wußtet Ihr das nicht? ...

MIRZOSA: Nein ...

MANGOGUL: Alsdann, einigen wir uns, meine Königin; Ihr seid zuweilen ein wenig prüde. Ich stelle Euch frei, Euch zurückzuziehen, sobald meine Lektüre Euch peinlich sein sollte.

MIRZOSA: Und wenn ich gleich ginge?

MANGOGUL: Tut, wie es Euch beliebt.

Ich weiß nicht, blieb Mirzosa oder ging sie; Mangogul jedenfalls nahm Cyclophiles Rede wieder auf und las, was folgt:

„ ‚Dieses interessante Schauspiel bieten unsere Tempel und was sich dort tut. Politik wie Religion messen der Fortpflanzung der Gattung hierorts größte Aufmerksamkeit bei; und die Art, in der man sich dieser Aufgabe widmet, wird der Euren nicht unwürdig sein. Es gibt Hahnreie bei uns: nennt man in Eurer Sprache so nicht jene, deren Weiber sich von anderen lieben lassen? Es gibt bei uns also Hahnreie, soviel und mehr als anderswo, obgleich wir die sorgfältigsten Maßregeln getroffen haben, damit jede Ehe wohlgerät.‘

‚Demnach besitzt Ihr das Geheimnis‘, erwiderte ich, ‚das

bei uns unbekannt oder nur abhanden gekommen ist: die passenden Gatten zusammenzutun?'

,Ihr versteht mich nicht', sagte Cyclophile; ,unsere Insulaner sind dergestalt beschaffen, daß alle Ehen glücklich sein könnten, hielte man sich buchstabengetreu an die hergebrachten Gesetze.'

,Das begreif ich nicht', sagte ich; ,in unserer Welt ist nichts den Gesetzen getreuer als eine Ehe und nichts dem Glück und der Vernunft oft widerläufiger.'

,Wohlan', sprach Cyclophile, ,ich will mich deutlicher ausdrücken. Da weilt Ihr nun vierzehn Tage unter uns und wißt offenbar noch nicht, daß männliche und weibliche Kleinode hier von verschiedener Gestalt sind? Womit habt Ihr denn Eure Zeit verbracht? Alle Kleinode sind von Ewigkeit an dazu bestimmt, sich ineinanderzufügen; ein weibliches Kleinod in Form einer Mutter ist für ein männliches Kleinod in Schraubenform geschaffen. Versteht Ihr?'

,Ich verstehe', sagte ich, ,aber die Übereinstimmung der Formen kann doch nur bis zu einem gewissen Punkte nützlich sein; mir scheint sie nicht hinreichend, die eheliche Treue zu gewährleisten.'

,Was wünschtet Ihr mehr?'

,Ich wünschte, daß in einem Land, wo alles geometrischen Gesetzen folgt, das Wärmeverhältnis zwischen den Gatten berücksichtigt würde. Bedenkt doch! Ihr verlangt, daß zum Exempel eine achtzehnjährige Brünette, quick wie ein Teufelchen, sich ausschließlich mit einem frostigen Sechzigjährigen begnügt! Das kann ja nicht gut gehen, und hätte der Greis ein Kleinod wie eine Schraube ohne Ende ...'

,Scharfsinnig bemerkt', sagte Cyclophile. ,Laßt Euch denn sagen, dem haben wir vorgebeugt ...'

,Und wie?'

,Durch eine lange Kette von Beobachtungen an erwiesenen Hahnreien ...'

,Und wozu haben eure Beobachtungen geführt?'

,Zur Bestimmung des notwendigen Wärmeverhältnisses zwischen zwei Gatten ...'

‚Und als diese Werte festlagen? ...‘

‚Als diese Werte festlagen, stellte man bei Männern und Frauen anwendbare Thermometer her. Sie sind verschieden geformt: die Grundform der weiblichen Thermometer gleicht einem männlichen Kleinod von ungefähr acht Daumen Länge zu anderthalb Daumen Durchmesser; die der männlichen Thermometer gleicht einer Flasche mit den entsprechenden Hohlmaßen. Dort‘, sagte er, womit er mich in den Tempel führte, ‚seht Ihr diese sinnreichen Instrumente, deren Anwendung Ihr jetzt gleich beobachten könnt; denn der Zulauf des Volkes und die Anwesenheit der Opferpriester sagen mir, daß die heiligen Experimente beginnen.‘

Wir bahnten uns mühsam einen Weg durch die Menge und gelangten zum Allerheiligsten, wo statt Altären zwei vorhanglose, damastene Betten standen. Die Priester und Priesterinnen harrten schweigend ringsum mit den Thermometern, deren Obhut ihnen anvertraut war wie den Vestalinnen das heilige Feuer. Beim Klang von Oboen und Dudelsäcken nahten sich, von ihren Eltern geführt, zwei Liebespaare. Sie waren nackt; und ich sah, daß eins der Mädchen ein kreisrundes, ihr Liebhaber ein zylindrisches Kleinod hatte.

‚Was ist daran Besonderes‘, sagte ich zu Cyclophile.

‚Seht Euch die beiden anderen an!‘ entgegnete er.

Ich lenkte meinen Blick auf sie. Der junge Mann hatte ein parallelepipedisches Kleinod, das Mädchen ein eckiges.

‚Gebt acht auf die heilige Handlung!‘ setzte Cyclophile hinzu.

Alsbald legten zwei Priester eins der Mädchen auf den Altar; ein dritter setzte ihr das heilige Thermometer an; und der große Pontifex beobachtete aufmerksam, bis zu welchem Grad die Flüssigkeit innerhalb sechs Minuten stieg. Zur gleichen Zeit war der junge Mann von zwei Priesterinnen auf das andere Bett gelegt worden, und eine dritte hatte ihm das Thermometer angesetzt. Als der Oberpriester auch hier das Steigen der Flüssigkeit innerhalb der gleichen gegebenen Zeit beobachtet hatte, verkündete er die Gültigkeit der Ehe und schickte die Gatten zur Vereinigung ins elterliche Haus. Das eckige weibliche und das parallelepipedische männliche Kleinod wurden ebenso streng geprüft, ebenso sorgsam erprobt, allein der Oberpriester, der das Steigen der Flüssigkeiten verfolgte, hatte gemäß dem im Ritual vorgeschriebenen Verhältnis (denn es gab Grenzwerte) bei dem Jüngling einige Grade weniger als bei dem Mädchen festgestellt, und so bestieg er die Kanzel und erklärte die Parteien zur Kopulation ungeeignet. Ihnen wurde verboten, sich zusammenzutun, bei den Strafen, die die kirchlichen und die weltlichen Gesetze für Blutschänder vorsahen. Inzest war auf dieser Insel also kein sinnentleertes Wort. Es gab hier also auch eine wirklich widernatürliche Sünde, nämlich die Vereinigung zweier Kleinode unterschiedlichen Geschlechts, deren Formen nicht in- oder umeinanderpaßten.

Ein neuer Bund stellte sich vor: ein Mädchen mit einem Kleinod, das in eine regelmäßige Figur mit ungleichen Seiten auslief, und ein junger Mann mit einem pyramidenförmigen Kleinod, dergestalt daß die Pyramidenbasis in das Vieleck des Mädchens sich einfügen konnte. Man unterzog sie der Thermometerprobe, und da das Zuviel oder Zuwenig im Verhältnis der Flüssigkeitshöhen sich als unwesentlich erwies, sprach der Pontifex einen Erlaß aus und genehmigte die Ehe. Ebenso geschah es einem weiblichen Kleinod mit mehreren ungleichen Seiten, das von einem prismatischen männlichen Kleinod begehrt wurde, da der Flüssigkeitsanstieg in etwa gleich war.

Sofern man ein wenig von Geometrie versteht, wird man sich leicht denken können, daß die Verfahren, Oberflächen und feste Körper zu messen, auf dieser Insel einen Grad außerordentlicher Vollkommenheit erlangt hatten und daß alle Schriften über isoperimetrische Figuren dort hochgeschätzt wurden, während diese Entdeckungen bei uns noch ihrer Anwendung harren. Die Mädchen und Jünglinge mit kreisförmigen und zylindrischen Kleinoden galten dort als Glückskinder, weil der Kreis die Form ist, die das größte Volumen umschließt.

Unterdessen waren die Opferpriester ihrer Pflichten ledig.

Ihr Oberhaupt erkannte mich in der Menge und winkte mich heran. Ich gehorchte. ‚O Fremdling', redete er mich an, ‚du warst Zeuge unserer erhabenen Mysterien; du siehst, wie innig die Religion bei uns dem Wohl der Gesellschaft verbunden ist. Weiltest du länger hier, böten sich dir gewiß noch seltenere und merkwürdigere Fälle; aber vielleicht rufen dringende Geschäfte dich in dein Land zurück. So gehe hin und künde deinen Mitbürgern von unserer Weisheit.'

Ich verneigte mich tief, und er fuhr also fort:

‚Wenn es einmal geschieht, daß das heilige Thermometer einem jungen Mädchen nicht angepaßt werden kann, weil es zu groß ist, ein ungewöhnlicher Fall, obschon ich in zwölf Jahren fünf solche erlebt habe, nimmt einer meiner Amtsgehilfen das Opfer vor; unterdessen verharrt das ganze Volk im Gebet. Du wirst ahnen, ohne daß ich mich näher erkläre, welche Eigenschaften das Priesteramt insonders erfordert und was bei den Priesterweihen den Ausschlag gibt.

Häufiger kommt es vor, daß einem Jüngling das Thermometer nicht angesetzt werden kann, weil sein lässiges Kleinod sich der Handlung versagt. Dann dürfen alle herangewachsenen Mädchen der Insel sich um die Wiedererweckung des Toten bemühen. Man nennt das Andachtsübungen. Von einem in dieser Übung sehr eifrigen Mädchen sagen wir, es ist fromm; es ist erbaulich. So wird offenbar, o Fremdling', setzte er hinzu, wobei er mir feierlich in die Augen blickte, ‚daß alles Vorurteil und Ansichtssache ist! Bei euch nennt man Sünde, was bei uns für gottgefällig gilt. Bei uns sähe man schwarz für ein Mädchen, das sein dreizehntes Lebensjahr erreicht hat, ohne sich den Altären genaht zu haben, und seine Eltern würden ihm zu Recht schwere Vorwürfe machen.

Wenn ein spätreifes oder mißgestaltes Mädchen sich der Thermometerprobe unterzieht, ohne die Flüssigkeit zum Anstieg zu bringen, darf es den Schleier nehmen. Aber auf unserer Insel kommt es genausooft wie anderswo vor, daß es seinen Schritt bereut und daß es die Flüssigkeit, würde ihm das Thermometer nun erneut angesetzt, so hoch und rasch zum Steigen brächte wie keine weltliche Frau. So sind etliche aus Verzweiflung gestorben. Auch erwuchsen daraus tausend andere Mißstände und Ärgernisse, die ich ausgeräumt habe. Zum Ruhm meines Pontifikats habe ich eine Vorschrift erarbeitet, die festlegt, wann, in welchem Alter und wie oft ein Mädchen gemessen werden soll, ehe es die Gelübde ablegt, vornehmlich aber soll dies am Vortag und am Tag der Profeß geschehen. Ich begegne immer wieder Frauen, die mir für meine weisen Vorschriften Dank wissen und mit ihren Kleinoden ergeben sind; aber diese minderen Vorrechte trete ich meinem Klerus ab.

Ein Mädchen, bei dem die Flüssigkeit so rasch in eine Höhe schnellt, die kein Mann zu erreichen vermag, wird Kurtisane, ein sehr ehrenwerter und hochgeachteter Stand hierzulande; denn du mußt wissen, daß hier jeder große Herr seine Kurtisane hat wie jede vornehme Dame ihren Geometer. Dies sind zwei gleichermaßen weise Bräuche, obschon der letztere sich allmählich verliert.

Setzt ein frühverbrauchter, mißgeborener oder verhexter junger Mann die Flüssigkeit des Thermometers nicht in Bewegung, wird er zum Zölibat verurteilt. Steigt die Flüssigkeit bei einem anderen hingegen so hoch wie bei keiner Frau, so muß er Mönch werden, wie einer Karmeliter oder Franziskaner wird. Diese sind die Rettung reicher Betschwestern, denen sich weltliche Hilfe zu versagen beginnt.

Ach!‘ rief er dann, wobei er Blick und Hände zum Himmel erhob, ‚wieviel hat doch die Kirche von ihrem einstigen Glanz verloren!‘

Er wollte eben fortfahren, als sein Almosenier ihn unterbrach und sagte: ‚Hochwürden, Eure Pontifikalität hat nicht bemerkt, daß die Messe zu Ende ist und daß Eure Beredsamkeit das Mahl erkalten läßt, zu dem man Euch erwartet.‘ Der Prälat hielt inne und bot mir seinen Ring zum Kuß; wir verließen den Tempel mit dem übrigen Volk; und Cyclophile, der seine Rede wieder aufnahm, sagte:

‚Der große Pontifex hat Euch nicht alles enthüllt; er hat Euch nichts von den Unfällen auf unserer Insel noch von der

Beschäftigung unserer gelehrten Frauen gesagt. Dennoch sind beide Gegenstände Eurer Wißbegier würdig.‘

‚Offenbar könnt Ihr sie befriedigen‘, sagte ich. ‚Wohlan denn! Was sind dies für Unfälle, was sind dies für Beschäftigungen? Betreffen auch sie Ehen und Kleinode?‘

‚So ist es‘, entgegnete er. ‚Vor ungefähr fünfunddreißig Jahren trat auf der Insel ein Mangel an zylindrischen männlichen Kleinoden zutage. Alle kreisrunden weiblichen Kleinode beklagten sich und reichten dem Staatsrat Denkschriften und Bittgesuche ein, daß man ihren Bedürfnissen vorsehe. Der Staatsrat, der alle Dinge immer von einer höheren Warte betrachtet, hüllte sich einen Monat in Schweigen. Das Jammergeschrei der Kleinode ähnelte zunehmend dem eines ausgehungerten Volkes, das nach Brot schreit. Die Senatoren betrauten also Abgeordnete, den Tatbestand aufzunehmen und der Körperschaft darüber zu berichten. Das dauerte noch mal über einen Monat. Das Geschrei verdoppelte sich, und man sah sich einem Aufstand nahe, als ein Fachmann in Kleinoden, ein erfinderischer Kopf, vor der Akademie erschien. Man stellte Versuche an, die Erfolg hatten, und so wurde ihm, auf Beglaubigung der Sachverständigen hin und mit Genehmigung des Polizeichefs, vom Staatsrat ein Patent ausgestellt, das ihm das ausschließliche Vorrecht zuerkannte, die nächsten zwanzig Jahre lang für die Bedürfnisse der kreisrunden Kleinode zu sorgen.

Der zweite Unfall war ein völliger Mangel an vieleckigen weiblichen Kleinoden. Man forderte alle Kunsthandwerker auf, sich mit dem Übelstand zu befassen. Es gab ein Preisausschreiben, und so wurde eine Vielzahl von Vorrichtungen erfunden, die sich in den Hauptpreis teilten.

Ihr habt die verschiedenen Formen der weiblichen Kleinode bei uns gesehen‘, setzte Cyclophile hinzu. ‚Sie bleiben stets, wie sie bei der Geburt waren. Ist das bei Euch ebenso?‘

‚Nein‘, erwiderte ich, ‚ein europäisches, asiatisches oder afrikanisches weibliches Kleinod hat eine unendlich wandelbare Gestalt, *cujuslibet figurae capax, nullius tenax.*‘

‚Also sind wir nicht einer Auskunft unserer Naturforscher

aufgesessen', sagte er, ,als sie uns eine Erscheinung dieser Art erklärten. Vor etwa zwanzig Jahren kam eine ungemein liebenswürdige Brünette auf unsere Insel. Niemand verstand ihre Sprache; und als sie die unsere erlernt hatte, wollte sie nie gestehen, welches ihr Vaterland sei. Indessen entzückten ihre reizende Gestalt und ihr anmutiger Witz die meisten unserer jungen Edelleute. Einige der reichsten hielten um sie an; und sie entschied sich für den Senator Colibri. Der Tag war gekommen, man führte sie dem Brauch gemäß in den Tempel. Als die schöne Fremde auf dem Altar lag, zeigte sich den Augen der überraschten Zuschauer ein Kleinod, das keine festumrissene Form hatte, und als ihr das Thermometer angesetzt wurde, stieg die Flüssigkeit augenblicks auf hundertneunzig Grad. Der Hohepriester erklärte umgehend, dieses Kleinod verweise seine Eigentümerin in die Klasse der Kurtisanen, und verbot dem verliebten Colibri, sie zu ehelichen. Da er sie nicht zur Frau nehmen durfte, machte er sie zu seiner Mätresse. Eines Tages, als sie offenbar ganz zufriedengestellt war, gestand sie ihm, daß sie in der Hauptstadt Eures Reiches geboren sei: was nicht wenig zu unserer hohen Meinung von Euren Frauen beitrug.' "

Hier war der Sultan, als Mirzosa wiederkam.

„Eure Prüderie, fehl am Platz wie immer", sagte Mangogul, „hat Euch um die köstlichste Lektüre gebracht. Ich wünschte, Ihr könntet mir sagen, wozu diese Heuchelei, die Euch allen, ob züchtig, ob liederlich, gemeinsam ist, wohl tauge. Sind es die Dinge, die Euch abschrecken? Nein, denn die kennt Ihr. Sind es die Worte? Wahrhaftig, das lohnt der Mühe nicht. Ist es schon lächerlich, sich der Handlung zu schämen, um wieviel alberner ist es, über den Ausdruck zu erröten? Ich bin ganz vernarrt in die Insulaner, von denen dieses kostbare Tagebuch berichtet; sie nennen die Dinge beim Namen; ihre Sprache ist einfacher, und ihre Begriffe von schicklich und nicht schicklich sind viel klarer bestimmt..."

Mirzosa: Sind die Frauen dort bekleidet?...

Mangogul: Gewiß; aber nicht aus Schicklichkeit, sondern

aus Koketterie: sie verhüllen sich, um Verlangen und Neugier zu erwecken ...

Mirzosa: Und das scheint Euch mit den guten Sitten verträglich?

Mangogul: Gewiß ...

Mirzosa: Dacht ich's doch.

Mangogul: Ach, Ihr dachtet immer alles!

Während sie sich derweise austauschten, blätterte er beiläufig in seinem Tagebuch und sagte: „Man liest hier von höchst merkwürdigen Bräuchen. Dieses Kapitel, seht Ihr, beschreibt die körperliche Beschaffenheit der Einwohner. Da gibt es nichts, was Eure vorzügliche Prüderie nicht anzuhören vermöchte. Hier ist eins über die Toiletten der Damen, ganz Euer Fach, Ihr könntet womöglich Nutzen daraus ziehen. Ihr antwortet mir nicht? Mißtraut Ihr mir noch immer?"

„Hab ich so unrecht?"

„Ach, ich sollte Euch diesem Cyclophile in die Hände geben, damit er Euch unter seine Insulaner führte. Ich schwöre Euch, Ihr kämt bedeutend vollkommener wieder."

„Mir scheint, ich bin's genug."

„Euch scheint! Nur darf ich kaum ein Wort sagen, ohne daß Ihr Euch verschließt. Dabei bekäm es Euch sehr viel besser und mir wäre sehr viel behaglicher, wenn Ihr mir immer zuhörtet, was ich auch sage."

„Was kümmert's Euch, ob ich Euch zuhöre oder nicht?"

„Nun, alles in allem habt Ihr recht. Verschieben wir denn auf heute abend, morgen oder einen anderen Tag das Kapitel von der Gestalt unserer Insulaner und den Toiletten ihrer Damen."

19. Kapitel

Von der Gestalt der Insulaner und den Toiletten ihrer Damen

Es war nach Tisch, Mirzosa knötelte, und Mangogul, der mit halbgeschlossenen Augen auf einem Sofa lag, gab sich gemächlich seiner Verdauung hin. Er hatte eine gute Stunde in Ruhe und Schweigen hingebracht, als er die Favoritin fragte:

„Wären Madame geneigt, mir zuzuhören?"

„Je nachdem."

„Nun, richtig – wie Ihr mir so verständig wie höflich sagtet –, was kümmert's mich, ob Ihr mir zuhört oder nicht." Mirzosa lächelte, und Mangogul sagte: „Man bringe mir das Tagebuch meiner Reisenden, aber daß mir ja meine Lesezeichen nicht verschoben werden, sonst, bei meinem Barte! ..."

Man bringt ihm das Buch, er schlägt es auf und liest: „Die Insulaner waren aber nicht beschaffen wie die Menschen anderswo. Ein jeder trug von Geburt an die Merkmale seiner Berufung an sich: so wurde dort jeder, was er sein sollte. Wen die Natur zur Geometrie bestimmt hatte, hatte zirkellange Finger; zu diesen gehörte mein Gastgeber. Ein zur Astronomie Begabter hatte Stielaugen; zur Geographie – einen Globuskopf; zur Musik oder Akustik – Trichterohren; zur Feldvermesserkunst – Beine wie Absteckpfähle; zur Hydraulik..." Hier hielt der Sultan inne; und Mirzosa fragte: „Nun, zur Hydraulik? ..." Und Mangogul sagte: „Ihr seid es, die gefragt hat: ein Kleinod mit Verteilerdüse, das Wasserstrahlen pißt; zur Chemie – eine Kolbennase; zur Anatomie – einen Zeigefinger wie ein Skalpell; zur Mechanik – Arme wie Feilen oder Sägen ..."

„Bei denen", sagte Mirzosa, „kann nicht passieren, was bei uns allverbreitet ist, daß nämlich Leute, denen Brahma nur sehnige Arme gegeben hat, so daß sie hinterm Pflug gehen müßten, das Steuer Eures Staates führen, in Euren Gerichten sitzen oder Eurer Akademie vorstehen; daß einer, der nicht mehr sieht als ein Maulwurf, sein Leben über Beobachtungen zubringt, das heißt, einen Beruf ausübt, der Luchsaugen verlangt."

Der Sultan fuhr in seiner Lesung fort: „Unter den Insulanern gab es aber welche, die zugleich Finger wie Zirkel, einen Kopf wie ein Globus, Augen wie Teleskope, Ohren wie Schalltrichter hatten; diese Menschen, sagte ich zu meinem Gastgeber, sind augenscheinlich Eure Virtuosen, Universalgenies, weil sie die Merkmale sämtlicher Talente an sich haben."

Mirzosa unterbrach den Sultan und sagte: „Ich wette, ich weiß die Antwort des Gastgebers . . ."

Mangogul: Und was antwortet er?

Mirzosa: Er antwortet, daß Menschen, die von Natur zu allem begabt scheinen, zu gar nichts taugen.

Mangogul: Bei Brahma, so ist es; fürwahr, Sultanin, Ihr seid unheimlich gescheit. Mein Reisender fährt nun fort, diese Beschaffenheit der Insulaner verleihe dem ganzen Volk ein automatenhaftes Aussehn; wenn sie gehen, meint man, sie vermessen Land; wenn sie gestikulieren, scheinen sie Figuren zu umreißen; wenn sie singen, deklamieren sie mit Emphase.

Mirzosa: In dem Fall muß ihre Musik schlecht sein.

Mangogul: Und warum das?

Mirzosa: Weil sie nicht zur Deklamation werden darf.

Mangogul: „Kaum hatte ich ein paar Runden durch ihren öffentlichen Park gemacht, als ich der Gegenstand ihrer Gespräche und ihrer Neugier wurde. Der ist vom Mond gefallen, sagte einer; da irrt Ihr, sagte ein anderer, er kommt vom Saturn. – Mir scheint er eher ein Merkurbewohner, sagte ein dritter. Ein vierter näherte sich mir und fragte: ‚Fremdling, darf man fragen, woher Ihr kommt?'

‚Aus Congo', versetzte ich.

‚Und wo liegt Congo?'

Ich wollte seiner Frage eben Genüge tun, als rings um mich ein Lärm von tausend Männer- und Frauenstimmen erscholl, denn alle riefen: Er ist ein Congo, ein Congo! Von dem Getöse betäubt, hielt ich mir die Ohren zu und verließ eilends den Park. Indes hatte man meinen Gastgeber festgehalten, um ihn zu fragen, ob ein Congo ein Tier oder ein Mensch sei. In den folgenden Tagen wurde seine Haustür von Insulanern belagert, die den Congo sehen wollten. Ich zeigte mich; und alle wichen mit einer Verachtung zurück, die sich in Hohngelächter kundtat, und riefen: Pfui, so was will ein Mensch sein!"

Mirzosa lachte, dann fragte sie: „Und die Toiletten?"

Mangogul sagte: „Erinnert sich Madame vielleicht eines gewissen schwarzen Brahmanen, der ein höchst origineller, halb verständiger, halb närrischer Mann war?"

„Ja, ich erinnere mich. Er war ein gütiger Mensch, der auf alles, was er tat, Geist verwandte und den die anderen schwarzen Brahmanen, seine Mitbrüder, quälten, bis er zugrunde ging."

„Sehr gut. Habt Ihr wohl auch von einem gewissen Clavier reden hören oder es gar gesehen, auf dem er die Farben gemäß der Tonleiter aufeinander abgestimmt hatte und auf dem er eine Sonate, ein Allegro, ein Presto, ein Adagio, ein Cantabile für die Augen ebenso angenehm auszuführen sich erbot, wie diese Stücke es für die Ohren sind, sofern sie gut gemacht sind?"

„Mehr noch: ich bat ihn eines Tages, mir ein Tonmenuett in ein Farbenmenuett zu übersetzen, und es wurde wunderbar."

„Und das machte Euch Spaß?"

„Großen; ich war ja noch ein Kind."

„Nun, meine Reisenden haben das gleiche Instrument bei ihren Insulanern vorgefunden, aber seinem eigentlichen Zweck zugeführt."

„Ich verstehe; für die Toiletten."

„Richtig; aber wie?"

„Wie? Ganz einfach. Wenn ein Stück der Bekleidung gegeben ist, braucht man nur eine gewisse Zahl Tasten auf dem Clavier anzuschlagen, um die harmonierenden Töne zu dem Stück zu finden, und kann die Farben der übrigen Teile bestimmen."

„Ach, Ihr seid unerträglich! Man kann Euch nichts Neues lehren; alles wißt Ihr schon."

„Ich glaube sogar, daß man in dieser Art Musik Dissonanzen suchen und nützen wird."

„Ihr sagt es."

„Daher glaube ich, eine Kammerfrau müßte ebensoviel Talent und Erfahrung, ebensoviel Kenntnis und Übung haben wie ein Kapellmeister."

„Und wißt Ihr, was daraus zu folgern ist?"

„Nein."

„Daß mir nichts übrigbleibt, als mein Tagebuch zu schließen und mein Scherbett zu trinken. Sultanin, Euer Scharfsinn verstimmt mich."

„Das heißt, Ihr hättet mich gern ein wenig dumm?"

„Warum nicht? Das brächte uns näher, und wir hätten mehr Spaß. Es braucht schon eine mächtige Leidenschaft, um einer nicht endenden Demütigung standzuhalten. Ich werde mich anderweitig umsehn müssen; hütet Euch."

„Herr, gewährt mir die Gnade, Euer Tagebuch wieder aufzuschlagen und die Lesung fortzusetzen."

„Meinetwegen. Mein Reisender berichtet also weiter:

‚Eines Tages nach Tisch warf sich mein Gastgeber auf ein Sofa, wo er gleich darauf entschlummerte, und ich begleitete die Damen in ihre Gemächer. Nachdem wir mehrere Räume durchmessen hatten, betraten wir ein großes, gut beleuchtetes Kabinett, in dessen Mitte ein Clavier stand. Madame setzte sich, ließ ihre Finger über die Tasten gleiten, wobei sie die Augen auf das Innere des Kastens heftete, und sagte mit befriedigter Miene:

»Ich glaube, nun stimmt es überein.«

Leise sagt ich mir: Mir scheint, sie träumt; denn ich hatte keinen Ton vernommen ...

»Madame ist Musikantin und akkompagniert gewiß auch?«

»Nein.«

»Was ist dies sonst für ein Instrument?«

»Das werdet Ihr gleich sehen.« Dann wandte sie sich an ihre Töchter und sagte zu der Ältesten: »Läutet meinen Zofen.«

Es kamen drei, denen sie ungefähr folgende Rede hielt: »Verehrte Jungfern, seit mehr als sechs Monden waren weder meine Töchter noch ich mit Geschmack gekleidet. Dennoch kostet ihr mich Unsummen. Ich habe euch die besten Lehrmeister gegeben, aber ihr habt anscheinend nicht einmal die Grundbegriffe der Harmonie erlernt. Meine Fontange soll heute grün und golden sein. Sucht mir das übrige zusammen.«

Die jüngste Zofe bediente die Tasten und brachte mit der einen Hand einen weißen, einen gelben, einen karmesinroten und einen grünen Strahl hervor, mit der anderen einen blauen und einen violetten.

»Das geht nicht«, sagte die Herrin ungeduldig, »mildere die Nuancen.«

Die Zofe schlug erneut an: weiß, zitronengelb, türkis, ponceau, rosenfarben, hochorange und schwarz.

»Noch schlimmer!« sagte die Herrin. »Es ist zum Davonlaufen. Macht das Obergewand.«

Die Kammerfrau gehorchte, und es ergaben sich: weiß, gelborange, blaßblau, fleischfarben, schwefelgelb und grau.

Die Herrin schrie:

»Das ist ja nicht zum Aushalten.«

»Wenn Madame aufmerken wollten«, sagte eine der beiden älteren Zofen, »zu Eurem großen Reifrock und Euren Pantoffeln ...«

»O ja, das möchte gehen ...«

Daraufhin verschwand die Dame in einem Nebengemach, um sich in dieser Modulation zu kleiden. Währenddessen bat die älteste Tochter die nächste Zofe, ihr ein Phantasiegewand zu spielen, und fügte hinzu:

»Ich bin zu einem Ball geladen; und ich möchte beschwingt, rätselvoll und strahlend aussehen. Ich habe die vollen Farben satt.«

»Nichts einfacher als das«, sagte die Zofe; und sie berührte ein Perlgrau mit einem helldunklen Schimmer, der seinesgleichen suchte, und sprach: »Seht, Fräulein, wie gut das zu Eurem chinesischen Kopfputz stehen wird, zu Eurer

Pfauenfedermantille, zu Eurem blaßgrün-goldenen Rock, Euren zimtfarbenen Strümpfen und den Lackschuhen; vor allem wenn Ihr eine braune Haarfarbe wählt und Euer Rubindiadem tragt.«

»Du bist unvergleichlich, meine Liebe«, versetzte das Mädchen. »Komm, führe deine Ideen aus.«

Nun war die Jüngste an der Reihe; die verbliebene Zofe sagte zu ihr:

»Eure große Schwester geht zum Ball; und Ihr, geht Ihr nicht in den Tempel? . . .«

»So ist es, und du sollst mir dazu etwas unfehlbar Verführerisches anschlagen.«

»Wohlan!« sagte die Zofe. »Nehmt Euer feuerfarbenes Gazekleid, ich werde die übrigen Farben des Gewandes suchen. Das ist es noch nicht . . . jetzt hab ich's . . . das ist es . . . ja, das ist es; Ihr werdet zum Entzücken aussehn . . . seht, Fräulein: gelb, grün, schwarz, feuerfarben, azur, weiß und blau; das wird wundervoll zu Euren böhmischen Topasohrringen passen, dazu einen Hauch Rouge, zwei Mörderchen unter die Augen, drei Monde und sieben Fliegen . . .«

Dann gingen sie mit einer tiefen Verneigung gegen mich hinaus. Hier sind sie nicht minder närrisch als bei uns zu Hause, sagte ich mir, aber dieses Clavier spart viel Mühe.'"

Hier unterbrach Mirzosa die Lektüre und sagte zum Sultan: „Euer Reisender hätte uns wenigstens eine Ariette für ein Gewand mit den zugehörigen Baßziffern notieren sollen."

Der Sultan: Das hat er getan.

Mirzosa: Und wer spielt sie uns vor?

Der Sultan: Nun, ein Schüler des schwarzen Brahmanen; derjenige, in dessen Händen das Augenclavier verblieben ist. Aber habt Ihr genug?

Mirzosa: Kommt noch viel?

Der Sultan: Nein; noch ein paar Seiten, dann seid Ihr erlöst . . .

Mirzosa: So lest . . .

Der Sultan: „Zu der Erkenntnis war ich gelangt", sagt mein Tagebuch, „als die Tür des Gemachs, in dem die Mutter verschwunden war, aufging und mir eine so seltsam verkleidete Gestalt darbot, daß ich sie nicht sofort erkannte. Ihre pyramidenhaft getürmte Frisur sowie ihre hochstelzigen Absätze hatten sie um anderthalb Fuß vergrößert; dazu trug sie einen weißen Pelzkragen, eine orangene Mantille, ein blaßblaues Samtgewand, einen fleischfarbenen Rock, schwefelgelbe Strümpfe und grau getupfte Pantoffeln; aber was mich insonders in Staunen setzte, war ein fünfeckiger Reifrock mit vor- und zurückspringenden Winkeln, die einen Klafter weit abstanden. Sie glich einem wandelnden Bollwerk mit fünf Bastionen. Alsbald erschien eine der Töchter.

‚Erbarmen!‘ rief die Mutter, ‚wer hat Euch derart herausgeputzt? Mir aus den Augen! Ihr flößt mir Grausen ein. Wäre es nicht Zeit, zum Ball zu gehen, ließ ich Euch umkleiden. Ich hoffe nur, Ihr maskiert Euch.‘ Dann sagte sie zu der Jüngsten, wobei sie deren Anzug von Kopf bis Fuß musterte: ‚Nun, ja, das ist schicklich und vornehm.‘

Monsieur, der nach dem Nachtmahl ebenfalls Toilette gemacht hatte, zeigte sich in einem herbstlaubfarbenen Hut, unter dem eine lange Perücke mit Spirallocken niederwallte, in einem Zwillichrock mit Aufschlägen in anderthalb Fuß großen Karos, aber ohne Falten und Fischbein; in gamsfarbenen Kniehosen und Strümpfen und Schuhen aus grünem Saffian, wobei das Ganze zusammenhing und einen Pantalon bildete.“

Hier brach Mangogul ab und sagte zu Mirzosa, die sich vor Lachen die Seiten hielt: „Diese Insulaner scheinen Euch wohl überaus lächerlich ...“

Mirzosa, die ihm ins Wort fiel, sagte: „Ich erlasse Euch den Rest; Ihr habt ja recht, Sultan; nur zieht, ich bitte Euch, keine Folgerungen. Wenn Ihr anfangt, Moral zu predigen, ist alles aus. Selbstredend würden wir diesen Insulanern ebenso wunderlich vorkommen als sie uns; und gewiß machen in Modefragen die Narren den Weisen, die Kurtisanen den ehrbaren Frauen das Gesetz, und es bleibt einem nichts übrig, als dabei mitzutun. Wir lachen über die Bildnisse unserer Ahnen, uneingedenk, daß unsere Enkel uns verlachen werden.“

MANGOGUL: Da wollte ich nun einmal in meinem Leben vernünftig argumentieren!

MIRZOSA: Es sei Euch vergeben; aber laßt es künftig sein ...

MANGOGUL: All Eurem Scharfsinn zum Trotz führten die Harmonie, die Melodie und das Augenclavier ...

MIRZOSA: Halt, laßt mich fortfahren: ... ein Schisma herbei, das Männer, Frauen und alle Mitbürger in zwei Parteien spaltete. Es gab einen Aufstand, Schule gegen Schule, Meister gegen Meister; man stritt, man zankte, man haßte sich.

„Sehr schön; aber damit nicht genug ..."

„Ich habe auch noch nicht ausgeredet."

„So fahrt fort."

„Und wie letzthin in Banza, in dem Streit über die Töne, die Tauben als die hartnäckigsten Streithähne sich erwiesen, so waren diejenigen, die im Land Eurer Reisenden am längsten und lautesten über die Farben stritten, die Blinden ..."

Da ergriff der Sultan ärgerlich die Hefte seiner Reisenden und riß sie in Stücke.

„Ei, was tut Ihr da?"

„Ich entledige mich eines unnützen Werkes."

„Für mich vielleicht, aber für Euch?"

„Alles, was Eurem Glück nichts hinzufügt, Madame, ist mir einerlei."

„Also bin ich Euch doch etwas wert?"

„Das ist wieder so eine Frage, um allen Weibern abzuschwören. Nein, sie sind fühllos; sie glauben, alles sei man ihnen schuldig; was man auch für sie tut, es ist nie genug. Ein Augenblick der Verstimmung macht ein ganzes Jahr treuer Dienste zunichte. Ich gehe."

„Nein, Ihr bleibt; nun, kommt näher, küßt mich ..."

Der Sultan küßte sie und sagte:

„Ist nicht doch etwas daran, daß wir eure Marionetten sind?"

„Ja, bisweilen."

20. Kapitel

Die zwei Betschwestern

Der Sultan hatte die Kleinode seit einigen Tagen in Frieden gelassen. Er war mit wichtigen Dingen befaßt, und sein Ring ruhte. In dieser Zwischenzeit machten sich zwei Damen aus Banza zum Gespött der ganzen Stadt.

Sie waren berufsmäßige Betschwestern. Sie trieben ihre Liebeshändel in möglichster Stille und genossen einen so guten Leumund, daß selbst die Bosheit ihresgleichen sie verschonen mußte. Man sprach in den Moscheen nur von ihrer Tugend. Die Mütter hielten sie ihren Töchtern, die Männer ihren Frauen als Muster vor. Eine wie die andere frönten sie dem obersten Grundsatz, Aufsehen erregen sei die schlimmste Sünde. Diese Gleichheit der Gesinnung, insonders aber die Schwierigkeit, ohne großen Aufwand seinen Nächsten, der so scharf sieht und so gern Arges denkt, zu nasführen, waren stärker gewesen als die Verschiedenheit ihrer Charaktere, und sie waren die besten Freundinnen geworden.

Zélide empfing Sophiens Brahmanen; Sophie tauschte sich bei Zélide mit ihrem Beichtiger aus; und wenn nur jede ein wenig mit sich selbst zu Rate ging, konnte die eine kaum in Unkenntnis über das Kleinod der anderen sein; aber die verbreitete sonderbare Geschwätzigkeit der Kleinode hielt sie beide in peinlichen Ängsten. Sie sahen sich nahe daran, entlarvt zu werden und ihren Tugendruf einzubüßen, der sie fünfzehn Jahre Verstellung und Listen gekostet hatte und nun in die größte Bedrängnis versetzte.

Es gab Augenblicke, da sie, zumindest Zélide, ihr Leben hingegeben hätten, um genauso verschrien zu sein wie der größte Teil ihrer Bekannten. „Was wird die Welt sagen? Was wird mein Mann tun? ... Wie, diese Frau, so tugendsam, so zurückhaltend, so bescheiden, diese Zélide ist auch nur eine ... wie die anderen ... Ach! der Gedanke bringt mich um den Verstand! Fürwahr, ich wünschte, ich hätte keins, hätte nie eins gehabt“, rief Zélide jähe.

Sie befand sich in Gesellschaft ihrer Freundin, die von den gleichen Gedanken geplagt war, sich aber nicht derart erregte. Bei Zélidens letzten Worten mußte sie lächeln.

„Lacht nur, Madame, tut Euch keinen Zwang an. Berstet vor Lachen“, sagte Zélide erbittert. „Es gibt wahrlich allen Grund dazu.“

„Ich kenne die Gefahr, die uns droht, wie Ihr“, entgegnete Sophie kühl, „aber wo ist das Mittel, ihr zu entgehn? Denn Ihr werdet mir beipflichten, daß wenig Hoffnung auf die Erfüllung Eures Wunsches besteht.“

„Sinnt doch auf einen Ausweg!“ versetzte Zélide.

„Oh, ich bin es leid“, sagte Sophie, „mir den Kopf zu zerbrechen: mir fällt nichts ein ... Sich tief in der Provinz vergraben wäre vielleicht ein Ausweg; aber Banza und seine Freuden lassen und dem Leben entsagen, dazu sehe ich mich außerstande. Ich weiß, mein Kleinod fände sich nie damit ab.“

„Aber was dann?“

„Was dann! Alles der Vorsehung überlassen und wie ich über das Gerede der Leute lachen. Ich habe alles darangesetzt, Ruf und Freuden zu vereinen. Aber da nun einmal geschrieben steht, daß man seines Rufs verlustig gehen soll, erhalten wir uns wenigstens die Freuden. Wir waren einmalig. Wohlan denn, meine Liebe, wir werden tausend anderen gleichen, scheint Euch das so hart?“

„Aber sicher“, versetzte Zélide, „sicher scheint es mir hart, denen zu gleichen, auf die ich mit hoheitvoller Verachtung niedersah. Um solcher Schmach zu entgehen, liefe ich, glaub ich, sogar bis ans Ende der Welt.“

„Brecht auf, meine Liebe“, erwiderte Sophie; „ich bleibe ... Im übrigen rate ich Euch, verseht Euch mit einem Mittelchen, auf daß Euer Kleinod unterwegs nicht schwatze.“

„Wahrlich“, sagte Zélide, „Euer Scherz ist übel angebracht; und Eure Unerschrockenheit ...“

„Ihr täuscht Euch, Zélide, es ist nicht Unerschrockenheit. Die Dinge den Lauf nehmen lassen, den man nicht ändern kann, ist Resignation. Ich sehe, daß wir unsere Ehre nicht werden retten können; nun denn, wenn schon entehrt, will ich mir wenigstens den Kummer darüber bis zuletzt aufsparen."

„Entehrt!" rief Zélide und brach in Tränen aus. „Entehrt! Welch ein Schlag! Das überleb ich nicht ... Ah, verfluchter Bonze! Du hast mich ins Verderben gestürzt. Ich liebte meinen Mann; ich war von Natur tugendhaft; ich liebte ihn noch, hättest du dein Amt und mein Vertrauen nicht mißbraucht. Entehrt! liebe Sophie ..."

Sie konnte nicht weiterreden. Schluchzen erstickte ihre Worte; und sie sank verzweiflungsvoll aufs Kanapee. Sie fand die Sprache nur wieder, um klagend auszurufen: „Ach, meine liebe Sophie! Darüber sterbe ich ... das ist mein Tod. Nein, nie werd ich meinen guten Ruf überleben ..."

„Aber Zélide, meine liebe Zélide, eilt Euch doch nicht so mit dem Sterben", sagte Sophie. „Vielleicht ..."

„Es gibt kein Vielleicht; dies ist mein Tod ..."

„Aber vielleicht könnte man ..."

„Nichts könnte man, sag ich Euch ... Aber sprecht, meine Liebe, was könnte man?"

„Vielleicht könnte man ein Kleinod am Schwatzen hindern."

„Ach, Sophie, Ihr wollt mich mit falschen Hoffnungen trösten; Ihr täuscht mich."

„Nein, nein; ich täusche Euch nicht; hört mich nur an, anstatt wie eine Törin zu verzweifeln. Ich habe von Frénicol, von Eolipile, von Knebeln und Maulkörben gehört."

„Aber, was haben Frénicol, Eolipile und die Maulkörbe mit der Gefahr zu schaffen, die uns droht? Was hat mein Juwelier damit zu tun? Und was soll das hier, ein Maulkorb?"

„So hört denn, meine Liebe: ein Maulkorb ist eine Vorrichtung, die Frénicol erfunden, die Akademie gebilligt und Eolipile vervollständigt hat, der sich jedoch den Ruhm der Erfindung anmaßt."

„Nun, und diese von Frénicol erfundene, von der Akademie gebilligte und von dem Esel Eolipile vervollständigte Vorrichtung ..."

„Oh, Ihr begreift mit einer Geschwindigkeit, die jede Vorstellung übersteigt. Nun denn! Diese Vorrichtung legt man an und zwingt ein Kleinod damit zum Schweigen, ob es will oder ..."

„Ist das wirklich wahr, meine Liebe?"

„Man sagt es."

„Das müssen wir erkunden", versetzte Zélide, „und zwar sofort."

Sie läutete; eine Bediente kam; sie schickte nach Frénicol.

„Warum nicht Eolipile?" fragte Sophie.

„Frénicol fällt weniger auf", erwiderte Zélide.

Der Juwelier ließ nicht lange auf sich warten.

„Ah, Frénicol, da seid Ihr", sagte Zélide; „seid willkommen. Eilt Euch, mein Bester, zwei Frauen aus einer grausamen Verlegenheit zu befreien ..."

„Worum handelt sich's, meine Damen? ... Braucht Ihr ein paar seltene Kleinode? ..."

„Nein; aber wir haben zwei und möchten ..."

„Sie veräußern, nicht wahr? Sehr wohl, meine Damen, laßt sie sehen. Entweder nehm ich sie, oder wir tauschen ..."

„Ihr versteht uns nicht, Herr Frénicol; wir wollen nicht tauschen ..."

„Ah, ich verstehe: es handelt sich um ein Paar Ohrringe, die Ihr so verlieren möchtet, daß Eure Gatten sie bei mir wiederfinden ..."

„Mitnichten! Ach, Sophie, sagt Ihr ihm doch, um was es geht!"

„Frénicol", sagte Sophie, „wir brauchen zwei ... Versteht Ihr denn nicht? ..."

„Nein, Madame; wie soll ich verstehen? Ihr sagt ja nichts ..."

„Nun ja", erwiderte Sophie, „aber wenn eine Frau Schamgefühl hat, quält es sie, gewisse Dinge beim Namen zu nennen ..."

„Aber sie muß sich wenigstens verständlich machen", versetzte Frénicol, „ich bin Juwelier und kein Hellseher."

„Ihr müßt es aber doch erraten ..."

„Meiner Treu, meine Damen, je länger ich Euch ansehe, desto weniger verstehe ich Euch. Wenn man so jung, reich und hübsch ist wie Ihr, ist man doch nicht auf künstlichen Ersatz angewiesen; außerdem sag ich Euch rundheraus, ich verkaufe dergleichen nicht mehr. Den Handel mit solchen Sachen habe ich den Anfängern unter meinen Zunftgenossen abgetreten."

Unsere Betschwestern fanden den Irrtum des Juweliers so komisch, daß sie beide gleichzeitig in ein Gelächter ausbrachen, das ihn verstörte.

„Erlaubt, meine Damen", sagte er, „daß ich Euch meine Verbeugung mache und mich zurückziehe. Ihr hättet Euch sparen können, mich eine Meile weit herzuholen, um auf meine Kosten zu lachen."

„Haltet ein, mein Lieber, haltet ein", sagte Zélide, noch immer lachend. „Das war nicht unsere Absicht. Aber da Ihr uns nicht verstandet, seid Ihr auf gar so putzige Ideen gekommen ..."

„Es hängt nur von Euch ab, meine Damen, daß ich endlich auf die richtigen komme. Um was handelt sich's denn nun?"

„Oh, Musjöh Frénicol, erlaubt, daß ich mich erst auslache, eh ich Euch Rede stehe."

Zélide lachte zum Ersticken. Der Juwelier meinte bei sich, sie habe Vapeurs oder sei übergeschnappt, und faßte sich in Geduld. Endlich beruhigte sich Zélide.

„Wohlan!" sagte sie, „es handelt sich um unsere Kleinode; um unsere eigenen, versteht Ihr, Herr Frénicol? Ihr wißt sicherlich, daß in letzter Zeit etliche geschwatzt haben wie die Elstern, und wir möchten verhindern, daß unsere dem schlechten Beispiel folgen."

„Ah so! Jetzt verstehe ich", sagte Frénicol, „Ihr braucht also einen Maulkorb ..."

„So ist es, nun habt Ihr begriffen. Man hat mir ja immer gesagt, Herr Frénicol sei nicht auf den Kopf gefallen ..."

„Zu gütig, Madame. Was das von Euch Gewünschte anbelangt, so hab ich alle Sorten vorrätig und werd Euch gleich welche holen gehen."

Frénicol brach auf; inzwischen umarmte Zélide ihre Freundin und dankte ihr für den guten Rat; und ich, sagt der afrikanische Autor, schlief, bis er wiederkam.

21. Kapitel

Rückkehr des Juweliers

Der Juwelier kam wieder und legte unseren Betschwestern zwei erstklassig gearbeitete Maulkörbe vor.

„Oh, Erbarmen!“ rief Zélide. „Was für Maulkörbe! Was für Riesenmaulkörbe! Welche Unglücklichen sollen das tragen? Die sind ja einen Klafter lang. Wahrlich, mein Freund, Ihr müßt an der Stute des Sultans gemessen haben.“

„Ja“, sagte Sophie lässig, nachdem sie sie gemustert und mit den Fingern abgemessen hatte. „Ihr habt ganz recht; diese würden höchstens der Stute des Sultans oder der alten Rimosa passen ...“

„Ich schwöre Euch, meine Damen“, entgegnete Frénicol, „das ist die normale Größe; Zelmaïde, Zyrphile, Ariane, Zulique und hundert andere haben auch solche genommen ...“

„Ausgeschlossen“, versetzte Zélide.

„Doch“, sagte Frénicol, „so ist es; aber alle haben zuerst das gleiche gesagt wie Ihr; und wie die anderen mögt Ihr Euch selbst überzeugen, indem Ihr sie zur Probe ...“

„Herr Frénicol mag sagen, was er will; er wird mich niemals davon überzeugen, daß mir das paßt“, sagte Zélide.

„Auch mich nicht“, sagte Sophie. „Er soll uns andere zeigen, so er hat.“

Frénicol, der mehrfach erlebt hatte, daß die Damen über diesen Artikel unbelehrbar waren, zeigte ihnen welche für Dreizehnjährige.

„Ah, das ist es, was wir brauchen!“ riefen beide wie aus einem Munde.

„Mir soll's recht sein“, sagte Frénicol leise bei sich.

„Wieviel verlangt Ihr dafür?“ fragte Zélide.

„Nur zehn Dukaten, Madame ...“

„Zehn Dukaten! Das meint Ihr nicht im Ernst, Frénicol ...“

„Madame, beim besten Willen ...“

„Ihr laßt uns die Novität bezahlen ...“

„Ich schwöre Euch, meine Damen, das ist der bare Wert ...“

„Zugegeben, sie sind hübsch gearbeitet; aber zehn Dukaten, das ist ja ein Vermögen! ...“

„Ich lasse nichts nach.“

„Dann gehn wir zu Eolipile.“

„Wie's beliebt, meine Damen: aber ein Handwerker ist nicht wie der andere, und ein Maulkorb auch nicht.“

Frénicol blieb standhaft, und Zélide gab nach. Sie bezahlte die beiden Maulkörbe; und der Juwelier ging in der festen Überzeugung davon, daß sie ihnen zu klein sein würden und er sie binnen kurzem für ein Viertel des Kaufpreises wieder hätte. Er täuschte sich. Da Mangogul nicht in Reichweite war, um seinen Ring auf die beiden Damen zu richten, kam ihre Kleinode gar nicht das Verlangen an, lauter als üblich zu schwätzen; zu ihrem Glück, denn als Zélide ihren Maulkorb probierte, fand sie ihn um die Hälfte zu klein. Indessen trennte sie sich nicht von ihm, weil es ihr beinahe ebenso gräßlich erschien, ihn umzutauschen, als keinen zu haben.

Man erfuhr dieses Begebnis durch eine ihrer Zofen, die es im Vertrauen ihrem Liebsten erzählte, der es im Vertrauen einem anderen erzählte, der es unter dem Siegel der Verschwiegenheit ganz Banza anvertraute. Auch Frénicol hielt nicht reinen Mund; das Abenteuer unserer Betschwestern drang in die Öffentlichkeit und beschäftigte eine Weile alle Lästermäuler in Congo.

Zélide war untröstlich darüber. Diese Frau, die mehr Mitleid als Tadel verdient, faßte Abscheu gegen ihren Brahmanen, verließ ihren Mann und verschwand in einem Kloster. Sophie aber lüftete ihre Maske, trotzte dem Klatsch, legte Rouge und Schönheitspflaster auf und lebte in der Welt mit der Welt.

22. Kapitel

Siebente Ringprobe · Das erstickte Kleinod

Wenngleich die Bürgersfrauen von Banza ahnten, daß Kleinode ihres Standes nicht die Ehre haben würden zu reden, versorgten sie sich doch alle mit Maulkörben. Man trug in Banza seinen Maulkorb, wie man hierzulande Hoftrauer trägt.

Hier vermerkt der afrikanische Autor mit Erstaunen, daß die Maulkörbe trotz ihres mäßigen Preises und ihrer Verbreitung unter den Bürgerinnen bei Hofe nicht aus der Mode kamen. „Diesmal“, sagt er, „trug die Nützlichkeit den Sieg über das Vorurteil davon.“ Ein solcher Gemeinplatz verdiente nicht, wiederholt zu werden: allein mir scheint, die alten congoistischen Autoren hatten sämtlich den Fehler, in Wiederholungen zu verfallen, sei es, daß sie ihren Erzeugnissen damit Glaubwürdigkeit und Eleganz zu leihen vermeinten; sei es, daß sie bei weitem nicht so einfallsreich waren, als ihre Bewunderer behaupten.

Wie dem auch sei, als Mangogul eines Tages mit dem gesamten Hofstaat in seinen Gärten lustwandelte, reizte es ihn, seinen Ring auf Zélaïs zu richten. Sie war hübsch und mehrerer Abenteuer verdächtig; ihr Kleinod stammelte indes nur abgebrochene Worte, die keinen Sinn ergaben und von den Spöttern nach Laune gedeutet wurden... „Sieh an“, sagte der Sultan, „ein Kleinod mit Sprachstörungen. Irgend etwas muß seine Rede behindern.“ Er ließ seinen Ring also stärker wirken. Das Kleinod versuchte ein weiteres Mal, sich zu äußern; und als das Hemmnis, das ihm den Mund stopfte, halbwegs bezwungen war, hörte man ganz deutlich: „Au... au... Ich ers... ich erst... ich ersticke. Ich kann nicht mehr... Au... Au... Ich ersticke.“

Da fühlte sich Zélaïs auch schon dem Ersticken nahe: ihr Antlitz erbleichte, ihr Busen wogte, und sie sank mit geschlossenen Augen und halboffenem Mund den Umstehenden in die Arme.

Überall sonst hätte man Zélaïs ungesäumt erleichtert.

Man brauchte sie nur von ihrem Maulkorb zu befreien und ihrem Kleinod Luft zu schaffen; wie ihr aber hilfreiche Hand leihen in Gegenwart Mangoguls! „Rasch, rasch, Ärzte!“ rief der Sultan, „Zélaïs ist dem Tode nahe.“

Pagen eilten in den Palast und kamen wieder, gemessen folgten die Doktoren ihrer Spur, Orcotome an der Spitze. Die einen rieten zu Aderlaß, die anderen zu einem Brechmittel; aber der scharfsichtige Orcotome ließ Zélaïs in ein nahes Gemach tragen, untersuchte sie und schnitt die Riemen ihres Kappzaums entzwei. Dieses geknebelte Kleinod gehörte zu jenen, die im Paroxysmus gesehen zu haben er sich rühmte.

Indes war die Schwellung ungemein stark, und Zélaïs hätte weiter leiden müssen, hätte der Sultan sich ihres Zustands nicht erbarmt. Er drehte seinen Ring um; die Körpersäfte fanden zum Ausgleich; Zélaïs erholte sich, und Orcotome schrieb sich das Wunder der Heilung zu.

Zélaïs' Unfall und die Geschwätzigkeit ihres Arztes brachten die Maulkörbe in Verruf. Orcotome beschloß, ohne Rücksicht auf Eolipiles Interessen, sein Glück auf den Trümmern des anderen aufzubauen, ließ sich als Spezialist für verstopfte Kleinode ausrufen; und noch heute liest man seine Anschlagzettel in abgelegenen Straßen. So reichlich er anfangs verdiente, so mißachtet war er bald. Dem Sultan war es ein Vergnügen, die Anmaßung des Quacksalbers zu stutzen. Rühmte sich Orcotome, ein Kleinod zum Schweigen gebracht zu haben, das nie ein Wort hatte verlauten lassen, dann besaß Mangogul die Grausamkeit, es zum Reden zu bringen. Man stellte schließlich fest, daß jedes Kleinod, das plötzlich gesprächig wurde, nur zwei oder dreier Besuche Orcotomes bedurft hatte. Binnen wenigem reihte man ihn, gleich Eolipile, unter die Scharlatane ein; und in dem Geruche werden beide bleiben, bis Brahmas Gnade sie daraus erlöst.

Man zog die Schmach dem Schlagfluß vor. „An dem Ding geht man zugrunde“, hieß es. Man verzichtete also auf die Maulkörbe, ließ die Kleinode schwatzen, und keiner starb daran.

23. Kapitel

Achte Ringprobe · Die Vapeurs

Es gab, wie man sieht, eine Zeit, da die Frauen, aus Angst, ihre Kleinode möchten schwatzen, lieber erstickten, lieber umkamen: und dann kam eine, da sie sich über diese Furcht hinwegsetzten, die Maulkörbe verwarfen und nur mehr Vapeurs hatten.

Nun war unter den Gesellschafterinnen der Favoritin ein eigenartiges Mädchen von bezauberndem Temperament, wiewohl ganz unausgeglichen. Zehnmal am Tag wechselte sie das Gesicht; doch welches sie immer annahm, es gefiel. Einzigartig in ihrer Schwermut wie in ihrer Fröhlichkeit, brachte sie in den ausgelassensten Momenten Worte von erlesenem Sinn heraus; und ihre Anwandlungen von Traurigkeit zeitigten herrliche Albernheiten.

Mirzosa hatte sich an Callirhoé – das war der Name der jungen Närrin – so sehr gewöhnt, daß sie diese kaum mehr missen mochte. Als der Sultan sich einmal bei der Favoritin über eine gewisse Reizbarkeit und Kühle ihrerseits beklagte, entgegnete sie, von seinen Vorwürfen betroffen:

„Ach, Fürst, ohne meine drei Tierchen, meinen Kanarienvogel, meine Kartäuserkatze und Callirhoé bin ich nichts nütze; und Ihr seht ja, daß letztere mir fehlt."

„Und weshalb ist sie nicht da?" fragte Mangogul.

„Ich weiß nicht", erwiderte Mirzosa, „aber vor Monaten schon kündigte sie mir an, wenn Mazul ins Feld ziehen muß, werde sie unweigerlich Vapeurs bekommen, und Mazul ist gestern eingerückt ..."

„Bei ihr mag es hingehen", versetzte der Sultan. „Das nenne ich begründete Vapeurs. Aber wieso verfallen hundert andere darauf, die ganz junge Männer haben oder an Liebhabern kaum Mangel leiden?"

„Fürst", erwiderte ein Höfling, „es ist die Modekrankheit. Eine Frau ist es sich schuldig, Vapeurs zu haben. Ohne Liebhaber, ohne Vapeurs hat man keine Lebensart; und es gibt in Banza keine Bürgersfrau, die sich nicht auch welche beilegte."

Mangogul lächelte und beschloß augenblicks, einigen der Vaporösen einen Besuch abzustatten. Er begab sich geradenwegs zu Salica. Er fand sie mit entblößtem Busen, brennenden Augen, aufgelöstem Haar im Bette liegen, zu Häupten den kleinen buckligen Stotterer Doktor Farfadi, der ihr allerlei Flöhe ins Ohr setzte. Derweilen streckte sie bald einen Arm, bald den anderen heraus, gähnte, seufzte, strich sich mit der Hand über die Stirn und schrie schmerzensvoll auf: „O weh... Ich halt es nicht aus... Öffnet die Fenster... Luft... Ich halt es nicht aus; es bringt mich um..."

Mangogul paßte den Augenblick ab, da ihre ratlosen Zofen Farfadi halfen, ihre Decken zu lüften, um seinen Ring auf sie zu richten; und schon hörte man: „Oh! wie mich das langweilt! Da hat Madame sich in den Kopf gesetzt, Vapeurs zu haben! Acht Tage soll das so dauern; und ich will des Todes sein, wenn ich weiß, warum: denn nach Farfadis Mühen, das Übel auszurotten, hat sie, mein ich, keinen Grund mehr, dabei zu beharren."

„Ah, ich verstehe", sagte der Sultan und drehte seinen Ring um. „Die hier hat Vapeurs ihrem Arzt zuliebe. Schauen wir uns anderwärts um."

Er begab sich von Salicas Haus in das Arsinoés, welches in der Nähe lag. Schon beim Eintritt in ihre Gemächer hörte er lautes Lachen und drang weiter vor in der Erwartung, sie in Gesellschaft anzutreffen: nichts da, sie war allein; was Mangogul wiederum nicht allzusehr überraschte. „Wenn eine Frau sich Vapeurs beilegt, legt sie sich offenbar mal traurige, mal lustige bei, wie's gerade kommt", sagte er sich.

Er richtete seinen Ring auf sie, und augenblicks begann ihr Kleinod aus vollem Hals zu lachen. Doch wechselte es von seinem unmäßigen Gelächter jäh über zu kläglichem Gewinsel über Narcès' Abwesenheit und riet ihm angelegentlich, eilends heimzukehren, dann schluchzte es abermals, weinte, klagte, seufzte so verzweifelt, als hätte es seine ganze Sippe begraben.

Bei so sonderbarer Trauer konnte der Sultan sich nur mühsam bemeistern, drehte seinen Ring um und entschwand, womit er Arsinoé samt ihrem Kleinod nach Herzenslust fortjammern ließ und für sich den Schluß zog, daß das Sprichwort falsch ist.

24. Kapitel

Neunte Ringprobe · Von verlorenen und wiedergefundnen Sachen · Gedacht als Anhang zu dem gelehrten Traktat des Pancirolli und zu den Denkschriften der Akademie der Inschriften

Mangogul war auf dem Heimweg zu seinem Palast mit den kuriosen Einfällen der Weiber beschäftigt, als er, ob aus Zerstreutheit seinerseits, ob durch ein Versehen seines Ringes, unter der Säulenhalle des prunkvollen Gebäudes sich wiederfand, das Thélis mit der reichen Ausbeute ihrer vielen Liebhaber geschmückt hatte. Er nutzte die Gelegenheit, ihr Kleinod zu befragen.

Thélis war die Gemahlin des Emirs Sambuco, dessen Vorfahren einst in Guinea herrschten. Sambuco war dank fünf oder sechs berühmten Siegen, die er über Erguebzeds Feinde davongetragen, in Congo zu hoher Geltung gelangt. Als Unterhändler nicht minder geschickt wie als Heerführer, war er mit den wichtigsten Verhandlungen betraut worden und hatte sie überlegen geführt. Er erblickte Thélis, als er von Loango heimkehrte, und verliebte sich in sie. Er war derzeit den Fünfzig nahe, während Thélis nicht über fünfundzwanzig Jahre zählte. Sie besaß mehr Charme als Schönheit; die Frauen mochten sie, die Männer beteten sie an. Mächtige Freier hatten sie umworben; allein ihr Plan war entweder schon gefaßt oder der Unterschied des Vermögens zwischen ihr und ihren Werbern zu groß, sie wurden sämtlich abgewiesen. Sambuco sah sie, legte ihr unermeßliche Reichtümer, einen Namen, einen Ruhm und Rang zu Füßen, wie sie nur Herrscher überbieten konnten, und ward erhört.

Thélis war oder schien nach ihrer Hochzeit ganze sechs Wochen tugendhaft; doch ein zur Wollust erschaffenes Kleinod wird sich nur selten selbst bezwingen, und ein fünfzigjähriger Gatte mag anderswo ein noch so großer Held sein, er ist ein Narr, wenn er *den* Feind zu besiegen hofft. Wiewohl Thélis umsichtig verfuhr, blieben ihre ersten Abenteuer nicht geheim. Das reichte hin, ihr hinfort mehr nachzusagen, als man wußte, und neugierig auf die Wahrheit, eilte Mangogul vom Vorhof ihres Palasts in ihre Gemächer.

Es war mitten im Sommer, die Hitze groß, und Thélis hatte sich nach Tisch in ein hinteres Gemach, das mit Spiegeln und Malereien geziert war, auf ein Ruhebett zurückgezogen. Sie schlief, ihre Hand lag noch auf einem Band persischer Märchen, über dem sie entschlummert war.

Mangogul betrachtete sie eine Weile, gestand sich, daß sie reizend war, und richtete seinen Ring auf sie. „Ich weiß es noch wie heute", hob Thélidens Kleinod unverweilt an, „neun Liebesproben in vier Stunden. Oh, welche Wonne! Göttlicher Zermounzaïd! Wie anders warst du als der alte, frostige Sambuco. Teurer Zermounzaïd, ich kannte die wahren Freuden, die echte Lust noch nicht; du erst hast sie mich gelehrt."

Mangogul wünschte über das Verhältnis zwischen Thélis und Zermounzaïd Einzelheiten zu erfahren, welche das Kleinod ihm vorenthielt, da es nur an das dachte, was ein Kleinod am stärksten berührt; also rieb er den Edelstein seines Ringes eine Zeit an seinem Wams, bis daß er hellerlicht funkelte, und wandte ihn Thélis zu. Alsbald spürte ihr Kleinod seine Kraft, begriff endlich, was von ihm verlangt wurde, und fuhr in mehr berichtendem Ton fort:

„Sambuco befehligte die Armee zu Monoémugi; ich folgte ihm ins Feld. Zermounzaïd diente unter ihm als Oberst, und der General, der ihn mit seinem Vertrauen ehrte, hatte uns seinem Schutz anbefohlen. Der emsige Zermounzaïd wich nicht von seinem Posten: er schien ihm gar zu süß, um ihn einem anderen abzutreten; ihn zu verlieren war seine einzige Furcht auf dem ganzen Feldzug.

Im Winterlager empfing ich ein paar neue Gäste, Cacil, Jékia, Almamoum, Jasub, Selim, Manzora, Néreskim, lauter Offiziere, die ihren Aufstieg Zermounzaïd verdankten, aber sie konnten ihm nicht das Wasser reichen. Der leichtgläubige Sambuco überließ die Sorge für die Tugend seiner Gattin dieser selbst und Zermounzaïds Diensteifer; und vollauf mit den unendlichen Einzelaspekten des Krieges und den großen Operationen beschäftigt, die er zum Ruhme Congos plante, faßte er nie den mindesten Verdacht, daß Zermounzaïd ihn verraten und Thélis ihm untreu sein könnte.

Der Krieg dauerte fort; die Armee rückte wiederum ins Feld, und wir bestiegen abermals unsere Sänften. Da wir nur langsam vorwärts kamen, gewann das Gros der Armee allgemach einen Vorsprung, und wir gerieten in die Nachhut. Zermounzaïd befehligte sie. Der wackere Bursche, der bei Ansicht selbst größter Gefahren nie vom Pfad des Ruhms gewichen war, konnte dem Pfad der Lust nicht widerstehen. Er übertrug einem Subalternen die Pflicht, die Bewegungen des Feindes, der uns zusetzte, zu überwachen, und stieg in unsere Sänfte; allein kaum war er drinnen, als wirrer Waffenlärm und Geschrei ertönten. Zermounzaïd läßt sein Werk unvollendet, will hinaus; da wird er zu Boden gestreckt, und wir befinden uns in der Gewalt des Siegers.

So verschlang ich denn als erstes Ehre und Verdienste eines Offiziers, der ob seiner Tapferkeit und Tüchtigkeit der höchsten Kriegsämter gewärtig sein durfte, hätte er nie das Weib seines Generals gekannt. Über dreitausend Männer gingen bei dem Anlaß zugrunde, was bedeutet, wir haben dem Staat dreitausend gute Untertanen geraubt."

Man stelle sich Mangoguls Erstaunen bei dieser Rede vor! Er hatte die Leichenrede für Zermounzaïd mit angehört und erkannte ihn in dieser Schilderung nicht wieder. Erguebzed, sein Vater, hatte den Verlust dieses Offiziers beklagt: die Gazetten hatten seinem ruhmvollen Rückzug verschwenderisch ein letztes Lob gezollt und seine Niederlage wie seinen Tod der

Übermacht des Feindes zugeschrieben, die, wie es hieß, sechsfach gewesen sei. Ganz Congo hatte einen Mann betrauert, der seine Pflicht so treu erfüllte. Seine Witwe erhielt eine Ehrenrente, sein Regiment ward seinem ältesten Sohn gegeben, dem jüngeren eine Pfründe.

„Pfui über soviel Scheußlichkeiten!" rief Mangogul leise. „Ein Ehemann entehrt, der Staat verraten, Mitbürger hingeopfert, all diese Freveltaten unerkannt, als Tugenden belohnt sogar, und alles um ein Kleinod!"

Thélidens Kleinod hatte nur innegehalten, um Atem zu schöpfen, und fuhr nun fort: „So war ich dem Feind auf Gedeih und Verderben preisgegeben. Ein ganzes Dragonerregiment stand im Begriff, über uns herzufallen. Thélis schien untröstlich und wünschte doch nichts sehnlicher; aber die Reize der Beute säten Zwietracht unter den Raublüsternen. Man zückte die Krummsäbel, und im Nu lagen dreißig, vierzig Mann darnieder. Dem Oberbefehlshaber drang der Tumult zu Ohren. Er eilte herbei, beschwichtigte die Rasenden und verwahrte uns in einem Zelt, wo wir uns noch nicht umgeblickt hatten, als er schon erschien, den Lohn für seine Dienste einzufordern. „Weh den Besiegten!" rief Thélis, womit sie sich rücklings auf ein Lager warf; und die ganze Nacht ward genutzt, ihr Unglück auszukosten.

Anderntags befanden wir uns am Nigerufer. Dort erwartete uns ein Schiff, und wir, meine Herrin und ich, brachen auf, dem Kaiser von Benin vorgestellt zu werden. Auf der vierundzwanzig Stunden währenden Fahrt bot sich der Kapitän Thélis an, wurde eingelassen, und ich erfuhr, daß der Dienst zur See ungleich stürmischer ist als der zu Lande. Wir sahen den Kaiser von Benin; er war jung, wollüstig und feurig: er ließ sich von Thélis erobern, doch die Eroberungen ihres Gatten schreckten ihn. Er bat um Frieden, den er für nur drei Provinzen und mein Lösegeld erhielt.

Andere Zeiten, andere Plagen. Sambuco erfuhr, wie, weiß ich nicht, die Ursache der Fehlschläge im vorigen Feldzug; so übergab er mich während diesem an der Grenze dem Gewahrsam eines seiner Freunde und hohen Brahmanen. Der heilige Mann wehrte sich kaum; er erlag Thélidens Lockungen, und in weniger als sechs Monden verschlang ich seine enormen Einkünfte, drei Teiche und zwei Hochwälder."

„Erbarmen!" rief Mangogul, „drei Teiche und zwei Wälder! Welche Gefräßigkeit für ein Kleinod!"

„Nicht der Rede wert", erklärte dieses. „Es ward Frieden geschlossen, und Thélis folgte ihrem Gemahl zu einer Gesandtschaft nach Monomotapa. Sie spielte und verlor mühelos hunderttausend Zechinen an einem Tag, die ich in einer Stunde zurückgewann. Ein Minister, den die Geschäfte seines Herrn nicht voll beanspruchten, geriet mir in die Fänge, und in drei, vier Monaten schluckte ich sein wunderschönes Landgut samt dem vollständig eingerichteten Schloß, dem Park, einer Equipage nebst den kleinen Schecken davor. Eine Gunst von vier Minuten, nur eben artig eingefädelt, schaffte uns Feste, Geschenke, Geschmeide, und der blinde oder weise Sambuco belästigte uns nicht.

Die Markgrafschaften, Baroneien, Lehnsrechte, Wappen und was sonst noch vor mir zu nichts zerrann, will ich nicht erst nennen", fuhr das Kleinod fort. „Wendet Euch an meinen Sekretär, er weiß zu melden, was aus ihnen wurde. Ich habe die Krongüter von Biafara kräftig geschmälert und besitze eine ganze Provinz von Beleguanza. Erguebzed bot mir gegen sein Lebensende..." Bei diesen Worten drehte Mangogul den Ring um und brachte den Schlund zum Schweigen; er ehrte das Andenken seines Vaters und mochte nichts hören, was den hellen Glanz der Größe, die er ihm zuerkannte, zu trüben geeignet war.

Wieder im Palast, berichtete er der Favoritin von den Modekranken und von seiner Ringprobe an Thélis. „Ihr pflegt Umgang mit dieser Frau", sprach er, „aber Ihr kennt sie offenbar nicht so wie ich."

„Ich verstehe, Fürst", erwiderte die Sultanin. „Ihr Kleinod wird Euch ihre Abenteuer mit dem General Micokof, dem Emir Féridour, dem Senator Marsupha und dem Oberbrahmanen Ramadanutio ausgeplaudert haben. Je nun, wer wüßte nicht, daß sie den jungen Alamir aushält und daß der alte

Sambuco, obwohl er schweigt, genausogut Bescheid weiß wie Ihr!"

„Das meine ich nicht", versetzte Mangogul. „Ich habe ihrem Kleinod eben den Kropf ausgeleert."

„Hatte es Euch etwas geraubt?" fragte Mirzosa.

„Mir nicht", erwiderte der Sultan, „aber meinen Untertanen, den Großen meines Reiches, meinen gekrönten Nachbarn: Güter, Provinzen, Schlösser, Teiche, Wälder, Diamanten, Equipagen mitsamt den Schecken davor."

„Von den Tugenden und dem guten Ruf ganz zu schweigen", fiel Mirzosa ein. „Ach, Fürst, ich weiß nicht, welchen Nutzen Euer Ring Euch bringt; aber mir wird, je öfter Ihr ihn erprobt, mein Geschlecht desto verhaßter: sogar diejenigen, denen ich einige Achtung zu schulden meinte, bleiben nicht ausgespart. Ich empfinde einen Unmut gegen sie, mit dem ich, mit Erlaubnis Eurer Hoheit, eine Zeit allein sein muß."

Mangogul, der die Abneigung der Favoritin gegen jeglichen Zwang kannte, küßte ihr dreimal das rechte Ohr und verschwand.

25. Kapitel

Probestück von Mangoguls Moral

Mangogul war ungeduldig, die Favoritin wiederzusehen, schlief wenig, erhob sich früher als sonst und erschien bei ihr, als es eben tagte. Sie hatte schon geläutet: die Vorhänge waren bereits aufgezogen, und ihre Frauen schickten sich an, ihr aus dem Bett zu helfen. Der Sultan schaute eingehend rings um sie herum, und da er keinen Hund bei ihr fand, fragte er sie nach dem Grund dieser Absonderlichkeit.

„Ihr haltet mich darin für absonderlich", erwiderte Mirzosa, „aber wieso?"

„Ich versichere Euch", erwiderte der Sultan, „bei allen Damen meines Hofes seh ich Hunde; und ich wäre Euch sehr verbunden, wenn Ihr mir erklärtet, warum sie welche haben oder Ihr keine habt. Die meisten Frauen halten sogar mehrere; und da ist keine, die ihrem Hund nicht Zärtlichkeiten zuwendete, die sie ihrem Liebhaber kaum zu genehmigen scheint. Womit verdienen die Tiere den Vorzug? was treibt man mit ihnen?"

Mirzosa wußte auf diese Fragen keine Antwort.

„Je nun", sagte sie, „man hat einen Hund, wie man einen Papagei oder Kanarienvogel hält. Es ist vielleicht lächerlich, sein Herz an ein Tier zu hängen; aber verwunderlich ist es nicht: sie ergötzen bisweilen und schaden nicht. Wenn man sie liebkost, hat es keine Konsequenzen. Im übrigen, Fürst, glaubt Ihr, ein Liebhaber würde sich mit einem Kuß begnügen, wie ihn eine Frau ihrem Pinscher gibt?"

„Allerdings glaube ich das", sagte der Sultan. „Er müßte, beim Elemente, reichlich heikel sein, wenn er sich nicht damit begnügte."

Eine von Mirzosas Zofen, welche durch ihre Sanftmut, ihre schönen Gaben und ihren Eifer die Zuneigung des Sultans und der Favoritin gewonnen hatte, sagte: „Hunde sind lästig und unsauber; sie beschmutzen die Kleider, zerkratzen die Möbel, zerreißen Spitzen und stiften in einer Viertelstunde mehr Schaden, als die getreueste Kammerfrau anrichten dürfte, um in Ungnade zu fallen; trotzdem werden sie nicht verjagt."

„Wiewohl sie, nach Madames Ansicht, doch zu nichts weiter taugen", fügte der Sultan hinzu.

„Fürst", versetzte Mirzosa, „wir beharren einmal auf unseren Launen; und einen Mops zu halten wird wohl eine von den vielen sein, die wir uns leisten und die aufhörten, Launen zu sein, könnte man sie vernünftig begründen. Die Vorliebe für Affen ist vorüber; Papageien halten sich noch. Hunde waren schon einmal aus der Mode; jetzt hat man sie wieder. Die Eichhörnchen hatten ihre Zeit; und es ist mit den Tieren nicht anders als es nacheinander mit dem Italienischen, dem Englischen, der Geometrie, der Lochstickerei und den Falbeln war."

„Mirzosa weiß mir nicht genug darüber", sprach kopfschüttelnd der Sultan, „und die Kleinode ..."

„Eure Hoheit glaubt doch nicht etwa", sagte die Favoritin, „Sie werde von Harias Kleinod erfahren, warum diese Frau, die ihren Sohn, eine Tochter und ihren Gatten sterben sah, ohne eine Träne zu vergießen, vierzehn Tage lang geweint hat, als ihre Dogge starb?"

„Warum nicht?" antwortete der Sultan.

„Wahrlich, wenn unsere Kleinode all unsere Launen erklären könnten", sagte Mirzosa, „so wären sie klüger als wir."

„Und wer bestreitet das?" entgegnete der Sultan. „Ich meine sogar, das Kleinod veranlaßt eine Frau, hundert Dinge zu tun, ohne daß sie sich dessen bewußt wird; ich habe bei mehr als einer Gelegenheit festgestellt, daß eine, die ihrem Kopf zu gehorchen wähnte, ihrem Kleinod gefolgt ist. Ein großer Philosoph hat die Seele, die menschliche versteht sich, in der Zirbeldrüse angesiedelt. Wenn ich den Frauen eine zugestände, wüßt ich wohl, wohin ich sie versetzte."

„Ich erlasse Euch, mir's zu erklären", entgegnete Mirzosa rasch.

„Dann erlaubt mir zumindest", sagte Mangogul, „Euch einige Gedanken über die Frauen mitzuteilen, die mein Ring mir eingegeben hat, vorausgesetzt, sie hätten eine Seele. Meine Ringproben haben mich zum großen Moralisten gemacht. Ich verfüge weder über La Bruyères Geist noch über die Logik von Port-Royal, weder über Montaignes Phantasie noch über Charrons Weisheit, allein ich habe Tatsachen gesammelt, die ihnen vielleicht fehlten."

„Sprecht, Fürst", erwiderte Mirzosa ironisch. „Ich bin ganz Ohr. Versuche über die Moral von einem Sultan Eures Alters dürften eine Kuriosität sein!"

„Orcotomes System stimmt nicht, wie immer sein Kollege, der berühmte Hiragu, es einschätzen mag: gleichwohl erkenne ich einen Sinn in seinen Entgegnungen auf die gegen ihn erhobenen Einwände. Wenn ich den Frauen eine Seele zugestände, würde ich gerne annehmen wie er, die Kleinode hätten seit jeher geredet, nur leise, und die Wirkung von Cucufas

Ring bestehe einzig und allein darin, ihre Stimme zu verstärken. Unter dieser Voraussetzung wäre nichts leichter, als euch alle, wie ihr seid, zu definieren:

Die züchtige Frau, zum Exempel, wäre eine, deren Kleinod stumm ist oder kein Gehör bei ihr findet.

Die spröde eine, die tut, als höre sie ihr Kleinod nicht.

Die galante eine, deren Kleinod viel verlangt und noch mehr bekommt.

Die wollüstige eine, die mit Lust auf ihr Kleinod hört.

Die Kurtisane eine, deren Kleinod alle Augenblicke fordert und nie eine Abfuhr erhält.

Die kokette eine, deren Kleinod stumm ist oder nicht erhört wird; die aber alle Männer, die ihr nahen, hoffen läßt, ihr Kleinod werde eines Tages reden und sie könne sich dann nicht taub stellen.

Nun, Wonne meiner Seele, was meint Ihr zu meinen Definitionen?"

„Ich meine", sagte die Favoritin, „Eure Hoheit hat die zärtliche Frau vergessen."

„Wenn ich sie nicht erwähnt habe", antwortete der Sultan, „so weil ich noch nicht recht weiß, was das ist, und weil kluge Leute behaupten, das Wort zärtlich habe ohne Bezug zum Kleinod keinen Sinn."

„Wie! keinen Sinn?" rief Mirzosa. „Es gäbe also keinen Mittelweg? Eine Frau könnte nur spröde, galant, kokett, wollüstig oder ausschweifend sein?"

„Wonne meiner Seele", sagte der Sultan, „ich bin ja bereit, die Unvollständigkeit meiner Reihe einzugestehen, und ich werde den genannten Charakteren die zärtliche Frau hinzufügen, sofern Ihr mir eine Definition findet, die sich mit keiner von meinen überschneidet."

„Mit Vergnügen", sagte Mirzosa. „Ich denke es zu schaffen, ohne aus Eurem System auszuscheren."

„Laßt hören!" sagte Mangogul.

„Nun", begann die Favoritin, „die zärtliche Frau ist eine..."

„Nur Mut, Mirzosa", sagte Mangogul.

„Nicht doch! Verwirrt mich bitte nicht. Die zärtliche Frau

ist eine ... die geliebt hat, ohne daß ihr Kleinod sprach, oder ... deren Kleinod immer nur zugunsten des einzigen Mannes, den sie liebt, gesprochen hat."

Es wäre nicht galant gewesen, hätte der Sultan die Favoritin in die Enge getrieben und gefragt, was sie unter Lieben verstehe: so unterließ er's. Mirzosa nahm sein Schweigen für Bejahung und fügte ganz stolz, die schwierige Prüfung bestanden zu haben, hinzu: „Ihr Männer meint immer, weil wir nicht argumentieren, könnten wir nicht denken. Begreift endlich einmal, daß wir das Schiefe eurer Paradoxa genauso leicht aufdecken könnten wie ihr das Unlogische unserer Begründungen, wenn wir uns nur die Mühe geben wollten. Hätte Eure Hoheit es weniger eilig, Eure Neugier auf die Möpse zu befriedigen, gäbe ich Euch jetzt ein Probestück meiner Philosophie. Aber aufgeschoben ist nicht aufgehoben; ein andermal denn, wenn Ihr mehr Zeit für mich habt."

Mangogul erwiderte, er wisse sich nichts Besseres, als ihren philosophischen Ideen mit Fleiß zu lauschen; die Metaphysik einer zweiundzwanzigjährigen Sultanin dürfte nicht minder bemerkenswert sein als die Moral eines Sultans seines Alters.

Aber da Mirzosa besorgte, Mangogul sage dies nur aus Gefälligkeit, bat sie sich Zeit zur Vorbereitung aus und lieferte dem Sultan so einen Vorwand, dorthin zu eilen, wohin seine Ungeduld ihn trieb.

26. Kapitel

Zehnte Ringprobe · Die Schoßhunde

Mangogul begab sich ungesäumt zu Haria; und da er Selbstgespräche liebte, sprach er bei sich: „Diese Frau geht nie ohne ihre vier Hunde schlafen; und die Kleinode haben mit den Tieren entweder nichts zu tun, oder das ihrige wird mir etwas darüber verraten; denn Gott sei Dank weiß jeder, wie abgöttisch sie ihre Hunde liebt."

Er langte mit Ende dieses Monologs in Harias Vorzimmer an und roch schon von weitem, daß Madame mit ihrer üblichen Gesellschaft ruhte. Die bestand aus einem kleinen Pekinesen, einer dänischen Dogge und zwei Möpsen. Der Sultan zog seine Tabaksdose hervor, nahm vorsorglich zwei Prisen Spanientabak und näherte sich Haria. Sie schlief; allein die Meute spitzte die Ohren, vernahm ein Geräusch, fing an zu bellen und weckte sie auf. „Still, Kinderchen“, sagte sie in so mildem Ton, daß niemand hätte mutmaßen können, sie spräche mit ihren Zofen; „schlaft doch, schlaft, und stört meine und eure Ruhe nicht.“

Einst war Haria jung und hübsch; sie hatte Liebhaber ihres Standes; aber sie entschwanden schneller noch als ihre Reize. Um sich über ihre Verlassenheit zu trösten, verfiel sie auf eine Art bizarren Prunk und hielt sich die bestgewachsenen Lakaien in Banza. Sie alterte immer mehr; die Jahre zwangen sie zur Einkehr; sie beschränkte sich auf vier Hunde und zwei Brahmanen und wurde ein Muster an Frömmigkeit. Da fanden die bissigsten Spötter nichts mehr zu beißen, und Haria lebte seit über zehn Jahren friedlich im Genuß ihres hohen Tugendrufes und ihrer Tiere. Man wußte sogar um ihre ausschließliche Zärtlichkeit für ihre Hunde, so daß niemand mehr vermutete, die Brahmanen hätten teil daran.

Haria wiederholte ihre Bitte an die Tiere, und sie waren so gefällig zu gehorchen. Da führte Mangogul die Hand an seinen Ring, und das betagte Kleinod hob an, sein letztes Abenteuer zu erzählen. Es war so lange her seit den ersten, daß es sie fast vergessen hatte. „Geh, Médor“, sagte es mit heiserer Stimme, „du langweilst mich. Lisette ist mir lieber; sie ist sanfter.“ Médor, der die Stimme des Kleinods nicht kannte, fuhr immer fort; aber Haria erwachte und fügte hinzu: „Nun kusch doch, du Schelm, du läßt ja gar nicht ab. Zuweilen ist das angenehm; aber was zuviel ist, ist zuviel.“ Médor zog sich zurück, Lisette nahm seinen Platz ein, und Haria schlief abermals ein.

Mangogul hatte die Wirkung seines Rings unterbrochen, jetzt drehte er ihn wieder, und das hochbejahrte Kleinod stieß einen tiefen Seufzer aus, dann schwatzte es drauflos: „Ach, wie betrübt bin ich über den Tod meines großen Windspiels! Welch ein Weibchen, welch ein kosiges Geschöpf; wie hat sie mich allzeit beglückt: sie war so gescheit, so zärtlich; dagegen seid ihr Viecher. Umgebracht hat sie der garstige Mensch ... arme Zinzoline; nie kann ich ihrer ohne Tränen gedenken ... Ich glaubte, meine Herrin stürbe darüber. Zwei Tage aß und trank sie nicht; ihr Verstand war verdreht: so furchtbar war ihr Schmerz. Ihr Beichtvater, ihre Freunde, sogar ihre Hunde durften mir nicht nahen. Ihre Zofen hatten Befehl, Monsieur nicht in diese Gemächer zu lassen, wollten sie nicht verjagt werden ... ‚Der Unmensch hat mir meine süße Zinzoline genommen', schrie sie, ‚er lasse sich ja nicht blicken; ich will ihn nie wiedersehen.' "

Mangogul begehrte Näheres über Zinzolinens Tod zu erfahren, er rieb seinen Ring an seinem Rockschoß, um seine elektrische Kraft zu erhöhen, richtete ihn auf Haria, und das Kleinod fuhr fort: „Haria, Ramadecs Witwe, vernarrte sich in Sindor. Der junge Mann war hochgeboren, aber arm; allein er besaß ein Verdienst, das allen Weibern gefällt und dem Harias größte Neigung nach den Schoßhunden galt. Sindors Armut besiegte seine Abscheu vor Harias Alter und ihrem Getier. Zwanzigtausend Taler Leibrente löschten in seinen Augen die Runzeln der Gebieterin samt der Lästigkeit ihrer Hunde aus, und er heiratete sie.

Er hatte sich geschmeichelt, unsere Tiere dank seinen schönen Gaben und Liebesdiensten auszustechen und sie mit Beginn seiner Herrschaft in Mißgunst zu setzen; allein er täuschte sich. Als er nach ein paar Monaten meinte, er habe sich genug um uns verdient gemacht, erkühnte er sich, der Herrin vorzustellen, ihre Hunde seien für ihn keine so angenehme Bettgesellschaft als für sie; es sei lächerlich, mehr als drei zu halten: man mache das Ehebett zum Hundezwinger, wenn mehr als einer der Reihe nach hineingelassen werde.

‚Ich rate Euch', erwiderte Haria zornig, ‚spart Euch solche Reden fürderhin! Es steht einem elenden gaskognischen Junker, den ich aus einem Loch geholt habe, das ich meinen

Hunden nicht zugemutet hätte, wahrlich an, hier den Heiklen zu spielen! Offenbar wurden Euch die Laken parfümiert, als Ihr in Eurer möblierten Dachkammer haustet, kleiner Herr. Laßt Euch ein für allemal gesagt sein, daß meine Hunde lange vor Euch in meinem Bette lagen, und entweder schert Ihr Euch hinaus oder entschließt Euch, es mit ihnen zu teilen.'

Die Erklärung war deutlich, und unsere Hunde behaupteten das Feld; allein eines Nachts, als wir alle schliefen, stieß Sindor beim Umdrehen unglücklicherweise Zinzoline mit dem Fuß an. Das Windspiel, an solche Behandlung nicht gewöhnt, biß ihn in die Wade, und Madame erwachte von seinem Wehgeschrei.

‚Was habt Ihr denn, Monsieur?' fragte sie, ‚Ihr tut ja, als sei Euch wer an der Kehle. Träumt Ihr?'

‚Eure Hunde sind es, Madame', erwiderte Sindor, ‚sie fressen mich auf; Euer Windspiel hat mir eben ein Stück aus meinem Bein gerissen.'

‚Wenn's weiter nichts ist', sagte Haria und drehte sich um, ‚Ihr schlagt viel Lärm um nichts.'

Wütend über Ihre Worte stieg Sindor aus dem Bett und schwor, den Fuß nicht wieder hineinzusetzen, ehe die Meute nicht daraus verbannt wäre. Er steckte sich hinter gemeinsame Freunde, um die Austreibung der Hunde zu erwirken; doch alle scheiterten in dem gewichtigen Handel. Haria entgegnete ihnen, Sindor sei ein Laffe, den sie aus einer Dachkammer geholt habe, die er mit Ratten und Mäusen teilte; es stehe ihm keineswegs an, sich derart schwierig aufzuspielen; er schlafe ja die ganze Nacht; sie liebe ihre Hunde; die Tiere ergötzten sie; von frühester Kindheit an sei sie an ihre Liebkosungen gewöhnt, und sie sei entschlossen, sich bis zum Tode von ihnen nicht zu trennen. ‚Sagt ihm auch', sprach sie zu den Vermittlern, ‚wenn er sich meinem Willen nicht demütig fügt, wird er's sein Leben lang bereuen; dann widerrufe ich die Schenkung, die ich ihm gemacht, und schlage sie den Summen zu, die in meinem Testament für den Unterhalt und die Pflege meiner Lieblinge bestimmt sind.'

Unter uns gesagt“, fuhr das Kleinod fort, „Sindor war ein großer Einfaltspinsel, wenn er glaubte, man werde für ihn tun, was zwanzig Liebhaber, ein Seelenhirt, ein Beichtiger samt einem Schwarm Brahmanen nicht zu erreichen vermochten, die mit ihrem Latein alle bald am Ende waren. Indes erfaßte Sindor jedesmal, wenn er auf unsere Tiere traf, ein Zorn, den er nur mühsam beherrschen konnte. Eines Tages geriet ihm die unglückliche Zinzoline in die Hände; er packte sie beim Genick und warf sie aus dem Fenster: das arme Tier stürzte sich zu Tode. Das gab einen Aufstand! Haria, mit flammendem Antlitz, mit tränenüberströmten Augen ...“

Das Kleinod war im Zuge, alles noch einmal von vorne zu erzählen, denn Kleinoden geht nichts über Wiederholungen. Aber Mangogul schnitt ihm das Wort ab: sein Schweigen war nicht von langer Dauer. Als der Fürst das redselige Kleinod genügend abgelenkt zu haben meinte, gab er ihm die Redefreiheit wieder; da brach das Schwatzmaul in Lachen aus und begann erneut, als entsänne es sich: „Ach, ich vergaß, Euch zu erzählen, was in Harias Hochzeitsnacht geschah. Ich habe wahrlich viele komische Dinge erlebt; aber keins wie dieses. Nach einem großen Festmahl werden die Vermählten in ihr Gemach geführt; alle ziehen sich zurück, ausgenommen Madames Zofen, die sie entkleiden. Nun ist sie im Nachtgewand; man bringt sie zu Bett, und Sindor bleibt mit ihr allein. Wie er sieht, daß Pekinesen, Möpse, Windspiele geschwinder als er seiner Gattin sich bemächtigen, sagt er zu ihr: ‚Madame, erlaubt, daß ich diese Rivalen beiseite schiebe.‘

‚Tut, was Ihr könnt, mein Lieber‘, sagte Haria, ‚ich habe nicht das Herz, sie zu vertreiben. Die Tierchen hängen an mir; und ich hatte seit so langer Zeit keine anderen Gefährten ...‘

‚Vielleicht wären sie so höflich‘, versetzte Sindor, ‚mir heute den Platz abzutreten, der mir zusteht.‘

‚Da seht nur zu, Monsieur‘, antwortete Haria.

Sindor versuchte es erst im guten und bat Zinzoline, sich in eine Ecke zu verfügen; aber das ungelehrige Tier fing an zu knurren. Die Unruhe griff auf die Meute über; der Mops und die Pekinesen bellten, als würge man ihre Herrin. Unmutig über den Lärm, wirft Sindor den Mops kopfüber hinaus, schiebt einen Pekinesen weg und packt Médor bei der Pfote. Médor, der getreue Médor, von den Verbündeten verlassen, wollte den Verlust durch einen Stellungsvorteil wettmachen. Fest auf die Schenkel seiner Herrin gepreßt, mit sprühenden Augen, gesträubtem Fell und aufgerissener Schnauze, fletschte er dem Feind eine Doppelreihe spitzester Zähne entgegen. Sindor wagte mehr als einen Angriff; mehr als einmal schlug ihn Médor mit zerbissenen Fingern und zerfledderten Manschetten zurück. Der Kampf hatte über eine Viertelstunde mit einer Erbitterung getobt, an der nur Haria Vergnügen fand, als Sindor gegen den Feind, den er mit Gewalt nicht zu bezwingen vermochte, zu einer Kriegslist griff. Er reizte Médor mit der rechten Hand. Médor ließ sich täuschen, achtete der linken nicht und wurde alsbald am Genick gepackt. Um loszukommen, unternahm er gewaltige Anstrengungen, aber vergebens; er mußte das Feld räumen und Haria dem Feind überlassen. Sindor eroberte sie, doch nicht ohne Blutvergießen; anscheinend war bei Haria beschlossen, daß in ihrer Hochzeitsnacht Blut fließen müsse. Ihre Tiere verteidigten sie jedenfalls tapfer und enttäuschten ihre Erwartungen nicht."

„Schau an", sagte Mangogul, „dies Kleinod schriebe die Gazette besser als mein Sekretär." Da er nun über die Schoßhunde Bescheid wußte, kehrte er zur Favoritin zurück. „Macht Euch gefaßt", rief er, sobald er sie von fern erblickte, „die unglaublichsten Dinge zu vernehmen. Schlimmer noch als Palabrias Affen! Könnt Ihr Euch vorstellen, daß Harias vier Hunde die Rivalen, und zwar die bevorzugten Rivalen, ihres Gatten waren und daß der Tod eines Windspiels das Paar auf immer entzweit hat?"

„Was sagt Ihr da von Rivalen und Hunden?" fragte die Favoritin. „Ich verstehe kein Wort. Ich weiß, daß Haria ihre Hunde über alles liebt; aber ich kenne auch Sindor als einen heftigen Menschen, der ihr vielleicht nicht alle Rücksicht erwies, die Frauen, denen man sein Vermögen verdankt, für gewöhnlich fordern. Doch wie immer er sich betrug, ich begreife nicht, wie ihm das Rivalen zuziehen konnte. Haria ist eine so ehrwürdige Frau, daß ich doch sehr wünschte, Eure Hoheit möchte sich deutlicher ausdrücken."

„Hört mich an", sagte Mangogul, „und gesteht, daß Frauen bisweilen, gelinde gesagt, höchst seltsame Geschmäcker haben."

Er gab ihr darauf Harias Geschichte zum besten, Wort für Wort, wie das Kleinod sie erzählt hatte. Mirzosa konnte sich des Lachens über den Kampf in der Hochzeitsnacht nicht erwehren. Doch alsbald wieder ernst, sagte sie zu Mangogul:

„Ich weiß nicht, welche Entrüstung sich meiner bemächtigt. Ich werde diese Tiere samt allen denen, die sie halten, von jetzt an verabscheuen und meinen Zofen ansagen, daß ich die erstbeste davonjage, die auch nur in den Verdacht gerät, einen Schoßhund zu füttern."

„Ei, wer wird den Haß gleich soweit treiben?" sagte Mangogul. „Das sieht euch Frauen ähnlich, gleich fallt ihr in Extreme! Hunde sind gut für die Jagd, sie sind notwendig auf dem Lande und taugen zu wer weiß wie vielen Zwecken, ganz zu schweigen davon, was Haria mit ihnen macht."

„Wahrhaftig", sagte Mirzosa, „allmählich glaube ich, Eure Hoheit wird Mühe haben, eine sittsame Frau zu finden."

„Ebendas hatte ich Euch gesagt", erwiderte Mangogul; „aber übereilen wir nichts: Ihr könntet mir eines Tages vorwerfen, ich verdankte Eurem Unmut ein Geständnis, das ich einzig meinen Ringproben schulden will. Ich plane etliche, die Euch verwundern werden. Noch sind nicht alle Geheimnisse entschleiert, und ich hoffe, den Kleinoden, die mir zu befragen bleiben, noch Gewichtigeres zu entlocken."

Mirzosa bangte nach wie vor um ihres. Mangoguls Worte stürzten sie in eine Unruhe, die sie doch nicht verhehlen konnte: aber der Sultan, der durch seinen Eid gebunden und im Herzensgrund redlich war, beschwichtigte sie, so gut er konnte, küßte sie besonders zärtlich und begab sich in den Rat, wo folgenschwere Angelegenheiten seiner harrten.

27. Kapitel

Elfte Ringprobe · Die Renten

Congo war unter Kanoglous und Erguebzeds Herrschaft von blutigen Kriegen heimgesucht worden, und beide Monarchen hatten sich durch Eroberungen von Nachbarland unsterblich gemacht. Die Kaiser von Abex und Angota erblickten in Mangoguls Jugend und dem Wechsel der Herrschaft günstige Umstände, die geraubten Provinzen zurückzuholen. Also erklärten sie Congo den Krieg und griffen von allen Seiten an. Mangoguls Kriegsrat war der beste in Afrika; der alte Sambuco und der Emir Mirzala, die an den früheren Kriegen teilgenommen, wurden an die Spitze der Truppen gestellt, erfochten Sieg um Sieg und bildeten Generäle heran, die fähig waren, an ihre Stelle zu treten, eine Vorsorge, noch wichtiger als ihre Erfolge.

Dank der Rührigkeit des Kriegsrats und der guten Führung der Generäle drang der Feind, der ins Reich hatte einfallen wollen, nicht einmal bis an unsere Grenzen vor, verteidigte die seinen schlecht und sah seine Städte und Provinzen verwüstet. Allein Congo wurde trotz so beständiger und glorreicher Erfolge je größer, desto schwächer: die andauernden Truppenaushebungen hatten Städte und Dörfer entvölkert und die Staatskassen erschöpft.

Belagerungen und Schlachten hatten viele Menschenleben gekostet: der Großwesir, der mit dem Blut seiner Soldaten nicht eben geizte, war angeklagt, sinnlose Schlachten gewagt zu haben. Alle Familien trugen Trauer; da war keine, die nicht einen Vater, Bruder oder Freund beweinte. Die Zahl der gefallenen Offiziere war immens und nur mit der Zahl ihrer Witwen, die um Renten ersuchten, vergleichbar. Sie stürmten die Amtsstuben der Minister. Sie überhäuften den Sultan selbst mit Bittschriften, worin am Verdienst und den Taten der Gefallenen, dem Schmerz der Witwen, der traurigen Lage der Kinder und all den übrigen herzbewegenden Gründen nicht gespart war. Nichts erschien gerechter als ihre Forderungen: allein, woher Geld für die Renten nehmen, da die Summe in die Millionen ging?

Nachdem die Minister alle guten, wohl auch bösen und groben Worte erschöpft hatten, beratschlagten sie, wie dem Ding Abhilfe werden könnte; doch gab es einen vortrefflichen Grund, nichts zu beschließen: man hatte keinen Sou.

Der Ausflüchte seiner Minister und des Gejammers der Witwen überdrüssig, fand Mangogul den lange gesuchten Ausweg.

„Meine Herren“, sprach er in seinem Rat, „mich dünkt, ehe man Renten bewilligt, sollte man prüfen, ob sie rechtmäßig verdient sind ...“

„So eine Prüfung“, erwiderte der Großseneschall, „würde kein Ende nehmen und ungeheuren Streit auslösen. Wie derweilen dem Geschrei und der Verfolgung dieser Weiber entgehen, die vorzüglich Ihr, Herr, satt habt?“

„Das ist weniger schwierig, als Ihr denkt, Herr Seneschall“, versetzte der Sultan. „Ich verspreche Euch, morgen mittag wird alles nach den Gesetzen strengster Billigkeit entschieden sein. Bestellt sie nur um neun Uhr zur Audienz.“

Die Sitzung wurde aufgehoben; der Seneschall kehrte in seine Amtsstube zurück, grübelte tief und entwarf den folgenden Aufruf, der drei Stunden später gedruckt, mit Trompetenschall verkündet und auf allen Plätzen von Banza angeschlagen ward.

IM NAMEN DES SULTANS
und des Herrn Großseneschalls

„Wir, Bec d'Oison, Großseneschall von Congo, Wesir des obersten Gerichtshofes, Schleppenträger der hohen Manimonbanda, Haupt und Oberaufseher der Auskehrer des Diwans, tun kund und zu wissen, daß morgen, um neun Uhr früh, der großmächtige Sultan den Witwen der in seinem Dienst gefallenen Offiziere Audienz gewährt, um nach Anhörung ihrer Forderungen was rechtens zu verfügen. Gegeben in unserer Seneschallei am zwölften des Régebmondes, im Jahre 147 200 000 009.“

Alle Leidtragenden des Congo, und ihrer waren viele, verfehlten nicht, den Aufruf zu lesen oder durch ihre Lakaien lesen zu lassen, und erst recht nicht, zur angezeigten Stunde im Vorzimmer des Thronsaals sich einzufinden... „Um Gedränge zu vermeiden", sagte der Sultan, „lasse man nicht mehr als sechs Damen zugleich herein. Wenn wir sie angehört haben, soll ihnen die Hintertür geöffnet werden, die auf meine Außenhöfe führt. Ihr, meine Herrn, habt gut acht und entscheidet über ihre Gesuche."

Darauf gab er dem Ersten Audienztürsteher ein Zeichen; und die sechs, welche der Tür zunächst standen, wurden vorgelassen. Sie traten in langem Trauerkleide herein und neigten sich tief vor Seiner Hoheit. Mangogul wandte sich an die jüngste und hübscheste. Sie hieß Isec. „Madame", sagte er, „ist es lange her, seit Ihr Euren Gemahl verloren habt?"

„Drei Monate, Herr", antwortete Isec weinend. „Er war Eurer Hoheit Generalleutnant. Er fiel in der letzten Schlacht; und sechs Kinder sind alles, was mir von ihm geblieben ist..."

„Von ihm?" fiel eine Stimme ein, die wohl von Isec kam, nur nicht ganz den gleichen Tonfall hatte. „Madame weiß es besser, als sie spricht. Sie wurden durchweg angefangen und beendet von einem jungen Brahmanen, der sie tröstete, während Monsieur im Felde stand."

Man errät unschwer, woher die vorlaute Stimme drang, die solchermaßen sprach. Die arme Isec geriet aus der Fassung, erbleichte, wankte und fiel in Ohnmacht.

„Madame hat Vapeurs", sagte Mangogul ungerührt; „man bringe sie in ein Gemach des Palastes und leiste ihr Beistand." Und schon wandte er sich an Phénice und fragte:

„Madame, war Euer Gemahl nicht Pascha?"

„Ja, Herr", versetzte Phénice mit bebender Stimme.

„Und wie habt Ihr ihn verloren?..."

„Herr, er starb in seinem Bette, ausgezehrt vom letzten Feldzug..."

„Vom letzten Feldzug!" echote Phénicens Kleinod. „Nicht doch, Madame, Euer Gemahl kehrte in bester Gesundheit aus dem Felde heim; und die genösse er noch, hätten nicht zwei bis drei Lotterbuben... Ihr versteht; und gebt acht auf Euch selber!"

„Schreibt", sagte der Sultan, „daß Phénice eine Rente für die guten Dienste fordert, die sie dem Staat und ihrem Gatten erwiesen hat."

Eine dritte wurde nach Alter und Namen ihres Gemahls gefragt, der, wie es hieß, im Krieg an den Blattern gestorben war...

„An den Blattern!" sagte das Kleinod. „Ei, was nicht gar! Sagt lieber, an zwei derben Säbelhieben, die ihm der Sandschak Cavagli versetzte, weil er übelnahm, daß sein ältester Sohn dem Sandschak wie ein Ei dem anderen glich; und Madame weiß so gut wie ich", fügte das Kleinod hinzu, „daß keine Ähnlichkeit je begründeter war."

Die vierte wollte eben sprechen, ohne von Mangogul gefragt zu sein, als man ihr Kleinod von unten rufen hörte: daß sie ihre Zeit während der zehn Kriegsjahre trefflich genutzt habe, daß zwei Pagen und ein Erzschelm von einem Lakaien ihr den Gatten voll ersetzt hätten und daß sie die erbetene Rente zweifelsohne dazu verwenden wolle, einen Sänger der Komischen Oper auszuhalten.

Eine fünfte trat unerschrocken vor und forderte in bestimmten Worten den Lohn für die Dienste ihres seligen Herrn Gemahls, eines Aga der Janitscharen, der vor den Mauern von Matras sein Leben gelassen. Der Sultan drehte seinen Ring auf sie, doch vergebens. Ihr Kleinod blieb stumm. „Freilich", sagt der afrikanische Autor, der sie selber gesehen hat, „war sie so häßlich, daß es höchlichst verwundert hätte, hätte ihr Kleinod etwas zu berichten gehabt."

Mangogul war bei der sechsten angelangt; und hier sind ihres Kleinods eigene Worte:

„Fürwahr, jene Dame hat allen Grund, um Renten anzuhalten", sagte es von der Frau, deren Kleinod eben so hartnäkkig geschwiegen hatte, „während sie eine Spielhölle führt, ein Kartentrio hält, das ihr über dreitausend Zechinen im Jahr einbringt, während sie dort kleine Festmähler auf Kosten der

Spieler veranstaltet und von Osman sechshundert Zechinen dafür einstrich, daß sie mich zu einem dieser Soupers lockte, wo Osman, der Schurke ..."

„Meine Damen, man wird Euren Forderungen Recht erweisen", sagte der Sultan, „Ihr könnt gehen."

Dann richtete er das Wort an seine Räte und fragte, ob sie es nicht lächerlich fänden, einer Menge kleiner Brahmanenkinder und anderen Bastarden sowie den Frauen, die es sich angelegen sein ließen, wackere Männer zu entehren, die in seinem Dienst um Ruhm auszogen und das Leben einbüßten, obendrein Ehrenrenten zu bewilligen.

Der Seneschall erhob sich zur Antwort, perorierte, resümierte und schlußfolgerte dunkel wie üblich. Derweilen er redete, kam Isec zu sich und eilte, wütend über ihr Mißgeschick und keiner Rente mehr gewärtig, aber bangend, es möchte eine andere eine Rente erhalten, wie es allem Anschein nach ja geschehen konnte, zurück in das Vorzimmer, flüsterte zwei oder drei ihrer Freundinnen ins Ohr, man habe sie hier nur versammelt, um ihre Kleinode nach Herzenslust auszuhorchen; sie selber habe im Audienzsaal eins schlimme Dinge schwätzen hören; sie wolle keinen Namen nennen, aber man müsse närrisch sein, sich der nämlichen Gefahr auszusetzen.

Die Warnung ging von Mund zu Mund und zerstreute die Menge der Witwen. Als der Türsteher zum zweitenmal öffnete, war keine mehr da.

„Nun, Seneschall, werdet Ihr mir nächstes Mal glauben?" fragte Mangogul, von der Massenflucht unterrichtet, und klopfte dem Alten auf die Schulter. „Ich hatte Euch versprochen, Euch von den Klageweibern zu befreien; Ihr seid sie los. Immerhin machten sie Euch sehr beharrlich den Hof, trotz Eurer glatten fünfundneunzig Jahre. Aber welche Absichten Ihr auch verfolgen mochtet, denn ich weiß, wie frohgemut Ihr solche gegenüber diesen Damen hegtet, ich hoffe, Ihr wißt mir Dank für ihre Flucht. Sie hätten Euch mehr Plagen als Spaß bereitet."

Der afrikanische Autor berichtet, die Erinnerung an diese Ringprobe sei in Congo lebendig geblieben; daher sei die

Regierung dort so zurückhaltend im Gewähren von Renten; allein dies war nicht die einzige heilsame Wirkung von Cucufas Ring, wie das folgende Kapitel zeigt.

28. Kapitel

Zwölfte Ringprobe · Rechtsfragen

Vergewaltigung wurde in Congo schwer bestraft: trotzdem ereignete sich unter Mangoguls Herrschaft ein aufsehenerregender Fall. Wie alle seine Vorgänger hatte der Fürst bei seiner Krönung geschworen, dieses Verbrechen gnadenlos zu ahnden; doch wie streng die Gesetze auch sind, wo ein starkes Interesse sie zu brechen treibt, werden sie selten nützen. Den Schuldigen erwartete die Strafe, den Körperteil zu verlieren, mit dem er gesündigt hatte, eine grausame Operation, an der er meist zugrunde ging; denn der sie vornahm, verfuhr weniger schonend als Doktor Petit.

Kersael, ein junger Mann von Stand, schmachtete seit sechs Monaten im Kerker in Erwartung dieser Tortur. Fatmé, eine hübsche junge Frau, war seine Lukrezia und Anklägerin. Sie standen einst in bestem Einvernehmen; jeder wußte das: Fatmés duldsamer Gatte hatte nichts dagegen eingewendet. So hätte es der Öffentlichkeit nicht angestanden, sich in ihre Belange zu mischen.

Nach zwei Jahren friedlichen Umgangs fühlte sich Kersael, sei es Flatterhaftigkeit, sei es Überdruß, zu einer Tänzerin der Oper von Banza hingezogen und vernachlässigte Fatmé, ohne doch offen mit ihr zu brechen. Er wollte seinen Rückzug mit Anstand vollziehen und verkehrte daher noch in ihrem Haus. Fatmé in ihrem Zorn, verlassen zu werden, sann auf Rache und nutzte den Rest seiner Anhänglichkeit zum Verderben des Ungetreuen.

Eines Tages, als der gefällige Ehemann sie allein gelassen und Kersael, der seinen Säbel abgelegt hatte, Fatmés Verdacht durch jene Beteuerungen zu beschwichtigen suchte, die einem Liebhaber so leicht vom Munde gehen, eine einmal mißtrauisch gewordene Frau aber nicht täuschen, stieß diese, mit verstörtem Blick und indem sie ihren Putz mit fünf, sechs Griffen durcheinanderbrachte, gräßliche Schreie aus und rief ihren Mann und die Bediensteten zu Hilfe, die auch herbeiliefen und Zeugen der Schmach wurden, die Fatmé von Kersael erlitten zu haben behauptete, wobei sie auf den Säbel wies, „den der Schändliche zehnmal gegen mich erhob", wie sie sagte, „um mich seinen Begierden zu unterwerfen".

Der junge Mann war ob der Schwärze dieser Anklage sprachlos und fand nicht die Kraft zu widersprechen, noch zu fliehen. Er wurde festgenommen, in den Kerker geworfen und der Gerechtigkeit des Kadilesker überantwortet.

Die Gesetze schrieben vor, daß Fatmé untersucht werde; das geschah, und der Bericht der Matronen fiel für den Angeklagten mehr als ungünstig aus. Sie hatten Vorschriften, nach denen der Zustand einer genotzüchtigten Frau festzustellen war, und alle erforderlichen Umstände sprachen gegen Kersael. Die Richter verhörten ihn: Fatmé wurde ihm gegenübergestellt; die Zeugen wurden vernommen. Vergebens beteuerte er seine Unschuld, leugnete er die Tat, suchte er anhand des Verkehrs, den er über zwei Jahre mit der Anklägerin unterhalten, zu beweisen, daß sie keine Frau sei, die man vergewaltigen müsse – der Säbel, die Einsamkeit der Begegnung, Fatmés Geschrei, Kersaels Bestürzung beim Auftritt des Ehemanns und des Gesindes, all das waren nach Ansicht der Richter überwältigende Belastungsmomente. Fatmé ihrerseits bestritt, ihm je eine Gunst, ja auch nur einen Hoffnungsschimmer gewährt zu haben, und behauptete, zweifellos habe ihre standhafte Pflichttreue, von der sie niemals gelassen, Kersael dahin getrieben, sich mit Gewalt zu holen, was er durch Verführung nicht hatte erreichen können. Das Protokoll der Matronen war ein weiteres schwerwiegendes Aktenstück; man brauchte es nur zu überfliegen und mit den Bestimmungen des Strafgesetzbuches zu vergleichen, um die Verurteilung des unglücklichen Kersael daraus abzulesen. Er erwartete sein Heil weder von seiner Verteidigung noch vom Ansehen seiner Familie; und die Richter hatten das abschließende Urteil in seinem Prozeß auf den dreizehnten des Régebmondes festgesetzt. Man hatte dies dem Volk mit Trompetenschall wie üblich angekündigt.

Das Ereignis war in aller Munde und entzweite die Gemüter lange Zeit. Etliche alte Zotten, die nie im Leben eine Vergewaltigung zu fürchten gehabt hatten, geiferten, Kersaels Freveltat sei ungeheuerlich; wenn an ihm nicht ein Exempel statuiert werde, sei die Unschuld nicht mehr sicher und eine ehrbare Frau laufe Gefahr, sogar zu Füßen der Altäre Schimpf zu leiden. Dann führten sie Fälle an, da junge Laffen gewagt hätten, an der Tugend gewisser ehrwürdiger Damen sich zu vergreifen; die Einzelheiten ließen keinen Zweifel, daß besagte ehrwürdige Damen sie selber seien; und alle diese Reden wurden in Form erbaulicher Gespräche mit Brahmanen geführt, die weniger unschuldig waren als Kersael, und von Betschwestern, die ebenso sittsam waren wie Fatmé.

Die Stutzer hingegen und selbst etliche Stutzerinnen meinten, die ganze Vergewaltigung sei reine Erfindung: man ergebe sich immer nur auf Grund einer Kapitulation, und sofern eine Stellung noch so schwach verteidigt werde, könne man sie unmöglich mit roher Gewalt nehmen. Die Erörterungen wurden durch Beispiele bekräftigt; die Frauen kannten welche, die Stutzer erfanden welche; und man führte ohne Ende Frauen an, die nicht vergewaltigt worden waren. „Der arme Kersael!“ hieß es, „was, zum Teufel, juckte ihn, der kleinen Bimbreloque (so hieß die Tänzerin) nachzulaufen; warum blieb er nicht bei Fatmé? Sie standen sich bestens; der Ehemann ließ sie so ungeschoren, wie man's nur wünschen kann ... Die alten Hexen haben ihre Brillen verkehrt aufgesetzt“, fügte man hinzu, „und kein Deut gesehen; denn wer sieht da schon klar? Und nun berauben die Herren Richter ihn seiner Lust, weil er eine offene Tür eingerannt hat. Der arme Kerl wird draufgehen; daran ist kein Zweifel. Und stellt euch vor, was alles unzufriedene Weiber sich in Zukunft erdenken werden ...“

„Wenn das Urteil vollstreckt wird", fiel ein anderer ein, „werde ich Freimaurer."

Mirzosa, mitfühlend von Natur, erklärte Mangogul, der über Kersaels Los witzelte, wenn die Gesetze auch gegen Kersael sprächen, so entscheide der gesunde Menschenverstand gegen Fatmé.

„Es ist im übrigen unerhört", fügte sie hinzu, „daß man sich unter einer weisen Regierung derart an den Buchstaben des Gesetzes klammert und daß die bloße Behauptung einer Klägerin genügt, das Leben eines Mitbürgers zu gefährden. Ob wirklich Notzucht vorlag, kann gar nicht sorgsam genug geprüft werden; und Ihr werdet mir einräumen, Herr, daß Euer Ring für diese Prüfung mindestens ebenso zuständig ist wie Eure Richter. Es müßte doch sonderbar zugehen, wenn die Matronen in dieser Sache besser Bescheid wüßten als die Kleinode selbst. Bislang hat der Ring Eurer Hoheit fast nur dazu gedient, Eure Neugier zu befriedigen. Sollte der Geist, von dem Ihr ihn erhieltet, nicht ein wichtigeres Ziel damit verfolgt haben? Meint Ihr, Cucufa zu kränken, wenn Ihr ihn zur Entdeckung der Wahrheit und zum Wohl Eurer Untertanen gebraucht? Versucht es! Ihr haltet ein unfehlbares Mittel in Händen, Fatmé das Geständnis ihres Verbrechens oder den Beweis ihrer Unschuld zu entlocken."

„Ihr habt recht", erwiderte Mangogul, „Ihr sollt zufriedengestellt sein."

Eilends machte sich der Sultan auf: es war keine Zeit zu verlieren; denn es war der Abend des zwölften Tages im Régebmond, und am dreizehnten sollte der Senat seinen Spruch fällen. Fatmé hatte sich eben zu Bett begeben; ihre Vorhänge standen halb offen. Das Nachtlicht warf einen düsteren Schein auf ihr Angesicht. Sie schien dem Sultan schön, wiewohl heftige Erregung ihre Züge entstellte. Mitleid und Haß, Schmerz und Rachsucht, Verwegenheit und Scham malten sich in ihren Augen, je nachdem wie sie in ihrem Herzen wechselten. Sie stieß tiefe Seufzer aus, vergoß Tränen, trocknete sie, vergoß neue, verharrte eine Weile mit gesenktem Haupt und niedergeschlagenen Augen, erhob sie jäh und schleuderte zornige Blicke gen Himmel. Und was tat indes Mangogul? Er hielt ein Selbstgespräch und sagte sich ganz leise: „Dies sind alle Anzeichen von Verzweiflung. Ihre frühere Liebe zu Kersael ist mit ganzer Glut aufs neue erwacht. Sie hat den ihr angetanen Schimpf vergessen und denkt nur mehr daran, welche Tortur ihrem Liebsten bevorsteht.“ Mit diesen Worten richtete er den schicksalhaften Ring auf Fatmé; und ihr Kleinod rief in heftiger Erregung:

„Noch zwölf Stunden! Und wir sind gerächt. Sterben wird er, der Verräter, der Undankbare; und sein vergossenes Blut...“ Entsetzt über die ungewöhnliche Regung in ihrem Leibe und bestürzt über die dumpfe Stimme ihres Kleinods, bedeckte Fatmé es mit beiden Händen und wollte es zum Schweigen zwingen. Allein die Kraft des Ringes wirkte fort, das unfügsame Kleinod überwand jedes Hindernis und sprach: „Ja, wir werden gerächt. Oh, du, der du mich verlassen hast, unseliger Kersael, stirb; und du, die er mir vorzog, Bimbreloque, verzweifle... Noch zwölf Stunden! Ah! Wie lang wird mir die Zeit. Eilt herbei, ihr süßen Augenblicke, da ich den Verräter, Kersael, den Undankbaren, unter dem Eisen des Henkers verbluten sehe... Weh! Unglücklicher, was habe ich gesagt?... Könnte ich ohne Schaudern verenden sehen, was ich am heißesten geliebt habe? Könnte ich das schlagbereite, das tödliche Messer sehn... Ach, fern sei mir der grausame Gedanke... Er haßt mich, das ist wahr; er hat mich um Bimbreloque verlassen; aber vielleicht daß eines Tages... Was sage ich, vielleicht? Gewiß führt ihn die Liebe zurück unter mein Gesetz. Die kleine Bimbreloque ist eine flüchtige Laune; früher oder später muß er einsehen, wie unrecht sein Wechsel, wie albern seine neue Wahl ist. Tröste dich, Fatmé, du wirst deinen Kersael wiedersehen. Ja, du siehst ihn wieder. Erhebe dich; lauf, fliege, die gräßliche Gefahr abzuwenden, die ihm droht. Zitterst du nicht, zu spät zu kommen?... Aber wohin soll ich eilen, feige, wie ich bin? Sagt Kersaels Verachtung nicht, daß er mich unwiderruflich verlassen hat! Er gehört Bimbreloque; für sie würde ich ihn retten! Ach, eher soll er tausend Tode sterben! Wenn er nicht mehr für mich lebt, was kümmert mich sein Tod? ... Ja, ich fühle es, mein Zorn ist gerecht. Der Undankbare hat all meinen Haß verdient. Ich bereue nichts. Ich habe alles getan, um ihn zu halten, jetzt tue ich alles zu seinem Verderben. Nur einen Tag später, und meine Rache wäre fehlgeschlagen. Aber sein böser Engel hat ihn mir ausgeliefert, als er mir eben entschlüpfen wollte. Er ist in die Falle gegangen, die ich ihm stellte. Er ist in meiner Gewalt. Die Begegnung, zu der ich dich zu locken wußte, war die letzte, die du mir gewähren wolltest: aber du wirst sie so bald nicht vergessen ... Mit welchem Geschick hast du ihn gelenkt, wohin du wolltest, Fatmé! Wie wohlbedacht war deine Unordnung! Deine Schreie, dein Schmerz, deine Tränen, deine Verwirrung, alles bis hin zu deinem Schweigen hat Kersael verdammt. Nichts kann ihn dem Los entreißen, das seiner harrt. Kersael ist gestorben ... Du weinst, Unglückliche. Er liebt eine andere, was kümmert dich sein Leben oder Sterben?"

Bei dieser Rede packte Mangogul das Grausen; er drehte seinen Ring um; und während Fatmé wieder zu sich kam, flog er zu der Sultanin.

„Nun, Herr!" sagte sie, „was habt Ihr erfahren? Ist Kersael noch immer schuldig, und die keusche Fatmé ..."

„Oh, erlaßt mir, die Greuel zu wiederholen, die ich dort vernommen habe!" antwortete der Sultan. „Wie furchtbar ist eine gekränkte Frau! Wer könnte glauben, daß ein Leib, den die Grazien bildeten, ein Herz umschließen kann, in dem die Furien hausen? Aber die Sonne wird morgen nicht über meinen Landen untergehen, ehe sie nicht von einem Ungeheuer befreit sind, das gefährlicher ist als alles, was meine Wüsten zeugen."

Ungesäumt ließ der Sultan den Großseneschall rufen und befahl ihm, Fatmé zu ergreifen, Kersael in ein Gemach des Palastes zu führen und dem Senat anzukündigen, Seine Hoheit behalte sich die Rechtsprechung in diesem Fall vor. Noch in selbiger Nacht wurden seine Befehle ausgeführt.

In der Morgenfrühe begab sich der Sultan in Begleitung des Seneschalls und seines Effendi in Mirzosas Gemach und ließ

Fatmé hereinführen. Die Unselige warf sich Mangogul zu Füßen, gestand ihr Verbrechen mit allen Einzelheiten und beschwor Mirzosa, sich für sie zu verwenden. Unterdessen holte man Kersael. Er erwartete den Tod; dennoch trat er mit jener Gefaßtheit ein, die nur die Unschuld gibt. Böse Zungen spotteten, er wäre weniger gefaßt gewesen, hätte das, was man ihm zu nehmen drohte, der Mühe gelohnt. Die Frauen wurden neugierig, zu erfahren, was daran sei. Er warf sich ehrfurchtsvoll vor Seiner Hoheit nieder. Mangogul bedeutete ihm, sich zu erheben, und reichte ihm die Hand.

„Ihr seid unschuldig", sagte er, „so seid frei. Dankt Eure Errettung Brahma. Um Euch für alle Übel, die Ihr erleiden mußtet, zu entschädigen, gewähre ich Euch zweitausend Zechinen Gehalt aus meinem Schatz und die erste vakante Komturei im Krokodil-Orden."

Je mehr Gnadenbeweise Kersael zuteil wurden, desto härtere Strafe fürchtete Fatmé. Der Großseneschall beschied auf Tod nach dem Gesetz *si foemina ff. de vi C. calumniatrix.* Der Sultan neigte zu lebenslänglicher Haft. Mirzosa, die das erste Urteil zu streng, das zweite zu milde fand, verdammte Fatmés Kleinod zu Schloß und Riegel. Die Florentiner Vorrichtung wurde ihr öffentlich angelegt, auf demselben Schafott, das zu Kersaels Hinrichtung aufgestellt worden war. Von dort wurde sie samt den Matronen, die in diesem Fall gar so gescheit befunden hatten, ins Zuchthaus abgeführt.

29. Kapitel

Mirzosas Metaphysik · Die Seelen

Während Mangogul die Kleinode Harias, der Witwen und Fatmés befragte, hatte Mirzosa Zeit gehabt, ihre philosophische Lektion vorzubereiten. Eines Abends, als die Manimonbanda ihre Andacht hielt, es daher weder Spieltische noch Zirkel bei ihr gab und die Favoritin nahezu sicher mit dem Besuch des Sultans rechnen durfte, nahm sie zwei schwarze Röcke, zog den einen wie üblich an, den anderen über die Schultern, steckte die Arme durch die Schlitze, setzte sich die Perücke von Mangoguls Seneschall und das eckige Barett seines Kaplans auf und dünkte sich wie ein Philosoph gekleidet, während sie eher einer Fledermaus glich.

In diesem Aufzug schritt sie in ihren Gemächern auf und nieder wie ein Professor des Collège royal, der seine Hörer erwartet. Sie ahmte sogar die düsterumwölkte Miene eines grübelnden Gelehrten nach. Nur wahrte Mirzosa den erzwungenen Ernst nicht lange. Der Sultan trat mit einigen seiner Hofleute herein und neigte sich tief vor der neuen Philosophin, deren würdiges Gebaren die Hörerschaft um ihre Würde brachte und die ihrerseits durch das schallende Gelächter, das sie hervorrief, aus der Fassung geriet.

„Madame“, sagte Mangogul, „habt Ihr an Geist und Gestalt nicht genügend Vorzüge, ohne Euch die der Robe auszuleihen? Eure Worte hätten auch ohnedies alles Gewicht, das Ihr Euch wünschen dürftet.“

„Mir scheint, Herr“, erwiderte Mirzosa, „Ihr achtet diese Robe nicht gebührend; ein Schüler sollte dem, was mindestens das halbe Verdienst seines Meisters ausmacht, wohl ehrerbietiger begegnen.“

„Ich stelle fest“, versetzte der Sultan, „Ihr habt schon ganz den Geist und Ton Eures neuen Standes angenommen. Von nun an zweifle ich nicht länger, daß Eure Fähigkeit der Würde Eurer Gewandung entspricht, und harre voller Ungeduld des Beweises ...“

„Eine Minute, und Ihr sollt befriedigt sein“, antwortete Mirzosa und setzte sich mitten auf ein großes Kanapee.

Der Sultan und die Höflinge nahmen um sie her Platz; und sie begann also:

„Haben die Philosophen von Monoémugi, die Eurer Hoheit Erziehung geleitet, Euch nie von der Natur der Seele gesprochen?“

„Oh, sehr oft!“ antwortete Mangogul; „aber alle ihre Systeme gaben mir am Ende nur ungewisse Begriffe davon;

und ohne ein inneres Gefühl, das mir zuflüstern will, sie sei eine von der Materie verschiedene Substanz, würde ich entweder ihr Vorhandensein leugnen oder sie mit dem Körper verwechseln. Gedenkt Ihr, dieses Chaos zu entwirren?"

„Ich werde mich hüten", versetzte Mirzosa, „und ich gestehe, daß ich darin nicht weiter bin als Eure Pädagogen. Der einzige Unterschied zwischen ihnen und mir ist, daß ich das Vorhandensein einer von der Materie verschiedenen Substanz annehme, sie diese jedoch für erwiesen halten. Aber diese Substanz, wenn es sie gibt, muß irgendwo sitzen. Haben sie Euch darüber nicht auch allerlei Ungereimtes erzählt?"

„Nein", sagte Mangogul; „alle waren sich ziemlich einig, daß sie im Kopf ihren Sitz habe; und diese Ansicht kam mir wahrscheinlich vor. Der Kopf denkt, bildet Vorstellungen, erwägt, urteilt, bestimmt, befiehlt; und alle Tage sagt man von einem Menschen, der nicht denkt, er habe kein Hirn oder keinen Kopf."

„Darauf also", versetzte die Sultanin, „laufen alle Eure langen Studien und Eure ganze Philosophie hinaus, ein Faktum anzunehmen und es mit volkstümlichen Wendungen zu stützen. Fürst, was hieltet Ihr von Eurem ersten Geographen, wenn er Eurer Hoheit eine Karte Eurer Staaten vorlegte, worauf sich der Osten im Westen, der Norden im Süden befände?"

„Das ist ein zu grober Fehler", antwortete Mangogul; „kein Geograph hat sich je so vergriffen."

„Schön", sagte die Favoritin; „demnach waren Eure Philosophen untüchtiger als der untüchtigste Geograph. Sie hatten kein großes Reich aufzureißen, sie mußten nicht die Grenzen der vier Weltteile festlegen; sie hätten lediglich in sich gehen und dort feststellen müssen, wo der wahre Sitz ihrer Seele ist. Statt dessen haben sie Norden und Süden, Osten und Westen vertauscht. Sie haben erklärt, die Seele befinde sich im Kopf, während die meisten Menschen sterben, ohne daß sie diese Stätte je bewohnt hat, und sie zuallererst in den Füßen sitzt."

„In den Füßen!" unterbrach sie der Sultan; „das ist fürwahr das Krauseste, was ich je vernommen habe."

„Ja, in den Füßen", bekräftigte Mirzosa; „und diese Ansicht, die Euch so närrisch dünkt, muß nur vertieft werden, um ihre Vernunft zu erweisen, im Gegensatz zu denen, die Ihr für wahr haltet und die man für falsch erkennt, sobald man sie recht durchdenkt. Eure Hoheit stimmte soeben mit mir überein, daß die Existenz unserer Seele nur auf das innere Zeugnis ihrer selbst gegründet sei; und ich werde Euch nachweisen, daß alle erdenklichen Gefühlsbeweise übereinstimmend die Seele dorthin legen, wo ich sie ansiedele."

„Darauf sind wir gespannt", sagte Mangogul.

„Ich erwarte keine Schonung", fuhr sie fort, „und fordere Euch alle auf, mir Eure Einwände vorzutragen.

Ich sagte Euch also, die Seele habe ihren ersten Sitz in den Füßen; sie beginne dort ihr Sein und erobere von den Füßen aus den Leib. Für diese Behauptung will ich mich auf die Erfahrung berufen; und womöglich lege ich damit den Grundstein einer experimentellen Metaphysik.

Wir alle haben in der Kindheit erlebt, daß die schlummernde Seele ganze Monate in einem Dämmerzustand verweilt. Da öffnen sich die Augen, ohne zu sehen, der Mund, ohne zu reden, die Ohren, ohne zu hören. Die Seele sucht anderswo sich zu strecken und zu erwachen; sie übt ihre ersten Funktionen in anderen Gliedern aus; mit seinen Füßen kündigt das Kind seine Entwicklung an. Sein Körper, sein Kopf, seine Arme sind bewegungslos im Leib der Mutter; aber seine Füße strecken und beugen sich und bekunden sein Dasein und vielleicht seine Bedürfnisse. Was würde aus Kopf, Körper und Armen, wenn es reif ist zur Geburt? Sie fänden nie aus ihrem Gefängnis, hülfen ihnen die Füße nicht: da spielen die Füße die Hauptrolle und treiben den übrigen Körper vor sich her. So befiehlt es die Natur; und wenn ein anderes Glied sich vordrängen und bestimmen will, wenn der Kopf zum Beispiel den Platz der Füße einnimmt, läuft alles verkehrt; und Gott weiß, was Mutter und Kind daraus entsteht.

Ist das Kind geboren, vollzieht es wiederum die hauptsächlichen Bewegungen mit den Füßen. Man ist genötigt, sie zu bändigen, und das geht nie ohne ihr Widerstreben ab. Der

Kopf ist ein Klumpe, mit dem man machen kann, was man will; aber die Füße fühlen, schütteln das Joch ab und scheinen eifersüchtig auf die Freiheit, die man ihnen nimmt.

Kann das Kind erst stehen, unternehmen die Füße tausend Versuche, sich fortzubewegen; sie setzen alles in Tätigkeit; sie befehlen den übrigen Gliedern; und die gehorsamen Hände stützen sich an den Wänden und strecken sich vor, um einem Fall vorzubeugen und die Arbeit der Füße zu erleichtern.

Worum drehen sich alle Gedanken eines Kindes, und was sind seine Freuden, wenn es fest auf den Beinen steht und seine Füße gelernt haben, sich fortzubewegen? Es will sie gebrauchen, kommen, gehen, laufen, springen, hüpfen. Diese Lebhaftigkeit gefällt uns, sie ist uns ein Zeichen von Geist; und wir fürchten für ein Kind, es möchte ein Tropf werden, wenn es träge und dumpfig ist. Wollt Ihr ein vierjähriges Kind betrüben, so setzt es eine Viertelstunde still hin oder haltet es zwischen vier Stühlen gefangen: Unmut und Trotz werden es erfassen; daher sind es nicht nur die Beine, die Ihr der Bewegung beraubt, Ihr haltet seine Seele gefangen.

Die Seele bleibt in den Füßen bis zu zwei, drei Jahren; sie wohnt in den Beinen mit vier; sie erreicht die Knie und Lenden mit fünfzehn. Da liebt man den Tanz, die Waffen, das Reiten und andere heftige Leibesübungen. Das ist die beherrschende Leidenschaft aller jungen Leute und bei manchen geradezu eine Wut. Wie sollte die Seele denn nicht an den Orten wohnen, in welchen sie sich fast ausschließlich kundtut und ihre angenehmsten Empfindungen hat? Und wenn sie in Kindheit und Jugend ihren Sitz wechselt, wieso nicht während des ganzen Lebens?“

Mirzosa hatte diese Tirade mit einer Geschwindigkeit vorgetragen, die sie außer Atem setzte. Selim, einer der Günstlinge des Sultans, ergriff den Augenblick, da sie Luft schöpfte, und sagte: „Madame, ich will die Freiheit nutzen, die Ihr gewährtet, Euch meine Einwände zu nennen. Euer System ist genial, und Ihr habt es mit soviel Anmut wie Klarheit vorgetragen; allein es hat mich nicht derart verführt, daß ich es für bewiesen halte. Mir dünkt, man könnte Euch erwidern, daß auch in der Kindheit der Kopf den Füßen befiehlt und daß von dort die Geister ausgehen, die mittels der Nerven in alle anderen Glieder sich verbreiten, sie stillehalten oder bewegen, je nach Gefallen der in der Zirbeldrüse seßhaften Seele, gleichwie von der Hohen Pforte die Befehle Seiner Hoheit ausgehen, die alle ihre Untertanen in Bewegung setzen."

„Zweifellos", erwiderte Mirzosa; „aber damit sagte man mir etwas ziemlich Dunkles, auf das ich mit einer bloßen Erfahrungstatsache antworte. Es gibt keine Gewißheit, daß der Kopf in der Kindheit denkt, und Ihr selbst, Seigneur, der Ihr so trefflichen Verstand besitzt und in Eurem zartesten Alter für ein Wunder an Klugheit galtet, entsinnt Ihr Euch, damals gedacht zu haben? Hingegen könntet Ihr durchaus versichern, daß Eure Füße dem Kopf befahlen, als Ihr wie ein kleiner Teufel umhersprangt und Eure Hofmeisterinnen in Verzweiflung setztet."

„Das beweist gar nichts", sagte der Sultan. „Selim war lebhaft, und tausend andere Kinder sind es nicht minder. Sie überlegen nicht; aber sie denken: die Zeit vergeht, das Gedächtnis der Dinge erlischt, und sie erinnern sich nicht mehr, gedacht zu haben."

„Aber womit dachten sie?" versetzte Mirzosa. „Denn das ist der springende Punkt."

„Mit dem Kopf", antwortete Selim.

„Ach, immer der Kopf, an dem nichts zu erkennen ist", erwiderte die Sultanin. „Laßt doch Eure Blendlaterne beiseite, worin Ihr ein Licht wähnt, das nur dem scheint, der sie trägt; hört, was Erfahrung mich lehrte, und gesteht die Wahrheit meiner Hypothese ein. Es ist so unabänderlich, daß die Seele ihr Vordringen in den Körper bei den Füßen beginnt, daß es Männer und Frauen gibt, bei denen sie nie höher hinaufgedrungen ist. Seigneur, Ihr habt tausendmal Ninis Beschwingtheit und Saligos Sprünge bewundert; antwortet mir denn aufrichtig: glaubt Ihr, bei diesen Geschöpfen steckte die Seele anderswo als in den Beinen? Und habt Ihr nicht bemerkt, daß bei Volucer und Zelindor der Kopf den Füßen untertan ist? Ein Tänzer ist stets versucht, auf seine Beine zu schauen. Bei all seinen Schritten folgt das Auge aufmerksam der Spur des Fußes, und der Kopf neigt sich achtungsvoll vor den Füßen, wie die unbesiegbaren Paschas vor Seiner Hoheit."

„Die Beobachtung stimmt", sagte Selim; „allein ich bestreite ihre Allgemeingültigkeit."

„Ich behaupte ja auch nicht", erwiderte Mirzosa, „daß die Seele allezeit in den Füßen stecke: sie dringt vor, sie wandert, sie verläßt einen Ort, kehrt dahin zurück, um ihn aufs neue zu verlassen; aber ich bleibe dabei, daß die übrigen Glieder demjenigen, in welchem sie wohnt, stets untergeordnet sind. Das ändert sich je nach dem Alter, der Gemütslage, den Umständen, und von da rührt die Verschiedenartigkeit der Geschmäcker, die Vielfalt der Neigungen und Charaktere her. Staunt Ihr nicht über die Fruchtbarkeit meines Denkmodells? Und bestätigt die Vielheit der Erscheinungen, auf die es sich erstreckt, nicht seine Richtigkeit?"

„Madame", antwortete Selim, „wenn Ihr es auf einige anwenden wolltet, gewännen wir vielleicht den Grad von Überzeugung, dessen wir noch harren."

„Mit Vergnügen", versetzte Mirzosa, die ihres Vorteils inne ward: „Ihr sollt zufrieden sein; folgt nur dem Faden meiner Gedanken. Ich schmeichle mir nicht, gelehrt zu argumentieren. Ich spreche, wie ich empfinde: das ist unsere weibliche Art zu philosophieren; und Ihr versteht Euch beinahe so gut darauf wie wir. Es ist sehr wahrscheinlich", fuhr sie fort, „daß die Seele bis zu acht oder zehn Jahren in Füßen und Beinen steckt; dann aber, oder ein wenig später, verläßt sie diesen Ort, sei es aus eigenem Antrieb, sei es aus Zwang. Aus Zwang, wenn ein Erzieher Hilfsmittel gebraucht, sie aus ihrer Heimat zu vertreiben und ins Gehirn zu leiten, wo sie sich gemeinhin in Gedächtnis, fast nie aber in Urteilskraft verwandelt; das ist das Los der Kinder in den Schulen. So auch, wenn eine beschränkte Hofmeisterin sich abmüht, ein junges Ding zu bilden, ihm den Geist mit Kenntnissen vollpfropft, Herz und Sitten aber vernachlässigt, eilt die Seele nach dem Kopfe, hält auf der Zunge an oder setzt sich in den Augen fest, und ihre Schülerin ist eine langweilige Schwatzliese oder eine kokette Kreatur. Und so ist die wollüstige Frau eine, deren Seele ein für allemal im Kleinod steckt.

Die galante Frau eine, deren Seele bald im Kleinod, bald in den Augen residiert.

Die zärtliche Frau eine, deren Seele meistens im Herzen, bisweilen aber auch im Kleinod wohnt.

Die tugendhafte Frau eine, deren Seele bald im Kopf, bald im Herzen, doch nie anderswo logiert.

Wo die Seele im Herzen sitzt, bildet sie empfindsame, mitfühlende, wahrhaftige, edelmütige Charaktere. Wo sie das Herz auf Nimmerwiedersehen verläßt und sich im Kopf ansiedelt, formt sie jene Menschen, die wir hartherzig, undankbar, schurkisch und grausam nennen.

Die Klasse der Menschen, bei denen die Seele den Kopf zeitweilig, wie ein Landhaus, bewohnt, ist zahlreich. Sie besteht aus den Stutzern, Koketten, Musikern, Dichtern, Romanciers, Höflingen und allen, die man die hübschen Frauen nennt. Hört diese Geschöpfe reden, und Ihr erkennt im Nu jene unsteten Seelen, die das Klima ihres jeweiligen Wohnsitzes beeinflußt."

„Wenn das zutrifft", sagte Selim, „hat die Natur viel Unnützes erschaffen. Indes halten es unsere Weisen für unumstößlich, daß sie nichts umsonst hervorgebracht habe."

„Lassen wir Eure Weisen mit ihren großen Worten außer acht", antwortete Mirzosa, „und was die Natur anlangt, so betrachten wir sie nur mit den Augen der Erfahrung, und wir werden erkennen, daß sie die Seele in den menschlichen Körper gesetzt hat wie in einen weitläufigen Palast, in dem sie nicht immer das schönste Gemach bewohnt. Kopf und Herz sind ihr vornehmlich zubestimmt als Zentrum der Tugenden und Sitz der Wahrheit; aber meistens hält sie unterwegs inne und bevorzugt eine Dachkammer, einen zwielichtigen Ort, eine elende Herberge, wo sie in dauernder Trunkenheit entschläft. Oh, wäre mir vergönnt, die Welt nur vierundzwanzig

Stunden lang nach meiner Laune einzurichten, ich wollte Euch mit einem höchst seltsamen Schauspiel ergötzen: ich nähme mir nichts, dir nichts jeder Seele die Teile ihres Gehäuses, deren sie nicht bedarf, und Ihr sähet jedermann durch das Verbleibende charakterisiert. So blieben von den Tänzern zwei Füße oder allenfalls zwei Beine; von den Sängern die Kehle; von den meisten Frauen nur das Kleinod; von den Helden und Raufbolden eine bewaffnete Hand; von gewissen Gelehrten ein Schädel ohne Hirn; von einer Spielerin blieben nur die Fingerspitzen, die unablässig Karten mischten; von einem Vielfraß zwei immerfort mahlende Kiefer; von einer Koketten nur die Augen; von einem Wüstling einzig das Werkzeug seiner Leidenschaften; und wer nichts kann und nichts schafft, von dem bliebe gar nichts."

„Solltet Ihr den Frauen Hände lassen", fiel der Sultan ein, „würden die einzig zum Lustwerkzeug gewordenen unter uns mächtig verfolgt werden. Das gäbe eine tolle Jagd; und sollte man auf diese Vögel allerorts so gierig sein wie in Congo, wäre die Spezies rasch ausgestorben."

„Und woraus bestünden bei Euch die zärtlichen und empfindsamen Frauen, die verläßlichen, treuen Liebhaber?" fragte Selim die Favoritin.

„Aus einem Herzen", erwiderte Mirzosa; „und ich weiß", fügte sie mit einem zärtlichen Blick gegen Mangogul hinzu, „mit welchem Herzen meins sich zu vereinigen suchte."

Diesen Worten vermochte der Sultan nicht zu widerstehen; von seinem Lehnstuhl stürzte er zu seiner Lieblingsfrau hin: die Höflinge verschwanden, und das Katheder des neuen Philosophen wurde der Tummelplatz ihrer Freuden; er bewies ihr zu wiederholten Malen, daß er von ihren Empfindungen nicht minder entzückt war als von ihren Worten; und der philosophische Aufzug zerfiel. Mirzosa gab ihren Frauen die schwarzen Röcke wieder, schickte dem Lord Seneschall seine riesige Perücke und dem Herrn Abbé sein eckiges Barett mit der Versicherung, er stehe auf der Liste der nächsten Beförderungen. Ach, wie weit hätte er es bringen können, wäre er ein Schöngeist gewesen! Ein Sitz in der Akademie war der geringste Lohn, den er erwarten durfte; aber leider kannte er nur zwei-, dreihundert Wörter und hatte damit zeitlebens keine zwei Ritornelle zustande gebracht.

30. Kapitel

Fortsetzung des vorigen Gesprächs

Mangogul hatte Mirzosas philosophische Vorlesung als einziger angehört, ohne sie zu unterbrechen. Da er sonst nur zu gern widersprach, war sie verwundert darüber.

„Sollte der Sultan mein System von Anfang bis Ende billigen?“ fragte sie sich. „Nein, das ist unwahrscheinlich. Meint er, es lohne eine Widerlegung nicht? Das könnte sein. Meine Ideen sind nicht die richtigsten, die es bisher gab, einverstanden: aber es sind auch nicht die falschesten; und mir dünkt, es hat schon schlechtere gegeben.“

Der Gewißheit halber beschloß die Favoritin, Mangogul zu fragen.

„Nun, Fürst“, sagte sie, „was haltet Ihr von meinem System?“

„Es ist bewundernswert“, antwortete der Sultan; „es hat nur einen Fehler.“

„Und der wäre?“ fragte die Favoritin.

„Es ist von Grund auf falsch“, sagte Mangogul. „Euren Ansichten nach müßten wir alle eine Seele haben; nun, seht Ihr, Wonne meines Herzens, daß diese Annahme jedes gesunden Menschenverstandes entbehrt. ‚Ich habe eine Seele: ich sehe eine Kreatur, die sich die meiste Zeit beträgt, als hätte sie keine; und vielleicht hat sie nicht einmal dann eine, wenn sie handelt, als hätte sie eine. Aber sie hat eine Nase genau wie ich; ich fühle, daß ich eine Seele habe und daß ich denke: folglich hat auch jene Kreatur eine Seele und denkt ebenfalls.‘ Diese Überlegung wird seit tausend Jahren angestellt und ist ebenso lange eine Unverschämtheit.“

„Ich räume ein“, sagte die Favoritin, „daß nicht immer erkennbar wird, ob die anderen denken.“

„Fügt getrost hinzu“, sagte Mangogul, „daß bei hundert Gelegenheiten erkennbar wird, daß sie nicht denken.“

„Aber es dünkt mir voreilig“, sagte Mirzosa, „wollte man daraus folgern, sie hätten nie gedacht, noch würden sie je denken. Man ist nicht allezeit ein Tier, weil man sich hier und da so betrug; und hat Eure Hoheit ...“

Hier hielt Mirzosa, aus Furcht, den Sultan zu verletzen, jählings inne.

„Sprecht Euch aus, Madame“, sagte Mangogul, „ich verstehe Euch wohl; hat Eure Hoheit sich nie gleich einem Tier betragen, wolltet Ihr sagen, nicht wahr? Und ich antworte Euch, daß ich es manchmal tat und daß ich denjenigen, die mich dafür ansahen, verzieh; denn Ihr könnt Euch denken, daß sie es nicht unterließen, wiewohl sie es mir nicht offen zu sagen wagten ...“

„Ach, Fürst!“ rief die Favoritin aus. „Wenn die Menschen dem größten Monarchen der Welt eine Seele absprächen, wem sollten sie dann eine zuerkennen?“

„Nur keine Schmeicheleien“, sagte Mangogul. „Ich habe Krone und Szepter für den Augenblick abgelegt. Ich habe aufgehört, Sultan zu sein, um Philosoph zu sein, und kann die Wahrheit hören und sagen. Das erste habe ich Euch, glaube ich, bewiesen; denn Ihr habt mir, ohne mich zu kränken, ganz unverblümt zu verstehen gegeben, daß ich mich bisweilen wie ein vernunftloses Tier betrug. Erlaubt, daß ich die Pflichten meines neuen Standes ganz erfülle.

Weit entfernt“, fuhr er fort, „mit Euch übereinzustimmen, daß alles, was Füße, Arme, Hände, Augen, Ohren hat wie ich, auch eine Seele habe wie ich, erkläre ich Euch, daß ich felsenfest und unwiderruflich überzeugt bin, daß drei Viertel der Männer und sämtliche Weiber nichts als Automaten sind.“

„In dem, was Ihr da sagt“, erwiderte die Favoritin, „dürfte ebensoviel Wahrheit wie Höflichkeit liegen.“

„Oh!“ sagte der Sultan, „nun ist Madame gar böse; und

wieso zum Teufel untersteht Ihr Euch zu philosophieren, wenn Ihr die Wahrheit nicht vertragt? Darf man in Schulen Höflichkeit erwarten? Ich habe Euch Ellbogenfreiheit gewährt; gewährt sie auch mir, wenn's recht ist. Ich sagte Euch also, Ihr seid allesamt vernunftlose Tiere."

„Ja, Fürst; es bleibt Euch nur noch zu beweisen", erwiderte Mirzosa.

„Nichts leichter als das", gab der Sultan zurück.

Darauf leierte er all die Unverschämtheiten her, die wohl schon x-mal mit sowenig Geist und Eleganz als irgend möglich gegen ein Geschlecht vorgebracht und wiedergekäut wurden, das beide Eigenschaften in höchstem Maße besitzt. Nie wurde Mirzosas Geduld auf eine härtere Probe gestellt; und nie im Leben würdet Ihr Euch so langweilen, als wenn ich Euch Mangoguls sämtliche Gründe wiedergäbe. Dieser Fürst, dem es doch sonst nicht an gesundem Menschenverstand gebrach, war an diesem Tage von schier unfaßlicher Verdrehtheit. Urteilt selbst.

„Daß die Frau nicht mehr als ein Tier ist", sagte er, „ist, beim Element, so wahr, daß ich wette, wenn ich Cucufas Ring auf meine Stute richte, schwatzt sie drauflos wie ein Frauenzimmer."

„Das ist unstrittig das härteste Argument", sagte Mirzosa, „das jemals gegen uns erhoben wurde und erhoben werden wird."

Darauf begann sie wie toll zu lachen. Mangogul, den es verdroß, daß ihr Gelächter kein Ende nahm, ging barsch hinaus, entschlossen, das seltsame Experiment zu wagen, auf das sein Sinn da verfallen war.

31. Kapitel

Dreizehnte Ringprobe · Die kleine Stute

Porträts sind nicht meine Stärke. Ich habe dem Leser die Schilderung der Lieblingsfrau erspart; nie aber könnte ich mich überwinden, ihm die Beschreibung der Stute des Sultans zu schenken. Sie war von mittlerer Statur, hielt sich gut, man bemängelte lediglich, sie lasse den Kopf ein wenig hängen. Sie war blond, blauäugig, ihr Fuß zierlich, ihre Waden waren straff, die Schenkel fest, die Kruppe gelenkig. Man hatte sie lange Zeit im Tanzen unterwiesen; und sie wußte eine Verbeugung zu machen wie ein Gerichtspräsident zur Messe rouge. Kurzum, sie war ein sehr hübsches Tier; sanft vor allem: leicht zu besteigen; aber man mußte ein vorzüglicher Reiter sein, um nicht aus dem Sattel geworfen zu werden. Sie hatte dem Senator Aaron gehört; aber eines schönen Abends geht das kleine Luder durch, wirft den Herrn Richter ab, daß er alle viere von sich streckt, und rennt in vollem Galopp ins Gestüt des Sultans, mitsamt dem Sattel, Zaum, Geschirr und der kostbaren Schabracke, die ihr so gut standen, daß man sie lieber nicht zurückschickte.

Mangogul begab sich in Begleitung seines ersten Sekretärs Ziguezague hinunter in die Ställe.

„Hört aufmerksam zu“, sagte er, „und schreibt ...“

Augenblicks richtete er seinen Ring gegen die Stute, die anfing zu springen, zu tänzeln, auszuschlagen, zu voltieren und dabei unterm Schwanz hervor zu wiehern ...

„Worauf wartet Ihr?“ fragte der Fürst den Sekretär: „So schreibt endlich ...“

„Sultan“, entgegnete Ziguezague, „ich warte, daß Eure Hoheit beginne ...“

„Diesmal“, sagte Mangogul, „diktiert Euch meine Stute; schreibt!“

Ziguezague, den dieser Befehl nach seinem Dafürhalten zu sehr demütigte, nahm sich die Freiheit, dem Sultan vorzustellen, er fühle sich stets hochgeehrt, sein Sekretär zu sein, nicht aber der seiner Stute ...

„Schreibt, sage ich Euch!" wiederholte der Sultan.

„Fürst, ich kann nicht", gab Ziguezague zurück; „ich kenne die Orthographie dieser Art Wörter nicht ..."

„Schreibt nur draufzu", sagte der Sultan abermals ...

„Ich bin untröstlich, Eurer Hoheit nicht gehorchen zu können", sagte Ziguezague, „allein ..."

„Allein Ihr seid ein Schuft", schnitt ihm Mangogul die Rede ab, empört über eine so ungehörige Weigerung; „hinaus aus meinem Palast, und laßt Euch nicht wieder blicken!"

Der arme Ziguezague ging, um die Erfahrung reicher, daß ein beherzter Mann das Haus der meisten Großen meiden oder aber seine Ansichten vor der Tür lassen sollte. Man rief seinen Gehilfen. Der war ein braver Provenzale, ehrbar, aber vor allem nicht eigensinnig. Er eilte, wohin Pflicht und Glück ihn riefen, neigte sich tief vor dem Sultan, noch tiefer vor der Stute und schrieb alles auf, was die Mähre zu diktieren beliebte.

Man wird es gutheißen, daß ich die Leser, die ihre Rede kennenlernen möchten, an die Archive des Congo verweise. Der Fürst ließ ungesäumt Abschriften an alle seine Übersetzer und Professoren für alte wie moderne Fremdsprachen verteilen. Der eine sagte, es sei eine Szene aus einer alten griechischen Tragödie, die ihm ungemein rührend scheine; ein anderer gelangte nach schwerem Kopfzerbrechen zu der Entdeckung, es sei ein wichtiges Fragment der ägyptischen Götterlehre, dieser behauptete, es sei die Einleitung zu Hannibals Grabrede auf karthagisch; jener versicherte, das Schriftstück sei chinesisch geschrieben und ein sehr gottesfürchtiges Gebet an Konfuzius.

Während der Sultan über den gelehrten Deutungen die Geduld verlor, entsann er sich Gullivers Reisen und zweifelte nicht, daß einer, der wie dieser Engländer so lange auf einer Insel gelebt hatte, wo die Pferde eine Regierung, Gesetze, Könige, Götter, Priester, eine Religion, Tempel und Altäre haben, und der so vollendet über ihre Sitten und Gebräuche unterrichtet schien, auch ihre Sprache vollkommen beherrschen werde. Tatsächlich las und übersetzte Gulliver die Rede der Stute fließend, obschon sie von Schreibfehlern wimmelte. Seine Übersetzung ist überhaupt die einzige gute, die es in ganz Congo gibt. Mangogul erfuhr zu seiner Genugtuung und zur Ehre seines Systems, daß es der historische Abriß der Liebesgeschichten eines dreischwänzigen alten Paschas und einer kleinen Stute war, die vor diesem schon eine Unmenge Esel besprungen hatten; eine kuriose Geschichte, um deren Wahrhaftigkeit der Sultan wie jedermann am Hof, in Banza und im ganzen übrigen Reich wußte.

32. Kapitel

Das vielleicht beste und am wenigsten gelesene in dieser Geschichte · Mangoguls Traum oder die Reise ins Reich der Hypothesen

„O weh“, rief Mangogul gähnend und rieb sich die Augen, „wie schmerzt mein Kopf! Man rede mir nie mehr von Philosophie; das sind ungesunde Gespräche. Da ging ich gestern über krausen Gedanken zu Bette, und anstatt zu schlafen wie ein Sultan, hat mein Gehirn mehr gearbeitet als die meiner Minister im ganzen Jahr. Ihr lacht; aber um Euch zu überzeugen, daß ich nicht übertreibe, und zur Rache für die schlimme Nacht, die ich Euren Klügeleien verdanke, müßt Ihr meinen Traum von Anfang bis Ende anhören.

Ich war am Entschlummern, und meine Einbildung entfaltete eben ihre Schwingen, als ich neben mir ein sonderbares Tier aufspringen sah. Es hatte einen Adlerkopf, Greifenklauen und einen Pferdeleib mit einem Löwenschweif. Ich griff es trotz seiner Kapriolen, hielt mich an seiner Mähne fest und saß behende auf. Alsbald reckte es aus seinen Flanken weite Flügel, und ich fühlte mich mit Windeseile in die Lüfte emporgetragen.

Lang war unsere Reise, als ich im grenzenlosen Raum ein Bauwerk wie von Zauberhand gehalten sah. Es war riesengroß. An seinen Grundfesten war nichts auszusetzen, denn es hatte keine. Seine Säulen, keinen halben Fuß dick, strebten ins Unermeßliche und stützten Gewölbe, die man nur an dem Licht erkannte, das durch ihre symmetrisch wiederkehrenden Öffnungen fiel.

Zu Eingang des Gebäudes hielt mein Reittier inne. Ich zauderte anfangs abzusteigen, denn es dünkte mich weniger verwegen, auf meinem Flügelroß zu voltigieren, als diese Säulenhalle zu durchwandeln. Indes durch die Vielzahl der Bewohner und die bemerkenswerte Selbstsicherheit auf allen Gesichtern ermutigt, steige ich ab, trete näher, stürze mich in die Menge und betrachte mir, die sie bildeten.

Es waren Greise mit bald gedunsenen, bald schmächtigen Gesichtern, hager, kraftlos und fast alle mißgestalt. Der eine hatte einen zu kleinen Kopf, der andere zu kurze Arme. Dem einen gebrach es am Leib, dem anderen an den Beinen. Die meisten hatten keine Füße und bewegten sich auf Krükken fort. Der leiseste Hauch blies sie um, dann lagen sie am Boden, bis ein Neuankömmling Lust verspürte, ihnen aufzuhelfen. All ihren Mängeln zum Trotz gefielen sie einem auf den ersten Blick. In ihren Mienen lag etwas unbestimmbar Fesselndes und Kühnes. Sie waren fast nackt, denn all ihre Kleidung bestand aus einem kleinen Stoffetzen, der nicht ein Hundertstel ihres Leibes bedeckte.

Ich dränge mich weiter durch und gelange zum Fuß einer Kanzel, die ein großes Spinnennetz als Baldachin überspannte. Ihre Gewagtheit entsprach der des gesamten Baus. Sie schien mir gleichsam auf einer Nadelspitze zu ruhen und sich im Gleichgewicht zu halten. Hundertmal zitterte ich für den, der auf ihr stand. Es war ein Greis mit langem Bart, ebenso dürr und noch nackter als alle seine Jünger. Er tauchte einen Strohhalm in einen Kelch voll subtiler Flüssigkeit, steckte ihn in den Mund und ließ Blasen auf die Zuschauermenge niederschweben, die sich mühte, diese zu den Wolken emporzublasen.

‚Wo bin ich?' fragte ich mich, verwirrt über diese Kindereien. ‚Was soll dieser Bläser mit seinen Blasen und all den vergreisten Kindern darum, die sie in die Höhe pusten? Wer kann mir das enträtseln? ...' Schon die kleinen Stoffetzen hatten mich verwundert, und ich hatte beobachtet, je größer sie waren, desto weniger kümmerten sich die Männer, die sie trugen, um die Blasen. Diese seltsame Feststellung ermutigte mich, denjenigen anzusprechen, der mich am wenigsten entblößt dünkte.

Ich sah einen, dessen Schultern zur Hälfte mit so kunstreich zusammengefügten Stoffetzen bedeckt waren, daß die Nähte den Augen verborgen blieben. Er kam und ging in der Menge umher, wenig von dem berührt, was dort vor sich ging. Ich sah seine freundliche Miene, seinen lächelnden Mund, den edlen Gang, den milden Blick und trat frei auf ihn zu.

‚Wer seid Ihr? Wo bin ich? Und wer sind alle diese Leute?' fragte ich ohne Umschweife.

‚Ich bin Plato', erwiderte er. ‚Ihr seid im Land der Hypothesen, und diese Leute sind Systematiker.'

‚Aber wie kommt es', versetzte ich, ‚daß der göttliche Plato hier weilt? Und was tut er unter diesen Schwachköpfigen?'

‚Ich werbe Anhänger', sagte er. ‚Entfernt von dieser Säulenhalle habe ich ein kleines Heiligtum, wohin ich jene führe, die der Systeme leid sind.'

‚Und womit beschäftigt Ihr sie?'

‚Den Menschen kennenzulernen, sich in der Tugend zu üben und den Grazien zu opfern ...'

‚Das sind schöne Beschäftigungen; aber was bedeuten alle die kleinen Stoffetzen, durch welche ihr mehr Bettlern als Philosophen gleicht?'

‚Was fragt Ihr da', sprach er seufzend, ‚und welche Erinnerung beschwört Ihr? Dieser Tempel war einst der Tempel der Philosophie. Aber ach! wie hat sich die Stätte gewandelt! Dort war der Lehrstuhl des Sokrates ...'

‚Wie!' fiel ich ihm ins Wort, ‚auch Sokrates hatte einen Strohhalm und blies schillernde Blasen in die Luft? ...'

‚Nein, nein', antwortete Plato, ‚nicht so erwarb er vor den Göttern den Namen des weisesten aller Menschen; solange er lebte, war er bestrebt, Köpfe und Herzen zu bilden. Das Geheimnis der Kunst ging mit seinem Tode verloren. Sokrates starb, und die schönen Tage der Philosophie waren zu Ende. Diese Tuchstücken, die zu tragen sogar jene Systematiker sich zur Ehre anrechnen, sind Fetzen seines Gewandes. Er hatte die Augen kaum geschlossen, als alle, die gern Philosophen sein wollten, sich auf sein Kleid stürzten und es zerrissen.'

‚Ich verstehe', sagte ich, ‚und diese Stücke haben ihnen und ihrer langen Nachfahrenschaft als Firmenzeichen gedient...'

‚Wer wird diese Stücke wieder sammeln', fuhr Plato fort, ‚und uns das Kleid des Sokrates zusammenfügen?'

So rief er feierlich, als ich von weitem ein Kind gewahrte, das sich uns mit langsamen, aber sicheren Schritten nahte. Es hatte einen kleinen Kopf, einen winzigen Körper, schwache Arme und kurze Beine; aber alle seine Gliedmaßen wuchsen und streckten sich, je näher es kam. Im Vorschreiten seines beständigen Wachstums erschien es mir unter hunderterlei Gestalten; ich sah es ein langes Teleskop gen Himmel richten, mit Hilfe eines Pendels den Fall der Körper berechnen, mit einer Quecksilberröhre die Schwere der Luft messen und mit einem Prisma das Licht zerlegen. Schon war es ein gewaltiger Koloß; sein Haupt ragte bis in den Himmel, seine Füße verloren sich im Abgrund, und es reckte seine Arme nach den beiden Polen aus. In der Rechten schwang es eine Fackel, deren Licht weithin in die Lüfte leuchtete, in die Tiefe der Wasser strahlte und in das Innere der Erde drang.

‚Wer ist jene gigantische Gestalt?' fragte ich Plato.

‚Die Erfahrung', sagte er.

Kaum hatte er die knappe Antwort gegeben, als ich sah, wie beim Nahen der Erfahrung die Säulen der Hypothesenhalle wankten, ihre Gewölbe bröckelten und ihr Pflaster unter unseren Füßen sich auftat.

‚Fliehen wir', sagte Plato noch, ‚fliehen wir; dieses Gebäude wird keinen Augenblick mehr überdauern.'

Hiermit enteilt er; ich folge ihm. Der Koloß langt an, stößt an die Säulenhalle, sie stürzt mit fürchterlichem Krachen ein, und ich erwache."

„O Fürst!" rief Mirzosa, „so könnt nur Ihr träumen. Ich wäre glücklich, hättet Ihr eine gute Nacht gehabt; aber nun, da ich Euren Traum kenne, wäre es mir leid, wenn Ihr ihn nicht geträumt hättet."

„Madame", sagte Mangogul, „ich kenne Nächte, die besser ausgefüllt waren als mit diesem Traum, der Euch so gefällt; und wäre ich Herr über meine Reise gewesen, ich hätte meine Schritte, in der Hoffnung, Euch im Land der Hypothesen nicht zu treffen, sehr wahrscheinlich anderwärts hingelenkt. Ich hätte nicht das Kopfweh, das mich plagt, oder wenigstens guten Grund, mich drüber zu trösten."

„Fürst", erwiderte Mirzosa, „hoffen wir, daß es nichts Dauerhaftes ist und ein, zwei Ringproben Euch davon erlösen."

„Warten wir's ab", sagte Mangogul.

Das Gespräch zwischen dem Sultan und Mirzosa dauerte noch eine Weile fort; und er verließ sie erst gegen elf Uhr, um zu unternehmen, was das folgende Kapitel erzählt.

33. Kapitel

Vierzehnte Ringprobe · Das stumme Kleinod

Von allen Damen, die am Hof des Sultans glänzten, besaß keine soviel Liebreiz und Esprit wie die junge Eglé, Gattin des Obermundschenks Seiner Hoheit. Mangogul, der ihr beschwingtes Plaudern liebte, lud sie zu allen seinen Festen; und als gäbe es keine Lustbarkeit und Freude, wo Eglé nicht war, baten auch die Großen seines Hofes sie zu sämtlichen Geselligkeiten. Bälle, Theater, Zirkel, Gelage, kleine Soupers, Jagd, Spiele, überall sollte Eglé dabeisein; überall war sie anzutreffen, und es schien, als vervielfachte die Lust an Vergnügungen sie in dem Maße, wie sie begehrt war. So muß ich nicht erst sagen, daß Eglé, beliebt wie keine andere, wie keine andere in aller Munde war.

Ein Schwarm von Anbetern verfolgte sie, und man glaubte zu wissen, daß sie nicht jeden abgewiesen habe. Sei es Unachtsamkeit, sei es Leichtigkeit der Wesensart, ihre Höflichkeiten wirkten oft wie besondere Aufmerksamkeiten, und wer ihr zu gefallen suchte, mutmaßte zuweilen Zärtlichkeit in Blicken, in die sie niemals mehr als Freundlichkeit gelegt hatte. Spottsucht wie übler Nachrede abhold, öffnete sie den Mund nur, um Verbindliches zu sagen, und das geschah so beseelt und lebhaft, daß ihre Lobesworte bei mehreren Gelegenheiten den Verdacht erweckten, sie rechtfertigten eine Wahl; kurzum, die Welt, die Eglé zierte und beglückte, war ihrer nicht wert.

Man sollte meinen, eine Frau, der nichts vorzuwerfen war denn allenfalls ein Übermaß an Liebenswürdigkeit, könne keine Feinde haben. Allein sie hatte welche, und zwar grausame. Die Betschwestern von Banza fanden ihre Art gar zu freimütig, ihre Umgangsweise flatterhaft; sie erblickten in ihrem Betragen nur die Vergnügungswut des Jahrhunderts, schlossen daraus, daß ihre Sitten diesem mindestens gleich seien, und flüsterten es mildtätig einem jeden zu, der es hören wollte.

Die Damen bei Hofe behandelten sie nicht besser. Sie verdächtigten Eglés Freundschaften, redeten ihr Liebhaber nach, beehrten sie gar mit großen Abenteuern, ließen sie in anderen nicht ungeschoren; man kannte Einzelheiten, nannte Zeugen. „Hört!“ raunte man sich ins Ohr, „man hat sie bei einem Stelldichein mit Melraim in einem Boskett des großen Parks überrascht. Eglé ist wohl nicht geistlos“, fügte man hinzu, „aber Melraim zu geistvoll, um sich einzig an ihrem Geplapper zu ergötzen, um zehn Uhr abends, in einem Boskett ...“

„Ihr täuscht Euch“, antwortete ein Stutzer; „ich bin wohl hundertmal im Abenddämmer mit ihr umhergewandelt und habe mich sehr angenehm unterhalten. Aber wußtet Ihr, daß Zulémar eifrigst zu ihrer Ankleidestunde erscheint? ...“

„Selbstverständlich wußten wir das, auch daß sie immer nur Ankleidestunde hält, wenn ihr Mann Dienst beim Sultan hat ..."

„Der arme Célébi", fuhr eine andere fort, „seine Frau macht ihn wahrhaftig zum Gespött mit diesem Perlenkopfschmuck und den Ohrringen, die der Pascha Ismael ihr geschenkt hat."

„Ist das wirklich wahr, Madame?"

„Es ist die reine Wahrheit: ich weiß es von ihr selber; aber, beim Namen Brahmas, das muß unter uns bleiben; Eglé ist meine Freundin, und es wäre mir sehr leid ..."

„Du meine Güte!" rief schmerzbewegt eine dritte, „dieses unselige kleine Geschöpf stürzt sich mutwillig ins Verderben. Wirklich schade um sie. Aber zwanzig Geschichten auf einmal; das scheint mir doch zu stark."

Ebensowenig schonten die Stutzer sie. Der eine erzählte, wie sie beide auf einer Jagdpartie sich verirrt hätten. Ein anderer verschwieg, aus Rücksicht auf das schöne Geschlecht, den Ausgang eines höchst angeregten Gesprächs, das er mit ihr auf einem Maskenball geführt, wo er sie trotz ihrer Verkleidung habe herausfinden können. Ein dritter pries ihren Geist und Charme und wies zu guter Letzt ihr Bildnis vor, das er, wie er zu verstehen gab, aus erster Hand besaß. „Dieses Porträt", sagte ein anderer, „ist noch ähnlicher als das, was sie Jénaki geschenkt hat."

Das Gerede kam ihrem Gatten zu Ohren. Célébi liebte seine Frau, aber doch zurückhaltend und ohne daß es jemand auch nur ahnte; er beachtete die ersten Berichte nicht; aber man ließ nicht locker, und von so vielen Seiten her, daß er schließlich glaubte, seine Freunde sähen klarer als er: je mehr Freiheit er Eglé gelassen hatte, desto stärker wurde nun sein Verdacht, sie habe sie mißbraucht. Eifersucht bemächtigte sich seiner Seele. Er begann, seiner Frau Beschränkungen aufzuerlegen. Eglé ertrug sein verändertes Verhalten um so unwilliger, als sie sich unschuldig wußte. Ihre Lebhaftigkeit und die Ratschläge ihrer guten Freundinnen stürzten sie in unbedachte Schritte, die den Anschein gegen sie richteten und sie das Leben zu kosten drohten. Der heftige Célébi erwog eine Zeitlang tausend Rachepläne, Stahl, Gift, die seidene Schlinge, dann entschied er sich für eine langsamere und grausamere Qual, die Verbannung auf ihre Güter. Für eine Frau vom Hofe ist das der Tod. Kurzum, die Befehle sind erteilt; eines Abends erfährt Eglé ihr Los: man bleibt ungerührt bei ihren Tränen; man hört ihre Rechtfertigung nicht an; und schon sitzt sie achtzig Meilen weit von Banza in einem alten Schloß, wo sie als einzige Gesellschaft zwei Zofen und vier schwarze Eunuchen hat, die sie nicht aus den Augen lassen.

Kaum war sie fort, da war sie unschuldig. Die Stutzer vergaßen ihre Abenteuer, die Frauen verziehen ihr ihren Geist und Charme, und alle Welt beklagte sie. Mangogul erfuhr aus Célébis eigenem Munde, welche Gründe ihn zu der schrecklichen Entscheidung gegen seine Frau bewogen hatten, und schien als einziger ihm recht zu geben.

Nahezu sechs Monate schmachtete die unglückliche Eglé in ihrer Verbannung, als Kersaels Abenteuer sich zutrug. Mirzosa wünschte, sie wäre unschuldig, wagte aber nicht, daran zu glauben. Indes sagte sie eines Tages zum Sultan: „Könnte Euer Ring, der nun Kersaels Leben gerettet hat, nicht auch Eglés Verbannung beenden? Aber was sage ich da; dazu müßte ihr Kleinod befragt werden; und die arme Gefangene verzehrt sich achtzig Meilen weit von hier vor Gram . . ."

„Geht Euch Eglés Schicksal so nahe?" fragte Mangogul.

„Ja, Fürst; vor allem, falls sie unschuldig ist", sagte Mirzosa . . .

„Das sollt Ihr wissen, noch ehe die Stunde voll ist", versetzte Mangogul. „Entsinnt Ihr Euch nicht der übrigen Eigenschaften meines Ringes? . . ."

Hiermit begab er sich in seine Gärten, drehte seinen Ring und befand sich in knapp fünfzehn Minuten im Park des Schlosses, das Eglé bewohnte.

Dort entdeckte er die einsame, gramgebeugte Eglé; sie stützte den Kopf in die Hände, sprach zärtlich den Namen ihres Gatten vor sich hin und benetzte den Rasen, auf dem sie saß, mit ihren Tränen. Mangogul nahte sich ihr, indem er seinen Ring drehte, und Eglés Kleinod sagte traurig: „Ich liebe Célébi." Der Sultan erwartete, daß mehr folge; aber es folgte nichts, so zog er seinen Ring ab, rieb ihn zwei-, dreimal an seinem Hut, dann richtete er ihn erneut auf Eglé; doch war seine Mühe verloren. Das Kleinod sagte abermals: „Ich liebe Célébi" und verstummte.

„Ist das ein wortkarges Kleinod", sagte der Sultan. „Rükken wir ihm noch näher zu Leibe!" Gleichzeitig gab er seinem Ring die höchste Wirkungskraft und drehte ihn jählings gegen Eglé; ihr Kleinod blieb gleichwohl stumm. Und es verharrte in seinem Schweigen oder wiederholte nur dann und wann klagend: „Ich liebe Célébi und habe nie einen anderen geliebt."

Mangogul gab sich endlich zufrieden und traf in fünfzehn Minuten wieder bei Mirzosa ein.

„Wie, Fürst! Schon zurück?" sagte sie. „Und was habt Ihr erfahren? Bringt Ihr Stoff für unsere Gespräche mit? . . ."

„Nichts bringe ich mit", antwortete der Sultan.

„Wie, nichts?"

„Nein, gar nichts. Ich habe nie ein schweigsameres Kleinod vernommen; ihm waren lediglich die Worte ‚Ich liebe Célébi; ich liebe Célébi und habe nie einen anderen geliebt' zu entlocken."

„O Fürst", versetzte Mirzosa freudig, „was sagt Ihr mir da? Welch eine glückliche Botschaft! Endlich haben wir eine sittsame Frau gefunden. Duldet Ihr, daß sie länger unglücklich bleibt?"

„Nein", erwiderte Mangogul, „ihre Verbannung soll ein Ende nehmen, aber fürchtet Ihr nicht, eben dies könnte ihrer Tugend zur Gefahr werden? Eglé ist sittsam; aber bedenkt, Wonne meines Herzens, was Ihr von mir verlangt: ich soll sie an meinen Hof zurückrufen, damit sie es bleibt! Doch Euer Wille geschehe."

Sogleich ließ der Sultan Célébi rufen und sagte ihm, er habe die Gerüchte, die über Eglé umliefen, sorgsam geprüft und für falsch und verleumderisch erkannt; er befehle ihm, sie an den Hof zurückzuholen. Célébi gehorchte und führte Mangogul seine Frau vor: sie wollte sich Seiner Hoheit zu Füßen werfen; doch der Sultan gebot ihr Einhalt.

„Madame“, sagte er, „dankt Mirzosa. Ihre Freundschaft für Euch hat mich bestimmt, die Wahrheit der Dinge, die man Euch anlastete, zu ergründen. Ziert meinen Hof denn wie je; doch beherzigt, daß eine schöne Frau sich durch Unbedacht manchmal ebensosehr schadet wie durch ihre Abenteuer.“

Schon anderntags erschien Eglé wieder bei der Manimonbanda, die sie mit einem Lächeln empfing. Die Stutzer kamen ihr doppelt so fad, und alle Damen eilten sich, sie zu küssen, zu beglückwünschen und erneut durchzuhecheln.

34. Kapitel

Hatte Mangogul recht?

Seit Mangogul das verhängnisvolle Geschenk von Cucufa empfangen hatte, waren die weiblichen Torheiten und Laster ewiger Gegenstand seiner Witze: er wußte sich nicht genug zu tun, und die Favoritin war darob oft verärgert. Nun zeitigte der Verdruß bei Mirzosa, ganz wie bei anderen Frauen, zwei schlimme Folgen: sie büßte ihre gute Laune ein und schärfte ihre Worte. Dann wehe denen, die ihr zu nahe traten! Sie ließ keinen aus; und selbst der Sultan blieb nicht ungeschoren.

„Fürst“, sagte sie eines Tages aus solcher Verdrießlichkeit, „Ihr wißt zwar vieles, aber die Neuigkeit des Tages scheint Euch unbekannt ...“

„Und die wäre?“ fragte Mangogul.

„Daß Ihr täglich drei Seiten Brantôme oder d'Ouville auswendig lernt: man weiß nur nicht, welcher der beiden tiefsinnigen Autoren Eure Vorliebe genießt ...“

„Man irrt, Madame“, erwiderte Mangogul, „Crébillon ist derjenige, welcher ...“

„Oh! Streitet nicht ab, daß Ihr sie lest“, fiel die Favoritin ihm ins Wort. „Die neuesten Bosheiten, die man uns nachsagt, sind so schal, daß man erfreut die alten aufwärmt. Es stehen wirklich vorzügliche Sachen bei Brantôme; wenn Ihr seinen Histörchen drei oder vier Kapitel Bayle hinzufügtet, so hättet Ihr unaufhörlich für Euch selber soviel Geist wie der Marquis d' ... und der Chevalier de Mouhy zusammen. Das würde eine überraschende Abwechslung in Eure Gespräche bringen. Wenn Ihr den Frauen das letzte gute Haar ausgerupft habt, könntet Ihr über die Pagoden herfallen; von den Pagoden kämt Ihr auf die Frauen zurück. Wahrlich, Euch fehlt nur mehr eine kleine Sammlung von Gotteslästerungen, und Ihr seid der vollendete Unterhalter.“

„Ihr habt recht, Madame“, erwiderte Mangogul, „ich werde mich damit versorgen. Wer im Diesseits wie im Jenseits nicht für dumm verkauft sein will, kann den Pagoden, der menschlichen Redlichkeit und der weiblichen Sittsamkeit gar nicht genug mißtrauen.“

„Diese Sittsamkeit ist nach Eurer Ansicht also etwas gar so Zweifelhaftes? ...“ sagte Mirzosa.

„Weit zweifelhafter noch, als Ihr Euch vorstellt“, versetzte Mangogul.

„Fürst“, entgegnete Mirzosa, „Ihr habt mir Eure Minister wohl an die hundertmal als die ehrenwertesten Männer in Congo dargestellt. Ich habe das Lob Eures Seneschalls, der Statthalter Eurer Provinzen, Eurer Sekretäre, Eures Schatzmeisters, kurz, all Eurer Staatsdiener so oft anhören müssen, daß ich alles Wort für Wort wiederholen könnte. Wie seltsam aber, daß der Gegenstand Eurer Liebe als einziger von der guten Meinung ausgenommen ist, die Ihr von allen gefaßt habt, welche die Ehre haben, um Euch zu sein.“

„Wer hat Euch das erzählt?“ erwiderte der Sultan. „Ihr, Madame, habt mit meinen zutreffenden oder nichtzutreffenden Bemerkungen über die Weiber doch nichts zu schaffen, es sei denn, Ihr hättet den Ehrgeiz, Euer Geschlecht im allgemeinen zu vertreten ..."

„Wozu ich Madame nicht raten würde", sagte Selim, der zugegen war. „Ihr würdet nichts als Fehler dazugewinnen."

„Ich nehme keine Komplimente auf Kosten meinesgleichen an", erwiderte Mirzosa. „Will man mich loben, möchte ich, daß es niemand zuleide geschehe. Die meisten Schmeicheleien, die man uns erweist, gleichen den prunkvollen Festen, mit denen die Paschas Eure Hoheit ehren: sie gehen immer zu Lasten der Allgemeinheit."

„Lassen wir das", sagte Mangogul. „Aber im Ernst, seid Ihr denn nicht überzeugt, daß die Tugend der Frauen in Congo eine Schimäre ist? Bedenkt doch, Wonne meiner Seele, welche Erziehung heutzutage Mode ist, welches Vorbild die Mütter ihren Töchtern geben und wie jede hübsche Frau mit dem Vorurteil gestopft wird, sich auf seine Häuslichkeit beschränken, seinen Haushalt gut führen und mit dem eigenen Mann zufrieden sein bedeute ein trostloses Leben, vor Langeweile eingehen, sich lebendig begraben. Und zudem sind wir Männer so unternehmungslustig und ein unerfahrenes junges Ding so außer sich vor Glück, wenn man ihm nachstellt. Ich habe behauptet, sittsame Frauen seien selten, überaus selten; und weit entfernt, das zurückzunehmen, würde ich eher hinzusetzen: es ist erstaunlich, daß sie nicht noch seltener sind. Fragt Selim, was er davon hält."

„Fürst", versetzte Mirzosa, „Selim verdankt unserem Geschlecht zuviel, um es erbarmungslos abzukanzeln."

„Madame", hob Selim an, „Seine Hoheit kann begreiflicherweise nie unerbittlichen Damen begegnet sein und muß folglich von den Frauen so denken; Ihr aber, die Ihr in Eurer Güte die anderen nach Euch selbst beurteilt, konnt schwerlich anderer Ansicht sein, als Ihr verteidigt. Ich indessen will gestehen, mir fällt nicht schwer, an das Vorkommen verständiger Frauen zu glauben, die aus Erfahrung wissen, welche Vorzüge die Tugend birgt, und die durch Nachdenken begriffen haben, welche schlimmen Folgen aus der Liederlichkeit entstehen: glücklich geborene, wohlerzogene Frauen, die gelernt haben, sich ihrer Pflicht bewußt zu sein, sie lieben und niemals von ihr lassen."

„Und ohne uns in müßige Theorien zu verlieren", fügte die Favoritin hinzu, „sagt, ist die lebhafte, liebenswürdige und bezaubernde Eglé denn nicht ein Vorbild an Sittsamkeit? Daran, Fürst, könnt Ihr nicht rütteln, und ganz Banza weiß es durch Euren Mund: wenn es also eine sittsame Frau gibt, kann es auch tausend geben."

„Oh, was die Möglichkeit angeht", sagte Mangogul, „die will ich nicht bestreiten."

„Aber wenn Ihr die Möglichkeit einräumt", versetzte Mirzosa, „so frage ich, wer hat Euch dann verraten, daß sie den Tatsachen nicht standhält?"

„Die Kleinode", erwiderte der Sultan. „Freilich gebe ich zu, daß deren Zeugenschaft nicht die Kraft Eures Arguments hat. Ich will ein Maulwurf sein, wenn Ihr es nicht irgendeinem Brahmanen abgelauscht habt. Laßt den Kaplan der Manimonbanda rufen, und er wird Euch bestätigen, daß Ihr mir die Existenz sittsamer Frauen in etwa bewiesen habt wie die Existenz Brahmas in der Brahmanologie. Womöglich habt Ihr gar an der glorreichen Fakultät studiert, ehe Ihr ins Serail kamt?"

„Keine faulen Witze, bitte!" sagte Mirzosa. „Ich schlußfolgere nicht allein von der Möglichkeit her; ich gehe von einer Tatsache, einer Erfahrung aus."

„Gewiß", sagte Mangogul, „von einer begrenzten Tatsache, einer vereinzelten Erfahrung, während ich Experimente die Fülle aufweisen kann, die Ihr sehr wohl kennt; aber ich will Euren Unmut nicht durch längeren Widerspruch vermehren."

„Welche Freude", sagte Mirzosa bekümmert, „daß Ihr nach zwei Stunden ablaßt, mich zu quälen."

„Habe ich solch ein Verbrechen begangen", versetzte Mangogul, „so will ich versuchen, es gutzumachen. Madame, ich verzichte auf alle bisher errungenen Vorteile; und wenn ich bei meinen künftigen Proben einer einzigen wahrhaft und beständig sittsamen Frau begegne ..."

„Was dann?" fiel Mirzosa lebhaft ein.

„Dann erkläre ich in aller Öffentlichkeit, wenn Ihr wollt, daß ich von Eurer Annahme des möglichen Vorhandenseins sittsamer Frauen entzückt bin; ich werde Eurer Logik mit meiner ganzen Macht Anerkennung schaffen und schenke Euch mein Schloß Amara mit sämtlichem Meißner Porzellan, ohne den kleinen Emailaffen und die anderen kostbaren Nippes auszunehmen, die mir aus Madame de Vérues Kabinett verblieben sind."

„Fürst", sagte Mirzosa, „ich werde mich mit dem Porzellan, dem Schloß und dem Äffchen zufriedengeben."

„Gut", versetzte Mangogul; „Selim soll unser Schiedsrichter sein. Ich erbitte mir nur einigen Aufschub, ehe ich Eglés Kleinod befrage. Man muß der Hofluft und der Eifersucht des Gatten Zeit zu wirken lassen."

Mirzosa gewährte Mangogul einen Monat; das war doppelt soviel, als er verlangte; und sie trennten sich, gleicherweise von Hoffnung erfüllt. Ganz Banza hätte für und gegen mitgewettet, wäre Mangoguls Versprechen laut geworden. Allein Selim schwieg, und Mangogul ging heimlich ans Werk, zu gewinnen oder zu verlieren. Er stand im Begriff, die Gemächer der Favoritin zu verlassen, als er sie aus ihrem Kabinett rufen hörte:

„Auch das Äffchen, Fürst?"

„Auch das Äffchen", rief Mangogul im Gehen zurück.

Er begab sich geradenwegs in das kleine Lusthaus eines Senators, wohin wir ihm folgen wollen.

35. Kapitel

Fünfzehnte Ringprobe · Alphane

Der Sultan wußte, daß die jungen Edelleute seines Hofes alle ihr Lusthaus hatten; doch hatte er jüngst erfahren, daß solche Absteigen auch unter Senatoren üblich waren. Das verwunderte ihn. „Was treibt man dort?" fragte er sich (denn er wird auch in diesem Band die Gewohnheit der Selbstgespräche wahren, die er sich im ersten beigelegt hat). „Mich dünkt, ein Mann, dem ich die Ruhe, das Glück, die Freiheit und das Leben meines Volkes anvertraue, dürfte kein Lusthaus haben. Aber womöglich ist das Lusthaus eines Senators etwas anderes als das eines Stutzers... Sollte denn ein Richter, in dessen Gegenwart die nächsten Interessen meiner Untertanen verhandelt werden, der die Schicksalsurne in Händen hält, aus der er das Los der Witwe zieht, sollte er der Würde seines Standes, der Bedeutung seines Amtes vergessen können; und während Cochin seine Lungen vergebens strapaziert, die Klagen der Waisen an sein Ohr zu tragen, sollte er in seinem Kopfe die galanten Szenen ersinnen, die an einem Hort geheimer Ausschweifung die Supraporten zieren sollen! ... Das kann nicht sein ... Doch sehen wir selber!"

Sprach's und begab sich nach Alcanto. Dort steht das kleine Lusthaus des Senators Hippomanès. Er tritt ein; er durchschreitet die Gemächer, mustert die Ausstattung. Alles dünkt ihn galant. Das Lusthaus Agésiles, des feinsinnigsten und wollüstigsten seiner Höflinge, ist diesem nicht über. Unschlüssig, was er davon halten sollte, schickte er sich an, wieder zu gehen; denn letztendlich waren die Ruhebetten, die Spiegelalkoven, die üppigen Sofas, das Kabinett mit den ambraduftenden Flaschen samt allem übrigen nur die stummen Zeugen dessen, was er zu erfahren wünschte; da bemerkte er eine dicke Person, die in tiefem Schlummer auf einer Duchesse lag. Er richtete seinen Ring gegen sie und entlockte ihrem Kleinod folgende Denkwürdigkeiten:

„Alphane ist die Tochter eines Rechtsverdrehers. Hätte ihre Mutter weniger toll gelebt, wäre ich nicht hier. Die riesigen Güter der Familie sind der alten Törin unter den Händen zerronnen; und sie hat ihren vier Kindern, drei Söhnen und einer Tochter, deren Kleinod ich bin, so gut wie nichts hinterlassen. Ach! wie büße ich für meine Sünden! Wieviel Schmach habe ich erdulden müssen! Wieviel bleibt mir noch auszustehen! In der Welt hieß es, für Habe und Gestalt meiner Herrin schickte sich am besten ein Kloster; allein ich spürte, das lag mir nicht: ich zog die Kriegskunst dem Nonnenstande vor und empfing die Feuertaufe unter Emir Azalaph. Ich vervollkommnete mich unter dem großen Nangazaki; aber die Mühsal des Dienstes verdarb mir den Spaß daran, und ich vertauschte das Schwert mit der Robe. Also werde ich mich jetzt einem kleinen schuftigen Senator übereignen, der ob seinen Talenten, seinem Witz, seinem Aussehen, seinem Kutschengespann und seinen Ahnen sich wer weiß was dünkt. Seit zwei Stunden warte ich auf ihn. Aber er wird schon noch kommen, denn sein Haushofmeister hat mir gesteckt, daß er jedesmal auf sich warten läßt, das ist sein Tick."

Soweit war Alphanens Kleinod, als Hippomanès eintraf. Bei dem Gerassel seiner Kutsche und dem Freudengejaul seiner Lieblingshündin erwachte Alphane. „Find ich Euch endlich, meine Königin", sagte der kleine Präsident. „Es kostet allerhand Mühe, Eurer habhaft zu werden. Sagt an: wie findet Ihr mein kleines Lusthaus? Es steht keinem anderen in etwas nach, nicht wahr?"

Alphane spielte Einfalt, Scheu, Untröstlichkeit, „als hätten wir noch nie Lusthäuser gesehen", sagte ihr Kleinod, „und als wäre ich an ihren Abenteuern überhaupt nie beteiligt gewesen", und sie rief schmerzlich aus: „Herr Präsident, welch einen sonderbaren Schritt tue ich um Euretwillen! Eure verheerende Leidenschaft muß mir den Blick für die Gefahren, die mir drohen, getrübt haben; denn was gäbe es für ein Gerede, wenn mich jemand hier wüßte?"

„Ihr habt recht", sagte Hippomanès, „Euer Schritt ist zwiedeutig; doch dürft Ihr meiner Verschwiegenheit gewiß sein."

„Aber ich muß auch Eurer Sittsamkeit gewiß sein dürfen", versetzte Alphane.

„Oh! Unbesorgt!" sagte Hippomanès spöttisch, „ich will ganz sittsam sein; wie könnte man in einem Lusthaus anders als brav sein wie der reinste Engel? Doch ungelogen, Ihr habt einen entzückenden Busen ..."

„Nicht doch“, sagte Alphane; „schon brecht Ihr Euer Wort.“

„Keineswegs“, versetzte der Präsident; „aber Ihr gabt mir noch nicht Antwort. Wie findet Ihr die Einrichtung?“ Dann wandte er sich an sein Windspiel: „Komm, Favoritin, gib Pfötchen, meine Kleine. Ein gutes Mädchen, meine Favoritin ... Ja, möchte das Fräulein vielleicht einen Rundgang durch den Garten machen? Gehen wir auf die Terrasse; sie ist bezaubernd. Zwar schauen mir ein paar Nachbarn herein; aber die werden Euch wohl nicht erkennen ...“

„Herr Präsident, ich bin nicht neugierig“, erwiderte Alphane pikiert. „Mir ist hier wohler.“

„Wie Euch beliebt“, sagte Hippomanès. „Wenn Ihr müde seid, dort steht ein Bett. Solltet Ihr irgend Lust verspüren, so rate ich Euch, erprobt es. Die junge Astérie und die kleine Phénice, die's wissen müssen, haben mich seiner Güte versichert.“

Und während Hippomanès Alphanen diese unverschämten Reden hielt, zog er ihr die Kleiderärmel herunter, schnürte ihr das Mieder auf, hakte ihr die Röcke ab und befreite ihre dicken Füße aus den kleinen Pantöffelchen.

Als Alphane fast nackt war, bemerkte sie endlich, daß Hippomanès sie entkleidete ...

„Was tut Ihr da?“ rief sie, ganz Überraschung. „Herr Präsident, was fällt Euch ein. Gleich muß ich wirklich böse werden.“

„Ach, meine Königin!“ erwiderte Hippomanès, „böse werden, wenn ein Mann Euch liebt wie ich, so einer Schrulle seid Ihr doch nicht fähig. Dürfte ich wagen, Euch in dieses Bett zu bitten?“

„In dieses Bett?“ sagte Alphane. „Aber, Herr Präsident, Ihr mißbraucht meine zärtlichen Gefühle. Ich sollte in ein Bett gehen, in ein Bett, ich!“

„Ei, nicht doch, meine Königin!“ erwiderte Hippomanès. „Ihr mißversteht mich: niemand heißt Euch gehen. Aber Ihr solltet, wenn's beliebt, Euch dorthin führen lassen; denn Ihr werdet einsehn, daß ich ob Euren Maßen keine Neigung spüre, Euch dahin zu tragen …" Gleichwohl faßte er sie um die Leibesmitte und unternahm einige Versuche … „Oh, ist die schwer!" rief er. „Ja, mein Kind, wenn du dir nicht selber hilfst, kommen wir nie zu Rande."

Alphane fühlte, daß er wahr sprach, half sich, raffte sich auf und schritt halb zu Fuß, halb auf Hippomanès Arm dem Bette zu, das sie gar so erschreckt hatte, und lispelte: „Wahrhaftig, ich muß toll sein, daß ich zu Euch kam. Ich baute auf Eure Sittsamkeit, aber Ihr seid so unerhört ausgelassen …"

„Nicht doch", erwiderte der Präsident, „nicht doch. Ihr sollt sehen, daß ich nichts tue, was nicht schicklich, ausgenommen schicklich ist."

Ich denke, sie wechselten noch manche Artigkeiten; aber da der Sultan es nicht für angebracht hielt, ihre Reden länger zu belauschen, sind sie der Nachwelt verloren: Schade!

36. Kapitel

Sechzehnte Ringprobe · Die Stutzer

Zweimal in der Woche war bei der Favoritin Zirkel. Tags zuvor benannte sie die Damen, die sie dort zu sehen wünschte, und der Sultan stellte die Liste der Herren auf. Man erschien in großer Toilette. Die Unterhaltung war allgemein, oder es bildeten sich Gruppen. Wenn die Skandalchronik des Hofes keine ergötzlichen Vorkommnisse bot, erfand man welche oder ließ sich auf bedenkliche Histörchen ein, was sich „1001 Nacht"-Fortsetzen nannte. Die Männer hatten das Vorrecht, jeden Unsinn zu äußern, der ihnen beikam, die Frauen durften knöteln und zuhören. Der Sultan und die Favoritin mischten sich frei unter ihre Untertanen; ihre Gegenwart hinderte nichts, was die Unterhaltung förderte, und man langweilte sich selten. Mangogul hatte zeitig erkannt, daß Vergnügen nur zu Füßen eines Throns zu finden sei, und keiner stieg je anmutiger herab und wußte die Majestät im geeigneteren Augenblick abzustreifen.

Während er noch im Lusthaus des Senators Hippomanès weilte, erwartete ihn Mirzosa in ihrem rosa Salon in Gesellschaft der jungen Zaïde, der heiteren Léocris, der temperamentvollen Sérica, der Emirgattinnen Amine und Benzaïre, der spröden Orphise und der Großseneschallin Vétula, irdische Mutter aller Brahmanen. Er ließ nicht auf sich warten. Er trat in Begleitung des Grafen Hannetillon und des Chevalier Fadaès herein. Alciphenor, ein alter Libertiner, und sein Adept, der junge Marmolin, folgten, und zwei Minuten darauf kamen der Pascha Grisgrif, Aga Fortimbek und der Seliktar Patte-de-velours – die entschiedensten Stutzer am Hofe. Mangogul hatte sie mit Absicht versammelt. Die Ohren vom Gerücht ihrer galanten Handstreiche voll, gedachte er, sich endlich reinen Wein darüber einzuschenken. „Nun, Messieurs", begann er, „da Ihr ja alle wißt, was sich im Reich der Galanterie abspielt, was gibt es Neues? Wie steht es mit den schwatzlustigen Kleinoden? ..."

„Herr", versetzte Alciphenor, „es ist ein ständig wachsender Tamtam: wenn das so weitergeht, versteht man bald sein eigenes Wort nicht mehr. Aber am spaßigsten ist, was Zobeïdens Kleinod ausgeplaudert hat. Es hat ihrem Mann eine ganze Liste von Abenteuern hergezählt."

„Es ist ungeheuerlich", fuhr Marmolin fort; „man spricht von fünf Agas, zwanzig Hauptleuten, fast einer ganzen Janitscharenkompanie und zwölf Brahmanen, ich soll auch genannt worden sein, aber das ist ein schlechter Witz."

„Das Hübscheste daran ist", fiel Grisgrif ein, „daß der entsetzte Ehemann sich die Ohren verstopfte und davonlief."

„Das ist ja gräßlich!" sagte Mirzosa.

„Ja, Madame", sagte Fortimbek, „gräßlich, abscheulich, widerwärtig!"

„Mit Verlaub", sagte die Favoritin, „schlimmer noch nenne ich es, einer Frau auf ein Gerücht hin die Ehre abzuschneiden!"

„Madame, es ist aber buchstäblich so; Marmolin hat der Wahrheit kein Wort hinzugefügt", sagte Patte-de-velours.

„Stimmt", sagte Grisgrif.

„Jedenfalls", sagte Hannetillon, „läuft schon ein Epigramm darüber um; und Epigramme werden ja nicht aus der Luft gegriffen. Und weshalb sollte Marmolin vom Klatsch der Kleinode verschont bleiben? Das von Cynare hat jüngst auch geplaudert und mich mit Personen in Zusammenhang gebracht, die mir mitnichten liegen. Aber wie wäre dem abzuhelfen?"

„Besser, man findet sich damit ab", sagte Patte-de-velours.

„Ihr habt recht", sagte Hannetillon; und schon stimmte er an:

Mein Glück war so groß, daß ich's kaum fassen konnte.

„Demnach, Graf", sagte Mangogul zu Hannetillon, „habt Ihr Cynare besonders gut gekannt?"

„Wer wollte daran zweifeln, Herr", erwiderte Patte-de-velours. „Er hat sie über einen Monat lang ausgeführt; Lieder hat man auf das Paar gesungen; und das ginge noch immer so, wäre ihm nicht endlich aufgefallen, daß sie gar nicht hübsch ist und einen viel zu großen Mund hat."

„Zugegeben", sagte Hannetillon; „aber dieser Mangel wurde durch nicht alltägliche Vorzüge wettgemacht."

„Ist das lange her?" fragte die spröde Orphise.

„Ich entsinne mich der Zeit nicht mehr, Madame", erwiderte Hannetillon. „Man müßte im chronologischen Verzeichnis meiner Eroberungen nachschaun. Da fände man Tag und Stunde; aber es ist ein dicker Band, mit dem mein Personal in den Vorzimmern sich verlustiert."

„Halt", sagte Alciphenor, „ich weiß, es war genau ein Jahr, nachdem Grisgrif sich mit der Frau Seneschallin entzweite. Sie hat ein Engelsgedächtnis und wird uns genau sagen können ..."

„Daß Eure Zeitangabe grundfalsch ist", versetzte die Seneschallin ernst. „Jedermann weiß, daß Windbeutel nie mein Geschmack waren."

„Ihr werdet uns doch nicht weismachen wollen, Madame", sagte Alciphenor, „daß Marmolin nur die artigsten Absichten hatte, wenn er allemal, da Seine Hoheit den Herrn Seneschall in den Staatsrat rief, über eine Hintertreppe in Eure Gemächer geführt wurde."

„Ich kenne nichts Abgeschmackteres", fügte Patte-de-velours hinzu, „als eine Dame völlig grundlos insgeheim aufzusuchen: denn man nahm diese Besuche für nichts anderes, als sie waren; und Madame stand bereits in ebendem Tugendruf, den sie seither so trefflich aufrechterhält."

„Das ist doch aber ein Jahrhundert her", sagte Fadaès. „Es war etwa zu der Zeit, als Zulica den Herrn Seliktar, ihren getreuen Diener, im Stich ließ und Grisgrif eroberte, den sie ein halbes Jahr später versetzte; jetzt hat sie Fortimbek. Mich stört das kleine Glück meines Freundes nicht; ich sehe sie, bewundere sie, aber unangefochten."

„Dabei ist Zulica sehr liebenswert", sagte die Favoritin, „sie hat Geist, Geschmack und etwas Fesselndes im Ausdruck, was ich mir jeder Schönheit vorzöge."

„Zugegeben", erwiderte Fadaès; „aber sie ist mager, hat keinen Busen und so dürre Schenkel, daß es Gott erbarmt."

„Ihr seid offenbar bestens unterrichtet", erwiderte die Sultanin.

„Nun je, Madame", sagte Hannetillon, „so was sieht man doch. Ich habe wenig bei Zulica verkehrt, und gleichwohl weiß ich das so gut wie Fadaès."

„Das will ich meinen", gab die Favoritin zurück.

„Ach, dürfte man übrigens Grisgrif fragen", sagte der Seliktar, „ob er Zyrphile lange zu behalten gedenkt? Denn das nenne ich mir eine schöne Frau; was für ein wundervoller Körper!"

„Wer bezweifelt das!" sagte Marmolin.

„Der Seliktar hat es gut!" sagte Fadaès.

„Und ich sage Euch", unterbrach ihn der Seliktar, „der bestversehene Galan bei Hofe ist Fadaès. Soviel ich weiß, hat er die Frau des Wesirs, die zwei hübschesten Opernactricen und eine reizende Grisette, die er in einem Lusthaus hält."

„Und ich“, sagte Fadaès, „gäbe die Wesirsfrau, die beiden Schauspielerinnen und die Grisette hin für einen einzigen Blick einer gewissen Dame, mit der unser Seliktar sich so gut steht und die nur nicht ahnt, daß alle Welt es weiß.“ Damit ging er auf Léocris zu und sagte: „Wahrhaftig, Madame, Eure Farben stehen Euch zum Entzücken ...“

„Ich möchte wissen“, sagte Marmolin, „wie lange Hannetillon zwischen Mélisse und Fatime geschwankt hat; beide Damen sind süperb. Heute entbrannte er für die blonde Mélisse, morgen für die dunkle Fatime.“

„Welche Bedrängnis“, sagte Fadaès, „weshalb nahm er nicht beide?“

„Das hat er getan“, sagte Alciphenor.

Unsere Stutzer waren, wie man sieht, im besten Zuge, als Zobéïde, Cynare, Zulica, Mélisse, Fatmé und Zyrphile sich melden ließen. Der ungelegene Zufall ließ sie für einen Augenblick verstummen; aber sie faßten sich alsbald und fielen über andere Frauen her, die sie bisher einzig aus Zeitmangel mit ihrem Klatsch verschont hatten.

Unmutig über ihr Geschwätz, sagte Mirzosa: „Meine Herrn, bei dem Verdienst und der Redlichkeit vor allem, die man Euch wohl oder übel zugestehen muß, darf man nicht zweifeln, daß Ihr alle die Eroberungen gemacht habt, deren Ihr Euch rühmt. Dennoch gestehe ich, ich würde zu gern einmal die Kleinode jener Damen sich dazu äußern hören; und ich wäre Brahma aus tiefstem Herzen dankbar, wenn er der Wahrheit durch ihren Mund zu ihrem Recht verhelfen wollte.“

„Das heißt“, sagte Hannetillon, „Madame wünscht dasselbe zweimal zu hören: ei, so werden wir Euch alles wiederholen.“

Indessen drehte Mangogul seinen Ring nach der Altersfolge; er begann mit der Seneschallin, deren Kleinod dreimal hustete und mit zitternder, stockender Stimme berichtete: „Ich danke dem Großseneschall meine ersten Freuden; aber ich gehörte ihm kaum sechs Monde, als ein junger Brahmane meiner Herrin begreiflich machte, man vergehe sich nicht gegen den Gemahl, solange man an ihn denke. Seine Moral gefiel mir, und ich meinte mit ruhigem Gewissen hernach einen Senator, dann einen Staatsrat, einen Oberpriester, einen oder zwei Ratsherrn, dann einen Musiker ..."

„Und Marmolin?" fragte Fadaès.

„Marmolin", erwiderte das Kleinod, „den kenne ich nicht; es sei denn, Ihr meint den jungen Gecken, den meine Herrin aus dem Hause jagen ließ wegen einiger Zudringlichkeiten, deren ich mich nicht entsinne ..."

Cynares Kleinod erhielt das Wort und sagte: „Ihr fragt nach Alciphenor, Fadaès, Grisgrif? Ich war zwar immer gut bestückt; aber die Leute höre ich zum erstenmal im Leben nennen. Doch sind meine Freunde, Emir Amalek, der Steuerpächter Ténélor und der Wesir Abdiram, mit aller Welt bekannt, sie werden mich aufklären."

„Cynarens Kleinod ist diskret", sagte Hannetillon; „es verschweigt Zarafis, Ahiram, den alten Trébister und den jungen Mahmud, den man doch nicht so leicht vergißt; es nennt auch nicht den geringsten Brahmanen, obschon es sich seit zehn, zwölf Jahren ständig in Klöstern herumtreibt."

„Ich habe in meinem Leben etliche Besucher empfangen", sagte Mélissens Kleinod, „aber weder Grisgrif noch Fortimbek und erst recht nicht Hannetillon."

„Kleinod, Herzchen", erwiderte Grisgrif, „Ihr irrt. Ihr mögt Fortimbek und mich leugnen, soviel Euch beliebt, aber Hannetillon steht wohl ein wenig besser mit Euch, als Ihr bekennt. Er hat mir manches anvertraut; und er ist der ehrlichste Geselle in Congo, mehr wert als alle, die Ihr kanntet, und gereicht einem Kleinod noch allemal zu einem Rufe."

„An dem Ruf eines Betrügers soll es ihm nicht mangeln, nicht minder seinem Freunde Fadaès", sagte Fatmés Kleinod schluchzend. „Was habe ich diesen Ungeheuern getan, daß sie mich entehrten? Der Sohn des Kaisers von Abessinien kam an Erguebzeds Hof; ich gefiel ihm, er erwies mir Aufmerksamkeiten; aber er wäre gescheitert, und ich hätte meinem Gatten, der mir teuer war, die Treue nicht gebrochen, hätten der Verräter Patte-de-velours und sein feiger Komplize Fadaès meine Zofen nicht bestochen und den jungen Prinzen in meine Bäder geführt."

Zyrphiles und Zulicas Kleinode, die die gleiche Sache zu verteidigen hatten, sprachen gleichzeitig; aber so geschwinde, daß es schwerfiel, jedem das Seine zuzuordnen: „... Gunstbeweise!“ rief das eine ... „Patte-de-velours“, sagte das andere ... „Zinzim mag noch angehen ... Cerbélon ... Bénengel ... Agarias ... der französische Sklave Riqueli ... der junge Äthiopier Thézaca ... aber dieser Laffe Patte-de-velours ... dieser freche Fadaès ... Ich schwöre bei Brahma ... ich rufe die große Pagode und den Geist Cucufa an ... ich kenne sie gar nicht ... ich habe nie mit ihnen zu schaffen gehabt ...“

Zyrphile und Zulica redeten noch, hätte Mangogul seinen Ring nicht umgedreht; aber da sein Zauberring nicht mehr auf sie wirkte, verstummten ihre Kleinode jäh; und tiefe Stille folgte auf das Lärmen. Da erhob sich der Sultan, und mit zornsprühenden Blicken gegen unsere jungen Gecken sprach er:

„Ihr seid wahrlich verwegen, Frauen zu schmähen, denen zu nahen Ihr nie die Ehre hattet und die kaum Eure Namen kennen. Woher nehmt Ihr die Kühnheit, in meiner Gegenwart zu lügen? Wehe Euch, Unselige!“

Hiermit ergriff er seinen Säbel; aber die erschreckten Frauen stießen einen Schrei aus, so daß er innehielt.

„Es fehlte wenig“, sagte Mangogul, „und ich hätte Euch den Tod gegeben, den Ihr verdient; allein die Damen, denen Ihr Schimpf angetan, mögen über Euer Los entscheiden. Ekles Gewürm, von ihnen hänge es ab, Euch zu zertreten oder am Leben zu lassen. Sprecht, meine Damen, was befehlt Ihr?“

„Sie sollen leben“, sagte Mirzosa, „und, wenn möglich, schweigen.“

„So bleibt denn am Leben“, sprach der Sultan, „die Damen schenken es Euch; aber wenn Ihr je vergeßt, zu welcher Bedingung, so schwöre ich bei der Seele meines Vaters ...“

Mangogul vollendete den Schwur nicht; er wurde von einem Kammerherrn unterbrochen, der meldete, die Komödianten seien bereit. Dieser Fürst hatte es sich nämlich zum

Gesetz gemacht, Schauspiele nie zu verzögern. „Man möge beginnen“, sagte er; und sogleich reichte er der Favoritin die Hand und geleitete sie in ihre Loge.

37. Kapitel

Siebzehnte Ringprobe · Die Komödie

Hätte man in Congo etwas von guter Deklamation verstanden, man hätte etliche Schauspieler entlassen. Unter den dreißig Mitgliedern der Truppe gab es mit Mühe und Not einen großen Schauspieler und zwei annehmbare Schauspielerinnen. Der Genius der Autoren war gezwungen, sich dem Mittelmaß der Mehrheit zu bequemen; und niemand durfte sich schmeicheln, daß sein Stück mit einigem Erfolg aufgeführt werde, sofern er nicht bereit war, seine Charaktere nach den Mängeln der Komödianten abzustimmen. Das verstand man zu meiner Zeit unter gutem Theater. Früher waren die Schauspieler für die Stücke da; jetzt schrieb man die Stücke für die Schauspieler: wenn jemand ein Werk vorlegte, wurde selbstredend geprüft, ob der Gegenstand interessant, die Intrige gut geknüpft, die Charaktere durchgehalten und die Sprache rein und flüssig wäre; war aber keine Rolle für Roscius und Amiane darin, war es abgelehnt.

Der Kislar Agasi, Oberintendant der kaiserlichen Lustbarkeiten, hatte die Truppe unbesehen verpflichtet, und an diesem Tag sollte im Palast die Erstaufführung einer Tragödie stattfinden. Sie stammte von einem modernen Autor, dem man schon seit so langer Zeit Beifall zollte, daß man aus lauter Gewohnheit auch geklatscht hätte, wäre sein Stück eine Anhäufung von Albernheiten gewesen; aber er hatte sich nicht verleugnet. Sein Stück war gut geschrieben, die Szenen kunstvoll vorbereitet, die Begebenheiten geschickt verflochten; die Spannung wuchs, die Leidenschaften traten zusehends zutage; die natürlich verknüpften und wohlausgefüllten Akte ließen den Zuschauer ständig erwartungsvoll auf das Kommende und befriedigt auf das Vorangegangene blicken; man war im vierten Akt des Meisterwerks, in einer sehr dramatischen Szene, die eine noch stärkere einleitete, als Mangogul, aus Furcht, beim Anhören der bewegenden Stellen einer lächerlichen Rührung zu verfallen, seine Lorgnette zog und so, als merke er nicht auf, seine Blicke über die Logen eilen ließ: da fiel ihm auf dem Balkon eine sehr erregte Frau auf, deren Erregung aber mit dem Stück wenig zu tun hatte und im Theater fehl am Platz war; im Nu war sein Ring auf sie gerichtet, und man hörte mitten in einer sehr ergreifenden Wiedererkennungsszene ein keuchendes Kleinod folgendermaßen sich an den Schauspieler wenden: „Oh! ... ah! ... hört auf, Orgogli; ... Ihr wühlt mich zu sehr auf ... ah! ... oh! ... Ich halt es nicht aus ...“

Man horchte, suchte mit den Augen, woher die Stimme kam; es sprach sich im Parkett herum, ein Kleinod habe geredet; welches, und was hat es gesagt? fragte einer den andern. Und bis man Näheres erfuhr, klatschte man immerfort in die Hände und rief: da capo! da capo! Der Autor hinter den Kulissen indes, der befürchtete, der mißliche Zwischenfall werde zum Abbruch der Vorstellung führen, schäumte vor Wut und wünschte alle Kleinode zum Teufel. Der Lärm war groß und dauerte: ohne den schuldigen Respekt vor dem Sultan hätte die Störung das Drama vorzeitig beendet; aber Mangogul bedeutete dem Publikum, man möge schweigen; die Schauspieler hoben erneut an und spielten bis zum Schluß.

Der Sultan war auf die Fortsetzung einer so öffentlichen Erklärung begierig und ließ das Kleinod, das sie getan, beobachten. Bald wurde ihm berichtet, der betreffende Komödiant werde Eriphile besuchen; dank der Zaubermacht seines Rings kam er ihm zuvor und befand sich bereits im Gemach der Dame, als Orgogli ihr gemeldet ward.

Eriphile hatte alle Segel gesetzt, das heißt, sie lag im galanten Negligé auf ein Lotterbett hingegossen. Der Schauspieler trat mit einer zugleich gemessenen, siegesgewissen, großtuerischen und blasierten Miene ein: in der Linken schwenkte er einen schlichten Hut mit weißer Feder und strich sich dabei mit den Fingerspitzen der Rechten die Oberlippe, eine sehr szenenwirksame Geste, die von Kennern bewundert wurde; seine Verbeugung war zwanglos, sein Gruß vertraulich.

„O meine Königin!" rief er in geziertem Ton, während er sich Eriphile zuneigte, „wie finde ich Euch denn da! Wißt Ihr, daß Ihr im Negligé hinreißend ausseht? . . ."

Der Ton des Gecken berührte Mangogul peinlich. Der Fürst war halt jung und mancher Bräuche noch nicht kundig . . .

„Also gefalle ich dir, mein Lieber? . . ." fragte Eriphile.

„Zum Entzücken, glaubt mir . . ."

„Das freut mich. Ich wünschte, du nähmst mir die Stelle noch einmal vor, die mich vorhin so sehr erregt hat. Die . . . da . . . ja . . . ja, diese . . . Oh, der verführerische Schelm! . . . Nur weiter; das regt mich ganz eigentümlich auf . . ."

Bei diesen Worten warf Eriphile ihrem Helden Blicke zu, wie sie beredter nicht sein konnten, und streckte ihm die Hand hin, die der blasierte Orgogli herablassend küßte. Stolzer auf sein Talent als auf seine Eroberung, deklamierte er voller Inbrunst; und seine zusehends verwirrte Dame beschwor ihn bald fortzufahren, bald aufzuhören. Mangogul, der an ihrem Gebaren erkannte, daß ihr Kleinod bei dieser Probe gern eine Rolle übernehmen würde, zog es vor, sich den Schluß der Szene zu denken, und kehrte zur Favoritin heim, die ihn erwartete.

Als der Sultan ihr die Begebenheit berichtet hatte, rief sie: „Was sagt Ihr, Fürst? So sind die Frauen denn auf die tiefste Stufe der Erniedrigung herabgesunken! Ein Komödiant! Ein Sklave des Publikums! Ein Possenreißer! Wenn gegen diese Leute nur ihr Stand spräche, ginge es ja noch an, aber die meisten haben weder Anstand noch eine eigene Meinung; und dieser Orgogli gar ist überhaupt nur ein Automat. Der hat doch nie gedacht; und hätte er keine Rollen gelernt, er wüßte womöglich nicht einmal zu sprechen . . ."

„Wonne meines Herzens", versetzte Mangogul, „was soll Euer Klagen. Habt Ihr Harias Meute schon vergessen? Sapperlot, ein Komödiant ist doch wohl einen Pinscher wert, mein ich."

„Ihr habt recht, Fürst", erwiderte die Favoritin; „ich bin töricht, mich um Kreaturen zu ereifern, die's nicht lohnen. Soll Palabria ihre Affen hätscheln, Salica ihre Vapeurs mit Farfadi kurieren, wie sie will, soll Haria unter ihrem Viehzeug leben und sterben, soll Eriphile sich sämtlichen Possenreißern in Congo an den Hals werfen, was verschlägt es mir? Ich verliere bei alldem nur ein Schloß. Ich merke, daß ich mich von dem Gedanken lösen muß, und bin schon ganz dazu entschlossen ..."

„Ade denn, Rollschwanzäffchen", sagte Mangogul.

„Ade, Rollschwanzäffchen", erwiderte Mirzosa, „und ade, gute Meinung, die ich von meinem Geschlecht gehegt: ich glaube, darüber komme ich nie hinweg. Fürst, erlaubt mir, mindestens vierzehn Tage lang kein Frauenzimmer bei mir zu empfangen."

„Aber Ihr braucht doch jemanden zur Gesellschaft", sagte der Sultan.

„Ich werde mich Eurer Gesellschaft freuen oder sie erwarten", antwortete die Favoritin; „und wenn mir noch Zeit übrigbleibt, will ich sie Ricaric und Selim widmen, die mir ergeben sind und deren Unterhaltung mir behagt. Langweilt mich meines Vorlesers Gelehrsamkeit, erheitert mich Euer Höfling mit seinen Jugendabenteuern."

38. Kapitel

Literaturgespräch

Die Favoritin liebte die Schöngeister, ohne sich einzubilden, selber Schöngeist zu sein. Auf ihrem Putztisch sah man zwischen Diamanten und Puderquasten die Eintagserfolge der Zeit, Romane wie Theaterstücke, liegen, über die sie bewundernswert zu urteilen verstand. Ohne sich erst in Positur zu setzen, konnte sie von einer Partie Cavagnole oder Biribi zum Gespräch mit einem Akademiker oder Gelehrten überwechseln, und ein jeder bekannte, daß sie in jenen Werken einzig vermöge ihres Feinempfindens Schönheiten oder Mängel entdeckte, die sich ihrem geschulten Blick mitunter entzogen. Mirzosa verblüffte sie durch ihren Scharfsinn, setzte sie durch ihre Fragen in Verlegenheit, aber nie mißbrauchte sie die Vorteile, die Geist und Schönheit ihr verliehen. Es kränkte durchaus nicht, vor ihr im Unrecht zu sein.

Gegen Ende eines Nachmittags, den sie mit Mangogul verbracht hatte, kam Selim, und sie ließ Ricaric hinzurufen. Der afrikanische Autor hat die Schilderung von Selims Charakter für später aufgespart; hier indes verrät er uns, daß Ricaric der congoitischen Akademie angehörte; daß seine Gelehrsamkeit ihn nicht hinderte, ein geistreicher Mann zu sein; daß er sich tiefgründige Kenntnis der vergangenen Jahrhunderte angeeignet hatte; daß er in unbedingter Treue an den alten Regeln hing, die er alleweil im Munde führte; daß er ein wahrer Prinzipienreiter war und daß man sich keinen glühenderen Anhänger der antiken Autoren Congos, insonders eines gewissen Miroufla, denken konnte, der vor etwa dreitausendvierzig Jahren ein wunderbares Poem in Kaffernsprache über die Eroberung eines großen Waldes verfaßt hatte, aus dem die Kaffern die seit undenklicher Zeit dort ansässigen Affen vertrieben hatten. Ricaric hatte es ins Congoitische übersetzt und in einer sehr schönen Ausgabe mit Anmerkungen, Scholien, Varianten und allen Ausschmükkungen eines Benediktinerdrucks veröffentlicht. Man verdankte ihm weiterhin zwei allen Regeln getreue und doch mißratene Tragödien, einen Lobgesang auf die Krokodile und einige Opern.

„Madame“, sagte Ricaric und verneigte sich, „ich bringe Euch einen Roman, der von der Marquise Tamazi stammen soll, unglücklicherweise aber Mulhazens Hand verrät; weiter die Antwort Lambadagos, unseres Präsidenten, auf die Rede des Dichters Tuxigraphe, die wir gestern erhielten, sowie den ‚Tamerlan‘ des letzteren.“

„Großartig!“ sagte Mangogul, „die Druckerpressen sind unermüdlich; wenn die Ehemänner in Congo ihre Pflicht ebenso emsig versähen wie die Autoren, könnte ich in nicht einmal zehn Jahren sechzehnhunderttausend Mann auf die Beine stellen und die Eroberung Monoémugis wagen. Den Roman werden wir in Muße lesen. Schauen wir uns jetzt die Rede an, zunächst, was darin mich betrifft.“

Ricaric überflog sie mit den Augen und stieß auf folgende Stelle:

„Die Ahnen unseres erhabenen Herrschers haben sich zweifellos hohe Verdienste erworben. Aber Mangogul ist größer als sie, er hat den künftigen Jahrhunderten ganz andere Gegenstände der Bewunderung vorbehalten. Was sage ich, der Bewunderung? Nennen wir es treffender: des ungläubigen Staunens. Wenn unsere Vorfahren recht behielten in der Versicherung, die Nachwelt werde die Wunder Kanoglous für Märchen halten, wieviel mehr Grund haben dann wir, vorauszusehen, daß unsere Nachkommen jenen Großtaten an Weisheit und Mannesmut, deren Zeugen wir sind, den Glauben schlechthin verweigern werden!“

„Armer Herr Lambadago“, sagte der Sultan, „Ihr seid ein Schwätzer. Was ich vorauszusehen Grund habe, ist, daß Eure Nachkommen meinen Ruhm eines Tages vor dem meines Sohnes auslöschen werden, wie Ihr den Ruhm meines Vaters vor mir; und so wird es fortgehen, solange es Akademiker gibt. Was haltet Ihr davon, Herr Ricaric?“

„Fürst, ich kann Euch nur versichern“, antwortete Ricaric, „daß gerade diese Stelle, die ich Eurer Hoheit soeben verlas, im Publikum die größte Beistimmung gefunden hat.“

„Um so schlimmer“, versetzte Mangogul. „Demnach ist der rechte Geschmack für die Kunst der Rede in Congo verlorengegangen? Nicht so rühmte der erhabene Homilogo den großen Aben.“

„Fürst“, entgegnete Ricaric, „wahre Eloquenz ist nichts anderes als die Kunst, auf edle Weise und insgesamt angenehm und überzeugend zu sprechen.“

„Setzt vernünftig hinzu“, sagte der Sultan; „und dann

beurteilt Euren Freund Lambadago nach diesem Grundsatz. Bei allem Respekt, den ich der modernen Kunst der Rede schulde – er ist allenfalls ein Virtuos des Vortrags."

„Aber Fürst", entgegnete Ricaric, „ohne den Respekt, den ich Eurer Hoheit schulde, außer acht zu lassen, gestattet mir ..."

„Was ich gestatte", fiel Mangogul heftig ein, „ist, die Vernunft höher zu achten als Meine Hoheit und mir unumwunden zu erklären, ob ein noch so redegewandter Mensch jemals auf sie verzichten darf."

„Nein, Fürst", sagte Ricaric.

Und er schickte sich an, eine lange Reihe von Autoritäten herzuzählen und sämtliche Rhetoriker Afrikas, Arabiens und Chinas anzuführen, um die unstrittigste Tatsache der Welt zu beweisen, als Selim ihn unterbrach.

„Alle Eure Autoritäten", sagte der Höfling, „werden doch niemals belegen, daß Lambadago nicht ein höchst ungeschickter und ganz unschicklicher Großtöner ist. Verzeiht diese Ausdrücke, Herr Ricaric", setzte er hinzu. „Ich halte Euch in hohen Ehren, aber sagt aufrichtig, von kollegialen Rücksichten einmal abgesehen, würdet Ihr nicht mit uns übereinstimmen, daß der regierende Sultan – gerecht, liebenswert, wohltätig und ein großer Kriegsherr dazu – der Stelzen Eurer Redekünstler nicht bedarf, um ebenso groß zu sein wie seine Ahnen; und daß ein Sohn, den man auf Kosten des Vaters und Großvaters erhöht, ein ganz lächerlicher Dummkopf wäre, wenn er nicht merkte, daß man ihn mit der einen Hand verschönert, mit der anderen entstellt? Hieltet Ihr für notwendig, den Statuen Kanoglous und Erguebzeds die Köpfe abzuschlagen, um den Beweis zu stellen, daß Mangogul ebenso hochgewachsen ist wie seine Vorgänger?"

„Herr Ricaric, Selim hat recht", sagte Mirzosa. „Lassen wir einem jeden, was ihm gebührt, und hüten wir uns, in der Öffentlichkeit den Verdacht zu erwecken, als seien unsere Lobreden eine Art Ehrabschneiderei am Andenken unserer Väter: übermittelt dies in meinem Namen der nächsten Akademieversammlung."

„Man ist diesem elenden Ton nur schon zu lange verfallen", sagte Selim, „als daß zu hoffen stünde, Eure Mahnung werde Früchte tragen."

„Ich glaube, Ihr täuscht Euch, Herr", entgegnete Ricaric. „Die Akademie ist noch immer der Hort des guten Geschmacks; und ihre Blütezeit hat weder Philosophen noch Dichter aufzuweisen, denen wir heute nicht ebenbürtige an die Seite stellen könnten. Unser Theater galt und gilt noch immer als das erste Theater Afrikas. Welch ein Werk, dieser ‚Tamerlan' von Tuxigraphe! Da verbindet sich das Pathetische des Eurisope mit dem Erhabenen des Asophe. Es ist reinste Antike!"

„Ich habe die Uraufführung des ‚Tamerlan' gesehen", sagte die Favoritin, „und fand wie Ihr das Werk gut gebaut, den Dialog elegant und das Schickliche wohlbeachtet."

„Welch ein Unterschied, Madame", unterbrach sie Ricaric, „zwischen einem Autor wie Tuxigraphe, der sich durch Lektüre der Alten gebildet hat, und der Mehrzahl unserer modernen Autoren!"

„Aber diese Modernen", sagte Selim, „die Ihr hier wacker verreißt, sind so verächtlich nicht, als Ihr behauptet. Oder wollt Ihr ihnen Genie, Erfindungskraft, Feuer, reiche Details, große Charaktere, glanzvolle Monologe absprechen? Was kümmern mich die Regeln, vorausgesetzt, man unterhält mich gut? Es liegt ganz gewiß nicht an den Beobachtungen des weisen Almudir oder des gescheiten Abaldok noch an der Poetik des gelehrten Facardin, die ich nie gelesen habe, wenn ich die Stücke von Aboulcazem, von Mubardar, von Albaboukre und vielen anderen Sarazenen bewundere! Gibt es denn eine andere Regel als die Nachahmung der Natur? Und haben wir nicht die gleichen Augen wie jene, die sie studiert haben?"

„Die Natur", antwortete Ricaric, „zeigt sich uns alle Augenblicke in verschiedenen Gestalten. Alle sind wahr, aber nicht alle sind gleichermaßen schön. Unter ihnen auszuwählen, müssen wir gerade aus jenen Werken lernen, von denen Ihr nicht viel zu halten scheint. In ihnen sind die Erfahrungen gesammelt, die ihre Verfasser und deren Vorgänger gemacht haben. Man mag ein noch so trefflicher Kopf sein, man erkennt die Dinge immer nur eins nach dem anderen; und ein einzelner Mensch schmeichelt sich vergebens, in der kurzen Spanne seines Lebens alles wahrzunehmen, was in den vorangegangenen Jahrhunderten entdeckt worden ist. Sonst ließe sich ja behaupten, eine Wissenschaft könnte ihren Ursprung, ihre Fortschritte und ihre Vollendung einem einzigen Kopf verdanken: was wider alle Erfahrung ist."

„Hieraus, Herr Ricaric", versetzte Selim, „folgt aber nichts anderes, als daß die Modernen, die im Genuß aller bis auf ihre Zeit versammelten Schätze stehen, reicher sein müssen als die Alten oder, wenn dieser Vergleich Euch nicht gefällt, daß sie, auf den Schultern jener Riesen stehend, notwendig weiter sehen können als diese selbst. Was ist in der Tat deren Physik, deren Astronomie, Navigation, Mechanik, was sind ihre Berechnungen im Vergleich mit unseren? Warum sollten wir in unserer Kunst der Rede und unserer Dichtung ihnen nicht ebenso überlegen sein?"

„Selim", sagte die Sultanin, „Ricaric wird Euch eines Tages die Gründe für diesen Unterschied auseinandersetzen. Er wird Euch erklären, warum unsere Tragödien schlechter sind als die der Alten; aber daß dem so ist, will ich für mein Teil Euch gerne selbst beweisen. Ich kann Euch nicht beschuldigen", fuhr sie fort, „Ihr hättet die Alten nicht gelesen. Ihr seid zu gebildet, als daß ihr Theater Euch unbekannt sein dürfte. Nun laßt gewisse Vorstellungen, die ihre Bräuche, ihre Sitten und ihre Religion angehn und Euch nur stören, weil die Zeiten sich gewandelt haben, einmal beiseite und sagt mir, ob ihre Gegenstände nicht immer edel, wohlgewählt und fesselnd sind; ob sich die Handlung nicht wie von selbst entwickelt; ob ihr Dialog nicht einfach und dem Natürlichen ganz nahe ist; ob die Lösungen im geringsten erzwungen sind; ob das Interesse wohl abgelenkt wird und ob die Handlung mit Episoden überladen ist. Versetzt Euch im Geiste auf die Insel Alindala; prüft alles, was dort vor sich geht; hört alles, was von dem Augenblick an, da der junge Ibrahim und der listenreiche Forfanty ans Land steigen, dort gesprochen wird; nähert Euch der Höhle des unglücklichen Polipsile, verliert kein Wort von seinen Klagen und sagt mir, ob das Mindeste vorkommt, was Euch in der Illusion stören könnte. Nennt mir ein einziges modernes Stück, das einer solchen Prüfung standhalten und auf den gleichen Grad der Vollkommenheit Anspruch erheben könnte, und ich gebe mich geschlagen."

„Bei Brahma", rief der Sultan gähnend, „Madame hat eine akademische Vorlesung gehalten!"

„Ich verstehe nichts von den Regeln", fuhr die Favoritin fort, „und noch weniger von den gelehrten Worten, in welchen man sie abgefaßt hat; aber ich weiß, daß nur das Wahrhaftige gefällt und rührt. Und ich weiß auch, daß die Vollkommenheit eines Schauspiels darin besteht, eine Handlung so getreu nachzuahmen, daß der Zuschauer ohne Unterlaß getäuscht wird und sich einbildet, selbst an der Handlung teilzuhaben. Findet sich aber in den Tragödien, die Ihr uns rühmt, etwas Vergleichbares?

Bewundert Ihr vielleicht den Aufbau? Der ist gemeinhin so verwickelt, daß nur durch ein Wunder so viele Dinge in so kurzer Zeit geschehen könnten. Der Untergang oder die Errettung eines Reiches, die Heirat einer Prinzessin, der Tod eines Prinzen, all das läuft ab im Handumdrehn. Handelt sich's um eine Verschwörung, wird sie im ersten Akt ersonnen, im zweiten festgemacht, im dritten sind alle Maßnahmen getroffen, alle Hindernisse beseitigt, die Verschwörer halten sich bereit; mit nächstem setzt es eine Revolte, einen Kampf, wohl gar eine Feldschlacht: und das solltet Ihr gut aufgebaut, fesselnd, bewegend, wahrscheinlich nennen! Nie könnte ich Euch das verzeihen, der Ihr am besten wißt, wieviel Mühe es oft kostet, die dürftigste Intrige zu spinnen, und wieviel Zeit die geringste politische Angelegenheit an Einleitungen, Verhandlungen, Beratungen verschlingt."

„Es ist wahr, Madame", erwiderte Selim, „unsere Stücke sind ein wenig überladen; aber das ist ein notwendiges Übel; ohne die Nebenhandlungen langweilte man sich zu Tode."

„Das heißt: um einer nachgebildeten Handlung Seele zu leihen, darf man sie weder so geben, wie sie ist, noch so, wie sie sein sollte. Es ist der Gipfel der Lächerlichkeit, wenn nicht noch Ärgeres, wenn man die Geigen muntere Arietten, beschwingte Sonaten spielen läßt, während alle Gemüter der Gedanke bewegt, daß ein Prinz an dem Punkt ist, seine Geliebte, seinen Thron, sein Leben zu verlieren."

„Ihr habt vollkommen recht, Madame", sagte Mangogul, „da braucht es Trauerweisen; ich werd Euch welche bestellen gehn."

Hiermit erhob sich Mangogul und ging hinaus; und Selim, Ricaric und die Favoritin setzten das Gespräch untereinander fort.

„Zumindest, Madame", sagte Selim, „werdet Ihr nicht leugnen, daß, wenn uns auch die Episoden aus der Täuschung reißen, der Dialog uns wieder hineinversetzt. Und ich wüßte nicht, wer sich besser darauf verstünde als unsere tragischen Dichter."

„Nun, dann versteht keiner etwas davon", entgegnete Mirzosa. „Das Emphatische, das Geistreichelnde, das Effektehaschen, das darin herrscht, ist tausend Meilen von der Natur entfernt. Umsonst sucht sich der Autor zu verstecken, er entgeht meinen Augen nicht, ich sehe ihn ständig hinter seinen Personen. Cinna, Sertorius, Maxime, Emilie sind in jeder Phase die Sprachrohre Corneilles. So spricht man bei unseren alten Sarazenen nicht. Monsieur Ricaric kann Euch, wenn Ihr wollt, einige Stellen übersetzen; und Ihr werdet die reine Natur aus ihrem Munde hören. Ich würde den Modernen gar zu gerne sagen: Meine Herrn, anstatt Euren Personen bei jeder Gelegenheit Witz zu geben, sucht sie doch lieber in Umstände zu setzen, die ihnen welchen geben."

„Nach dem, was Madame über Bau und Dialog unserer Dramen geäußert hat", sagte Selim, „steht kaum zu erwarten, sie werde den Lösungen mehr Gnade widerfahren lassen."

„Nein, gewiß nicht", versetzte die Favoritin; „es gibt hundert schlechte auf eine gute. Die eine ist gar nicht vorbereitet; die andere geschieht durch ein Wunder. Weiß ein Autor nicht, was er mit einer Figur anfangen soll, die er von Szene zu Szene ganze fünf Akte durchgeschleppt hat, fertigt er sie geschwind mit einem Dolchstoß ab: alles bricht in Tränen aus; und ich lache mich krank. Und dann, hat man wohl je so gesprochen, wie wir deklamieren? Pflegen Prinzen und Könige anders zu gehen als sonst ein Mensch, der anständig geht? Gestikulieren sie etwa wie Besessene und Rasende? Stoßen Prinzessinnen beim Reden so ein schrilles Pfeifen aus? Es heißt, wir hätten die Tragödie zu einem hohen Grad der Vollendung erhoben; ich aber halte beinahe für erwiesen, daß von allen Gattungen der Literatur, in denen die Afrikaner in den letzten Jahrhunderten sich befleißigt haben, gerade diese die unvollkommenste geblieben ist."

So weit war die Favoritin in ihrem Ausfall gegen unsere Theaterstücke, als Mangogul wiederkam.

„Madame", sagte er, „Ihr würdet mich verpflichten, wenn Ihr fortfahren wolltet: ich besitze, wie Ihr seht, das Geheimnis, eine Poetik abzukürzen, die mir zu lang ist."

„Laßt uns einmal annehmen", sagte die Favoritin, „es käme einer ganz frisch aus Angota, der nie im Leben vom Theater hat reden hören, dem's aber weder an Verstand noch an Lebensart gebricht, der sich an Fürstenhöfen ein wenig auskennt, mit den Ränken der Höflinge, den Eifersüchteleien der Minister und den Zänkereien der Frauen nicht ganz unbekannt ist und dem ich im Vertrauen sage: Mein Freund, im Palast tragen sich schreckliche Dinge zu. Der Fürst ist mit seinem Sohn entzweit, weil er ihn der Leidenschaft für die Manimonbanda verdächtigt; er ist imstande, an beiden furchtbare Rache zu nehmen; die Sache wird allem Anschein nach schlimme Folgen haben. Wenn Ihr wollt, richte ich es ein, daß Ihr von allem, was vorgeht, Zeuge sein könnt. Er nimmt meinen Vorschlag an, ich führe ihn in eine vergitterte Loge, von wo er das Theater sieht, das er für den Palast des Sultans hält. Glaubt Ihr – so ernsthaft ich mich auch stelle – die Täuschung des Mannes wird einen Augenblick überdauern? Müßt Ihr mir nicht vielmehr zugestehen, daß er bei dem steif-würdigen Schreiten der Akteurs, bei ihren wunderlichen Kleidern, ihren ausschweifenden Gebärden, der Emphase ihrer sonderbaren, gereimten, rhythmisierten Sprache und bei tausend anderen Ungereimtheiten, die ihm ins Auge springen würden, gleich in der ersten Szene mir ins Gesicht lachen und freiheraus sagen würde, entweder wolle ich ihn zum besten haben oder der Fürst mitsamt seinem Hof sei nicht bei Troste?"

„Ich bekenne", sagte Selim, „dieser angenommene Fall macht mich unsicher: aber könnte man Euch nicht entgegenhalten, daß wir ins Schauspiel gehen mit der Überzeugung, der Nachahmung einer Handlung, nicht aber der Handlung selbst beizuwohnen?"

„Muß diese Überzeugung denn aber verwehren", entgegnete Mirzosa, „diese Handlung auf die natürlichste Weise darzustellen?"

„Das heißt, Madame", fiel Mangogul ein, „Ihr steht nun an der Spitze der Krittler."

„Und wenn man Euch glaubt", fuhr Selim fort, „ist das Reich vom Verfall des guten Geschmacks bedroht; die Barbarei kehrt wieder, und wir sind an dem Punkt, in die Unwissenheit der Jahrhunderte Mamurrhas und Orondados zurückzufallen."

„Oh, unbesorgt, Seigneur. Schwarzseher sind mir verhaßt, und ich will ihre Zahl nicht vermehren. Überdies liegt mir der Ruhm Seiner Hoheit zu sehr am Herzen, als daß ich den Glanz seiner Herrschaft je zu trüben gedächte. Aber meint Ihr nicht, Herr Ricaric, daß unsere Literatur vielleicht in hellerem Glanz erstrahlte, wenn unsere Worte beherzigt würden?"

„Wie!" rief Mangogul, „hättet Ihr, Herr Ricaric, meinem Seneschall hierzu womöglich eine Denkschrift vorzulegen?"

„Nein, Herr", erwiderte Ricaric, „aber nachdem ich Eurer Hoheit im Namen aller Schriftsteller für den neuen Zensor gedankt hätte, den Ihr über sie gesetzt habt, würde ich Eurem Seneschall in aller Demut zu bedenken geben, daß die Auswahl der Gelehrten, die mit der Prüfung der Manuskripte beauftragt werden, eine sehr schwierige Angelegenheit ist; daß man diese Aufgabe Leuten anvertraut, die mir weit unter diesem Amt zu stehen scheinen; und daß daraus eine Menge böser Folgen entstehen, wie die Verstümmlung guter Werke, die Knebelung der besten Köpfe, die, weil sie die Freiheit nicht haben, auf ihre Art zu schreiben, entweder gar nicht schreiben oder ihre Werke ins Ausland geben, das an ihnen beträchtliche Summen verdient; weiterhin die Verbreitung falscher Meinungen über die verbotenen Gegenstände und tausend andere Übel, die Eurer Hoheit im einzelnen auseinanderzusetzen ein weites Feld wäre. Ich würde ihm raten, gewissen literarischen Blutsaugern, die ohn Ursach und Unterlaß Forderungen stellen, die Gehälter zu kürzen; ich rede von den Glossatoren, den Antiquaren, Kommentatoren und anderen Leuten der Gattung, die durchaus nützlich wären, verstünden sie ihr Handwerk, die aber die unselige Gewohnheit haben, dunkle Stellen im dunkeln zu lassen und die klaren zu erklären. Ich würde ihm nahelegen, über die Unterdrückung fast aller postumen Werke zu wachen und nicht zu dulden, daß das Andenken eines großen Autors durch die Gier eines Buchhändlers geschwärzt werde, der lange nach dem Tod des Mannes Werke sammelt und veröffentlicht, die dieser zu seinen Lebzeiten dem Vergessen bestimmt hat."

„Und ich", sagte die Favoritin, „würde ihm eine kleine Anzahl hervorragender Leute wie Herrn Ricaric nennen, denen er Eure Wohltaten zuwenden könnte. Ist es nicht verwunderlich, daß der Ärmste keinen Sou hat, während der kostbare Chiromant der Manimonbanda jedes Jahr tausend Zechinen aus Eurem Schatz einstreicht?"

„Nun gut, Madame", antwortete Mangogul, „ich bewillige Ricaric in Anbetracht der Wunderdinge, die Ihr mir von ihm meldet, aus meiner Schatulle ebensoviel."

„Und ich, Herr Ricaric", sagte die Favoritin, „will auch etwas für Euch tun; ich nehme Euch zuliebe die kleine Verletzung meiner Eigenliebe in Kauf und vergesse, in Anbetracht der Belohnung, die Mangogul Eurem Verdienst soeben zuerkannte, die Kränkung, die er mir zugefügt hat."

„Dürfte man fragen, Madame, worin diese Kränkung bestand?“ fragte Mangogul.

„Gewiß, Herr, und auch erfahren. Ihr selber fangt ein Gespräch über die schöne Literatur an: Ihr beginnt mit einem Stück über die moderne Kunst der Rede, die wahrlich nicht großartig ist; und als man Euch zu Gefallen sich anschickt, das traurige Thema, das Ihr angeschnitten, weiter zu verfolgen, erfassen Euch Langeweile und Gähnen; Ihr windet Euch in Eurem Lehnstuhl; Ihr wechselt hundertmal die Stellung, ohne die rechte zu finden; und überdrüssig endlich, in der schlechtesten Haltung der Welt zu verharren, faßt Ihr brüsk Euren Entschluß; Ihr erhebt Euch und verschwindet: und wohin seid Ihr wieder gegangen? Vermutlich ein Kleinod befragen.“

„Ich gestehe den Tatbestand ein, Madame; allein ich sehe nichts Kränkendes darin. Wenn ein Mensch sich bisweilen bei schönen Dingen langweilt und lieber schlechte hört, liegt der Schaden bei ihm. Die ungerechte Bevorzugung nimmt dem Verdienst dessen, was er verließ, nichts weg; nur wird er darin als unzuständiger Richter gelten müssen. Ich könnte dem hinzusetzen, Madame, daß ich die Zeit, die Ihr im Gespräch mit Selim verbrachtet, beinahe ebenso fruchtlos darauf verwandt habe, Euch ein Schloß zu gewinnen. Und wenn ich denn schuldig sein muß, da Ihr es so wollt, kann ich Euch mitteilen, daß Ihr umgehend gerächt wurdet.“

„Wie das?“ fragte die Favoritin.

„Nun, um mich von der akademischen Sitzung, die ich zu überstehen hatte, ein wenig zu erholen, ging ich ein paar Kleinode befragen“, antwortete der Sultan.

„Und, Fürst?“

„Und! Ich habe noch nie so ödselige getroffen wie die zwei, an die ich geraten bin.“

„Wie mich das freut!“ versetzte die Favoritin.

„Sie haben sich beide in einer unverständlichen Sprache ausgelassen: ich habe alles genau behalten, was sie sagten; aber ich will des Todes sein, wenn ich ein Wort davon verstehe.“

39. Kapitel

Achtzehnte und neunzehnte Ringprobe · Sphéroïde die Kuller und Girgiro das Geschraubte · Hasch mich, wer mag

„Wie seltsam“, fuhr die Favoritin fort, „bisher meinte ich, wenn den Kleinoden etwas vorzuwerfen sei, dann ihre allzu eindeutige Sprache.“

„O beim Himmel, Madame!“ erwiderte Mangogul, „für die beiden gilt das nicht; die verstehe, wer will!

Ihr kennt doch die kugelrunde kleine Frau, deren Kopf tief in den Schultern steckt, bei der man kaum die Arme sieht und die so kurze Beine und einen solchen Bauch hat, daß man sie für eine Meerkatze oder einen riesigen mißratenen Embryo halten könnte; sie wird Sphéroïde die Kuller genannt und hat sich in den Kopf gesetzt, sie sei von Brahma zum Studium der Geometrie berufen, weil er ihr die Gestalt des Erdballs verlieh; aber ebensowohl könnte sie sich für die Artillerie entscheiden, denn so, wie sie gebaut ist, muß sie dem Schoß der Natur entsprungen sein wie eine Kugel dem Kanonenrohr.

Ich war neugierig, was ihr Kleinod zu berichten wüßte, und habe es befragt; aber dieser Vortikose hat sich in so tiefsinnigen geometrischen Begriffen ausgedrückt, daß ich nichts verstand, und womöglich versteht es sich selber nicht. Das ging nur so mit Geraden, konkaven Flächen, gegebenen Daten, Längen, Breiten, Tiefen, festen Körpern, belebten und unbelebten Kräften, Kegeln, Zylindern, Kegelschnitten, Kurven, elastischen Kurven, geschlossenen Kurven mit konjugiertem Punkt ...“

„Oh, erlaßt mir den Rest, Hoheit!“ rief die Favoritin gequält. „Ihr habt ein grausames Gedächtnis. Es ist zum Umkommen! Das bringt mir für gut acht Tage Migräne ein! Ist das zweite etwa ebenso ergötzlich?“

„Urteilt selbst“, antwortete Mangogul. „Beim Nabel Brahmas, ich habe ein Wunder vollbracht und sein Kauderwelsch Wort für Wort behalten, obschon es ohne jeden Sinn und Verstand war, so daß Ihr, Madame, wolltet Ihr mir mit einer feinsinnigen und kritischen Auslegung behilflich sein, mir ein huldreiches Geschenk bereiten würdet."

„Wie sagtet Ihr, Fürst?" rief Mirzosa. „Ich will des Todes sein, wenn Ihr den Satz nicht bei jemand ausgeborgt habt!"

„Ich wüßte nicht, wie", erwiderte Mangogul; „ich habe heute keinem Audienz gewährt außer jenen zwei Kleinoden. Das zweite also, auf das ich meinen Ring gerichtet habe, schwieg zuerst eine Weile und hob dann an, als wendete es sich an eine Versammlung:

‚Meine Herrn,

ich enthebe mich, mir, unter Mißachtung meines eigenen Verstandes, anderweitig ein Muster meines Denkens und Redens zu erkiesen. Wenn ich indessen Neues ans Licht fördere, so nicht aus Originalitätssucht; vielmehr hat mein Gegenstand mir solches eingegeben: wenn ich wiederhole, was vordem bereits geäußert worden, so weil ich es gedacht habe wie jene anderen.

Möge Ironie sich enthalten, diesen Beginn ins Lächerliche zu verkehren und mich zu beschuldigen, ich hätte nichts gelesen oder gelesen ohne Frommen; ein Kleinod, wie ich es bin, ist weder dazu erschaffen, zu lesen, noch aus einer Lektüre etwelchen Nutzen zu ziehen, noch einem Einwand vorzugreifen oder zu entgegnen.

Ich wehre mich nicht gegen die meinem Gegenstande gemäßen Reflexionen und Ausschmückungen, zumal er in dieser Hinsicht überaus bescheiden ist und deren weder in Ausführlichkeit noch Glanz gestattet; aber ich will vermeiden, mich zu jenen kleinen und kleinsten Details herabzulassen, welche den unfruchtbaren Redner kennzeichnen; ich wäre verzweifelt, dieses Fehlers verdächtig zu sein.

Nachdem ich Euch, meine Herrn, darüber unterrichtet, wessen Ihr Euch von meinen Entdeckungen und meiner Beredsamkeit gewärtigen dürft, werden wenige Pinselstriche genügen, Euch mein Wesen aufzureißen.

Es gibt — Ihr alle, meine Herrn, wißt es wie ich — zweierlei Kleinode: die hochmütigen und die demütigen; erstere wollen allenthalben sich hervortun und die erste Geige spielen; letztere hingegen bieten sich gefügig und unterwürfig dar. Die eine wie die andere Absicht tut sich kund in ihrer Seinsweise und bestimmt diese wie jene, gemäß dem Geiste, der sie lenkt, sich zu verhalten.

Aus Anhänglichkeit an die Vorurteile meiner frühen Erziehung glaubte ich, mir eine sichrere, leichtere und angenehmere Laufbahn zu eröffnen, wenn ich die Rolle der Demut dem Hochmut vorzöge, und so bot ich mich denn mit kindlicher Schamhaftigkeit und verlockendem Flehen all jenen dar, denen zu begegnen ich das Glück hatte.

Allein wie betrüblich sind die Zeitläufte! Nach zehnmal mehr »ob« und »wenn« und »aber«, als zur Verärgerung des müßigsten aller Kleinode vonnöten, wurden meine Dienste angenommen. Ach! aber nicht für lange: mein erster Besitzer verfiel dem schmeichlerischen Glanz einer neuen Eroberung und verließ mich, so daß ich abermals der Untätigkeit anheimfiel.

Ich hatte einen Schatz verloren und schmeichelte mir nicht, daß Fortuna mich entschädigen werde; in der Tat wurde die offene Stelle eingenommen, doch nicht ausgefüllt von einem Sechzigjährigen, dem es weniger an gutem Willen denn am Mittel gebrach.

Er mühte sich nach besten Kräften, mir die Erinnerung an mein vergangenes Glück auszulöschen. Er bezeigte mir alle in meiner Laufbahn für höflich und wirksam geltenden Aufmerksamkeiten; aber sein Bemühen wurde meiner Sehnsucht nicht Herr.

Wenn auch das erfinderische Gewerbe, um Auswege nie verlegen, wie es heißt, in der Mannigfaltigkeit des natürlichen Vermögens ihn einige Linderung für meine Pein entdekken ließ, so schien diese Entschädigung mir dennoch unzureichend, trotz meiner Einbildung, die sich vergebens quälte, neue Beziehungen zu suchen oder nicht vorhandene sich vorzustellen.

Denn dies ist der Vorteil der Erstlingsschaft, daß sie von der Vorstellung Besitz ergreift und alles, was hernach unter anderen Formen sich darbieten will, von sich weist;

und soll ich es zu unserer Schande gestehen, es ist einmal die undankbare Natur der Kleinode, daß ihnen der bloße gute Wille niemals die Tat ersetzt.

Diese Feststellung scheint mir so selbstverständlich, daß ich, obzwar ich sie keinem anderen schulde, annehmen möchte, ich sei nicht das einzige Kleinod, welches sie getroffen; doch sollte wirklich eins vor mir eine solche getroffen haben, so bin ich, meine Herrn, zumindest das erste, das sich durch ihre Kundgebung bemüht, Euch ihre Glaubwürdigkeit vor Augen zu führen.

Ich will es jenen, so bisher das Wort erhoben, nicht verargen, daß sie dieser Besonderheit nicht Erwähnung getan, sieht sich doch meine Eigenliebe nur zu befriedigt, nach so großer Rednerzahl meine Beobachtung als etwas Neues vortragen zu dürfen ...'"

„Oh, Fürst!" rief Mirzosa lebhaft, „mir scheint, ich höre den Chiromanten der Manimonbanda: wendet Euch an den Mann, und Ihr erhaltet die feinsinnige und kritische Ausdeutung, deren huldreiches Geschenk Ihr von jedem anderen umsonst erwartet."

Der afrikanische Autor sagt, Mangogul habe dazu gelächelt und seinen Bericht fortgesetzt; ich aber, so fügt er hinzu, will seine Rede nicht bis zum Ende wiedergeben. Denn wenn dieser Anfang nicht ebenso unterhaltsam war wie die ersten Seiten der Fee Taupe, wäre die Fortsetzung langweiliger als die letzten Seiten der Fee Moustache.

40. Kapitel

Mirzosas Traum

Als Mangogul die akademische Rede Girgiros des Geschraubten beendet hatte, war es Nacht geworden, und man ging zu Bett.

Die Favoritin durfte sich für diese Nacht einen guten

Schlaf erhoffen; allein die Unterhaltung des Vorabends kam ihr beim Träumen in den Sinn; und da die Gedanken, die sie beschäftigt hatten, mit anderen sich mischten, wurde sie von einem seltsamen Traum geplagt, den sie natürlich dem Sultan erzählte.

„Ich lag im ersten tiefen Schlummer", sagte sie, „als ich mich in eine riesige Galerie voller Bücher versetzt fühlte: ich sage Euch nicht, was sie enthielten; sie waren für mich, was für manchen anderen, der nicht schläft: ich sah mir nicht einen einzigen Titel an; ein viel erstaunlicheres Schauspiel nahm mich ganz gefangen.

Zwischen den Bücherschränken erhoben sich Piedestale mit marmornen und erzenen Büsten von großer Schönheit: der Zahn der Zeit hatte sie geschont; bis auf einige leichte Schäden waren sie vollkommen erhalten; sie trugen das Mal jenes Adels und jener Eleganz, welche die Antike ihren Werken zu verleihen wußte; die meisten hatten lange Bärte, eine hohe Stirn wie Ihr und charaktervolle Züge.

Ich war begierig, ihre Namen und Verdienste zu erfahren, als eine Frau aus einer Fensternische trat und mich anredete: sie war herrlich gewachsen, ihr Schritt war majestätisch, ihre ganze Erscheinung edel; Milde und Stolz mischten sich in ihrem Blick; ihre Stimme war von ergreifendem Zauber; ein Helm, ein Panzer mit einem wehenden Rock aus weißer Seide waren ihre einzige Bekleidung. ‚Ich kenne Eure Verwirrung', sagte sie, ‚und will Eure Neugier befriedigen. Die Männer, deren Büsten Euch erstaunen, waren meine Lieblinge; sie haben ihre Nächte dem Ziel geweiht, die schönen Künste zu vervollkommnen, deren Erfindung man mir verdankt: sie lebten in den gesittetsten Ländern der Erde, und ihre Schriften, das Entzücken ihrer Zeitgenossen, sind die Bewunderung der gegenwärtigen Zeit. Tretet heran, und Ihr erkennt auf den Sockeln, die ihre Büsten tragen, in erhabener Arbeit ein hervorragendes Sujet ihrer Werke dargestellt, das Euch deren Wesen zumindest andeutet.'

Die erste Büste, die ich betrachtete, war ein majestätischer Greis, ein Blinder, wie mir dünkte: anscheinend hatte er

Schlachten besungen; denn dies waren die Sujets zu beiden Seiten seines Piedestals; eine einzige Figur beherrschte die Vorderfront; es war ein junger Held: seine Hand umspannte den Schwertgriff, und man sah den Arm einer Frau, die ihn bei den Haaren hielt und seinen Zorn zu mäßigen schien.

Ihm gegenüber stand die Büste eines jungen Mannes; der war die Bescheidenheit selbst: seine Blicke waren mit gespannter Aufmerksamkeit auf den Alten gerichtet: auch er hatte Krieg und Schlachten besungen; aber dies waren nicht seine einzigen Gegenstände gewesen; denn das mittlere der Reliefs zeigte auf einer Seite über ihren Pflug gebeugte Ackerbauern, die die Erde urbar machten, und auf der anderen Schäfer, die zwischen ihren Schafen und Hunden im Grase lagen und Flöte spielten.

Auf derselben Seite, unterhalb des Greises, sah ich die Büste eines Mannes mit verstörtem Blick; sein Auge schien etwas Fliehendem zu folgen, und unten waren eine hingeworfene Leier, verstreuter Lorbeer, zerbrochene Wagen und wilde, in eine weite Ebene zerstobene Rosse dargestellt.

Ihm gegenüber sah ich eine Büste, die mich fesselte; mir scheint, ich sehe sie noch jetzt vor mir: die feine Miene, die scharfe Adlernase, den festen Blick und das ironische Lächeln. Die Flachreliefs um den Sockel waren so übervoll, daß ich kein Ende wüßte, wollte ich sie schildern.

Nachdem ich noch einige andere betrachtet hatte, begann ich meine Führerin zu fragen.

‚Wer ist jener‘, wollte ich wissen, ‚der die Wahrheit auf den Lippen und die Redlichkeit im Antlitz trägt?‘

‚Er war der Freund und das Opfer der einen wie der anderen‘, sagte sie. ‚Er ruhte zeit seines Lebens nicht, seine Mitbürger aufzuklären und in den Tugenden zu unterweisen; dafür nahmen die Undankbaren ihm das Leben.‘

‚Und der dort?‘

‚Welcher? Der von den Grazien auf seinem Sockel getragen zu werden scheint?‘

‚Ebender.‘

‚Er ist der Schüler und Erbe des Geistes und der Lehren des unglücklichen Tugendmannes, von dem ich sprach.‘

‚Und wer ist der dicke Pausbäckige, der mit Reben und Myrten Bekränzte?‘

‚Ein liebenswerter Philosoph, dessen einzige Beschäftigung war, die Sinnenfreuden zu besingen und zu genießen. Er starb in den Armen der Wollust.‘

‚Und jener andere Blinde?‘

‚Das ist ...‘

Aber ich wartete ihre Antwort nicht ab: mir schien er ein alter Bekannter; und ich trat rasch zu der Büste gegenüber. Sie stand auf einer Trophäe mit den verschiedenen Sinnbildern der Wissenschaften und Künste: Amoretten schäkerten dazwischen, auf der einen Seite seines Sockels. Auf der anderen waren die Genien der Politik, der Geschichte und der Philosophie gruppiert. Die dritte zeigte zwei Armeen in Schlachtordnung: Staunen und Entsetzen herrschte auf allen Gesichtern; auch sah man Anzeichen von Bewunderung und Mitleid. Diese Gefühle galten offenbar dem, was sich den Blicken darbot. Es waren ein sterbender junger Mann und neben ihm ein älterer Krieger, der seine Waffen gegen sich selber richtete. Alles an diesen Gestalten war in höchster Schönheit ausgeführt; die Verzweiflung des einen wie die tödliche Erschlaffung, die die Glieder des anderen durchlief. Ich näherte mich und las darunter in goldenen Lettern:

... Wehe! er war sein Sohn!

Die vierte Seite zeigte einen rasenden Sultan, der vor den Augen einer großen Volksmenge einem jungen Mädchen den Dolch in die Brust stieß. Die einen wandten den Blick ab, die anderen zerflossen in Tränen. Rings um dieses Relief waren die Worte eingegraben:

Seid Ihr's, Nérestan? ...

Ich wollte mich eben anderen Büsten widmen, als jäher Lärm mich den Kopf wenden hieß. Er rührte von einem Schwarm von Männern her, die in langen schwarzen Gewändern massenweis in die Galerie stürzten. Die einen schwenkten Rauchgefäße, aus denen dicker Qualm aufstieg, die anderen Girlanden von indischen Nelken und anderen wahllos gepflückten und geschmacklos gebundenen Blumen. Sie sammelten sich um die Büsten, beweihräucherten sie und sangen Hymnen in zwei Sprachen, die ich nicht verstand. Der Qualm ihres Weihrauchs heftete sich an die Büsten, und die Kränze machten ihren Anblick ganz lächerlich. Aber die Alten nahmen ihr voriges Aussehen alsbald wieder an, und ich sah die Kränze welken und zerfallen. Nun erhob sich Streit unter diesen Barbaren, weil einige nach Ansicht der anderen das Knie nicht tief genug gebeugt hätten; und sie standen im Begriff, handgemein zu werden, als meine Führerin sie mit einem Blick auseinandertrieb und die Ruhe in ihrer Behausung wiederherstellte.

Kaum hatten sie sich entfernt, als ich durch eine gegenüberliegende Tür eine lange Reihe von Pygmäen hereintreten sah. Die kleinen Männer waren keine zwei Ellen hoch, hatten dafür aber sehr scharfe Zähne und sehr lange Fingernägel. Sie teilten sich in mehrere Horden und fielen über die Büsten her. Die einen versuchten, die Reliefs abzukratzen, und das Parkett war mit Splittern ihrer Nägel übersät; die anderen Buben kletterten einander auf die Schultern bis in die Höhe der Büstenköpfe und verpaßten ihnen Nasenstüber. Aber was mich sehr freute, war, daß diese Nasenstüber gar nicht die Nasen der Büsten trafen, sondern gegen die Pygmäen zurückschlugen. Und als ich diese von nahem betrachtete, sah ich, daß ihre Nasen fast alle stumpf waren.

‚Da seht Ihr Verwegenheit und Strafe dieser Myrmidonen', sagte meine Führerin. ‚Dieser Krieg geht schon lange so und immer zu ihrem Nachteil. Ich bin gegen sie weniger streng als gegen die Schwarzmäntel. Deren Weihrauch könnte die Büsten entstellen, während die Versuche dieser Zwerge ihren Glanz am Ende fast immer nur erhöhen. Aber da Ihr nur mehr eine oder zwei Stunden hierbleiben werdet, rate ich Euch, zu neuen Gegenständen vorzuschreiten.'

Augenblicks tat sich ein großer Vorhang auf, und ich sah

eine Werkstatt mit einer anderen Sorte von Pygmäen: sie hatten keine Zähne und Nägel, waren dafür aber mit Rasiermessern und Scheren bewaffnet. Sie hielten Köpfe, die belebt schienen, in den Händen und waren dabei, diesem das Haar zu stutzen, jenem Nase und Ohren abzuschneiden, einem das rechte, einem anderen das linke Auge auszureißen und sie beinahe sämtlich zu zergliedern. Nach so artigen Operationen betrachteten sie ihr Werk und lächelten ihrem Kopfe zu, als sei er nun der hübscheste von der Welt. So laut die Köpfe auch schrien, die Zwerge geruhten kaum, ihnen Rede zu stehen. Einen hörte ich seine Nase zurückfordern und beteuern, er könne sich unmöglich ohne sie blicken lassen.

‚Ei, Kopf, mein süßer', erwiderte ihm der Pygmäe, ‚Ihr seid verrückt. Die Nase, der Ihr nachweint, entstellte Euch. Sie war lang, so lang... Mit der hättet Ihr nie Euer Glück gemacht. Aber nun ich sie Euch gekürzt und verschnitten habe, seht Ihr allerliebst aus; und man wird Euch scharenweise nachlaufen...'

Das Los der Köpfe dauerte mich, als ich weiter entfernt andere, barmherzigere Pygmäen erblickte, die mit Brillen gewappnet über den Boden krochen. Sie sammelten Nasen und Ohren auf und paßten sie alten Köpfen an, die ihre im Lauf der Zeit verloren hatten.

Einige, ganz wenige freilich, übten dies mit Erfolg; die anderen klebten die Nase an die Stelle des Ohrs oder das Ohr an die Stelle der Nase, und die Köpfe waren desto mehr verschandelt.

Ich war sehr begierig, zu erfahren, was alle diese Dinge zu bedeuten hätten; ich fragte meine Führerin, und sie hatte den Mund eben zur Antwort aufgetan, als ich erwachte."

„Das ist grausam", sagte Mangogul; „die Frau hätte Euch manches Geheimnis enthüllt. Zur Entschädigung sollten wir uns, meine ich, an Bloculocus, meinen Magier, wenden."

„Wie?" sagte die Favoritin, „an den Schafskopf, dem Ihr das alleinige Recht gewährt habt, die Laterna magica an Eurem Hof zu zeigen?"

„Ja, an ihn", antwortete der Sultan; „er oder keiner wird uns Euren Traum deuten.

Man rufe Bloculocus!" befahl Mangogul.

41. Kapitel

Einundzwanzigste und zweiundzwanzigste Ringprobe Fricamone und Callipiga

Der afrikanische Autor verschweigt, was Mangogul tat, während er auf Bloculocus wartete. Höchstwahrscheinlich aber ging er fort, horchte ein paar Kleinode aus und kehrte, befriedigt über das Vernommene, mit ebenden Freudenrufen, mit denen dieses Kapitel beginnt, zurück zur Favoritin.

„Sieg! Sieg!" rief er. „Ihr habt gewonnen, Madame; das Schloß samt allem Porzellan und dem kleinen Affen sind Euer."

„So wart Ihr bei Eglé?" fragte die Favoritin...

„Nein, Madame, nein, nicht bei Eglé", fiel der Sultan ein, „bei einer anderen."

„Ach, Fürst!" sagte die Favoritin, „verwehrt mir nicht länger die Freude, den Phönix zu kennen..."

„Nun, es ist... wer hätte das gedacht?"

„Es ist?..." sagte die Favoritin.

„Fricamone", sagte Mangogul.

„Fricamone", wiederholte Mirzosa, „das klingt mir nicht unmöglich. Die Frau hat den größten Teil ihrer Jugend im Kloster verbracht; und seit sie es verließ, führt sie das frömmste und abgeschiedenste Leben. Kein Mann hat je ihr Haus betreten, sie hat sich gleichsam zur Äbtissin einer Herde frommer Jungfrauen gemacht, die sie zur Vollkommenheit heranbildet und die tagein, tagaus in ihrem Hause verkehren. Da war für Euch Männer nichts zu holen", schloß lächelnd und kopfnickend die Favoritin.

„Madame, Ihr habt recht", sagte Mangogul. „Ich habe ihr

Kleinod befragt: keine Antwort. Ich habe die Kraft meines Ringes verdoppelt, indem ich ihn rieb und rieb: nichts kam. Das Kleinod muß taub sein, sagte ich mir. Und ich stand im Begriff, Fricamone, wie ich sie gefunden, auf ihrem Bette ruhen zu lassen, als sie zu reden anfing, mit dem Mund, versteht sich.

‚Liebste Acaris', rief sie, ‚wie glücklich bin ich in den Augenblicken, da ich allem, was mich bedrängt, entfliehe, um mich dir zu widmen! Nach jenen, die ich in deinen Armen liege, sind diese die süßesten meines Lebens ... Nichts lenkt mich ab; um mich ist Stille; meine halboffenen Vorhänge lassen nur so viel Licht ein, als es braucht, mich der Zärtlichkeit zu ergeben und dich mir vorzustellen. Ich befehle meiner Einbildungskraft: sie ruft dich herbei, und alsbald sehe ich dich ... Liebste Acaris! wie schön du mir erscheinst! ... Ja, das sind deine Augen, dein Lächeln, dein Mund ... Diesen schwellenden Busen, verbirg ihn mir nicht. Ich will ihn küssen ... Ich kann mich nicht satt an ihm sehn ... Laß mich ihn wieder küssen! ... Oh! Laß mich an ihm sterben ... Welche Glut erfaßt mich! Acaris! Liebe, wo bist du? ... Komm doch, liebste Acaris ... Ach! liebe, zärtliche Freundin, ich schwöre dir, ungekannte Empfindungen haben sich meiner Seele bemächtigt. Sie ist erfüllt von ihnen, sie ist verwundert über sie, sie wird von ihnen gesprengt ... Rinnt, köstliche Tränen; rinnt und lindert die Hitze, die mich verbrennt ... Nein, liebste Acaris, nein, dieser Alizali, den du mir vorziehst, liebt dich nicht wie ich ... Aber ich höre ein Geräusch ... Ach, gewiß, es ist Acaris ... Komm, süße Seele, komm ...'

Fricamone täuschte sich nicht", fuhr Mangogul fort, „es war Acaris. Ich überließ die zwei sich selber, und da ich fest überzeugt war, Fricamones Kleinod würde stumm bleiben wie zuvor, bin ich herbeigeeilt, Euch zu melden, daß ich verloren habe."

„Aber ich verstehe diese Fricamone nicht", sagte die Sultanin. „Entweder ist sie übergeschnappt, oder sie leidet an schlimmen Vapeurs. Nein, Fürst, nein; ich bin doch gewissenhafter, als Ihr mir zutraut. Ich habe nichts gegen diese Probe einzuwenden. Aber ich spüre etwas, was mir verwehrt, mich auf sie zu berufen. Nein, das werde ich auch nicht tun. Das ist beschlossene Sache. Ich will Euer Schloß nicht und nicht Euer Porzellan, solange ich keine triftigeren Gründe habe."

„Madame, ich begreife Euch nicht", versetzte Mangogul, „Ihr seid schwierig bis zum letzten. Ihr müßt Euch das Äffchen doch nicht so genau angesehen haben."

„Fürst, ich habe es mir sehr genau angesehen", erwiderte Mirzosa. „Ich weiß, wie allerliebst es ist. Aber mir schwant, daß diese Fricamone nicht mein Fall ist. Wollt Ihr, daß es eines Tages mein wird, so hört Euch anderwärts um."

„Meiner Treu, Madame", sagte Mangogul, nachdem er darüber nachgesonnen hatte, „dann weiß ich nur noch Mirolos Geliebte, die Euch zum Sieg verhelfen kann."

„Aber, Fürst! Ihr träumt", entgegnete die Favoritin. „Ich kenne Euren Mirolo nicht; aber wer es auch sei, wenn er eine Geliebte hat, so doch nicht etwa umsonst."

„Da habt Ihr freilich recht", sagte Mangogul; „und gleichwohl würde ich wetten, daß Callipigas Kleinod rein nichts weiß."

„Also entscheidet Euch", versetzte die Favoritin. „Nur eins ist möglich: entweder ist Callipigas Kleinod ... Aber da wäre ich fast auf etwas Albernes verfallen ... Tut, was Euch beliebt, Fürst: befragt Callipigas Kleinod; wenn es stumm bleibt, Pech für Mirolo, Glück für mich."

Mangogul brach auf und befand sich im Nu bei dem narzissengelben, silbergestickten Sofa, auf dem Callipiga ruhte. Kaum hatte er seinen Ring auf sie gerichtet, als er eine dumpfe Stimme murmeln hörte:

„Was wollt Ihr von mir? Ich verstehe Eure Fragen nicht. Niemand denkt an mich auch nur im Traum. Dabei dünkt mir, ich tauge so viel wie jedes andere. Mirolo streift oft an meiner Tür vorbei, aber ..."

(Hier hat der Text eine beträchtliche Lücke. Die gelehrte Welt wäre demjenigen unzweifelhaft zu Dank verpflichtet, der uns die Rede von Callipigas Kleinod, von der uns nur die zwei letzten Zeilen überliefert sind, im vollen Wortlaut wiederherstellen könnte. Wir fordern die Gelehrten auf, darüber nachzusinnen und zu prüfen, ob diese Lücke etwa eine willentliche Auslassung des Autors wäre, der mit dem, was er gesagt hatte, unzufrieden war, aber nichts Besseres zu sagen fand.)

„... Man sagt, mein Rivale habe Altäre jenseits der Alpen. Ach! wäre Mirolo nicht, die ganze Welt würde mir welche errichten!"

Mangogul kehrte umgehend in den Palast zurück und wiederholte der Favoritin die Klage von Callipigas Kleinod Wort für Wort; denn er hatte ein fabelhaftes Gedächtnis.

„Da gibt es nun nichts, Madame, was Euren Sieg in Frage stellte", sagte er; „ich überlasse Euch alles, und Ihr mögt Callipiga danken, wann es Euch gelegen dünkt."

„Herr", erwiderte Mirzosa ernst, „ich will meinen Gewinn der bestgefestigten Tugend danken und nicht ..."

„Aber Madame", sagte der Sultan, „ich wüßte keine besser gefestigte als eine, die den Feind so nah gesehen hat."

„Und ich, Fürst", erwiderte die Favoritin, „weiß recht wohl, was ich sage; da kommen Selim und Bloculocus, sie sollen zwischen uns entscheiden."

Schon traten Selim und Bloculocus herein; Mangogul setzte sie von allem in Kenntnis, und beide gaben Mirzosa recht.

42. Kapitel

Die Träume

„Herr", sagte die Favoritin zu Bloculocus, „Ihr müßt mir noch einen Dienst erweisen. In der vergangenen Nacht ist mir eine Menge krauses Zeug durch den Kopf gefahren. Es ist ein Traum; aber Gott weiß, was für einer! und mir wurde versichert, Ihr wäret der beste Traumdeuter in Congo. Sagt mir denn rasch, was dieser bedeutet." Und damit erzählte sie ihm ihren Traum.

„Madame, ich bin ein recht mittelmäßiger Oneirokritikus", versetzte Bloculocus ...

„Oh, verschont mich mit den Fachausdrücken", rief die Favoritin. „Laßt die Wissenschaft beiseite und redet mir verständig."

„Madame", erwiderte Bloculocus, „ich will Euch ganz zufriedenstellen: ich hege meine eigenen Ansichten über das Träumen; nur diesem Umstand verdanke ich wohl die Ehre dieser Unterredung und den Beinamen ‚der Traumdeuter': ich will Euch alles so klar darlegen, als ich vermag.

Euch ist bekannt, Madame", fuhr er fort, „was die meisten Philosophen wie alle übrigen Menschen darüber faseln. Dinge, die uns tagsüber stark beeindrucken, sagen sie, beschäftigen unsere Seele des Nachts; die Spuren, die sie am Tage in den Fasern unseres Hirns hinterlassen, bleiben bestehen; die Lebensgeister, gewöhnt, sich an bestimmte Orte zu begeben, folgen einer ihnen vertrauten Bahn; daraus entstehen jene unwillkürlichen Bildungen, die uns betrüben oder erfreuen. Nach dieser These müßte ein glücklich Liebender von seinen Träumen stets gut bedient werden; indes geschieht es oft, daß eine Person, die ihm nicht unmenschlich begegnet, wenn er wacht, ihn im Traum wie einen Neger behandelt oder daß er, anstatt eine reizende Frau zu umfangen, in seinen Armen ein mißgestaltes Scheusal sieht."

„Genau das ist mir in der letzten Nacht passiert", unterbrach ihn Mangogul; „denn ich träume fast jede Nacht; es ist ein Erbübel: wir träumen alle, vom Vater auf den Sohn, seit Sultan Togrul, der im Jahre 743 500 000 002 zum erstenmal geträumt hat. In letzter Nacht also sah ich Euch, Madame", sagte er zu Mirzosa. „Eure Haut, Eure Arme, Euern Busen, Euern Nacken, Eure Schultern, dies feste Fleisch, diese geschmeidige Taille, diese unvergleichliche Fülle, kurz, Euch selbst; nur daß ich mich nicht diesem reizenden Antlitz, diesem göttlichen Haupt, das ich suchte, gegenüberfand, sondern Aug in Auge mit einer Doggenschnauze.

Ich stieß einen Entsetzensschrei aus; Kotluk, mein Kämmerer, eilte herbei und fragte, was mir sei. ‚Mirzosa', erwiderte ich, noch im Halbschlaf, ‚hat die greulichste Verwandlung erlitten; sie ist eine Dogge geworden.' Kotluk hielt es für ungeraten, mich aufzuwecken; er zog sich zurück, und ich schlief wieder ein; aber ich versichere Euch, ich erkannte Euch ganz deutlich, Euch, Euren Leib und den Hundekopf. Kann Bloculocus mir das Phänomen erklären?"

„Ich denke wohl", antwortete Bloculocus, „sofern Eure Hoheit in einem sehr einfachen Grundsatz mit mir übereinstimmt: daß nämlich alle Lebewesen untereinander durch unendlich viele Beziehungen der ihnen gemeinsamen Merkmale verwandt sind, aber daß eine gewisse Häufung von Merkmalen sie charakterisiert und unterscheidet."

„Klar", sagte Mirzosa; „Ipsifile hat Füße, Hände und den Mund einer geistvollen Frau..."

„Und Pharasme", ergänzte Mangogul, „trägt sein Schwert wie ein Kämpfer."

„Ist man über die Merkmale, deren Häufung diese oder jene Gattung charakterisiert, nicht hinreichend unterrichtet oder behauptet man voreilig, daß dem oder jenem Individuum eine bestimmte Häufung eigne oder nicht eigne, läuft man Gefahr, Kupfer für Gold, Straß für Diamanten, einen Kalkulator für einen Geometer, einen Schwätzer für einen Schöngeist, Criton für einen ehrenwerten Mann und Phédime für eine schöne Frau zu halten", fügte die Sultanin hinzu.

„Nun, Madame, wißt Ihr, wie man von jenen sagen könnte, die solche Urteile fällen?" fragte Bloculocus.

„Daß sie in wachem Zustand träumen", antwortete Mirzosa.

„Sehr gut, Madame", versetzte Bloculocus; „und nichts ist in tausend Fällen philosophischer noch zutreffender als diese familiäre Wendung: Ich glaube, du träumst; denn es geschieht unendlich oft, daß Menschen nachzudenken wähnen, aber mit offenen Augen träumen."

„Für alle diese", unterbrach ihn die Favoritin, „könnte buchstäblich gelten, daß das Leben ein Traum sei."

„Ich kann nicht genug staunen, Madame“, versetzte Bloculocus, „wie schnell Ihr ziemlich abstrakte Zusammenhänge erfaßt. Unsere Träume sind nichts als überschleunigte Urteile, die mit einer unglaublichen Geschwindigkeit aufeinanderfolgen und die Objekte, die nur durch sehr entfernte Merkmale zueinander in Beziehung stehen, zusammenwerfen und daraus ein bizarres Ganzes weben.“

„Oh, wie wohl ich Euch verstehe!“ sagte Mirzosa. „Es ist wie eine Intarsienarbeit, wo die zugehörigen Einzelteile mehr oder minder zahlreich, mehr oder minder regelmäßig gelegt sind, je nachdem wie rege der Geist, wie flink die Einbildungskraft und wie getreu das Gedächtnis des einzelnen arbeitet: bestünde darin nicht sogar der Wahnsinn? Wenn ein Insasse der Petites-Maisons schreit, er sehe Blitze, höre Donnergrollen und Abgründe täten sich unter ihm auf; oder wenn Ariadne vorm Spiegel sich selbst zulächelt, ihre Augen klar, ihren Teint bezaubernd, ihre Zähne schön und ihren Mund klein findet, sehen diese gestörten, durch sehr entfernte Beziehungen getäuschten Hirne dann nicht eingebildete Dinge für gegenwärtig und wirklich an?“

„So ist es, Madame; ja, wenn man die Narren recht beobachtet“, sagte Bloculocus, „wird man bald überzeugt sein, daß ihr Zustand nichts anderes als ein fortwährender Traum ist.“

„Ich kenne aus eigenem Erleben Fälle“, sagte Selim, an Bloculocus gewendet, „auf die Eure Ansichten vortrefflich passen: was mich bestimmt, sie mir anzueignen. Mir träumte einmal, ich hörte Wiehern und sähe aus der großen Moschee nebeneinander zwei Reihen seltsamer Tiere kommen; sie schritten behäbig auf den Hinterfüßen; die Kapuzen, die ihre Schnauzen verhüllten, hatten zwei Löcher, durch die zwei lange, bewegliche und behaarte Ohren ragten; überlange Ärmel umhüllten ihre Vorderfüße. Ich plagte mich derzeit sehr, diesem Traumgesicht einen Sinn abzugewinnen; aber heute weiß ich, ich war tags zuvor auf Montmartre.

Ein andermal, auf einem Feldzug, den der große Sultan Erguebzed persönlich befehligte, als ich, von einem Gewaltmarsch ermattet, in meinem Zelt schlief, schien mir, ich hätte beim Diwan den Entscheid in einer wichtigen Angelegenheit einzuholen; ich wollte mich in den Kronrat begeben; aber stellt Euch mein Erstaunen vor: ich fand den Saal voller Raufen, Krippen, Freßtröge und Hühnerkäfige; und auf dem Stuhl des Großseneschalls erblickte ich einen wiederkäuenden Ochsen; am Platz des Seraskiers einen Hammel; auf der Bank des Teftesdar einen Geier mit Krummschnabel und langen Krallen; anstelle des Kiaja und des Kadilesker zwei dicke Käuze in Pelzen; und statt der Wesire sah ich Gänseriche mit Pfauenrädern: ich trug mein Gesuch vor und vernahm zur Antwort ein gräßliches Gekakel, von dem ich erwachte."

„Wahrlich, ein schwer deutbarer Traum!" sagte Mangogul. „Ihr hattet damals eine Angelegenheit beim Diwan laufen, und ehe Ihr Euch dorthin begabt, machtet Ihr einen Rundgang durch den Tiergarten; aber warum sagt Ihr mir nichts über meinen Hundekopf, Herr Bloculocus?"

„Fürst", entgegnete Bloculocus, „ich wollte hundert gegen eins wetten, daß Ihr bei Madame oder irgendeiner anderen Dame einen Pelzkragen aus Marderfell saht und daß Euch die erste Dänendogge, die Euch zu Gesicht kam, tief beeindruckte: darin liegen zehnmal mehr Beziehungen als vonnöten, um Eure Seele nächtens zu beschäftigen; die Ähnlichkeit der Farbe ließ Euch eine Mähne für den Pelzkragen setzen, und sofort pflanztet Ihr eine scheußliche Hundeschnauze an die Stelle eines wunderschönen Frauenkopfes."

„Eure Ansichten scheinen mir richtig", sagte Mangogul, „weshalb veröffentlicht Ihr sie nicht? Sie könnten zum Fortschritt der Traumdeutung beitragen, einer wichtigen Wissenschaft, die vor zweitausend Jahren eifrig betrieben, aber seither vernachlässigt worden ist. Ein weiterer Vorteil Eures Systems wäre, daß etliche antike wie moderne Werke erhellt würden, die nichts als ein Gespinst von Träumen sind wie etwa Platons ‚Ideenlehre', die ‚Fragmente' des Hermes Trismegistos, die ‚Literarischen Paradoxa' des Paters H . . ., wie auch der ‚Newton', die ‚Farbenoptik' und die ‚Universelle Mathematik' eines gewissen Brahmanen; könntet Ihr, Herr Hellseher, uns nicht zum Beispiel erklären, was Orcotome an dem Tage sah, als er seine Hypothese mehr erträumte denn verständig entwickelte? Was Pater C... sich träumte, als er seine Farbenorgel zu bauen begann? und was für einen Traum Cléobule hatte, als er seine Tragödie verfaßte?"

„Mit ein wenig Meditation sollte es mir gelingen, Herr", erwiderte Bloculocus; „aber ich behalte mir diese schwierigen Gegenstände für die Zeit vor, da ich dem Publikum meine Übersetzung des Philoxen übergeben will, für die ich mir Eurer Hoheit Privileg erbitte."

„Gern", sagte Mangogul; „allein wer ist dieser Philoxen?"

„Ein griechischer Autor", antwortete Bloculocus, „der sich trefflich auf das Wesen der Träume verstand."

„Könnt Ihr denn Griechisch? ..."

„Ich, Herr, keineswegs."

„Sagtet Ihr nicht eben, Ihr übersetztet Philoxen, der griechisch geschrieben hat?"

„Gewiß, Herr; aber man muß eine Sprache doch nicht kennen, um sie zu übersetzen, da man ja für Leute übersetzt, die sie nicht verstehen."

„Wunderbar", sagte der Sultan; „Herr Bloculocus, übersetzt denn aus dem Griechischen, ohne es zu kennen; ich gebe Euch mein Wort, daß ich es niemand verraten und Euch darum nicht geringer schätzen will."

43. Kapitel

Dreiundzwanzigste Ringprobe · Fanni

Es war noch hell genug, als das Gespräch endete, so daß Mangogul beschloß, noch eine Ringprobe zu machen, ehe er sich in seine Gemächer zurückzog, sei es nur, um über fröhlicheren Gedanken, als ihn bis dahin beschäftigt hatten, einzuschlafen: er begab sich rasch zu Fanni. Aber er fand sie nicht vor; er ging nach dem Nachtmahl wieder hin; sie war noch nicht daheim: da verschob er die Probe auf den nächsten Morgen.

Mangogul war heute, sagt der afrikanische Autor, dessen Tagebuch wir übersetzen, um halb zehn bei Fanni. Man hatte sie eben zu Bett gebracht. Der Sultan trat an ihr Lager, betrachtete sie eine Weile und konnte nicht begreifen, wie sie bei so wenig Reizen so viele Abenteuer gehabt haben sollte.

Fanni ist so blond, daß es schon fade ist, lang, schlottericht, ihr Gang unschicklich; sie hat nichts im Gesicht, besitzt wenig Anmut, ein dreistes Gebaren, das nur bei Hofe angehen mag; Geist kennt man an ihr so viel, als die Galanterie verleihen kann, denn eine Frau müßte schon sehr dumm geboren sein, wenn sie nach rund zwanzig Abenteuern – darauf hatte Fanni es gebracht – nicht mindestens den dabei gebräuchlichen Redeschatz beherrschte.

Sie war zu guter Letzt an einen Mann geraten, der zu ihr paßte. Er ereiferte sich nicht eben wegen ihrer Seitensprünge, ohne freilich so genau wie die Öffentlichkeit zu wissen, wie sie es trieb. Er hatte Fanni aus einer Anwandlung heraus genommen, und er behielt sie aus Gewohnheit; sie lebten wie in regelrechter Ehe. Sie hatten die Nacht auf einem Ball verbracht, waren gegen neun Uhr früh zu Bett gegangen und mir nichts, dir nichts eingeschlafen. Alonzos Lässigkeit hätte Fanni wenig geschätzt, wäre er nicht so nachsichtig und bequem gewesen. Diese beiden also lagen Rücken an Rücken in tiefem Schlaf, als der Sultan seinen Ring auf Fannis Kleinod richtete. Gleich fing es an zu reden, seine Herrin zu schnarchen, und Alonzo erwachte.

Nachdem es mehrmals gegähnt hatte, sagte es: „Das kann nicht Alonzo sein; wie spät ist es? Was wird von mir verlangt? Mich dünkt, ich habe noch nicht sehr lange geschlafen; laßt mich doch einmal einen Augenblick in Frieden!"

Das Schmuckstück wollte wieder entschlummern; allein das war nicht des Sultans Absicht. „So ein Quälgeist!" sagte das Kleinod. „Noch einmal, was steht zu Diensten? Weh dem, der erlauchte Ahnen hat! Wie kümmerlich ist ein vergebenes Kleinod dran! Wenn mich etwas über die Plagen meines

Lebens trösten könnte, wär's die Gutmütigkeit des Herrn, dem ich gehöre. Darin ist er tatsächlich der beste Mann der Welt. Er hat uns nie die mindesten Scherereien gemacht. Dafür haben wir die Freiheit, die er uns ließ, auch weidlich ausgebeutet. Bei Brahma, was hätte aus mir werden sollen, wenn ich einem dieser Grämlinge zugefallen wäre, die einem allwege nachspionieren? Ein schönes Leben hätte das gegeben!"

Hier setzte das Kleinod noch ein paar Worte nach, die Mangogul nicht verstand, dann umriß es mit erstaunlicher Zungenfertigkeit eine Reihe heldischer, komischer, burlesker wie tragikomischer Begebenheiten, wovon es ganz außer Atem war, als es fortfuhr: „Ich habe ein ziemlich gutes Gedächtnis, wie Ihr seht; aber ich bin wie alle anderen; ich habe nur den kleinsten Teil von dem behalten, was mir anvertraut wurde. Also begnügt Euch mit dem Gesagten; mehr fällt mir nicht ein."

„Das ist ehrenwert", befand Mangogul bei sich; allein er ließ nicht locker.

„Oh, seid Ihr hartnäckig!" sprach wieder das Kleinod. „Gibt es nichts Besseres zu tun als zu schwatzen? Na schön, schwatzen wir denn, wenn es sein muß: vielleicht darf ich mich anderem widmen, wenn ich alles gesagt habe.

Einmal", fuhr das Kleinod fort, „verließ Fanni, meine Herrin, aus einem unerklärlichen Verlangen nach Einkehr den Hof und schloß sich in ihrem Hause in Banza ein. Es war zu Beginn der Herbstsaison, kein Mensch in der Stadt. Und was trieb sie dort? werdet Ihr fragen. Meiner Treu, ich weiß es nicht; Fanni hat ja immer nur eins getrieben; und wenn sie sich damit befaßt hätte, wüßte ich es. Anscheinend hatte sie gar nichts vor: o ja, jetzt fällt es mir ein, wir brachten anderthalb Tage mit Nichtstun zu und platzten vor Langeweile.

Ich grätzte mich zu Tode bei dieser Art Leben, als Amisadar uns erlöste.

‚Ah, Ihr seid es, mein lieber Amisadar! Ich bin wirklich entzückt. Ihr kommt mir sehr gelegen.'

‚Wer konnte ahnen, daß Ihr in Banza seid?' erwiderte Amisadar.

‚Oh, niemand: weder du noch die anderen hätten es sich träumen lassen. Errätst du denn nicht, was mich hierher trieb?'

‚Nein; offen gestanden, ich begreif's nicht.'

‚Wirklich nicht?'

‚Nein.'

‚Nun, so höre, mein Lieber, ich wollte mich bekehren.'

‚Euch bekehren?'

‚Ja doch!'

‚Seht mich einmal an; Ihr seht so reizend aus wie je, ich finde nichts an Euch, was auf Bekehrung deutet. Ihr scherzt.'

‚Nein, meiner Treu, es ist mir ernst. Ich habe beschlossen, der Welt zu entsagen; sie langweilt mich.'

‚Das ist eine Grille, die vorübergeht. Ich will des Todes sein, wenn Ihr je eine Betschwester werdet.'

‚Aber ich will es, sag ich dir; die Männer haben Treu und Glauben verloren.'

‚Hat Mazul Euch im Stich gelassen?'

‚Nein; den seh ich seit einer Ewigkeit nicht mehr.'

‚Dann also Zupholo?'

‚Erst recht nicht; ich lasse ihn gar nicht mehr vor, weiß selbst nicht, warum.'

‚Ah, ich hab's! Der junge Imola?'

‚Liebe Zeit! Behält man solchen Firlefanz?'

‚Was dann?'

‚Ich weiß nicht; ich bin aller Welt gram.'

‚Aber Madame, da habt Ihr unrecht; die Welt, der Ihr grollt, hätte noch mancherlei, Euren Kummer zu beheben.'

‚Amisadar, glaubst du wirklich, es gibt noch lautere Seelen, die von der Verderbtheit unseres Jahrhunderts frei sind und noch lieben können?'

‚Was, lieben! Seid Ihr denn ernstlich auf den Bettel aus? Ihr wollt geliebt sein, Ihr?'

‚Warum denn nicht?'

‚Aber bedenkt doch, Madame, wenn ein Mann liebt, will

er wiedergeliebt sein, und zwar ausschließlich. Ihr seid zu gescheit, um Euch den Eifersüchteleien und Launen eines zärtlichen, treuen Liebhabers zu unterwerfen. Nichts ist unerträglicher als solche Männer. Nur sie ansehen, nur sie lieben, nur von ihnen träumen; nur für sie Geist, Heiterkeit und Charme zeigen; das ist doch nichts für Euch. Das müßte schön aussehen, wenn Ihr Euch in eine richtige Leidenschaft stürzen und alle Albernheiten einer kleinen Bürgerin beilegen wolltet!‘

‚Wahrscheinlich hast du recht, Amisadar. Ich glaube wahrhaftig, es läge uns nicht, der Liebe nachzulaufen. Flattern wir denn weiter, da es anders nicht geht. Auch sehe ich gar nicht, daß die zärtlichen Frauen, die man uns als Muster preist, glücklicher dran sind als wir.‘

‚Wer hat Euch das erzählt, Madame?‘

‚Niemand; aber es ließe sich denken.‘

‚Hütet Euch vor solchen Gedanken. Eine zärtliche Frau macht sich selbst wie ihren Liebsten glücklich; nur liegt solche Rolle nicht jeder.‘

‚Meiner Treu, mein Lieber, sie liegt keiner, und alle befinden sich übel dabei. Welchen Vorteil brächte eine Bindung?‘

‚Tausende. Eine Frau, die sich bindet, wahrt ihren Ruf und wird über alles geachtet von dem, der sie liebt; und Ihr glaubt gar nicht, wieviel die Liebe der Achtung schuldet.‘

‚Jetzt verstehe ich überhaupt nichts mehr: du wirfst alles durcheinander, Ruf, Liebe, Achtung und wer weiß was noch alles. Demnach wäre Unbeständigkeit ehrenrührig! Aber wieso denn? Ich nehme mir einen Mann; er behagt mir nicht: ich nehme einen anderen, der mir auch nicht liegt: ich tausche ihn gegen einen dritten ein, der liegt mir noch weniger; und du verlangst, ich sollte, statt mich zu beklagen, daß ich an die zwanzigmal Pech hatte . . .‘

‚Ich, Madame, verlange, daß eine Frau, die sich in ihrer ersten Wahl geirrt hat, keine zweite treffe, aus Furcht, sie möchte zum weiteren Mal fehlgreifen und von einem Irrtum in den nächsten schlittern.‘

‚Ah! Was für eine Moral! Mir dünkt, du predigtest mir eben noch eine ganz andere, mein Lieber. Dürfte man fragen, wie eine Frau nach Eurem Gusto sein muß?‘

‚Mit Vergnügen, Madame; aber es ist spät, das würde uns zu weit führen ...‘

‚Um so besser: ich bin allein, du leistest mir Gesellschaft. Abgemacht, nicht wahr? Setze dich zu mir auf die Duchesse und sprich weiter; ich höre dir desto behaglicher zu.‘

Amisadar gehorchte und setzte sich neben Fanni.

‚Eure Mantille, Madame‘, sagte er, womit er sich über sie beugte und ihren Busen entblößte, ‚vermummt Euch so seltsam.‘

‚Du hast recht.‘

‚Ei, und warum so hübsche Sachen verstecken?‘ setzte er hinzu, indem er dieselben küßte.

‚Oho, laßt ab. Wißt Ihr, daß Ihr von Sinnen seid? Ihr werdet mir zu verwegen. Nimm deinen Faden nur wieder auf, Herr Moralist.‘

‚Ich möchte also‘, hob Amisadar erneut an, ‚daß meine Geliebte Schönheit, Geist, Gefühl und vor allem Anstand besitzt. Ich möchte, daß sie meine Dienste würdigt und mich nicht durch Fratzen abblitzen läßt; daß sie mich ein für allemal wissen läßt, ob ich ihr gefalle; daß sie selber mich in den Mitteln unterweist, ihr noch mehr zu gefallen; daß sie mir nicht verhehlt, welche Fortschritte ich in ihrem Herzen mache; daß sie nur mich anhört, nur Augen für mich hat, nur an mich denkt, nur von mir träumt, nur mich liebt, nur mit mir sich beschäftigt und nichts tut, was mich nicht davon überzeugen kann; und daß ich, wenn sie sich eines Tages meiner Glut ergibt, deutlich erkenne, daß ich alles meiner und ihrer Liebe verdanke. Welch ein Triumph, Madame! und wie glücklich ist ein Mann, der solche Frau besitzt!‘

‚Ach, mein armer Amisadar, du bist doch nicht bei Troste. Du malst das Bild einer Frau, die es gar nicht gibt.‘

‚Mit Verlaub, Madame, es gibt sie. Ich räume ein, daß sie selten sind; indes hatte ich das Glück, einer solchen Frau zu begegnen. Ach! wenn der Tod sie mir nicht genommen hätte – denn immer ist es der Tod, der einem solche Frauen nimmt –, dann läge ich jetzt vielleicht in ihren Armen.'

,Und wie benahmst du dich gegen sie?'

,Ich liebte sie glühend; ich verfehlte keine Gelegenheit, ihr Beweise meiner Zärtlichkeit zu geben. Ich hatte die süße Genugtuung, zu sehen, daß sie willkommen waren. Ich hielt ihr unbedingte Treue, wie sie mir. Wenn wir stritten, so nur um ein Mehr oder Weniger an Liebe. In diesen kleinen Zwistigkeiten steigerten wir uns gegenseitig. Nie waren wir zärtlicher als nach solcher Erprobung unserer Herzen. Unsere Liebesbeweise wurden immer heftiger nach unseren Erklärungen. Wieviel Liebe und Aufrichtigkeit lag dann in unseren Blicken! Ich las in ihren Augen, sie in meinen, daß wir in gleicher, wechselseitiger Glut loderten.'

,Und wohin führte euch das?'

,Zu Freuden, die weniger liebende und weniger aufrichtige Sterbliche nicht kennen.'

,Und der Genuß?'

,Ach, wie ich genoß, aber ein Gut, das ich unendlich hochschätzte. Wenn die Achtung auch selbst nicht berauscht, so steigert sie den Rausch doch um vieles. Wir zeigten einander offen unsere Herzen, und Ihr glaubt nicht, wieviel die Leidenschaft dabei gewann. Je tiefer mein Blick drang, desto mehr Schönheiten entdeckte ich, desto heißer entbrannte ich. Die Hälfte meines Lebens lag ich zu ihren Füßen; der Rest war Sehnsucht. Ich war ihr Glück, sie meines. Stets sah ich sie mit Freuden und verließ sie nur voll Schmerz. So lebten wir; urteilt jetzt, Madame, ob zärtliche Frauen gar so beklagenswert sind.'

,Nein, das sind sie nicht, wenn Ihr die Wahrheit sprecht; aber es fällt mir schwer zu glauben. So liebt doch niemand. Ich vermute sogar, daß man die Freuden bei einer Leidenschaft, wie Ihr sie erlebt habt, mit großen Ängsten bezahlen muß.'

,Die hatte ich, Madame, aber sie waren mir teuer. Ich spürte Regungen der Eifersucht. Die geringste Veränderung im Antlitz meiner Freundin stürzte meine Seele in die tiefsten Sorgen.'

‚Welche Tollheit! Alles in allem genommen, finde ich, daß es doch besser ist, zu lieben, wie man heutzutage liebt: unverzagt zugreifen; halten, solange man sich vergnügt; auseinandergehen, sobald man sich langweilt oder der Sinn nach anderem steht. Unbeständigkeit bietet so vielfältige Freuden, wie ihr Schmachtenden keine kennt.'

‚Ich räume ein, daß diese Art zu Modepuppen und zu Libertinerinnen paßt; aber ein zärtlicher, feinfühlender Mann begnügt sich damit nicht. Sie kann ihn allenfalls amüsieren, wenn sein Herz frei ist und er Vergleiche anstellen will. Kurzum, eine galante Frau wäre nicht mein Fall.'

‚Du hast recht, mein Lieber; deine Denkungsart entzückt mich. Und liebst du derzeit?'

‚Nein, Madame, wenn nicht Euch; aber ich wage nicht, es Euch zu gestehen ...'

‚Ach, wage es, Lieber: du darfst es', erwiderte Fanni und sah ihn eindringlich an.

Amisadar verstand diese Antwort aufs beste, rückte näher auf dem Kanapee, begann, mit einem Band zu tändeln, das auf Fannis Busen fiel; und man ließ ihn gewähren. Seine Hand glitt ungehindert weiter. Man fuhr fort, ihn mit Blikken zu traktieren, die er nicht mißdeutete. Ich spürte wohl", so sprach das Kleinod, „wie recht er daran tat. Er küßte den Busen, den er so gepriesen. Man drängte ihn abzulassen, aber in einem Ton, der Gekränktsein verhieß, falls er gehorchte. So gehorchte er nicht. Er küßte die Hände, kehrte zum Busen zurück, ging zum Mund über; nichts widerstand ihm. Unmerklich war Fannis Fuß auf Amisadars Schoß geraten. Er streichelte ihn: wie zart er war! Amisadar verfehlte nicht, es festzustellen. Sein Lob ward mit abwesender Miene angehört. Dank solcher Unachtsamkeit machte Amisadars Hand Fortschritte: sie war behende bei den Knien. Die Unachtsamkeit hielt an, und Amisadar stand im Begriff, sich einzufinden, als Fanni zu sich kam. Sie beschuldigte den kleinen Philosophen, er lasse es an Ehrerbietung mangeln; doch war nun er so abwesend, daß er nichts mehr hörte oder die Vorwürfe gegen ihn nicht anders als durch Vollendung seines Glücks erwiderte.

Oh, wie reizend erschien er mir! Unter seinen vielen Vorgängern und Nachfolgern war keiner, der mich so zufriedenstellte. Ich kann nicht von ihm sprechen, ohne zu erbeben. Doch erlaubt, daß ich Atem schöpfe: mir deucht, ich rede für eins, das dies zum erstenmal tut, reichlich lange."

Alonzo ließ sich kein Wort von Fannis Kleinod entgehen und war nicht minder als Mangogul auf die Fortsetzung des Abenteuers begierig, doch hatten beide keinen Grund zur Ungeduld, denn schon berichtete das Kleinod weiter:

„Soviel ich nach allerhand Grübelei zusammenreimen konnte, fuhr Amisadar ein paar Tage später aufs Land, wurde nach dem Grund seines Stadtaufenthalts gefragt und erzählte sein Abenteuer mit meiner Herrin. Denn ein gemeinsamer Bekannter von ihr und von Amisadar fragte, als er an unserem Haus vorüberkam, sei's Zufall oder Vorbedacht, ob Madame zu Hause sei; er ließ sich melden, kam herauf.

‚Ah, Madame! Wer hätte Euch in Banza vermutet? Seit wann seid Ihr hier?'

‚Seit einer Ewigkeit, mein Lieber; seit den vierzehn Tagen, die ich der Gesellschaft entsagt habe.'

‚Dürfte man fragen, Madame, aus welchem Grund?'

‚Ach, weil sie mich langweilte. Die Frauen der großen Welt frönen einer so befremdlichen Libertinage, daß es nicht auszuhalten ist. Man muß es entweder treiben wie sie oder gilt für prüde; und offen gesagt, mir widerstrebt beides.'

‚Oh, Madame, Ihr seid ja ganz erbaulich geworden. Sollten die Predigten des Brahmanen Brelibibi Euch bekehrt haben?'

‚Nein; es war ein Hauch von Philosophie, ein Frömmigkeitsanfall. Es überkam mich ganz überraschend; und es ist wahrlich nicht Amisadars Schuld, daß ich jetzt nicht im Kloster bin.'

‚So hat Madame ihn kürzlich gesehen?'

‚Ja, ein- oder zweimal . . .'

‚Und Ihr empfingt nur ihn?‘

‚Ei, ja doch, ja. Er ist der einzige vernünftige, denkende, handelnde Mensch, der seit der Ewigkeit meiner Einsiedelei bei mir verkehrte.‘

‚Wie eigenartig.‘

‚Was ist daran eigenartig?‘

‚Nun, daß er in den letzten Tagen ein Abenteuer mit einer Dame in Banza hatte, die allein war wie Ihr, fromm wie Ihr, weltabgeschieden wie Ihr. Soll ich es Euch erzählen: vielleicht heitert es Euch auf?‘

‚Sicherlich‘, sagte Fanni. Und so erzählte Amisadars Freund ihr eigenes Abenteuer Wort für Wort wie ich“, sagte das Kleinod. „Und als er angelangt war, wo ich stehenblieb, sagte er:

‚Nun, Madame, was haltet Ihr davon? Ist Amisadar nicht ein Glückspilz?‘

‚Vielleicht auch ein Schwindler‘, erwiderte Fanni. ‚Glaubt Ihr, es gibt so schamlose Frauen, die sich mir nichts, dir nichts jedem ergeben?‘

‚Aber bedenkt, Madame‘, beharrte Marsupha, ‚Amisadar hat keinen Namen genannt, und daß er uns mit reiner Erfindung imponieren wollte, ist unwahrscheinlich.‘

‚Mir schwant, was es ist‘, sagte Fanni. ‚Amisadar hat Witz, er sieht gut aus: er wird in der armen Einsiedlerin wollüstige Gedanken geweckt haben, von denen sie sich hinreißen ließ. Ja, das wird es sein. Männer der Sorte sind gefährlich für jede, die ihnen Gehör schenkt; und unter denen ist Amisadar einzigartig ...‘

‚Wie, Madame‘, fiel Marsupha ein, ‚sollte Amisadar der einzige Mann mit solcher Überzeugungskraft sein; wollt Ihr nicht anderen, ebenso verdienstvollen, auch einen kleinen Teil Eurer Wertschätzung erweisen?‘

‚Von wem sprecht Ihr, wenn's beliebt?‘

‚Von mir, Madame, der ich Euch bezaubernd finde und ...‘

‚Ich glaube, Ihr scherzt. Seht mich doch an, Marsupha. Ich habe weder Rouge noch Schönheitspflaster aufgelegt. Die Morgenhaube steht mir nicht. Ich sehe grauslich aus ...‘

‚Da irrt Ihr, Madame: das Deshabillé steht Euch zum Entzücken. Es gibt Euch etwas so Rührendes, Zärtliches! ...‘

Diesen galanten Worten ließ Marsupha andere der Art folgen. Unmerklich mischte ich mich in die Unterhaltung; und als Marsupha mit mir fertig war, frug er meine Herrin:

‚Im Ernst, Amisadar hat Euch bekehren wollen? Nun, auf Bekehrungen versteht er sich wohl bewundernswert! Könntet Ihr mir nicht eine Kostprobe seiner Moral mitteilen? Ich wette nämlich, daß sie wenig verschieden von meiner ist.‘

‚Wir haben gewisse Punkte der Galanterie durchgenommen. Wir haben den Unterschied zwischen den zärtlichen und den galanten Frauen klargestellt. Er ist für die zärtlichen Frauen.‘

‚Ihr sicher auch?‘

‚Bewahre, mein Freund. Ich habe mich abgemüht, ihm begreiflich zu machen, daß wir alle eine wie die andere sind und aus denselben Ursachen handeln. Er ist anderer Meinung. Er trifft unendlich viele Unterscheidungen, die es aber, glaub ich, nur in seiner Einbildung gibt. Er hat sich da was weiß ich für ein Idealgeschöpf erdacht, einen Traum von Frau, ein vernunftbegabtes Wesen im Unterrock.‘

‚Madame‘, entgegnete Marsupha, ‚ich kenne Amisadar. Er ist ein gescheiter Bursche und kennt die Frauen. Wenn er Euch gesagt hat, es gibt solche ...‘

‚Ach, ob es sie gibt oder nicht gibt, ich könnte mich mit der Art zu leben nie abfinden‘, fiel Fanni ihm ins Wort.

‚Das will ich meinen‘, sagte Marsupha. ‚Darum habt Ihr auch eine Art zu leben gewählt, die Euch nach Natur und Verdienst besser entspricht. Diese spröden Weiber sollte man den Philosophen überlassen; am Hofe würden sie unweigerlich versauern ...‘“

Hier verstummte Fannis Kleinod. Einer der größten Vorzüge dieser Redner war, im rechten Moment aufzuhören. Sie redeten, als hätten sie ihr Lebtag nichts anderes getan, weshalb einige Autoren denn schlußfolgerten, sie seien pure Automaten. Und dies begründeten sie wie folgt. Hier gibt der afrikanische Autor des langen und breiten das metaphysische

Argument der Cartesianer gegen die tierische Seele wieder, das er mit größtmöglichem Scharfsinn auf das Geschwätz der Kleinode überträgt. Kurz gefaßt, meint er, die Kleinode redeten, wie die Vögel singen; das heißt, genauso vollkommen, ohne es gelernt zu haben, so daß außer Zweifel stünde, daß sie nach der Pfeife eines höheren Wesens tanzten.

Und was macht er mit seinem Fürsten? fragt ihr. Er schickt ihn zur Favoritin zum Diner: jedenfalls finden wir ihn dort im folgenden Kapitel.

44. Kapitel

Selims Reisen

Mangogul, bedacht darauf, der Abwechslung zuliebe immer neue Ringproben zu machen, war, nachdem er die interessantesten Kleinode seines Hofes vernommen hatte, nun begierig, einige aus der Stadt zu befragen; aber da er fürchtete, er werde nicht viel Hübsches hören, hätte er sie wenigstens gern unter angenehmen Umständen ausgehorcht und sich die Mühe erspart, sie aufzusuchen.

Wie bringt man sie hierher? Das war die große Frage.

„Was zermartert Ihr Euer Hirn um eine Kleinigkeit", sagte Mirzosa. „Ihr braucht nur einen Ball zu geben, Herr, und ich verspreche Euch auf den Abend mehr Schwätzer, als Ihr anhören mögt."

„Freude meines Herzens! Ihr habt recht", sagte Mangogul; „Euer Vorschlag ist sogar um so besser, als er uns mit Sicherheit nur solche herschafft, die wir brauchen können."

Flugs ergeht Order an den Kislar-Agasi und den Schatzmeister der Lustbarkeiten, das Fest auszurichten und nicht mehr als viertausend Billetts zu verteilen. Man wußte dort offenbar besser als anderswo, wieviel Raum sechstausend Menschen einnehmen.

Bis zur Eröffnung des Balls unterhielten sich Selim, Mangogul und die Favoritin über die Tagesneuigkeiten.

„Weiß Madame schon“, sagte Selim, „daß der arme Codindo tot ist?“

„Kein Wort hab ich davon gehört: woran ist er denn gestorben?“ fragte die Favoritin.

„Ach, Madame“, sagte Selim, „er ist ein Opfer der Attraktionslehre geworden. Er hat sich dieses System von Jugend auf in den Kopf gesetzt, und nun, auf seine alten Tage, hat es ihm den Verstand verdreht.“

„Wie denn das?“ fragte die Favoritin.

„Er hatte“, berichtete Selim, „nach den Methoden von Halley und Circino, zwei berühmten Astronomen aus Monoémugi, herausgefunden, daß ein gewisser Komet, der zu Lebzeiten Kanoglous viel Aufhebens verursachte, vorgestern wieder erscheinen mußte; und in der Furcht, der Komet könne gar früher auftauchen und er, Codindo, das Glück versäumen, ihn als erster zu sehen, beschloß er, die Nacht auf seiner Sternwarte zu verbringen; so saß er gestern morgen um neun Uhr noch da und starrte durchs Fernrohr. Sein Sohn, der besorgte, eine so lange Sitzung könne ihm schaden, ging gegen acht Uhr zu ihm, zupfte ihn am Ärmel und rief ihn mehrmals an:

‚Vater, Vater!‘ Keine Antwort. ‚Vater, Vater!‘ wiederholte der kleine Codindo.

‚Gleich wird er kommen‘, sprach Codindo; ‚er wird kommen. Oh! beim Element! Ich werd ihn sehen!‘

‚Aber wie denn, Vater, es herrscht ja dichter Nebel ...‘

‚Ich will ihn sehen; und ich werd ihn sehen, sag ich dir.‘

Der junge Mann, den diese Worte überzeugten, daß sein unglücklicher Vater umnebelt war, rief um Hilfe. Man kam, man schickte nach Farfadi, und ich war eben bei ihm, da er mein Leibarzt ist, als Codindos Diener eintraf ...

‚Schnell, schnell, Monsieur, beeilt Euch; zum alten Codindo, meinem Herrn.‘

‚Was ist los, Champagne? Was ist deinem Herrn zugestoßen?‘

‚Er ist verrückt geworden, Monsieur.‘

‚Dein Herr ist verrückt? ...‘

‚Ja doch, Monsieur. Er schreit, er will Tiere sehen, er will Tiere sehen; es sollen welche kommen. Der Herr Apotheker ist schon da, sie warten auf Euch. Kommt schnell.‘

‚Manie!‘ sagte Farfadi, während er seine Robe anlegte und sein viereckiges Barett suchte. ‚Manie, ein furchtbarer Anfall von Manie!‘ Dann fragte er den Diener: ‚Champagne, sieht dein Herr etwa Schmetterlinge? Rupft er Flöckchen aus seiner Bettdecke?‘

‚I wo, Monsieur‘, sagte Champagne. ‚Der arme Mann ist oben auf der Sternwarte, und seine Frau, seine Töchter und sein Sohn halten ihn an allen vieren fest. Kommt schnell, Euer Barett findet Ihr morgen.‘

Codindos Krankheit kam mir spaßig vor: Farfadi stieg in meine Karosse, und wir fuhren gemeinsam zum Observatorium. Schon unten an der Treppe hörten wir Codindo wie einen Rasenden schreien: ‚Ich will den Kometen sehen; ich werde ihn sehen; packt euch, Halunken!‘

Anscheinend hatte seine Familie ihn nicht bestimmen können, in seine Wohnung zurückzukehren, und sein Bett auf den Turm bringen lassen; denn wir fanden ihn zu Bette vor. Man hatte den Apotheker des Viertels und den Brahmanen des Sprengels geholt, der ihm, als wir eintrafen, in die Ohren posaunte:

‚Bruder, lieber Bruder, es geht um Euer Seelenheil; Ihr dürft zu dieser Stunde nicht ruhigen Gewissens auf einen Kometen warten; Ihr setzt Euch der Verdammnis aus ...‘

‚Das ist meine Sache‘, antwortete Codindo.

‚Wie wollt Ihr Euch vor Brahma verantworten, wenn Ihr vor ihm erscheinen müßt?‘ sprach der Brahmane wieder.

‚Herr Pfarrer‘, versetzte Codindo, ohne das Auge vom Fernrohr zu wenden, ‚ich werd ihm sagen, daß es Euer Beruf ist, mir für mein Geld gut zuzureden, und der des Herrn Apothekers hier, mir sein laues Wasser zu rühmen; daß der Herr Doktor seine Pflicht tut, wenn er mir den Puls fühlt, ohne daran etwas zu erkennen, und daß es meine Pflicht ist, auf den Kometen zu warten.‘

Soviel man in ihn drang, mehr war ihm nicht abzuringen: heldenmütig fuhr er fort zu beobachten, und er ist auf seinem Ausguck gestorben, die linke Hand auf dem linken Auge, die rechte am Rohr des Teleskops und das rechte Auge unverrückt am Okular – neben seinem Sohn, der ihm zurief, er habe einen Berechnungsfehler gemacht, seinem Apotheker, der ihm irgendein Mittel anriet, seinem Arzt, der achselzuckend sagte, da sei nichts mehr zu machen, und seinem Pfarrer, der auf ihn einsprach: ‚Bruder, tut Buße und empfehlt Eure Seele Brahma ...'"

„Das nenne ich im Bett der Ehre sterben", sagte Mangogul.

„Lassen wir den armen Codindo in Frieden ruhn", sagte die Favoritin, „und gehen wir zu Vergnüglicherem über."

Dann wandte sie sich an Selim und sagte:

„Ihr seid galant, Seigneur, Ihr habt einen Hof erlebt, wo eine Lustbarkeit der andern folgte, Ihr habt Geist, schöne Talente und seht gut aus – was Wunder, daß Euch die Kleinode in Euren besten Jahren priesen. Ich vermute sogar, sie haben gar nicht alles ausgeplaudert, was auf Euer Konto geht. Ich verlange nun nicht den Nachtrag von Euch; Ihr könntet gute Gründe haben, mir das zu verweigern. Aber nach all den Abenteuern, mit denen Euch das Völkchen beehrt hat, müßt Ihr die Frauen kennen; und das könnt Ihr wohl folgenlos gestehen."

„Dieses Kompliment, Madame", erwiderte Selim, „hätte meiner Eigenliebe geschmeichelt, als ich zwanzig war: aber heute bin ich klüger; und eine meiner wichtigsten Erkenntnisse ist, je mehr man in dem Genre praktiziert, um so dunkler wird's einem. Ich und die Frauen kennen! Je nun, viel studiert mag hingehen."

„Also, was denkt Ihr über sie?" fragte die Favoritin.

„Was immer ihre Kleinode von sich gegeben, Madame", erwiderte Selim, „ich halte sie sämtlich für höchst ehrenwert."

„Fürwahr, mein Bester", sagte der Sultan, „Ihr hättet verdient, selbst ein Kleinod zu sein; Ihr hättet keinen Maulkorb nötig."

„Selim", sagte die Sultanin, „laßt Euren satirischen Ton und sprecht die Wahrheit."

„Madame", erwiderte der Hofmann, „in meine Schilderung könnten sich ungenehme Züge mischen; darum enthebt mich des Zwanges, ein Geschlecht zu schmähen, das mich allezeit ziemlich gut bedient hat und das ich verehre, weil ..."

„Ach, immer diese Verehrung! Dabei zieht keiner schärfer vom Leder als diese Liebediener, wenn's darauf ankommt", fiel Mirzosa ein; und da sie spürte, Selim zügele sich aus Rücksicht gegen sie, fügte sie hinzu: „Meine Gegenwart soll Euch in nichts behindern: wir wollen uns vergnügen; und ich verpflichte mich bei meinem Ehrenwort, ich werde mir nur alle Eure freundlichen Worte über mein Geschlecht annehmen und die übrigen den anderen lassen. Also, Ihr habt sie fleißig studiert? Nun denn, berichtet uns von Euren Studien: nach den bekannt gewordenen Erfolgen zu schließen, müssen sie mehr als glanzvoll verlaufen sein; und es steht zu vermuten, daß die unbekannt gebliebenen erstere nicht Lügen strafen."

Der alte Hofmann gab ihrem Drängen nach und hob an zu erzählen:

„Die Kleinode haben viel von mir gesprochen, das ist wahr; aber alles haben sie nicht gesagt. Diejenigen, die meine Geschichte vervollständigen könnten, sind entweder nicht mehr oder leben nicht unter diesem Himmel, und diejenigen, die sie einleiteten, streiften das Gebiet nur erst. Ich habe bis heute, wie versprochen, das unverletzliche Geheimnis gewahrt, wiewohl ich zum Reden eher beschaffen bin als sie; aber da sie das Schweigen gebrochen haben, scheint mir, entbinden sie auch mich meiner Verschwiegenheit.

Von der Natur mit feurigem Temperament begabt, wußte ich kaum, was schöne Frauen sind, als ich sie schon liebte. Ich hatte Hofmeisterinnen, die ich verabscheute; um so besser behagte mir's bei den Zofen meiner Mutter. Sie waren meist jung und hübsch: sie schwatzten bedenkenlos vor mir, zogen sich vor mir aus und an; sie forderten mich sogar heraus, mir Freiheiten gegen sie zu erlauben: und mein von

Natur zur Galanterie neigender Geist machte sich alles zunutze. Mit fünf oder sechs Jahren und ersten Kenntnissen ausgestattet, kam ich in die Hände der Männer; und Gott weiß, wie diese Kenntnisse zunahmen, als die antiken Autoren mir vorgesetzt wurden und meine Lehrer mir so manche Stelle auslegten, deren Sinn sie womöglich selbst nicht verstanden. Die Pagen meines Vaters lehrten mich etliche Schülergaudi; und nach der Lektüre der ‚Aloysia', die sie mir liehen, verspürte ich die allergrößte Lust, mich zu vervollkommnen. Damals war ich vierzehn.

Ich sah mich unter den Frauen um, die im Hause aus und ein gingen, auf der Suche nach einer, an die ich mich wenden könnte; aber sie dünkten mir alle gleicherweise geeignet, mich aus meiner lästigen Unschuld zu erlösen. Ein Beginn von Neigung, mehr noch der Mut, mich an ein Mädchen meines Alters heranzumachen – denn bei den anderen wagte ich's nicht –, bestimmten mich für eine meiner Cousinen. Emilie, so hieß sie, war jung, ich auch: ich fand sie hübsch, und ich gefiel ihr: sie war nicht schwierig, ich unternehmungslustig: ich hatte Lust zu lernen, sie nicht minder. Wir stellten uns oft ganz naive und sehr harte Fragen: eines Tages dann entschlüpfte sie der Obacht ihrer Hofmeisterinnen, und wir unterrichteten uns. Ah! Die Natur ist ein großer Lehrmeister. Sie führte uns bald dahinter, was Lust ist, und wir überließen uns ihrem Trieb, in Unkenntnis der Folgen: auf unsere Weise war ihnen nicht vorzubeugen. Emilie verbarg ihr Unwohlsein um so weniger, als sie die Ursache nicht ahnte. Ihre Mutter fragte sie aus, entlockte ihr das Geständnis unseres Verkehrs, und mein Vater wurde eingeweiht. Er machte mir Vorhaltungen, die indes seinen Stolz nicht verhehlten; und auf der Stelle ward beschlossen, ich solle auf Reisen gehen. Ich reiste mit einem Hofmeister, der beauftragt war, aufmerksam über meine Führung zu wachen, aber nicht einzuschränken; und fünf Monate später erfuhr ich aus der Gazette, daß Emilie an den Blattern gestorben war, aus dem Brief meines Vaters dann, daß ihre Zärtlichkeit für mich sie das Leben gekostet hatte. Der erste Sproß meiner Liebe dient ehrenvoll in der

Armee des Sultans: ich habe ihn mit meinem Einfluß stets gefördert; aber er kennt mich bisher nur als seinen Wohltäter.

Wir waren in Tunis, als ich die Nachricht von seiner Geburt und dem Tod seiner Mutter erhielt: ich war heftig betrübt; und ich wäre, glaube ich, untröstlich gewesen ohne die Liebschaft mit der Frau eines Korsaren, die mir keine Muße zur Verzweiflung ließ: die Tunesierin war verwegen; ich war toll: und so glitt ich alltäglich mittels einer Strickleiter, die sie mir zuwarf, von unserem Hotel auf ihre Terrasse und von dort in eine Kammer, wo sie mich weiterbildete; denn Emilie hatte nur erst den Entwurf geleistet. Ihr Gatte kehrte in dem Augenblick von einer Fahrt heim, als mein Hofmeister, der seine Anweisungen erhalten hatte, mich drängte, nach Europa überzusetzen; ich nahm ein Schiff nach Lissabon, aber nicht ohne wieder und wieder sehr zärtlichen Abschied von Elvira genommen zu haben, die mir den Diamanten schenkte, den Ihr hier seht.

Das Schiff, das wir bestiegen, hatte Waren geladen; aber die kostbarste war für mich die Frau des Kapitäns: sie war keine zwanzig Jahre alt: ihr Mann war eifersüchtig wie ein Tiger, und das nicht grundlos. Wir brauchten nicht lange, uns alle drei zu verständigen: Doña Velina begriff schlagartig, daß sie mir gefiel, ich, daß ich ihr nicht gleichgültig war, und ihr Gatte, daß er uns störte; also beschloß der Seemann, uns nicht aus den Augen zu lassen, solange wir nicht im Hafen von Lissabon wären; ich las in den Augen der lieben Gattin, wie sehr die Hartnäckigkeit des Gatten sie erzürnte; meine Augen taten ihr dasselbe kund, und der Ehemann verstand uns aufs beste. Wir brachten ganze zwei Tage in unfaßlichem Verlangen hin und wären wohl daran vergangen, hätte der Himmel nicht ein Einsehen gehabt; aber hilft er nicht stets den gepeinigten Seelen? Kaum hatten wir die Meerenge von Gibraltar passiert, als ein wütender Sturm losbrach. Ich ließe mir's nicht nehmen, Madame, Euch die Winde um die Ohren sausen und den Donner überm Haupte grollen zu lassen, den Himmel mit Blitzen zu entflammen, die Fluten bis zu den Wolken aufzupeitschen und Euch den furchtbarsten Orkan zu schildern, den Ihr je in irgendeinem Roman gefunden, gäbe ich Euch nicht einen historischen Abriß; so sage ich lediglich, daß der Kapitän durch das Geschrei der Matrosen gezwungen wurde, seine Kajüte zu verlassen und sich der einen Gefahr aus Furcht vor einer anderen auszusetzen: er ging mit meinem Hofmeister hinaus, und schon stürzte ich meiner schönen Portugiesin in die Arme, völlig vergessend, daß es ein Meer, Stürme, Orkane gab, daß wir von einem schwanken Schiff getragen wurden – und überließ mich rückhaltlos dem ungetreuen Element. Unsere Fahrt ging rasch; und Ihr mögt Euch denken, Madame, daß man in wenigen Stunden weit kommt, wenn der Wind in die Segel stößt: wir gingen in Cadix an Land, wo ich der Señora das Versprechen gab, sie in Lissabon zu besuchen, wenn es mein Mentor erlaubte, der geradewegs nach Madrid zu gehen dachte.

Die Spanierinnen sind strenger bewacht und mehr der Liebe zugetan als unsere Frauen: die Liebe wird dort durch eine Art Botschafterinnen betrieben, die Order haben, die Fremden zu mustern, ihnen Anerbietungen zu machen, sie zu führen, zurückzugeleiten, und die Damen übernehmen die Mühe, sie glücklich zu machen. Dank günstiger Umstände blieb mir dies Zeremoniell erspart. Eine große Umwälzung hatte einen Prinzen französischen Geblüts auf den Thron dieses Königreiches gesetzt; seine Ankunft und Krönung gaben Anlaß zu Festen, und so kam ich an den Hof: ich wurde auf einem Ball angesprochen; man schlug mir für den nächsten Tag ein Rendezvous vor; ich nahm an und begab mich in ein kleines Haus, wo ich nur einen maskierten, bis zur Nase in einen Mantel vermummten Mann vorfand, der mir ein Billett überreichte, mit welchem Doña Oropeza die Partie auf den nächsten Tag, zur selben Stunde, verschob. Ich kam wieder, und man führte mich in ein üppig ausgestattetes, von Kerzen erleuchtetes Gemach: meine Göttin ließ nicht auf sich warten; sie trat, mir auf dem Fuße folgend, herein und warf sich in meine Arme, ohne ein Wort zu sagen oder ihre Maske abzulegen. War sie häßlich? War sie hübsch? ich wußt es nicht; ich konnte auf dem Kanapee, wohin sie mich zog, lediglich feststellen, daß sie jung und wohlgestalt war und die Freude liebte: als sie sich von meinen Lobpreisungen befriedigt glaubte, demaskierte sie sich und zeigte mir das Original des Porträts, das Ihr in dieser Tabatiere seht."

Gleichzeitig öffnete Selim eine goldene, edelsteinbesetzte Dose von erlesener Arbeit und wies sie der Favoritin.

„Ein galantes Geschenk!" sagte Mangogul.

„Was ich am höchsten daran schätze", fügte die Favoritin hinzu, „ist das Porträt. Diese Augen! Dieser Mund! Dieser Busen! Ist das alles auch nicht geschmeichelt?"

„So wenig, Madame", versetzte Selim, „daß Oropeza mich vielleicht in Madrid gehalten hätte, wenn ihr Gemahl, der unseren Handel erfuhr, ihn nicht mit seinen Drohungen belastet hätte. Ich liebte Oropeza, aber mehr noch liebte ich mein Leben; auch wünschte mein Hofmeister nicht, daß ich mich dem Dolch des Gatten aussetzte, um die Frau ein paar Monate länger zu genießen; ich schrieb der schönen Spanierin also einen sehr rührenden Abschiedsbrief, den ich aus einem Roman des Landes abschrieb, und ging nach Frankreich.

Der Monarch, der Frankreich derzeit regierte, war der Großvater des spanischen Königs, und sein Hof galt zu Recht als der prächtigste, formvollste und galanteste in Europa: Ich wirkte dort wie ein Wunder.

‚Ein junger Edelmann aus Congo', sagte eine schöne Marquise; ‚ei, das muß ein besonderes Vergnügen sein; die Männer dort taugen mehr als unsere. Congo liegt, glaube ich, nicht weit von Marokko.'

Man arrangierte Soupers, ich mußte dabeisein. War meine Rede nur einigermaßen sinnig, fand man sie gewitzt, bewunderungswürdig; man schrie um so lauter, als mir anfangs die Ehre der Unterstellung zuteil wurde, ich besäße überhaupt keinen Verstand.

‚Er ist reizend', rief eine andere Hofdame begeistert: ‚es wäre ein Verbrechen, einen so hübschen Jungen in ein Land zurückzulassen, wo die Frauen von Männern bewacht werden, die keine mehr sind! Stimmt das, Monsieur? Man sagt, sie hätten nichts: das verunziert einen Mann doch aber . . .'

,Ah, wir müssen den langen Burschen hier behalten', fügte eine andere hinzu, ,er ist von Adel: und wenn man ihn nur zum Malteserritter machte; wenn gewünscht, verpflichte ich mich, ihm eine Stelle zu beschaffen; und die Herzogin Victoria, meine langjährige Freundin, wird, wenn nötig, zu seinen Gunsten mit dem König sprechen.'

Bald hatte ich eindeutige Beweise ihres Wohlwollens und setzte die Marquise instand, das Verdienst der Marokkaner und Congoiter einzuschätzen; ich spürte, daß die Stellung, welche die Herzogin und ihre Freundin mir zugedacht hatten, schwierig auszufüllen war, und gab sie auf. Während dieses Aufenthalts lernte ich, schöne Leidenschaften von vierundzwanzig Stunden Dauer zu entfalten; ich wirbelte sechs Monate in einem Taumel, wo der Beginn des einen Abenteuers das Ende des vorigen nicht abwartete: man war einzig auf Genuß aus; kam er nicht gleich oder war er vorüber, flog man neuen Freuden zu."

„Was sagt Ihr da, Selim?" unterbrach ihn die Favoritin. „Ist denn Sittsamkeit dort unbekannt?"

„Mit Verlaub, Madame", erwiderte der alte Hofmann, „man führt das Wort allzeit im Munde; allein die Französinnen sind der bewußten Sache nicht minder hörig als ihre Nachbarinnen."

„Welche Nachbarinnen?" fragte Mirzosa.

„Die Engländerinnen", versetzte Selim, „kühle, abweisende Frauen nach außen hin, aber in Wahrheit leidenschaftlich, wollüstig und rachsüchtig, weniger geistreich, aber überlegter als die Französinnen: die einen lieben die Sprache der Gefühle, die anderen ziehen den Ausdruck des Vergnügens vor. Aber in London wie in Paris liebt man, verläßt sich, bindet sich erneut, um sich aufs neue zu trennen. Von der Tochter eines Lord Bishop (eine Art Brahmanen, die nicht zum Zölibat gezwungen sind), wechselte ich zu der Frau eines Baronets über: während er heiß im Parlament stritt, um die Interessen der Nation gegen die Anschläge des Hofes zu verteidigen, fochten wir, seine Frau und ich, in seinem Hause andere Kämpfe aus; aber das Parlament schloß, und Madame war gezwungen, ihrem Ritter auf sein Rittergut zu folgen: ich tröstete mich mit der Frau eines Obersten, dessen Regiment an der Küste in Garnison lag; dann geriet ich an die Frau des Lord Mayor. Ah! welch eine Frau! Ich hätte Congo nie wiedergesehen, hätte die List meines Hofmeisters, der mich dahinsiechen sah, mich von dieser Galeere nicht errettet. Er erfand Briefe meiner Familie, die mich eilends zurückerwartete, und wir schifften uns nach Holland ein; unsere Absicht war, Deutschland zu durchqueren und nach Italien zu gehen, wo wir uns günstige Gelegenheit erhofften, nach Afrika überzusetzen.

Holland sahen wir nur von der Postkutsche aus: unser Aufenthalt in Deutschland währte kaum länger; alle Frauen von Stand gleichen dort imposanten Festungen, die man nach allen Regeln belagern muß: man kommt zum Ziel; aber die Annäherungen erfordern so viele Manöver, es gibt so viele „wenn“ und „aber“, wenn es die Artikel der Kapitulation festzulegen gilt, daß diese Eroberungen mich sehr bald langweilten.

Ich werde zeitlebens nicht vergessen, was eine sehr hochgestellte Deutsche sagte, als sie im Begriff stand, mir zu gewähren, was sie vielen vor mir nicht verweigert hatte:

‚Ach!‘ rief sie schmerzbewegt. ‚Was würde der Groß-Alziki, mein Vater, sagen, wenn er wüßte, daß ich mich einem so geringen Congoiter hingebe?‘

‚Nichts, Madame‘, erwiderte ich; ‚so viel Größe überwältigt mich, und ich ziehe mich zurück.‘ Ich hatte klug daran getan; denn hätte ich Ihre Hoheit mit meiner Mittelmäßigkeit kompromittiert, es wäre mir erinnerlich geblieben: Brahma, der unsere gesunden Lande schützt, muß mich in jenem heiklen Augenblick erleuchtet haben.

Die Italienerinnen, die wir anschließend durchnahmen, sind nicht derart verstiegen. Bei ihnen lernte ich die verschiedenen Weisen des Vergnügens kennen. Es steckt so viel Caprice wie Sonderlichkeit in diesen Raffinements; allein, verzeiht, Ihr Damen, manchmal braucht es dergleichen, um Euch zu gefallen. Ich habe von Florenz, Venedig und Rom etliche lustige Rezepte mitgebracht, die bis zu meiner Zeit in unseren barbarischen Landen unbekannt waren. Aller Ruhm daran gebührt den Italienerinnen, von denen ich sie erhielt.

Ich verbrachte rund vier Jahre in Europa, dann kehrte ich, allseitig gebildet, wie Ihr seht, und gewappnet mit den kostbaren Entdeckungen aus Italien, die ich umgehend verbreitete, über Ägypten in unser Reich zurück."

Hier, sagt der afrikanische Autor, bemerkte Selim, daß Mangogul über den Gemeinplätzen, die er der Favoritin über seine Abenteuer in Europa und über den Charakter der Frauen jener Länder vorgeschwatzt hatte, in tiefen Schlaf gesunken war, und da er ihn zu wecken fürchtete, rückte er der Favoritin näher und fuhr leise zu erzählen fort:

„Madame", sagte er, „wenn ich nicht besorgen müßte, Euch mit einem Bericht belästigt zu haben, der vielleicht gar zu lang war, würde ich Euch noch ein Abenteuer zum besten geben, mit dem ich in Paris debütierte: ich weiß nicht, wie ich es vergessen konnte."

„Erzählt, mein Lieber", erwiderte die Favoritin, „ich will meine Aufmerksamkeit verdoppeln und Euch, soviel ich vermag, für die des schlafenden Sultans entschädigen."

„Wir hatten von Madrid", fuhr Selim fort, „Empfehlungsschreiben an einige Seigneurs des französischen Hofes mitgebracht und fanden uns, kaum angelangt, gleich bestens aufgehoben. Es war die schöne Jahreszeit, und mein Hofmeister und ich schlenderten des Abends durch die Gärten des Palais-Royal. Einmal wurden wir dort von ein paar Stutzern angesprochen, die uns die hübschesten Frauen zeigten und ihre wahren oder erfundenen Geschichten erzählten, wobei sie sich selbst nicht vergaßen, wie Ihr Euch denken mögt. Der Park war bereits voller Damen, aber gegen acht Uhr kam ansehnliche Verstärkung. Nach ihren vielen Edelsteinen, ihren prächtigen Gewändern und den zahlreichen Herren im Gefolge hielt ich sie zumindest für Herzoginnen. Ich teilte meine Ansicht einem der jungen Herrn unserer Gesellschaft mit, worauf der mir erwiderte, er merke wohl, ich sei ein Kenner, und wenn ich wollte, könnte ich das Vergnügen haben, noch selbigen Abend mit einigen der liebenswürdigsten Damen zu soupieren. Ich nahm sein Angebot an, und augenblicklich flüsterte er mit zwei oder dreien seiner Freunde, die sich über die Promenade verstreuten, nach einer knappen Viertelstunde wiederkehrten und über ihre Abmachungen Bericht erstatteten. ‚Meine Herren', sagten sie, ‚Ihr werdet heute abend zum Souper bei der Herzogin Astérie erwartet.' Die nicht Eingeladenen wußten sich über unser großes Glück nicht zu lassen: man drehte noch ein paar Runden, trennte sich dann, und wir warfen uns in eine Kutsche, unser Glück zu suchen.

Wir hielten vor einer niedrigen Tür, an einer sehr schmalen Treppe, stiegen zum ersten Stock hinauf, dessen Zimmer ich größer und besser möbliert fand, als sie mir heute erscheinen würden. Man stellte mich der Hausherrin vor, der ich die allertiefste Verbeugung und ein so ehrerbietiges Kompliment machte, daß sie beinahe die Fassung verlor. Man trug auf, und ich wurde neben eine reizende kleine Person gesetzt, die nun aufs schönste die Herzogin spielte. Wahrhaftig, ich weiß nicht, woher ich den Mut nahm, mich in sie zu verlieben: aber es geschah."

„Ihr habt also doch einmal in Eurem Leben geliebt?" unterbrach ihn die Favoritin.

„Nun ja, Madame!" sagte Selim. „Wie man mit achtzehn Jahren liebt, mit der äußersten Ungeduld, eine begonnene Affäre ans Ziel zu bringen. Ich schlief nicht in der Nacht, und mit erster Morgenhelle setzte ich mich daran, meiner unbekannten Schönen den galantesten Brief der Welt zu schreiben. Ich schickte ihn ab, man antwortete mir, und ich erhielt ein Rendezvous. Weder der Ton der Antwort noch die Willfährigkeit der Dame machten mich irre, und ich eilte zum angezeigten Ort, fest überzeugt, ich würde die Frau oder Tochter eines ersten Ministers besitzen. Meine Göttin erwartete mich auf einem Kanapee: ich warf mich ihr zu Füßen; ich nahm ihre Hand, küßte sie voll der größten Zärtlichkeit und beglückwünschte mich zu der Gunst, die sie mir gewähren wollte. ‚Ist es denn wahr', sprach ich, ‚wollt Ihr Selim erlauben, Euch zu lieben und es Euch zu sagen, und darf er, ohne Euch zu kränken, sich in der süßesten Hoffnung wiegen?' Hiermit raubte ich ihrem Busen einen Kuß; und da sie auf dem Rücken lag, rüstete ich mich ziemlich lebhaft, dieser Eröffnung standzuhalten, als sie mir Einhalt gebot und sagte:

‚Halt, mein Freund, du bist ein hübscher Junge; du hast Witz; du redest wie ein Engel; aber es macht vier Louisdor.'

‚Wie sagt Ihr?' fragte ich . . .

‚Ich sag dir', entgegnete sie, ‚ohne vier Louisdor ist bei mir nichts drin.'

‚Wie! Mademoiselle!' rief ich baß erstaunt. ‚Mehr seid Ihr nicht wert? Das lohnte wahrlich der Mühe, aus Congo herzukommen.'

Und auf der Stelle richte ich meine Kleider, stürze zur Treppe und bin fort.

Wie Ihr seht, Madame, hielt ich anfangs Aktricen für Prinzessinnen."

„Ich weiß mich vor Staunen nicht zu lassen", sagte Mirzosa, „denn immerhin besteht da ein großer Unterschied!"

„Ich zweifle nicht", sagte Selim, „daß ihnen hunderterlei Unziemliches unterlief; aber was wollt Ihr? Ein Fremder, ein junger Mann, schaut nicht so genau hin. Man hatte mir in Congo so viele schlimme Geschichten über die Sittenfreiheit der Europäerinnen erzählt . . ."

Als Selim hier angelangt war, erwachte Mangogul.

„Gott verdamm mich", sagte er gähnend und die Augen reibend, „ich glaube, er ist immer noch in Paris. Dürfte man fragen, großer Erzähler, wann Ihr wieder in Banza zu sein gedenkt und ob ich noch lange schlafen muß? Denn ein für allemal, Freund, kaum will einer in meinem Beisein von Reisen erzählen, kommt mich auch schon das Gähnen an. Die üble Gewohnheit habe ich mir bei der Lektüre Taverniers und anderer zugezogen."

„Fürst", sagte Selim, „ich bin seit einer guten Stunde wieder in Banza."

„Da gratuliere ich Euch“, sagte der Sultan, und an die Sultanin gewandt: „Madame, der Ball beginnt; wir brechen auf, wofern Ihr von der Reise nicht zu ermattet seid.“

„Fürst“, sagte Mirzosa, „ich bin bereit.“

Mangogul und Selim hatten ihre Dominos bereits angelegt; die Favoritin holte ihren; der Sultan reichte ihr die Hand, und sie begaben sich in den Ballsaal, wo sie sich trennten und in der Menge untertauchten. Selim folgte ihnen dorthin, ich auch, sagt der afrikanische Autor, obschon ich größere Lust zu schlafen hatte, als Tänzen zuzusehen . . .

45. Kapitel

Vierundzwanzigste und fünfundzwanzigste Ringprobe Maskenball und Folge des Maskenballs

Die tollsten Kleinode von Banza verfehlten nicht herbeizueilen, wohin die Lust sie rief. Sie kamen in bürgerlichen Kutschen, in Mietdroschken, etliche gar zu Fuß. Ich fände kein Ende, sagt der afrikanische Autor, dessen Schleppenträger zu sein ich die Ehre habe, wenn ich die Possen, die Mangogul ihnen spielte, im einzelnen beschreiben wollte. Er ließ seinen Ring in dieser einen Nacht öfter proben als in der ganzen Zeit, seit er ihn von dem Geist erhalten hatte. Er richtete ihn bald auf diese, bald auf jene, oft auf zwanzig zugleich: das gab ein Getöse; eins rief gellend: „Geiger, ‚Le Carillon de Dunkerque‘, bitte“; ein anderes heiser: „Ich will ‚Les Sautriots‘“; „ich ‚Les Tricotets‘ “, rief ein drittes; und viele verlangten die abgeleierten Kontertänze wie „La Bourrée“, „Les Quatre Faces“, „La Calotine“, „La Chaine“, „Le Pistolet“, „La Mariée“, „Le Pistolet“, „Le Pistolet“. Alle diese Rufe waren mit einer Million Narreteien gespickt. Hier hörte man: „Pest über den Gimpel! Soll er erst in die Schule gehen!“, dort: „Soll ich ungeweiht nach Hause?“ Hier: „Wer bezahlt mir die Kutsche?“, da: „Er ist mir entwischt; aber ich suche ihn, bis er sich findet“; dort: „Bis morgen; aber nicht unter zwanzig Louisdor“; und allenthalben Worte, die Begierden oder Erfolge verrieten.

In diesem Wirrwarr spürte eine hübsche kleine Bürgerin Mangogul auf, verfolgte ihn, neckte ihn und brachte es zuwege, daß er seinen Ring auf sie richtete. Sogleich rief ihr Kleinod: „Wohin eilt Ihr? Haltet ein, schöne Maske; seid nicht unempfänglich für die Glut eines Kleinods, das für Euch brennt.“ Den Sultan verdroß die Zudringlichkeit, und er beschloß, das verwegene Kind zu strafen. Er verschwand, suchte unter seinen Garden einen aus, der seinem Wuchs ungefähr entsprach, gab ihm seine Maske und seinen Domino und überließ ihn den Verfolgungen der Kleinen, die, durch den Schein getäuscht, fortfuhr, dem, den sie für Mangogul hielt, tausenderlei Torheiten zu sagen.

Der falsche Sultan war kein Tropf; er verstand, durch Zeichen zu reden; so lockte er die Schöne an einen abgelegenen Ort, wo sie sich über eine Stunde lang die Lieblingsfrau des Sultans wähnte, und Gott weiß, was für Pläne ihr durch den Kopf schwirrten; allein der Zauber dauerte nicht lang. Als sie den vermeintlichen Sultan mit Zärtlichkeiten überschüttet hatte, bat sie ihn, die Maske abzulegen; er tat es und zeigte ihr ein Gesicht mit einem mächtig aufgezwirbelten Schnauzbart, der wahrlich nicht Mangogul gehörte.

„O pfui!“ rief die kleine Bürgerin. „Pfui! ...“

„Ei! Seelchen du“, sagte der Schweizer, „wasch fehlt dir? Hon i dir net guat gnu aufgwart, daß du mi so anstinkschst?“

Aber seine Göttin geruhte nicht, ihm Rede zu stehen, entwand sich brüsk seinen Armen und verschwand im Gewühl.

Die Kleinode, die nicht nach so hohen Ehren trachteten, fanden reichliches Vergnügen, und alle kehrten voll befriedigt nach Banza zurück.

Als Mangogul den Ball verließ, hörte er zwei seiner hohen Offiziere scharfe Worte wechseln: „Sie ist meine Geliebte“, sagte der eine, „sie ist mein seit einem Jahr, und Ihr seid der erste, der sich erkühnt, mir ins Gehege zu gehen. Warum wollt Ihr mich kränken? Nassés, mein Freund, tut Euch anderweitig um: Ihr findet hundert liebenswerte Frauen, die sich nur zu glücklich schätzen werden, Euch zu gehören."

„Ich liebe Amine", entgegnete Nassés; „nur sie gefällt mir. Sie hat mir Hoffnungen gemacht, und Ihr werdet gestatten, daß ich dem nachgehe."

„Hoffnungen!" rief Alibeg.

„Ja, Hoffnungen ..."

„Donner und Doria! Das ist unmöglich ..."

„Ich sage Euch, Monsieur, es ist so, und Ihr werdet mir zur Stunde Genugtuung für Eure Widerrede geben."

Schon stiegen sie von der Freitreppe herab, schon hatten sie die Säbel gezückt und wollten ihren Streit in tragischer Manier beenden, als der Sultan ihnen Einhalt gebot und untersagte, sich zu schlagen, bevor sie ihre Helena nicht gefragt hätten.

Sie gehorchten und eilten zu Amine, wohin Mangogul ihnen auf den Fersen folgte. „Ich bin erschöpft vom Ball", sagte sie, „die Augen fallen mir zu. Was seid Ihr grausam, mich aufzusuchen, wenn ich zu Bett gehen will: aber Ihr seht beide so seltsam aus. Darf man fragen, was Euch herführt? ..."

„Eine Kleinigkeit", sagte Alibeg. „Monsieur brüstet sich, ziemlich laut sogar", setzte er hinzu und wies auf seinen Freund, „Ihr hättet ihm Hoffnungen gemacht. Madame, wie steht es damit ..."

Amine öffnete den Mund; aber der Sultan drehte im selben Augenblick seinen Ring, sie blieb stumm, und statt ihrer antwortete ihr Kleinod: „... Mir scheint, Nassés irrt sich: nein, nicht ihn begehrt Madame. Hat er nicht einen großen Lakaien, der mehr taugt als er? Oh, sind die Männer dumm, zu glauben, daß Würden, Ehren, Titel, Namen, sinnlose Worte Kleinoden imponieren könnten! Jeder hat seine Philosophie, und unsere besteht zuvörderst darin, das Verdienst, wahres Verdienst von eingebildetem zu unterscheiden. Nichts für ungut, Monsieur de Claville, er weiß es nicht besser; ich will Euch den Beweis dafür liefern.

Ihr kennt beide", fuhr das Kleinod fort, „die Marquise Bibicosa. Ihr kennt ihre Liebesgeschichte mit Cléandor und auch ihr Mißgeschick, und daß sie heute höchst gottgefällig lebt. Amine ist ihre gute Freundin; sie hat die Freundschaft zu Bibicosa bewahrt und verkehrt weiterhin in ihrem Hause, wo man Brahmanen aller Art trifft. Einer von ihnen drängte meine Herrin eines Tages, sie möge bei Bibicosa ein gutes Wort für ihn einlegen.

‚Um was soll ich sie bitten?‘ fragte Amine. ‚Sie ist eine erledigte Frau, die für sich selbst nichts mehr tun kann. Sie wüßte Euch wahrlich Dank, daß Ihr sie noch als eine Frau von Einfluß anseht. Hört, mein Freund, weder Fürst Cléandor noch Mangogul tun irgend etwas für sie; und Ihr würdet in den Vorzimmern alt und grau werden ...‘

‚Aber Madame‘, sagte der Brahmane, ‚es geht um eine Kleinigkeit, die einzig von der Marquise abhängt: sie hat in ihrem Hause ein kleines Minarett errichtet; es ist gewiß für die Sala bestimmt, was einen Imam erfordern würde; um diese Stelle wollte ich sie bitten ...‘

‚Was sagt Ihr!‘ erwiderte Amine. ‚Einen Imam! Wo denkt Ihr hin; die Marquise braucht nur einen Marabut, den sie von Zeit zu Zeit ruft, wenn es regnet oder wenn vorm Schlafengehen die Sala verrichtet werden soll: aber einen Imam in ihrem Hause logieren, kleiden, nähren, mit einem Gehalt obendrein! das kann Bibicosa nicht. Ich kenne ihre finanzielle Lage. Die arme Frau hat keine sechstausend Zechinen Rente; und Ihr meint, sie könnte zweitausend für einen Imam ausgeben? Wirklich, ein putziger Einfall! ...‘

‚Bei Brahma, das ist schade‘, sagte der heilige Mann; ‚denn seht Ihr, wäre ich erst ihr Imam gewesen, wäre ich ihr bald noch unentbehrlicher geworden: und wenn man das erreicht hat, regnet es Geld und Pensionen. Wie Ihr mich hier seht, stamme ich aus Monomotapa, und ich versehe meine Pflicht sehr gut ...‘

‚Ei!‘ sagte Amine mit stockender Stimme. ‚Dann ist Euer Anliegen doch nicht ganz aussichtslos. Nur müßte besagtes Verdienst wohl erst bewiesen werden ...‘

‚Wer sich für meine Landsleute verwendet, wird nicht enttäuscht‘, sagte der Mann aus Monomotapa; ‚seht ...‘

Und auf der Stelle gab er Amine den vollständigen Beweis eines so erstaunlichen Verdienstes, daß Ihr beide von dem Augenblick an in ihren Augen die Hälfte des Wertes verloren hattet, den sie Euch vordem zugestand. Ja, hoch sollen sie leben, die Männer aus Monomotapa!"

Alibeg und Nassés zogen lange Gesichter und sahen einander wortlos an; doch als sie ihre Verblüffung überwunden hatten, fielen sie sich in die Arme; und nach einem verächtlichen Blick auf Amine eilten sie, sich dem Sultan zu Füßen zu werfen und ihm zu danken, daß er ihnen Leben und Freundschaft erhalten hatte. Sie trafen ein, als Mangogul, der längst wieder bei der Favoritin weilte, ihr Amines Geschichte erzählte. Mirzosa lachte und schätzte Hofdamen und Brahmanen kein Deut höher.

46. Kapitel

Selim in Banza

Der Sultan ging nach dem Ball zur Ruhe, die Favoritin aber, die keine Lust zu schlafen spürte, ließ Selim rufen und drängte ihn, die Geschichte seiner Liebeleien fortzusetzen. Selim gehorchte.

„Meine Liebeshändel, Madame", so begann er aufs neue, „füllten nicht alle meine Zeit aus: ich reduzierte das Pläsier um Augenblicke, die ich ernsthaftern Dingen widmete; meine Abenteuer hinderten mich nicht, Befestigungswesen, Reit- und Waffenkünste, Musik und Tanz zu erlernen; Bräuche und Fertigkeiten der Europäer zu beobachten, ihre Politik wie ihr Heereswesen zu studieren. Wieder in Congo, wurde ich dem Kaiser, dem Großvater unsres Sultans, vorgestellt, der mir einen ehrenvollen Posten in seinem Heer anwies. Ich erschien bei Hofe, und bald nahm ich an allen Lustbarkeiten des Prinzen Erguebzed teil, mithin an allerhand Abenteuern mit hübschen Damen. Ich lernte Frauen jeder Nationalität, jeden Alters, jeden Standes kennen; ich traf auf wenige unbeugsame, sei's, daß mein Rang sie blendete, sei's, daß sie meiner Redeweise oder meinem Äußern verfielen. Ich besaß damals zwei Eigenschaften, mit denen man in der Liebe rasch vorwärtskommt, Dreistigkeit und Selbstvertrauen.

Anfangs verkehrte ich mit Damen von Stand. Ich nahm sie abends vom Zirkel oder vom Spiel bei der Manimonbanda mit nach Hause, verbrachte mit ihnen die Nacht, und anderntags kannte einer den andern kaum mehr. Diese Damen kennen nur zwei Beschäftigungen auf der Welt: die eine, sich Liebhaber zu beschaffen, und sollten sie ihn der besten Freundin ausspannen, die andere, ihn wieder loszuwerden. Aus Furcht, einmal unversehen zu sein, während sie eine neue Liebelei anspinnen, schielen sie immer schon nach den zwei, drei nächsten. Sie kennen was weiß ich wie viele kleine Tricks, den einen einzufangen, den sie im Auge haben, und halten hundert Gemeinheiten auf Vorrat, den abzuhalftern, der ihnen gerade anhängt. So war es von jeher, so wird es immer sein. Ich will keine Namen nennen; aber ich hatte mit allen zu tun, die an Erguebzeds Hof im Ruf von Jugend und Schönheit standen; und all diese Verhältnisse wurden geknüpft, gebrochen, neu geknüpft und vergessen, innerhalb eines halben Jahres.

Angewidert von dieser Welt, begab ich mich zu den Antipoden: ich verkehrte bei den Bürgerinnen, die ich scheinheilig und stolz auf ihre Schönheit fand, die alle unentwegt von Ehre faselten und beinahe sämtlich von rohen, gewalttätigen Ehemännern umlauert wurden oder von gewissen plattfüßigen Vettern, die den lieben langen Tag den Leidenschaftlichen bei ihren Muhmen spielten und mir höchlichst mißfielen: man konnte diese Weiber keinen Augenblick allein haben; andauernd traten diese Tiere dazwischen, störten ein Rendezvous und mischten sich bei jeder Gelegenheit in die Unterhaltung. Trotz solcher Lästigkeiten brachte ich fünf, sechs dieser Tugendgänse dahin, wo ich sie haben wollte, ehe ich sie sitzenließ. Was mich in ihrem Umgang belustigte, war, daß sie in Gefühlen schwelgten, daß man ebenso schwelgen mußte und daß sie dabei zum Totlachen komisch redeten:

ferner forderten sie allerhand Aufmerksamkeiten und kleine Dienste; hätte man ihnen glauben wollen, so verging man sich jeden Augenblick gegen sie; sie predigten eine so einwandfreie Liebe, daß man wohl oder übel drauf verzichten mußte. Aber das Schlimmste war, daß sie unausgesetzt den Namen ihres adligen Kavaliers im Munde führten und man mitunter gezwungen war, sich mit ihnen zu zeigen und alle Albernheiten eines bürgerlichen Abenteuers durchzustehen; so machte ich mich eines schönen Tages fort aus den Kramläden und der Rue Saint-Denis, um nie im Leben zurückzukehren.

Damals standen Lusthäuser hoch in Mode: ich mietete eins in der östlichen Bannmeile und hielt mir, eines nach dem andern, jene Mädchen dort, die man besucht oder nicht besucht, mit denen man redet oder nicht redet, und die man fortschickt, wenn man ihrer satt ist: ich lud mir Freunde und Opernaktricen ein; wir veranstalteten kleine Soupers, die Prinz Erguebzed zuweilen mit seiner Gegenwart beehrte. O ja! Madame, ich hielt mir köstliche Weine, erlesene Liköre und den besten Koch in Congo.

Aber nichts hat mich derart belustigt wie jener Streich, den ich in einer entlegenen Provinz ausführte, wo mein Regiment im Quartier lag: ich reiste von Banza zur Musterung dorthin; dies war das einzige Geschäft, das mich von der Hauptstadt entfernte; und meine Reise hätte kurz gedauert ohne den tolldreisten Plan, den ich im Schilde führte. Es gab in Baruthi ein Kloster voll der seltensten Schönheiten; ich war noch jung und bartlos und gedachte mich dort als Witwe einzuführen, die eine Bleibe gegen die Unbilden des Jahrhunderts sucht. Man fertigt mir ein Frauengewand; ich leg es an und stelle mich unseren Einsiedlerinnen am Gitter vor; man empfing mich freundlich; man tröstete mich über den Verlust meines Gatten; man akzeptierte meinen Pensionspreis, und ich trat ein.

Die Kammer, die man mir gab, war mit dem Schlafsaal der Novizen verbunden; es waren ihrer viele, meistenteils jung und erstaunlich frisch: ich umgarnte sie mit Höflichkeiten und war bald ihre Freundin. In knapp acht Tagen war ich in alle Besonderheiten der kleinen Republik eingeweiht; man schilderte mir die Charaktere, erzählte mir sämtliche Histörchen, vertraute sich mir in jeder Hinsicht an, und ich stellte fest, daß wir Laien uns nicht besser auf Klatsch und Verleumdung verstehen als sie. Ich hielt die Regel strenge ein; ich legte mir die unterwürfigen Mienen und süßlichen Töne bei, und man raunte sich ins Ohr, das Kloster würde sich überglücklich schätzen, wenn ich dort den Schleier nähme.

Kaum dünkte mich mein Ruf im Hause hinreichend gefestigt, als ich mich einer kleinen Jungfrau enger anschloß, die eben die ersten Gelübde abgelegt hatte: es war eine himmlische Brünette; sie nannte mich ihre Mama, ich nannte sie meinen kleinen Engel; sie gab mir unschuldige Küsse, und ich gab ihr sehr zärtliche zurück. Jugend heißt Neugier; Zirziphile brachte mich bei jedwedem Anlaß auf Hochzeit und Ehefreuden zu sprechen; sie fragte mich aus; listig schürte ich ihre Wißbegier; und über Fragen, Fragen, Fragen kamen wir schließlich zum praktischen Unterricht. Sie war nicht die einzige Novize, die ich belehrte; etliche junge Nönnchen stellten sich ebenfalls zur Andacht in meiner Zelle ein. Ich teilte die Augenblicke, die Rendezvous, die Stunden so ein, daß keine je der anderen begegnete: kurzum, Madame, was soll ich sagen, die fromme Witwe schuf sich eine zahlreiche Nachkommenschaft; aber als das Ärgernis, über das man lange still gejammert hatte, schließlich offenbar ward, und als der versammelte Rat der Nonnen den Arzt des Hauses berief, dachte ich auf meinen Rückzug. Eines Nachts, während das ganze Haus schlief, sprang ich über die Gartenmauer und verschwand; ich begab mich in die Bäder von Piombino, wohin der Arzt das halbe Stift geschickt hatte, und vollendete dort im Ritterkleid das Werk, das ich in Witwentracht begonnen hatte. Dieses Abenteuers, Madame, erinnert sich das ganze Reich, nur Ihr allein kennt den Urheber.

Der Rest meiner Jugend", setzte Selim hinzu, „verfloß über ähnlichen Späßen, immer Frauen und von jeglicher Art, wenig Geheimnis, viele Schwüre und keine Aufrichtigkeit."

„Aber dann“, sagte die Favoritin, „habt Ihr ja niemals geliebt?“

„Oje“, erwiderte Selim, „damals dachte ich auch gerade an Liebe. Ich war einzig auf Genuß versessen und auf solche, die mir dazu verhalfen.“

„Gibt es denn Genuß ohne Liebe?“ fragte die Favoritin. „Was ist daran, wenn das Herz stumm bleibt?“

„Je nun, Madame“, gab Selim zurück, „spricht das Herz mit achtzehn, zwanzig Jahren?“

„Und was ist das Fazit all dieser Erlebnisse? Wie lautet Euer Urteil über die Frauen?“

„Daß die meisten keinen Charakter haben“, sagte Selim; „daß sie von dreierlei beherrscht werden: Selbstsucht, Lust und Eitelkeit; daß es wahrscheinlich keine gibt, die nicht einer dieser Leidenschaften hörig ist, und daß diejenigen, die alle drei in sich vereinen, Ungeheuer sind.“

„Lust mag ja hingehen“, sagte Mangogul, der eben hereintrat; „zwar ist auf solche Weiber kaum Verlaß, doch muß man sie entschuldigen: denn ist das Temperament auf einen gewissen Grad gestiegen, ist es wie ein wildes Pferd, das mit dem Reiter querfeldein stürmt; und dieses Tier reiten sie fast alle.“

„Vielleicht“, sagte Selim, „nennt die Herzogin Ménéga deshalb den Chevalier Kaidar ihren großen Rittmeister.“

„Aber ist es denn möglich“, sagte die Sultanin zu Selim, „daß Ihr nicht das mindeste Herzensabenteuer hattet? Seid Ihr so aufrichtig nur, um ein Geschlecht zu schmähen, das Eure Lust war, da Ihr ihm Lust bereitet habt? Gab es denn unter so vielen Frauen keine einzige, die geliebt sein wollte, die geliebt zu werden verdiente? Das begreife ich nicht.“

„Ach, Madame“, antwortete Selim, „an der Fügsamkeit, mit der ich Euch gehorche, merke ich, daß eine liebenswürdige Frau trotz meines Alters noch immer Macht über mein Herz hat: ja, Madame, ich habe geliebt wie jeder andere. Ihr wollt alles wissen, so will ich denn alles sagen; und Ihr werdet urteilen, ob ich die Rolle des Liebenden nach allen Regeln erfüllt habe.“

„Gibt es in dem Teil Eurer Geschichte Reisen?" fragte der Sultan.

„Nein, Fürst", antwortete Selim.

„Nur gut", sagte Mangogul, „denn ich fühle mich nicht aufgelegt zu schlafen."

„Mir aber", sagte die Favoritin, „wird Selim erlauben, ein wenig auszuruhen."

„Mag auch er schlafen gehen", sagte der Sultan; „unterdes befrage ich Cypria."

„O Fürst", sagte Mirzosa, „das ist nicht Euer Ernst; gerade ihr Kleinod wird Euch auf schier endlose Reisen mitschleppen."

Hier vermeldet der afrikanische Autor, daß der Sultan von Mirzosas Warnung sich überzeugen ließ und mit einem der stärksten Antischlafmittel versah: er fügt hinzu, Mangoguls Arzt, der zugleich sein Freund war, habe ihm das Rezept verraten, und er habe es seinem Werk als Vorwort vorangestellt; uns aber sind von diesem Vorwort nur die letzten drei Zeilen überliefert, die ich hier wiedergebe:

Man nehme von . . .
von . . .
von . . .
Von „Marianne" und dem „Bauern" je vier Seiten.
Von den „Verirrungen des Herzens" eine ganze Seite.
Von den „Beichten" fünfundzwanzig und eine halbe Zeile.

47. Kapitel

Sechsundzwanzigste Ringprobe · Das vielgereiste Kleinod

Während die Favoritin und Selim sich von den Anstrengungen der vergangenen Nacht erholten, streifte Mangogul voller Staunen durch Cyprias prächtige Gemächer. Diese Frau hatte mit ihrem Kleinod Geld gemacht wie ein Generalsteuerpächter. Er schritt durch eine lange Flucht von Zimmern, eins kostbarer ausgestattet als das andere, und betrat endlich einen Salon, wo er inmitten eines zahlreichen Kreises die Hausherrin an der Unmenge von Edelsteinen, die sie verunstalteten, wie ihren Gatten an der Gutmütigkeit, die auf seinem Gesicht zu lesen stand, erkannte. Zwei Abbés, ein Schöngeist, drei Akademiker von Banza saßen um Cyprias Lehnstuhl; im Hintergrund des Salons umflatterten einander zwei Stutzer und ein aufgeblasener junger Gerichtsherr, der alleweil über seine Handkrausen blies, immerfort an seiner Perücke zupfte, seinen Mund kontrollierte und sich in den Spiegeln beglückwünschte, daß sein Rouge ihm so allerliebst stand: die drei Schmetterlinge ausgenommen, befleißigte sich die Gesellschaft tiefer Ehrerbietung für die respektable Mumie, die sich unschicklich fläzte, gähnte, gähnend schwätzte, über alles ein Urteil abgab, alles heruntermachte und nie Widerspruch fand.

„Wie“, sagte sich Mangogul, der schon lange kein Selbstgespräch mehr geführt hatte und sich sterblich danach sehnte, „wie ist es ihr, bei so dürftigem Geist und solcher Gestalt, gelungen, einen Mann aus gutem Hause zu entehren?“

Cypria wünschte, daß man sie für blond ansah; ihre fahlgelbe, rotfleckige Haut ließ hart an geflammte Tulpen denken; sie hatte kurzsichtige, glotzichte Augen, plumpen Wuchs, eine Spitznase, ihr Mund war eingefallen, das Gesicht platt, die Wangen hohl, die Stirn niedrig, von Busen keine Rede, Hände und Arme knochendürr: mit solchen Reizen hatte sie ihren Gemahl bezirzt. Der Sultan richtete seinen Ring auf sie, und schon hörte man ein Ächzen. Die Versammlung ließ sich täuschen und meinte, Cypria spräche mit dem Mund und werde eine Ansicht kundtun. Statt dessen begann ihr Kleinod folgendermaßen:

„Geschichte meiner Reisen.

Ich wurde im Jahr 17000000012 in Marokko geboren und war Tänzerin an der Oper, als Méhémet Tripathoud, der mich aushielt, von unserem großmächtigen Kaiser an die Spitze einer Gesandtschaft zum König von Frankreich bestellt wurde; ich begleitete ihn: die Reize der französischen

Frauen brachten mich bald um meinen Galan, und ich übte unverzüglich Vergeltung. Die neuheitslüsternen Höflinge wollten die Marokkine probieren – so nannte man meine Herrin; sie begegnete ihnen höchst menschlich; und ihre Zugänglichkeit trug ihr im Verlauf von sechs Monden zwanzigtausend Taler in Kleinodien, ebensoviel in Silber samt einem vollständig eingerichteten kleinen Haus ein. Aber der Franzose ist flatterhaft, und ich war bald aus der Mode: die Provinzen abzuklappern, hatte ich keine Lust; große Talente brauchen große Bühnen; ich ließ Tripathoud abziehen und entschied mich für die Hauptstadt eines anderen Königreichs.

A wealthy lord, travelling trough France, dragg'd me to London. Ay, that was a man indeed! He water'd me six times a day, and as often o'nights. His prick like a comet's tail shot flaming darts: I never felt such quick and thrilling thrusts. It was not possible for mortal prowess to hold out long, at this rate; so he drooped by degrees, and I received his soul distilled through his Tarse. He gave me fifty thousand guineas. This noble lord was succeeded by a couple of privateer-commanders lately return'd from cruising: being intimate friends, they fuck'd me, as they had sail'd, in company, endeavouring who should show most vigour and serve the readiest fire. Whilst the one was riding at anchor, I towed the other by his Tarse and prepared him for a fresh tire. Upon a modest computation, I reckon'd in about eight days time I received a hundred and eighty shot. But I soon grew tired with keeping so strict an account, for there was no end of their broadsides. I got twelve thousand pounds from them for my share of the prizes they had taken. The winter quarter being over, they were forced to put to sea again, and would fain have engaged me as a tender, but I had made a prior contract with a German count.

Duxit me Viennam in Austriâ patriam suam, ubi venereâ voluptate, quantâ maximâ poteram, ingurgitatus sum, per menses tres integros ejus splendide nimis epulatus hospes. Illi, rugosi et contracti Lotharingo more colei, et eo usquè longa, crassaque mentula, ut dimidiam nondùm acciperem, quamvis iterato coïtu fractus rictus mihi misère pateret. Immanem est usu frequenti vagina tandem admisit laxè gladium, novasque excogitavimus artes, quibus fututionum quotidianarum vinceremus fastidium. Modô me resupinum agitabat; modô ipsum, eques adhaerescens inguinibus, motu quasi tolutario versabam. Saepè turgentem spumantemque admovit ori priapum, simulque appressis ad labia labiis, fellatrice me linguâ perfricuit. Etsi Veneri nunquam indulgebat posticae, à tergo me tamen adorsus, cruribus altero sublato, altero depresso, inter femora subibat, voluptaria quarens per impedimenta transire. Amatoria Sanchesii praecepta calluit ad unguem, et festivas Aretini tabulas sic expressit, ut nemo meliùs. His à me laudibus acceptis, multis florenorum millibus mea solvit obsequia, et Romam secessi.

Quella città é il tempio di Venere, ed il soggiorno delle delizie. Tutta via mi dispiaceva, che le natiche leggiadre fossero là encora più festeggiate delle più belle potte; quello che provai il terzo giorno del mio arrivo in quel paese. Una cortigiana illustre si offerisce à farmi guadagnare mila scudi, s'io voleva passar la sera con esso lei in una vigna. Accettai l'invito; salimmo in una carozza, e giungemmo in un luogo da lei ben conosciuto nel quale due cavalieri colle braghesse rosse si fecero incontro à noi, e ci condussero in un boschetto spesso e folto, dove cavatosi subito le vesti, vedemmo i più furiosi cazzi che risaltaro mai. Ognuno chiavo la sua. Il trastullo poi si prese a quadrille, dopo per farsi guattare in bocca, poscia nelle tette; alla perfine, uno de chiavatori impadronissi del mio rivale, mentre l'altro mi lavorava. L'istesso fu fatto alla conduttrice mia; e cio tutto dolcemente condito di bacci alla fiorentina. E quando i campioni nostri ebbero posto fine alla battaglia, facemmo la fricarella per risvegliar il gusto à quei benedetti signori i quali ci pagarano con generosità. In più volte simili guadagnai con loro sessanta mila scudi; e due altre volte tanto, con coloro che mi procurava la cortigiana. Mi ricordo di uno che visitava mi spesso e che sborrava sempre due volte senza cavarlo: e d'un altro i quale usciva da me pian piano, per entrare sottilmente nel mio vicino; e per questo bastava fare sù e giù le natiche. Ecco una usanza curiosa che si pratica in Italia."

Cyprias Kleinod setzte seine Geschichte in einem Kauderwelsch halb congolitisch, halb spanisch fort. Sie kannte letztere Sprache offenbar nicht genügend, um sich ihrer ausschließlich zu bedienen: man erlernt eine Sprache nur, sagt der afrikanische Autor, der sich lieber erhängen als eine Gelegenheit zu einem Gemeinplatz verpassen würde, wenn man sie häufig spricht; und Cyprias Kleinod hatte in Madrid kaum Zeit zum Reden.

„Ich floh aus Italien, sosehr heimliche Gelüste mich dort fesselten, influxo malo del clima! y tuve luego la resolución de irme a una tierra, donde pudiese gozar mis fueros sin partirlos con un usurpador. Ich reiste nach Altkastilien, wo er wieder seiner schlichten Bestimmung dienen durfte: aber das genügte meinem Rachedurst nicht. Le impuse la tarea de batir el compás en los bailes que celebrava de día y de noche; und das machte er so gut, daß wir uns versöhnten. Am Hof zu Madrid erschienen wir in gutem Einvernehmen. Al entrar de la ciudad, tat ich mich zusammen con un papo venerable por sus canas: das war mein Glück; denn meine Jugend erbarmte ihn, und er verriet mir ein Geheimnis, Frucht sechzigjähriger Erfahrung, para guardarme del mal de que merecieron los Franceses ser padrinos, por haber sido sus primeros pregodes. Mit diesem Rezept und meinem Reinlichkeitssinn, den ich in Spanien vergebens zu verbreiten trachtete, schützte ich mich in Madrid vor jedem Unfall, doch wurde meine Eitelkeit dort hart verletzt. Wie Ihr seht, hat meine Herrin einen sehr kleinen Fuß. Esta prenda es el incentivo más poderoso de una imaginación castellana. Ein kleiner Fuß ist für ein Mädchen in Madrid die beste Empfehlung, auch wenn es tiene la más dilatada sima entre las piernas. Ich entschloß mich, ein Land zu verlassen, wo ich die meisten Triumphe fremdem Verdienst danken mußte; y me arrimé a un definidor muy virtuoso que pasaba a las Indias. Unter den Fittichen seiner Ehrwürden sah ich das Land der Verheißung, ein Land, wo der glückliche Frater, ohne Anstoß zu erregen, Gold im Beutel, einen

Dolch im Gürtel und die Liebste auf der Kruppe mit sich führen darf. Wie herrlich war mein Leben dort! Was für Nächte! Götter, was für Nächte! Hay de mí! al recordarme de tantos gustos me meo ... Algo más ... Ya, ya ... Pierdo el sentido ... Me muero ...

Nach einem Jahr in Madrid und Indien schiffte ich mich nach Konstantinopel ein. Ich fand keinen Geschmack an den Sitten eines Volkes, das Kleinode hinter Gitter sperrt; und eilends verließ ich dies Land, das meine Freiheit gefährdete. Dennoch pflegte ich genügend Umgang mit Muselmanen, um festzustellen, daß der Verkehr mit den Europäern ihnen allerhand Schliff beigebracht hatte; ich fand sie leichtfertig wie die Franzosen, glutvoll wie die Engländer, stark wie die Deutschen, ausdauernd wie die Spanier und ziemlich eng mit den italienischen Raffinements vertraut: kurzum, ein einziger Aga ist einen Kardinal, vier Herzöge, einen Lord, drei spanische Granden und zwei deutsche Prinzen wert.

Von Konstantinopel ging ich, wie Ihr, meine Herren, wißt, an den Hof des großen Erguebzed, wo ich unsere liebenswürdigsten Seigneurs ausbildete; und als ich zu nichts mehr nütze war, warf ich mich der traurigen Gestalt da an den Hals", sagte das Kleinod und wies mit einer ihm eigenen Gebärde auf Cyprias Ehgemahl. „Welch Niedergang!"

Der afrikanische Autor beschließt dieses Kapitel mit einer Warnung an alle Damen, die versucht sein könnten, sich die Stellen übersetzen zu lassen, wo Cyprias Kleinod mit fremden Zungen spricht.

„Ich hätte gegen die Pflicht des Historikers verstoßen, hätte ich sie gestrichen", sagt er, „und gegen die Achtung, die ich dem weiblichen Geschlecht zolle, hätte ich sie in meinem Werke belassen, ohne die tugendsamen Damen darauf hinzuweisen, daß Cyprias Kleinod sich auf seinen Reisen einen ungemein verdorbenen Ton beigelegt hat und daß seine Berichte unvergleichlich freier sind als alle Bücher, die sie je heimlich lasen."

48. Kapitel

Cydalise

Mangogul kehrte zurück zur Favoritin, Selim war bereits dort.

„Nun, Fürst", sagte Mirzosa, „haben Cyprias Reisen Euch wohlgetan?"

„Weder wohl noch übel", sagte der Sultan, „ich habe nichts verstanden."

„Und warum nicht?"

„Weil ihr sprachkundiges Kleinod in allen möglichen Zungen, nur nicht in meiner redet", sagte der Sultan. „Als Erzähler ist es ganz unausstehlich, gäbe aber einen hervorragenden Dolmetsch ab."

„Wie!" sagte Mirzosa. „Ihr habt überhaupt nichts von seinen Berichten verstanden?"

„Nur so viel, Madame", versetzte Mangogul, „daß Reisen für die Züchtigkeit der Frauen noch verderblicher sind als für die Redlichkeit der Männer und daß es wenig verdienstlich ist, mehrere Sprachen zu sprechen. Man kann Latein, Griechisch, Italienisch, Englisch und Congoitisch perfekt beherrschen und doch nicht klüger als ein Kleinod sein. Seid Ihr derselben Ansicht, Madame? Und Ihr, Selim? Alsdann mag er mit seiner Geschichte anfangen, nur bleibt mir mit Reisen vom Leib. Sie ermüden mich zu Tode."

Selim versprach dem Sultan, die Geschichte werde an einem einzigen Ort spielen, und begann:

„Ich war um die Dreißig; ich hatte meinen Vater kürzlich verloren und geheiratet, damit das Geschlecht nicht erlösche, und lebte mit meiner Frau, wie sich's geziemt; Rücksichten, Aufmerksamkeiten, Höflichkeit, wenig Vertrautheit, aber alles sehr ehrbar. Prinz Erguebzed hatte den Thron bestiegen: ich genoß sein Wohlwollen lange vor seiner Herrschaft. Er hat es mir bis zu seinem Tode bewahrt, und ich versuchte, dieser Auszeichnung durch meinen Eifer und meine Treue würdig zu sein. Die Stelle des Generalinspekteurs der Truppen wurde frei, ich erhielt sie; und mein Amt nötigte mich zu häufigen Reisen an die Grenzen."

„Häufige Reisen!" schrie der Sultan auf. „Es braucht nur eine, und ich schlafe bis morgen früh, bedenkt das!"

„Fürst", fuhr Selim fort, „auf einer dieser Dienstfahrten lernte ich die Frau eines Obersten der Spahis kennen; Ostaluk hieß er, ein wackerer Mann und guter Offizier, aber ein wenig bequemer Gatte, eifersüchtig wie ein Tiger und von Gestalt zu solchem Rasen berechtigt; denn er war furchtbar häßlich.

Er war seit kurzem mit Cydalise vermählt, die jung, lebhaft und hübsch war; eine der seltenen Frauen, für die man von der ersten Begegnung an mehr als Höflichkeit empfindet, von denen man sich ungern trennt und die einem hundertmal durch den Sinn gehen, bis man sie wiedersieht.

Cydalise dachte klar, drückte sich anmutig aus; ihre Unterhaltung fesselte; und wenn man nicht müde ward, sie anzusehen, so ward man es noch weniger, ihr zu lauschen. Bei diesen Vorzügen übte sie zu Recht eine starke Wirkung auf alle Herzen aus, und ich ward mir dessen bewußt. Ich achtete sie sehr; ich spürte bald ein zärtlicheres Gefühl für sie, und alle meine Schritte nahmen unweigerlich die echte Farbe der Leidenschaft an. Die Leichtigkeit meiner früheren Erfolge hatte mich ein wenig verdorben: als ich Cydalise attackierte, bildete ich mir ein, sie werde nicht lange widerstehen und, durch die Nachstellungen des Herrn Generalinspekteurs geehrt, sich nur der Form halber wehren. Man stelle sich daher vor, wie überrascht ich von ihrer Anwort auf meine Erklärung war.

‚Seigneur', sagte sie, ‚wäre ich auch von mir so eingenommen, zu glauben, daß irgendwelche Reize, die man mir nachsagt, Euch angerührt hätten, so wär ich doch eine Närrin, Reden ernst zu nehmen, mit denen Ihr tausend andere vor mir überlistet habt. Was ist die Liebe ohne Wertschätzung? Wenig; und um mich schätzen zu können, kennt Ihr mich nicht genug. So geistvoll, so scharfsichtig einer sei, er kann das Wesen einer Frau nicht in zwei Tagen so ergründen, um ihr die verdiente Achtung zu erweisen. Der Herr Generalinspekteur sucht sein Vergnügen, er hat recht; doch Cydalise nicht minder, wenn sie sich niemandem zum Vergnügen leihen mag.'

Ich schwor ihr, daß ich die aufrichtigste Leidenschaft für sie empfände, daß mein Glück in ihren Händen liege und ihre Gleichgültigkeit den Rest meines Lebens vergiften werde, umsonst.

‚Phrasen!' sagte sie. ‚Nichts als Phrasen! Denkt entweder nicht mehr an mich, oder haltet mich nicht für so töricht, auf abgestandene Beteuerungen hereinzufallen. Was Ihr mir da sagt, sagt jeder, ohne es zu denken, und hört jeder, ohne es zu glauben.'

Wenn ich Cydalise nur begehrenswert gefunden hätte, hätte mich ihre Strenge tief gekränkt; aber ich liebte sie, und so war ich voller Schmerz. Ich fuhr an den Hof zurück, ihr Bild verfolgte mich; und die Entfernung, statt meine Leidenschaft zu sänftigen, steigerte sie nur.

Cydalise beschäftigte mich derart, daß ich hundertmal vorhatte, ihr Ämter und Rang, die mich an den Hof ketteten, zu opfern; allein die Ungewißheit des Erfolgs hielt mich immer ab.

Da es unmöglich war, dorthin zu fliegen, wo ich sie gelassen hatte, faßte ich den Plan, sie dorthinzuholen, wo ich war. Ich nutzte das Vertrauen, das Erguebzed mir schenkte: ich rühmte ihm Ostaluks Verdienst und Tapferkeit. Er wurde zum Leutnant der Spahis der Leibgarde ernannt, ein Posten, der ihn an den Herrscher fesselte: und Ostaluk erschien am Hof, mit ihm Cydalise, die sogleich Schönheit des Tages wurde."

„Ihr habt gut daran getan, Eure Ämter zu behalten", sagte der Sultan, „und lieber Eure Cydalise an den Hof zu holen, denn ich schwöre Euch, bei Brahma, ich hätte Euch getrost in ihre Provinz ziehen lassen."

„Sie wurde beäugt, gemustert, umlagert, aber vergebens", fuhr Selim fort. „Ich genoß als einziger das Vorrecht, sie täglich zu besuchen. Je öfter ich mit ihr umging, desto mehr Liebenswertes und Vorzügliches entdeckte ich an ihr, desto heftiger liebte ich sie. Mir fiel bei, daß das noch frische Andenken meiner zahlreichen Liebeshändel mir in ihren Augen schaden könnte: um es auszulöschen und sie von der Aufrichtigkeit meiner Liebe zu überzeugen, mied ich die Gesellschaft und sah Frauen nur, wenn ich zufällig eine bei ihr traf. Mich dünkte, daß dieser Wandel sie berührte und ihre anfängliche Strenge ein wenig nachließ. Ich wurde doppelt aufmerksam; ich bat um Liebe, und man gewährte mir Achtung. Cydalise begann, mich auszuzeichnen; sie schenkte mir ihr Vertrauen: oft fragte sie mich um Rat in häuslichen Belangen; allein von denen ihres Herzens sagte sie kein Wort. Sprach ich von Gefühlen, erwiderte sie Grundsätze, und ich war untröstlich. Dieser qualvolle Zustand hatte lange angedauert, als ich beschloß, ihn zu beenden und ein für allemal zu erfahren, woran ich war."

„Aber wie stelltet Ihr das an?" fragte Mirzosa.

„Ihr werdet es hören, Madame", antwortete Mangogul.

Und Selim fuhr fort:

„Ich sagte Euch, Madame, daß ich Cydalise täglich besuchte: von nun an besuchte ich sie weniger oft; dann wurden meine Besuche noch seltener, und endlich kam ich fast gar nicht mehr. Wenn ich dann und wann zufällig mit ihr ins Gespräch geriet, sprach ich ihr so wenig von Liebe, als hätte mich nie der mindeste Funke berührt. Dieser Wechsel erstaunte sie, sie vermutete eine geheime Bindung; und eines Tages, als ich ihr die galanten Geschichten des Hofes erzählte, sagte sie mit zerstreuter Miene:

‚Selim, Ihr sagt mir nichts von Euch; Ihr erzählt zum Entzücken die glücklichen Erfolge anderer, aber Eure verschweigt Ihr diskret.'

‚Wahrscheinlich habe ich keine, Madame', antwortete ich, ‚oder ich halte es für klüger, sie zu verschweigen.'

‚O ja', unterbrach sie mich, ‚es ist sehr klug, mir heute zu verschweigen, was morgen alle Welt weiß.'

‚Gewiß, Madame', sagte ich, ‚aber zumindest wird von mir niemand etwas erfahren.'

‚Wahrlich', sagte sie, ‚Ihr seid bewundernswert mit Eurer

Diskretion; und wer wüßte nicht, daß Ihr der blonden Misis, der kleinen Zibeline, der brünetten Séphéra nachstellt?'

‚Wem immer Ihr wollt, Madame', entgegnete ich kühl.

‚O ja', fuhr sie fort, ‚ich glaube gern, daß sie nicht die einzigen sind: seit den zwei Monaten, da man Euch nur mehr wie durch Gnade sieht, seid Ihr nicht untätig geblieben; und mit jenen Damen geht es rasch.'

‚Ich, untätig geblieben!' versetzte ich. ‚Da hätte ich verzweifeln müssen. Mein Herz ist zum Lieben geschaffen und ein wenig auch dazu, geliebt zu sein; ich gestehe Euch sogar, daß dem so ist; aber fragt nicht weiter, ich habe womöglich schon zuviel gesagt.'

‚Selim', fuhr sie ernsthaft fort, ‚ich habe kein Geheimnis vor Euch, und Ihr werdet keins vor mir haben, bitte. Wo steht ihr?'

‚Fast am Ende des Romans.'

‚Und mit wem?' fragte sie drängend.

‚Kennt Ihr Martéza?'

‚Ja, gewiß; sie ist eine sehr liebenswerte Frau.'

‚Nun, nachdem ich vergeblich alles versucht habe, Euch zu gewinnen, habe ich mich dorthin gewandt. Man begehrte mich seit sechs Monden, zwei Begegnungen haben mir den Weg geebnet; eine dritte wird mein Glück vollenden, und heute erwartet mich Martéza zum Souper. Sie ist amüsant, frivol, ein wenig spottsüchtig im Umgang; aber im übrigen das beste Geschöpf der Welt. Man betreibt seine kleinen Angelegenheiten lieber mit solchen Närrinnen als mit so zugeknöpften, die ...'

‚Mein Kompliment zu Eurer trefflichen Wahl, Seigneur', unterbrach mich Cydalise mit gesenktem Blick, ‚aber dürfte man Euch aufmerksam machen, daß Martéza kein unbeschriebenes Blatt ist und vor Euch etliche Liebhaber hatte? ...'

‚Was verschlägt mir das, Madame?' versetzte ich. ‚Wenn Martéza mich ernstlich liebt, betrachte ich mich als der erste. Aber die Zeit meines Rendezvous naht, erlaubt ...'

‚Noch ein Wort, Seigneur. Ist es wirklich wahr, daß Martéza Euch liebt?'

‚Ich glaube schon.‘

‚Und Ihr liebt sie auch?‘ fragte Cydalise.

‚Madame‘, erwiderte ich, ‚Ihr selber habt mich Martéza in die Arme getrieben; mehr muß ich Euch nicht sagen.‘

Ich wollte gehen, aber Cydalise zog mich an meinem Dolman und wandte sich brüsk ab.

‚Wünscht Madame etwas? Hat sie einen Befehl für mich?‘

‚Nein, nein, Monsieur, wieso seid ihr noch hier? Ich glaubte Euch längst auf dem Wege.‘

‚Also beeile ich mich, Madame.‘

‚Selim...‘

‚Cydalise...‘

‚Ihr geht also?‘

‚Ja, Madame.‘

‚Oh, Selim, wem opfert Ihr mich auf? War Cydalisens Achtung nicht mehr wert als die Gunst einer Martéza?‘

‚Gewiß, Madame‘, sagte ich, ‚wenn ich für Euch nur Achtung empfunden hätte. Aber ich liebte Euch...‘

‚Das ist nicht wahr‘, rief sie gequält, ‚hättet Ihr mich geliebt, Ihr hättet meine wahren Gefühle erraten; Ihr hättet gespürt, hättet Euch geschmeichelt, daß Eure Beharrlichkeit meinen Stolz am Ende besiegen werde: aber Ihr seid es leid geworden; Ihr habt mich aufgegeben, und vielleicht in einem Augenblick...‘

Bei diesem Wort hielt Cydalise inne, ein Seufzer entrang sich ihr, und ihre Augen wurden feucht.

‚Sprecht, Madame‘, sagte ich, ‚sprecht weiter. Wenn meine Zärtlichkeit, trotz der Härte, mit der Ihr mich niederhieltet, noch dauerte, könntet Ihr...‘

‚Nichts könnte ich; und Ihr liebt mich nicht mehr; und Martéza wartet auf Euch.‘

‚Wenn Martéza mir aber einerlei wäre, wenn Cydalise mir teurer wäre denn je, was tätet Ihr dann?‘

‚Narrheit, mich auf pure Annahmen hin zu bekennen.‘

‚Cydalise, bitte, antwortet mir, als nähme ich nichts nur an. Wenn Cydalise in meinen Augen noch immer die liebenswerteste Frau der Welt wäre und ich nicht die mindeste

Absicht auf Martéza hätte, noch einmal, was tätet Ihr dann?'

,Was ich immer getan habe, Undankbarer', antwortete Cydalise endlich, ,Euch lieben ...'

,Und Selim betet Euch an', sagte ich, warf mich vor ihr nieder und küßte ihre Hände, die ich mit Freudentränen netzte.

Cydalise war sprachlos; der unerwartete Wechsel verwirrte sie; ich nutzte ihre Betäubung, und unsere Versöhnung wurde mit Liebesbeweisen besiegelt, denen zu widerstehen sie außerstande war."

„Und was sagte der brave Ostaluk dazu?" fragte Mangogul. „Zweifellos gestattete er seiner teuren Ehehälfte, einen Mann, dem er einen Leutnantsposten der Spahis verdankte, freizügig zu bedienen."

„Fürst", sagte Selim, „Ostaluk war voller Dankbarkeit, solange ich nicht erhört wurde, aber als ich glücklich war, wurde er unbequem, wütend, unerträglich gegen mich und brutal gegen seine Frau. Nicht genug damit, daß er selbst uns störte, ließ er uns nachspionieren; wir wurden verraten; und Ostaluk, von seiner vermeintlichen Entehrung überzeugt, hatte gar die Dreistigkeit, mich zum Duell zu fordern. Wir schlugen uns im großen Park des Palastes; ich verwundete ihn mit zwei Hieben und zwang ihn, mir sein Leben zu danken. Während er von seinen Wunden genas, verließ ich seine Frau keinen Augenblick; aber der erste Gebrauch, den er von seiner Gesundheit machte, war, uns zu trennen und Cydalise zu mißhandeln. Sie schilderte mir die ganze Trübsal ihrer Lage; ich schlug ihr vor, sie zu entführen; sie willigte ein; und als unser Eifersüchtiger von der Jagd heimkehrte, auf der er den Sultan begleitet hatte, fand er sich voller Staunen verwitwet. Ohne sich in nutzlosen Klagen gegen den Urheber des Raubs zu ergehn, sann Ostaluk sofort auf Rache.

Ich hatte Cydalise in einem Landhaus, zwei Meilen von Banza, verborgen; und jede zweite Nacht stahl ich mich fort aus der Stadt und ging nach Cisare. Inzwischen setzte Ostaluk einen Preis auf den Kopf seiner Ungetreuen aus, bestach meine Bedienten und wurde in meinen Park eingelassen. An jenem Abend ging ich mit Cydalise ins Freie: wir waren tief in eine dunkle Allee eingedrungen, und ich stand im Begriff, sie mit meinen zärtlichsten Zärtlichkeiten zu umfangen, als vor meinen Augen eine unsichtbare Hand ihren Busen mit einem Dolch durchbohrte. Es war die Hand des grausamen Ostaluk. Das gleiche Los drohte mir; aber ich kam Ostaluk zuvor, und Cydalise wurde gerächt. Ich warf mich über die geliebte Frau: ihr Herz schlug noch; ich eilte, sie ins Haus zu tragen, aber noch ehe ich anlangte, starb sie, ihr Mund an meinem.

Als ich Cydalisens Glieder in meinen Armen erkalten fühlte, brach ich in laute Klagen aus; meine Leute eilten herbei und entrissen mich dem grausenvollen Ort. Ich kehrte nach Banza zurück, schloß mich voller Verzweiflung über Cydalisens Tod in meinem Palais ein und überhäufte mich mit den gräßlichsten Vorwürfen. Ich liebte Cydalise wahrhaftig; sie hatte mich innig geliebt; und ich hatte alle Muße, die Größe meines Verlustes zu begreifen und ihn zu beweinen."

„Aber schließlich", sagte die Favoritin, „habt Ihr Euch getröstet."

„Ach, lange, Madame, glaubte ich, ich könnte ihren Tod nie verwinden", sagte Selim, „aber damals lernte ich, daß es keine ewige Trauer gibt."

„Man rede mir nicht mehr von den Männern", sagte Mirzosa, „so sind sie alle. Mit andern Worten, Seigneur Selim, die arme Cydalise, deren Geschichte uns soeben rührte und die Ihr so sehr betrauert habt, war doch recht dumm, auf Eure Schwüre zu bauen; und während Brahma sie vielleicht streng für ihre Leichtgläubigkeit straft, verbringt Ihr Eure Tage ganz annehmlich in den Armen einer anderen."

„Ei, Madame, beruhigt Euch", sagte der Sultan. „Selim liebt noch. Cydalise kann gerächt werden."

„Herr", versetzte Selim, „Eure Hoheit könnte falsch unterrichtet sein: habe ich durch mein Abenteuer mit Cydalise nicht für mein ganzes Leben erkennen müssen, daß wahre Liebe dem Glück allzu abträglich ist?"

„Zweifelsohne“, sagte Mirzosa, „und trotz Eurer Erkenntnis wette ich, Ihr liebt zur Stunde eine andere noch heißer ...“

„Heißer“, sagte Selim, „das will ich nicht behaupten: seit fünf Jahren bin ich einer reizenden Frau verbunden, doch von Herzen verbunden: ich fand nicht ohne Mühe bei ihr Gehör; denn man war immer derart tugendhaft! ...“

„Tugendhaft!“ rief der Sultan. „Nur zu, mein Freund, ich bin jedesmal entzückt, wenn ich von der Tugend einer Hofdame höre.“

„Selim“, sagte die Favoritin, „fahrt fort in Eurer Geschichte.“

„Und glaubt allwege als guter Muselman an die Treue Eurer Geliebten“, setzte der Sultan hinzu.

„Oh, Fürst!“ erwiderte Selim lebhaft. „Fulvia ist mir treu.“

„Treu oder nicht treu“, sagte Mangogul, „was tut das zu Eurem Glück? Ihr glaubt es, das genügt.“

„Also Fulvia ist es, die Ihr derzeit liebt?“ fragte die Favoritin.

„Ja, Madame“, sagte Selim.

„Pech, mein Lieber“, sagte Mangogul. „Ich traue ihr nicht im mindesten; sie ist beständig von Brahmanen umlagert, und diese Brahmanen sind schreckliche Leute; ferner hat sie, find ich, so chinesische Augen und eine Stupsnase und sieht mir sehr nach Lust aus: unter uns, wie steht's damit?“

„Fürst“, antwortete Selim, „ich glaube, sie verabscheut es nicht eben.“

„Nun also“, versetzte der Sultan, „diese Lust unterwirft sich alles; das müßt Ihr besser wissen als ich, oder Ihr seid ...“

„Ihr irrt“, sagte die Favoritin, „man kann der geistreichste Mensch sein und das nicht wissen. Ich wette ...“

„Immer diese Wetten“, fiel Mangogul ein; „es ist nicht auszuhalten. Diese Frauen sind doch unverbesserlich. Hört, Madame, gewinnt erst Euer Schloß, dann wettet.“

„Madame“, wandte sich Selim an die Favoritin, „könnte Fulvia Euch nicht gar dienlich sein?“

„Wie das?“ fragte Mirzosa.

„Mir ist aufgefallen“, sagte der Höfling, „daß die Kleinode fast immer nur im Beisein Seiner Hoheit gesprochen haben; und ich denke mir, daß der Geist Cucufa, der für Kanoglou, des Sultans Großvater, so viele erstaunliche Dinge vollbracht hat, seinem Enkel durchaus die Gabe erteilt haben könnte, sie reden zu heißen. Aber Fulvias Kleinod hat noch nie den Mund aufgetan, soviel ich weiß; gäbe es nicht einen Weg, es zu befragen und Euch das Schloß sowie mir die Gewißheit zu schaffen, daß meine Freundin mir treu ist?“

„Freilich“, sagte der Sultan, „was haltet Ihr davon, Madame?“

„Oh, ich mische mich nicht in eine so gewagte Angelegenheit: Selim ist mir ein zu guter Freund, um eines Schlosses halber sein Lebensglück aufs Spiel zu setzen.“

„Aber wieso“, sagte der Sultan, „Fulvia ist sittsam, Selim würde seine Hand für sie ins Feuer legen; er hat es gesagt, er ist nicht der Mann, der sich widerspricht.“

„Nein, Fürst“, versetzte Selim, „und wenn Eure Hoheit mir bei Fulvia ein Rendezvous geben wollte, wäre ich gewiß als erster dabei.“

„Bedenkt, was Ihr da vorschlagt“, sagte die Favoritin; „Selim, mein armer Selim, Ihr seid zu rasch; und so liebenswert Ihr seid ...“

„Keine Sorge, Madame; da die Würfel gefallen sind, werde ich Fulvia hören; schlimmstenfalls verliere ich eine Ungetreue.“

„Und grämt Euch vor Reue über ihren Verlust zu Tode“, setzte die Favoritin hinzu.

„Welch ein Unsinn!“ sagte Mangogul. „Glaubt Ihr, Selim sei blöde geworden? Er hat die zärtliche Cydalise verloren und steht voller Leben da; und Ihr wollt behaupten, wenn er Fulvia untreu fände, müßte er darüber sterben? Ich garantiere Euch, er wird ewig leben, wenn nur *der* Schlag ihn tödlich treffen könnte. Selim, auf morgen bei Fulvia, hört Ihr? Man wird Euch die Stunde mitteilen.“

Selim verneigte sich, Mangogul ging; die Favoritin fuhr

fort, dem alten Hofmann vorzustellen, welch hohes Spiel er wage; Selim dankte ihr für die Beweise ihres Wohlwollens, und alle zogen sich in Erwartung des großen Ereignisses zurück.

49. Kapitel

Siebenundzwanzigste Ringprobe · Fulvia

Der afrikanische Autor, der uns ja eine Schilderung von Selims Charakter versprochen hat, ließ sich beifallen, diese hierherzusetzen; ich hege zu große Achtung vor den Werken der Antike, um zu behaupten, sie hätte anderswo besser hingepaßt. Es gibt, sagt er, Männer, denen ihr Verdienst alle Türen öffnet, die durch Wohlgestalt und behenden Geist in ihrer Jugend der Liebling aller Frauen sind und die im Alter hochgeachtet werden, weil sie es verstehen, Pflichten und Freuden wohl abzuwägen und in ihrer Lebensmitte durch Dienste, die sie dem Staat erwiesen, sich Ruhm erworben haben: kurz, Männer, die zu allen Lebenszeiten die Zierde der Gesellschaft sind. So war Selim: obgleich er das sechzigste Jahr erreicht und die Bahn der Freuden zeitig beschritten hatte, hatten eine robuste Konstitution und weise Schonung ihn vor Hinfälligkeit bewahrt. Eine edle Gestalt, ungezwungene Manieren, eine verführerische Sprache, große Weltkenntnis, auf lange Erfahrung gegründet, die Gewohnheit, mit den Frauen umzugehen, machten ihn am Hofe angesehen als einen Mann, dem jeder hätte gleichen mögen, den man jedoch vergebens nachgeahmt hätte, denn nicht jeden hat die Natur mit den Talenten und dem Geist beschenkt, die ihn auszeichneten.

Und nun frage ich, fährt der afrikanische Autor fort, ob dieser Mann recht hatte, sich seiner Freundin wegen zu beunruhigen und die Nacht wie ein Wahnsinniger hinzubringen? Denn Tatsache ist, daß tausend Überlegungen ihm durch den Kopf fuhren und daß er, je mehr er Fulvia liebte, desto mehr fürchtete, sie untreu zu finden. „In was für ein Labyrinth habe ich mich eingelassen!“ sagte er sich. „Und weshalb? Was bringt es mir ein, wenn die Favoritin ein Schloß gewinnt? Und welches Los wird mir, wenn sie's verliert? ... Aber warum sollte sie es verlieren? Bin ich der Liebe Fulvias nicht sicher? ... Ach, ich besitze sie ganz und gar, und wenn ihr Kleinod spricht, dann nur von mir ... Aber wenn der Verräter ...! nein, nein, das hätte ich gespürt; ich hätte Unregelmäßigkeiten bemerkt; in fünf Jahren hätte man sich einmal verraten ... Dennoch ist die Probe gefährlich ... aber nun ist keine Zeit mehr zurückzutreten; ich habe den Becher zum Munde geführt: ich muß ihn leeren, und sollte ich den ganzen Trank verschütten ... Vielleicht ist das Orakel mir auch günstig ... Ach, was darf ich nur erwarten? Warum sollten andere eine Tugend erfolglos attackiert haben, die ich gewann? ... Ach! Teure Fulvia, ich tue dir Schimpf an mit diesen Zweifeln und vergesse, was es mich gekostet hat, dich zu gewinnen: ein Hoffnungsstrahl leuchtet mir, und ich schmeichle mir, dein Kleinod wird standhaft schweigen ...“

In dieser Gemütsbewegung erreichte Selim ein Billett des Sultans, das einzig die Worte enthielt: „Heut abend, Punkt halb zwölf, am bewußten Ort.“ Selim nahm die Feder und schrieb mit zitternder Hand: „Fürst, ich gehorche.“

Selim verbrachte den Rest des Tages wie die Nacht vorher, schwankend zwischen Furcht und Hoffnung. Nichts ist so wahr wie daß Liebende einen Instinkt haben; wenn ihre Liebste untreu ist, erfaßt sie ein Beben, ganz ähnlich wie Tiere, die das Nahen des Gewitters spüren: ein argwöhnischer Liebender ist gleich einer Katze, der bei bewölktem Himmel die Ohren jucken: Tiere und Liebende haben ferner gemein, daß Haustiere diesen Instinkt verlieren wie er bei Liebenden entschwindet, kaum daß sie Eheleute sind.

Die Stunden verstrichen Selim gar langsam; hundertmal schaute er nach seiner Stutzuhr: endlich war der schicksalhafte Augenblick gekommen, und der Höfling begab sich zu seiner Freundin: es war spät, aber da man ihn zu jeder Zeit einließ, wurde ihm Fulvias Gemach geöffnet ...

„Ich habe Euch nicht mehr erwartet", sagte sie, „und bin zu Bett gegangen, mit einer Migräne, die ich dem vergeblichen Warten auf Euch verdanke ..."

„Madame", sagte Selim, „Anstandspflichten und sogar Geschäfte haben mich beim Sultan gleichsam angekettet; und seit ich Euch verließ, hatte ich keine freie Minute."

„Und ich", sagte Fulvia, „war darob fürchterlich verstimmt. Zwei lange Tage, ohne Euch zu sehen! ..."

„Ihr wißt", sagte Selim, „wozu ich durch meinen Rang verpflichtet bin, und so gefestigt die Gunst der Großen auch erscheinen mag ..."

„Wie", unterbrach ihn Fulvia, „sollte der Sultan Euch kalt begegnet sein? Eure Dienste vergessen haben? Selim, Ihr seid zerstreut; Ihr antwortet mir nicht ... Ach, wenn Ihr mich liebt, was tut dann der gute oder üble Empfang des Fürsten zu Eurem Glück? Nicht in seinen, in meinen Augen, in meinen Armen sollt Ihr's suchen."

Selim lauschte wachsam diesen Worten, prüfte das Antlitz seiner Freundin und suchte in ihren Gebärden jene Zeichen der Wahrheit, die nicht täuschen und unmöglich zu erheucheln sind: wenn ich sage, unmöglich, so für uns Männer; denn Fulvia verstellte sich so vollendet, daß Selim sich vorzuwerfen begann, sie verdächtigt zu haben. Als Mangogul eintraf, verstummte Fulvia, Selim erbebte, und das Kleinod sagte: „Madame mag zu allen Pagoden Congos wallfahrten, sie wird nie Kinder kriegen, und aus einem Grund, den ich genau kenne, ich, ihr Kleinod ..."

Bei diesem Beginn bedeckte Selim tödliche Blässe; er wollte sich erheben, aber seine wankenden Knie versagten ihm den Dienst, und er sank in seinen Lehnstuhl zurück. Der unsichtbare Sultan trat zu ihm und raunte ihm ins Ohr:

„Habt Ihr genug? ..."

„Ach, Fürst!" rief Selim voller Schmerz. „Warum habe ich nicht auf Mirzosas Rat und die Vorahnung meines Herzens gehört? Mein Glück hat sich verfinstert; ich habe alles verloren: ich sterbe, wenn ihr Kleinod schweigt; wenn es redet, sterb ich. Aber es soll reden. Ich bin auf schreckliche Enthüllungen gefaßt; doch fürchte ich sie weniger, als ich den ratlosen Zustand hasse, in dem ich jetzt bin."

Fulvias erste Regung war, die Hand auf ihr Kleinod zu legen und ihm den Mund zu schließen: was es bis dahin gesagt hatte, erlaubte eine günstige Auslegung; aber sie bangte für das übrige. Schon war sie durch sein Schweigen beruhigt, als der Sultan, von Selim gedrängt, seinen Ring wieder drehte: Fulvia war gezwungen, ihre Hand wegzunehmen, und das Kleinod fuhr fort:

„Ich werde nie schwanger werden, man gönnt mir keine Ruhe. Die allzu emsigen Besuche so vieler heiliger Männer werden meine Absichten stets vereiteln, und Madame bekommt nie Kinder. Würde ich nur von Selim beehrt, ich könnte vielleicht fruchtbar werden; aber ich führe ein Leben wie ein Galeerensklave. Heute der, morgen der, und immer am Ruder. Der letzte Mann, der Fulvia besucht hat, ist jeweils der, den sie bestimmt glaubt, ihren Stamm fortzupflanzen. Vor dieser Grille ist keiner sicher. Ach, das Kleinod einer Frau von Stand, die keine Erben hat, ist übel dran! Seit zehn Jahren werde ich Leuten ausgesetzt, die nicht einmal verdienten, das Auge zu mir zu erheben."

Hier meinte Mangogul, Selim habe genug gehört, um von seiner Ratlosigkeit geheilt zu sein: er schenkte ihm den Rest, drehte seinen Ring, ging und überließ Fulvia den Vorwürfen ihres Freundes.

Anfangs war der unglückselige Selim wie versteinert; aber der Zorn gab ihm Kraft und Sprache zurück, er schleuderte der Ungetreuen einen verächtlichen Blick zu und sagte:

„Undankbare, Heimtückische, wenn ich Euch noch liebte, würde ich mich rächen; aber Ihr seid meiner Liebe so unwert wie meines Zorns. Ein Mann wie ich, Selim, kompromittiert mit einem Haufen Gesindel ..."

„Wahrhaftig", fiel ihm Fulvia im Ton der entlarvten Kurtisane brüsk ins Wort, „Ihr habt guten Grund, Euch wegen einer Bagatelle aufzuregen; anstatt mir Dank zu wissen, daß ich Euch manches verheimlicht habe, was Euch zur Verzweiflung gereicht hätte; schlagt nur Feuer, erregt Euch, als wäret Ihr beleidigt worden. Und welchen Grund hättet Ihr, Monsieur, Euch besser zu dünken als Séton, Rikel, Molli oder Tachmas, die liebenswertesten Kavaliere am Hof, vor denen man sich nicht die Mühe geben muß, seine Seitensprünge zu verbergen? Ein Mann wie Ihr, Selim, ist verbraucht, ist aus, seit einer Ewigkeit außerstande, eine hübsche Frau, die nicht albern ist, allein zu fesseln. Gebt zu, daß Eure Anmaßung fehl am Platz und Euer Zorn zum Lachen ist. Im übrigen könnt Ihr, wenn Ihr nicht zufrieden seid, das Feld ja andern räumen, die es besser bestellen als Ihr."

„Das werde ich tun, von ganzem Herzen", erwiderte Selim, außer sich vor Empörung; und er ging in dem festen Entschluß, diese Frau nicht wiederzusehen.

Er kehrte in sein Palais zurück und schloß sich dort mehrere Tage ein, aus Kummer weniger über seinen Verlust als über seinen langen Irrtum. Nicht sein Herz, seine Eitelkeit litt. Er fürchtete die Vorhaltungen der Favoritin wie die Witzeleien des Sultans und mied beide.

Er war fast entschlossen, dem Hof zu entsagen, sich in die Einsamkeit zurückzuziehen und als Philosoph ein Leben zu beschließen, dessen größten Teil er im Höflingskleid vergeudet hatte, als Mirzosa, die seine Gedanken erriet, ihn zu trösten beschloß, in den Palast rief und ihm folgende Rede hielt: „Nun, mein armer Selim, Ihr wollt mich also preisgeben? Nicht Fulvia, sondern mich straft Ihr für ihre Untreue. Wir sind alle betrübt über Euer Abenteuer; wir räumen ein, es ist bekümmerlich; aber wenn Ihr einiges auf die Gunst des Sultans und meine Wertschätzung haltet, werdet Ihr unsere Gesellschaft weiterhin beleben und diese Fulvia vergessen, die eines Mannes wie Ihr nie würdig war."

„Madame", erwiderte Selim, „mein Alter sagt mir, daß es Zeit ist, mich zurückzuziehen. Ich habe von der Welt genug gesehen; vor vier Tagen noch hätte ich mich gerühmt, sie zu kennen; aber Fulvias Streich hat alles in mir durcheinandergebracht. Die Frauen sind unerforschlich, und alle wären mir verhaßt, gehörtet Ihr dem Geschlecht nicht an und trügt nicht alle seine schönen Züge in Euch. Gebe Brahma, daß Ihr deren Kehrseiten nie übernehmt! Lebt wohl, Madame; ich gehe in die Einsamkeit und will mich mit nützlichen Gedanken befassen. Das Andenken der Wohltaten, deren Ihr und der Sultan mich beehrt habt, wird mir dahin folgen; und wenn mein Herz dort noch Wünsche hegt, so werden sie Eurem Glück und seinem Ruhme gelten."

„Selim", sagte die Favoritin, „Ihr laßt Euch vom Verdruß beraten. Ihr fürchtet eine Lächerlichkeit, die Ihr weniger vermeidet, wenn Ihr vom Hofe geht, als wenn Ihr bleibt. Philosophiert, soviel es Euch beliebt; aber doch nicht in diesem Augenblick: man wird in Eurem Rückzug Verbitterung und Gram erblicken. Ihr seid nicht geschaffen, Euch in eine Einöde zu verkriechen; und der Sultan ..."

Mangoguls Ankunft unterbrach die Favoritin; sie teilte ihm Selims Absicht mit.

„Ist er denn närrisch geworden!" sagte der Fürst. „Haben die üblen Machenschaften dieser kleinen Fulvia ihm die Sinne verdreht?"

Und an Selim gewandt, fuhr er fort: „Das kommt nicht in Frage, lieber Freund; Ihr bleibt: ich brauche Euren Rat und Madame Eure Gesellschaft. Das Wohl meines Reiches und Mirzosas Wohlbefinden erfordern es; so soll es sein."

Gerührt von den Gefühlen Mangoguls und der Favoritin, verneigte sich Selim ehrerbietig, blieb am Hofe und wurde geliebt, verwöhnt, beehrt und ausgezeichnet, so hoch stand er in des Sultans und Mirzosas Gunst.

50. Kapitel

Wunderbare Begebenheiten zu Zeiten Kanoglous, Mangoguls Großvater

Die Favoritin war sehr jung. Gegen Ende der Herrschaft Erguebzeds geboren, hatte sie beinahe keine Vorstellung vom Hofe Kanoglous. Ein beiläufiges Wort hatte sie auf die Wunder neugierig gemacht, welche der Geist Cucufa für jenen guten Fürsten vollbracht hatte; und keiner konnte sie getreulicher darüber unterrichten als Selim: er war ihr Zeuge gewesen, hatte Teil daran gehabt und kannte die Geschichte jener Zeit von Grund auf. Eines Tages, als er mit ihr allein war, brachte Mirzosa ihn auf das Kapitel und fragte ihn, ob Kanoglous Herrschaft, von der so viel Aufhebens gemacht werde, erstaunlichere Wunder gesehen habe als die, welche die Aufmerksamkeit Congos heute fesselten.

„Ich bin nicht interessiert, Madame", erwiderte Selim, „die alte Zeit der unseres regierenden Fürsten vorzuziehen. Es geschehen große Dinge; doch sind sie womöglich nur erst der Entwurf zu größeren, die Mangoguls Ruhm verkünden werden; doch ist meine Lebensbahn zu weit abgeschritten, als daß ich mir schmeicheln dürfte, sie noch zu erleben."

„Ihr irrt", sagte Mirzosa, „Ihr habt Euch den Beinamen der ‚Ewige' erworben und werdet ihn behalten. Und nun erzählt, was Ihr gesehen habt."

„Madame", sagte Selim, „Kanoglous Herrschaft währte lange, und unsere Dichter haben sie das Goldene Zeitalter genannt. Diesen Titel verdient sie aus mehrern Gründen. Sie zeichnete sich durch Erfolge und Siege aus; aber ihre Vorzüge waren mit Schattenseiten gepaart, die zeigen, wie unecht dieses Gold bisweilen war. Der Hof, der dem übrigen Reich ja stets den Ton angibt, war sehr galant. Der Sultan hatte Mätressen; die Seigneurs ahmten ihn um jeden Preis nach; und das Volk nahm dieselben Manieren an. Die Pracht der Kleider, Möbel, Equipagen wurde maßlos. Bei den Mahlzeiten machte man aus der Feinschmeckerei eine Kunst. Man spielte hoch; man stürzte sich in Schulden, die keiner bezahlte, und man gab aus, solange Geld und Kredit reichten. Man erließ gegen den Luxus die schönsten Verordnungen, die keiner einhielt. Man nahm Städte ein, eroberte Provinzen, begann Paläste zu bauen und erschöpfte das Reich an Menschenblut und Geld. Die Völker sangen Siegeslieder und krepierten vor Hunger. Die Großen hatten süperbe Schlösser und köstliche Gärten, und ihre Ländereien lagen brach. Hundert

Hochseeschiffe hatten uns zu den Herren des Meeres und zum Schrecken unserer Nachbarn gemacht; aber ein Schlaukopf berechnete, was der Unterhalt dieses Mastenwaldes den Staat kostete; und so wurde gegen die Einwände der übrigen Minister beschlossen, ein Freudenfeuer draus zu machen. Der Kronschatz war eine große leere Truhe, die durch diese elendigliche Wirtschaft nicht gefüllt wurde; und Gold und Silber wurden so knapp, daß die Geldfabriken eines schönen Morgens in Papiermühlen verwandelt waren. Zum Übermaß allen Glücks ließ sich Kanoglou von Fanatikern überzeugen, daß es von allerhöchster Wichtigkeit sei, daß seine Untertanen ihm glichen und blaue Augen, stumpfe Nasen und einen roten Schnurrbart hätten wie er, also vertrieb er aus Congo mehr als zwei Millionen Menschen, die diesem Einheitsmuster nicht entsprachen oder sich weigerten, ihm gleich zu werden.

Das, Madame, war das Goldene Zeitalter; das ist die gute alte Zeit, der Ihr alle Tage nachtrauern hört; aber laßt die Schwätzer schwätzen und seid versichert, daß auch wir unsere Turenne und Colbert haben; daß alles in allem die Gegenwart besser als die Vergangenheit ist, und wenn die Völker unter Mangoguls Herrschaft glücklicher sind, als sie unter Kanoglou waren, so ist die Herrschaft Seiner Hoheit größer als die seines Ahn, da erst das Wohlergehen der Untertanen das rechte Maß für die Größe eines Fürsten ist. Aber kommen wir auf die Kuriositäten unter Kanoglou zurück.

Ich werde mit dem Ursprung der Hampelmänner beginnen."

„Selim, das erspare ich Euch: die Geschichte kenne ich auswendig", sagte die Favoritin, „erzählt mir von anderen Dingen."

„Dürfte ich Madame fragen", sagte Selim, „woher Ihr sie kennt?"

„Nun", sagte Mirzosa, „sie steht in den Büchern geschrieben."

„Ja, Madame", versetzte Selim, „geschrieben von Leuten, die nichts davon verstanden. Mir wird ganz übel, wenn ich sehe, wie obskure Schreiberlinge, die nie einen Fürsten von nahe sahen, außer beim Einzug in die Hauptstadt oder bei einer anderen öffentlichen Zeremonie, sich anmaßen, seine Geschichte zu schreiben.

Wir hatten", so fuhr Selim fort, „die Nacht auf einem Maskenball in den großen Sälen des Palastes durchgetanzt, als der Geist Cucufa, der erklärte Schutzgeist der regierenden Familie, uns erschien und uns befahl, zu Bett zu gehen und vierundzwanzig Stunden hintereinander zu schlafen: man gehorchte; und als die Zeit verstrichen war, fanden wir den Palast in eine weitläufige, prächtige Galerie voller Hampelmänner verwandelt; an einem Ende sah man Kanoglou auf seinem Thron; ein abgenutzter langer Bindfaden hing zwischen seinen Lenden herab; eine abgetakelte alte Fee zog fortwährend daran und ließ mit einer Handbewegung eine Unzahl subalterner Hampelmänner tanzen, die durch feine, kaum sichtbare Fäden mit Kanoglous Fingern und Zehen verbunden waren: sie zog, und augenblicklich verfaßte und siegelte der Seneschall verderbliche Edikte oder hielt zum Lob der Fee eine Preisrede, die ihm ihr Sekretär einflüsterte; schickte der Kriegsminister der Armee Schwefelhölzchen; baute der Oberintendant der Finanzen Häuser und ließ die Soldaten verhungern; und so ging es mit sämtlichen Hampelmännern.

Wenn ein Hampelmann seine Bewegungen unwillig ausführte, die Arme nicht hoch genug hob, die Knie nicht tief genug beugte, zerriß die Fee mit einem Handschlag seine Fäden, und er erstarrte. Nie werde ich zwei sehr wackere Emire vergessen, die ihren Zorn erregten und ihr Leben lang an beiden Armen gelähmt blieben.

Die Fäden, die von allen Körperteilen Kanoglous ausgingen, reichten bis in riesige Entfernungen und setzten vom tiefsten Congoland bis hin zu den Grenzen von Monoémugi Armeen von Hampelmännern in Gang oder Stillstand: ein Fadenzug, und eine Stadt wurde belagert, der Graben ausgehoben, Breschen geschossen, und der Feind schickte sich an zu kapitulieren; aber ein zweiter Fadenzug fuhr dazwischen, und die Artillerie feuerte lascher, die Angriffe wurden nicht mehr mit gleicher Wucht geführt, die Festung erhielt Entsatz, zwischen unseren Generälen entbrannte Zwist; wir wurden angegriffen, überrumpelt und vernichtend geschlagen.

Solche traurigen Nachrichten betrübten Kanoglou nie; er erfuhr sie erst, wenn seine Untertanen sie schon vergessen hatten; und die Fee ließ sie ihm nur ausrichten von Hampelmännern, die alle einen Faden an der Zungenspitze trugen und nur meldeten, was ihr recht war, wollten sie nicht zum Stummsein verdammt werden.

Ein andermal wurden wir jungen Fante sämtlich durch ein Abenteuer bezaubert, das die Bigotten bitterlich empörte: alle Frauen schlugen Purzelbäume und liefen mit dem Kopf nach unten, die Füße in der Luft und die Hände in ihren Pantoffeln, umher.

Das verwirrte zunächst alle Bekanntschaften, man mußte die neuen Physiognomien erst studieren; viele wurden verlassen, da man sie nicht mehr liebenswert fand, als sie sich entblößten; andere, von denen nie jemand gesprochen hatte, gewannen unendlich bei näherer Bekanntschaft. Da Röcke und Kleider über die Augen fielen, bestand Gefahr, sich zu verirren oder zu straucheln; darum kürzte man die Röcke und schlitzte die Kleider vorn auf: daher die kurzen Röcke und gerafften Roben. Denn als die Frauen sich wieder auf die Füße stellten, behielten sie diese Art der Gewandung bei; und wenn man die Röcke unserer Damen recht besieht, wird man leicht erkennen, daß sie nicht dazu bestimmt waren, so wie heute getragen zu werden.

Jede Mode, die nur einem Zweck dient, geht rasch vorüber; um zu überdauern, muß sie wenigstens zu zweierlei gut sein. So erfand man damals das Geheimnis, den Busen festzuhalten, und nutzt es heute, ihn zu stützen.

Die Betschwestern, in ihrer Bestürzung, plötzlich mit dem Kopf nach unten und den Beinen himmelwärts zu laufen, bedeckten sich anfangs mit den Händen; doch über solcher Aufmerksamkeit verloren sie das Gleichgewicht und stolperten gewaltig. Auf einen Wink der Brahmanen hin banden sie ihre Röcke an den Beinen mit kleinen schwarzen Schleifen zu; die weltlichen Damen fanden diesen Ausweg lächerlich und erklärten, das behindere die Atmung und erzeuge Vapeurs. Das Wunder hatte glückliche Folgen; es brachte viele Heiraten oder ähnliches und eine Menge Bekehrungen zustande; alles, was einen häßlichen Hintern hatte, stürzte sich kopfüber in die Frömmelei und nahm die kleinen schwarzen Schleifen: vier Brahmanenmissionen hätten nicht so viel erreicht.

Kaum hatten wir die eine Heimsuchung überstanden, als eine zweite, weniger umfassende, doch nicht minder aufschlußreiche kam. Alle jungen Mädchen von dreizehn bis achtzehn, neunzehn, zwanzig und darüber erhoben sich eines schönen Morgens mit eingeklemmtem Mittelfinger, und ratet Ihr, wo, Madame?“ fragte Selim die Favoritin. „Weder im Mund noch im Ohr noch nach türkischer Manier sonstwo: man ahnte, woran sie litten, und schritt flugs zur Abhilfe. Seitdem ist es Brauch, unsere Mädchen zu verheiraten, wenn sie mit Puppen spielen sollten.

Ein anderer Segen: Kanoglous Hof wimmelte von Stutzern; auch ich hatte die Ehre, einer zu sein. Eines Tages, als ich unter uns von den jungen französischen Seigneurs erzählte, merkte ich, daß unsere Schultern sich hoben, höher als unsere Köpfe; aber damit nicht genug: auf der Stelle wirbelten wir auf dem Absatz herum.“

„Und was war Besonderes daran?“ fragte die Favoritin.

„Nichts, Madame“, erwiderte Selim, „außer daß jene erstliche Verwandlung Ursache des Katzbuckelns ist, das in Eurer Kindheit so hoch in Mode stand, und die zweite die Lästermäuler hervorbrachte, deren Herrschaft noch jetzt nicht vorbei ist. Man begann damals wie heute ein Gespräch mit jemandem, setzte es, auf dem Absatz wirbelnd, mit dem nächsten fort und beendete es mit dem dritten, für den es halb Unsinn, halb Kränkung war.

Ein andermal wurden wir alle kurzsichtig; wir benötigten Doktor Bions Hilfe: der Gauner machte uns Lorgnons, für die er zehn Zechinen forderte, die wir aber weiter benutzten, als wir wieder klar sahen. Daher, Madame, stammen die Operngucker.

Ich weiß nicht, was die galanten Frauen um jene Zeit dem Cucufa antaten; aber er rächte sich an ihnen grausam. Nachdem sie ein Jahr lang Nacht für Nacht bei Tanz, Schmaus und Spiel, die Tage in den Kutschen oder den Armen ihrer Liebhaber verbracht hatten, waren sie zu ihrer Verblüffung auf einmal alle häßlich: schwarz wie ein Maulwurf die eine, die andere kupferrot, diese blaß und mager, jene gelb und runzlicht: die unheilvolle Verzauberung mußte vertuscht werden; und unsere Chemiker erfanden die weiße und die rote Schminke, Pomaden, Wässerchen, Venustüchlein, Jungfernmilch, die Schönheitspflaster und tausend andere Geheimnisse, die ihnen halfen, nicht mehr häßlich und dafür abschreckend zu sein. Cucufa hielt seinen Fluch aufrecht, doch Erguebzed, der schöne Damen liebte, legte sich für sie ins Mittel: der Geist tat, was er konnte; aber der Zauber hatte so stark gewirkt, daß er ihn nur halbwegs beheben konnte; und die Hofdamen blieben, wie sie noch heute sind."

„Ging es den Männern genauso?" fragte Mirzosa.

„Nein, Madame", sagte Selim, „ihre Verwandlung dauerte mehr oder weniger lang: die Katzbuckel bildeten sich allgemach zurück; man bog sich wieder gerade; und aus Furcht, für einen Buckligen zu gelten, trug man die Nase hoch und säuselte; doch wirbelte man weiter und wirbelt heute noch; fangt ein ernsthaftes oder sinnvolles Gespräch im Beisein eines hübschen jungen Herrn an, husch, seht Ihr ihn davonschwirren, um irgend jemandem, der ihn um Neuigkeiten vom Krieg oder nach seiner Gesundheit fragt, einen Spottvers zuzuraunen oder ihm ins Ohr zu flüstern, er habe gestern mit der Rabon soupiert, sie sei ein himmlisches Weib; ein neuer Roman sei erschienen; er habe ein paar Seiten darin gelesen, er sei schön, ganz überaus schön: und husch, flattert er einer Dame zu, die er fragt, ob sie die neue Oper gesehen habe, und der er versichert, daß die Dangeville hinreißend war."

Mirzosa fand diese Albernheiten äußerst komisch und fragte Selim, ob er sie auch mitgemacht habe.

„Wie denn nicht, Madame!" sagte der alte Hofmann. „War

es erlaubt, nicht mitzumachen, ohne daß man für einen Menschen von einem anderen Stern galt? Ich katzbuckelte, ich richtete mich auf, ich säuselte, äugelte, wirbelte, lästerte wie jeder andere auch; und all meine Verstandestätigkeit beschränkte sich darauf, diese Verdrehtheiten als einer der ersten anzunehmen und sie beileibe nicht mit den letzten abzulegen."

Hier war Selim angelangt, als Mangogul erschien.

Der afrikanische Autor sagt uns nicht, wo er während dieses Kapitels war, noch was er getrieben hatte: offenbar durften congoitische Fürsten auch unbedeutende Dinge tun, manchmal Törichtes sagen und den übrigen Menschen gleichen, deren Leben sich größtenteils in Nichtigkeiten erschöpft oder über Dingen hingeht, die der Meldung nicht lohnen.

51. Kapitel

Achtundzwanzigste Ringprobe · Olympia

„Madame, freut Euch", sagte Mangogul, als er bei der Favoritin eintrat. „Ich bringe Euch angenehme Botschaft. Die Kleinode sind närrische kleine Schwätzer, die nicht wissen, was sie sagen. Cucufas Ring kann sie reden heißen, aber nicht zur Wahrheit zwingen."

„Und wie hat Eure Hoheit sie bei einer Lüge ertappt?" fragte die Favoritin.

„Das sollt Ihr gleich erfahren", sagte der Sultan. „Selim hatte Euch seine sämtlichen Abenteuer versprochen; und Ihr werdet nicht zweifeln, daß er sein Wort gehalten hat. Nun habe ich soeben ein Kleinod vernommen, das ihn einer Gemeinheit bezichtigt, die er Euch nicht gebeichtet, die er bestimmt nicht begangen hat und die auch gar nicht seiner Art entspricht. Eine hübsche Frau unter Druck setzen, sie unter Androhung militärischer Exekution zum Tribut nötigen, erkennt Ihr Selim darin wieder?"

„Ei, warum nicht, Herr?“ sagte die Favoritin. „Selim war zu jeder Tücke fähig; und wenn er das Abenteuer, das Ihr entdeckt habt, mir verschwieg, so vielleicht, weil er sich mit jenem Kleinod inzwischen versöhnt hat, sie gut miteinander stehen und er glaubte, mir eine Lappalie vorenthalten zu dürfen, ohne sein Wort zu brechen.“

„Die dauernde Verkehrtheit Eurer Mutmaßungen“, sagte Mangogul, „sollte Euch eigentlich von der Krankheit heilen, welche zu äußern. Es ist ganz anders, als Ihr meint; es ist eine Tollheit aus Selims früher Jugend. Es handelt sich um eine der Frauen, die man kurz benutzt und nachher nicht mehr kennt.“

„Madame“, sagte Selim zur Favoritin, „ich mag mich fragen, soviel ich will, ich kann mich nicht entsinnen, und mein Gewissen dünkt mich im Moment vollkommen rein.“

„Olympia“, sagte Mangogul ...

„Ah, Fürst“, unterbrach ihn Selim, „jetzt weiß ich: das ist eine so alte Geschichte: kein Wunder, daß ich sie vergaß.“

„Olympia“, erzählte Mangogul, „Gattin des Obereinnehmers von Hasna, hatte sich in einen jungen Offizier vergafft, der in Selims Regiment Hauptmann war. Eines Morgens kam ihr Geliebter ganz verstört zu ihr und berichtete, alle Militärs hätten Befehl, zu ihren Corps aufzubrechen. Großvater Kanoglou hatte in jenem Jahr beschlossen, den Feldzug frühzeitig zu eröffnen, und ein großartiger Feldplan, den er ersonnen hatte, scheiterte einzig daran, daß seine Befehle nicht geheim blieben. Die Politiker eiferten dagegen, die Frauen verwünschten ihn: jeder hatte seine Gründe. Olympias habe ich Euch genannt. Sie beschloß, Selim aufzusuchen und wenn möglich zu verhindern, daß Gabalis fortziehe: so hieß ihr Geliebter. Selim galt bereits für einen Schwerenöter. Olympia hielt es für geraten, sich mit Begleitung zu versehen, und zwei ihrer Freundinnen, hübsch wie sie, erboten sich mitzugehen. Selim war in seinem Hause, als sie kamen. Er empfing Olympia, die allein vor ihm erschien, mit der ungezwungenen Höflichkeit, die Ihr an ihm kennt, und informierte sich, was ihm einen so schönen Besuch verschaffte.

‚Monsieur', sagte Olympia, ‚ich interessiere mich für Gabalis; wichtige Geschäfte erheischen seine Anwesenheit in Banza, und ich komme, Euch um ein halbes Jahr Urlaub für ihn zu bitten.'

‚Ein halbes Jahr Urlaub, Madame? Wo denkt Ihr hin?' sagte Selim. ‚Die Befehle des Sultans sind unumgänglich: ich bin verzweifelt, mir bei Euch kein Verdienst durch eine Gunst erwirken zu dürfen, die mich unweigerlich vernichten würde.' Erneutes Drängen Olympias: erneute Ablehnung von seiten Selims.

‚Der Wesir hat mir versprochen, mich bei der nächsten Beförderung zu berücksichtigen. Könnt Ihr, Madame, verlangen, daß ich mich ertränke, um Euch zu verpflichten?'

‚Aber nein, Monsieur, Ihr würdet Euch keineswegs ertränken, mich aber sehr verpflichten.'

‚Unmöglich, Madame, aber vielleicht wendet Ihr Euch an den Wesir.'

‚Ach, Monsieur, an wen verweist Ihr mich? Der Mann hat für Damen nichts übrig.'

‚Soviel ich auch überlege – denn ich wäre überglücklich, Euch dienen zu können –, ich weiß nur mehr einen Weg.'

‚Und welchen?' fragte Olympia rasch.

‚Eure Absicht ist', sagte Selim, ‚Gabalis auf ein halbes Jahr glücklich zu machen; aber könntet Ihr, Madame, von dem Vergnügen, das Ihr ihm zugedenkt, nicht vorläufig eine Viertelstunde für mich abzweigen?'

Olympia verstand ihn bestens, errötete, stammelte und beschwerte sich schließlich über die Härte der Bedingung.

‚Reden wir nicht mehr davon, Madame', versetzte der Oberst kühl. ‚Gabalis wird ausrücken; der Dienst des Fürsten geht allem vor. Ich hätte einiges auf mich genommen, aber Ihr laßt ja nicht mit Euch reden. Jedenfalls, Madame, ist es Euer eigener Wille, wenn Gabalis ins Feld zieht.'

‚Mein eigener Wille!' rief Olympia lebhaft. ‚Ach, Monsieur! Stellt sofort ein Patent aus, daß er bleiben kann.' Die entscheidenden Präliminarien zu diesem Vertrag wurden auf einem Sofa ratifiziert, und die Dame glaubte Gabalis gerettet, als der Verräter, den Ihr hier seht, sich wie beiläufig erkundigte, wer die beiden Damen im Vorzimmer seien, die sie begleitet hätten.

‚Meine besten Freundinnen', erwiderte Olympia.

‚Mithin auch die besten Freundinnen von Gabalis', sagte Selim, ‚daran ist wohl kein Zweifel. Unter der Voraussetzung, glaube ich, werden sie es nicht ablehnen, ebenfalls je ein Drittel der Vertragsgebühren zu entrichten. Ja, das scheint mir nur billig; ich überlasse es Euch, Madame, sie dahingehend zu bereden.'

‚Wahrhaftig, Monsieur', sagte Olympia, ‚Ihr seid kurios. Ich versichere Euch, diese Damen haben keinerlei Anspruch auf Gabalis; aber um sie wie mich aus der Verlegenheit zu retten, will ich, wenn Ihr meine Zahlung gutheißt, den Wechsel einzulösen suchen, den Ihr auf beide zieht.' Selim nahm an. Olympia machte ihrem Wort Ehre; und dies ist es, Madame, was Selim Euch hätte beichten müssen."

„Das verzeihe ich ihm", sagte die Favoritin, „Olympias Bekanntschaft ist so angenehm nicht, daß ich ihm einen Prozeß daraus machen sollte, weil er sie vergaß. Ich weiß nicht, wo Ihr solche Frauen immer ausgrabt: wahrlich, Fürst, Ihr benehmt Euch ganz wie jemand, der sein Schloß durchaus nicht verlieren will."

„Und mir, Madame, scheint, Ihr habt Eure Meinung seit einigen Tagen sehr geändert", erwiderte Mangogul. „Tut mir die Liebe und erinnert Euch, welche Ringprobe ich Euch als erste vorschlug; und Ihr werdet einsehen, daß es durchaus nicht von mir abhing, wenn ich bisher nicht verlor."

„Ja", sagte die Sultanin, „ich weiß, daß Ihr mir geschworen habt, mich aus der Zahl der schwatzenden Kleinode auszunehmen, und daß Ihr Euch seither nur an verschriene Frauen gewendet habt, an eine Aminte, Zobéide, Thélis, Zulique, deren Ruf auch vorher nahezu feststand."

„Ich räume ein", sagte Mangogul, „daß es lächerlich gewesen wäre, auf diese Kleinode zu bauen: aber wer keine Jungfern hat, muß wohl mit Witwen tanzen. Ich sagte Euch bereits und wiederhole es, gute Gesellschaft findet sich unter

Kleinoden seltener, als Ihr glaubt; und wenn Ihr Euch nicht entschließt, selbst den Gewinn zu erringen ..."

„Ich!" unterbrach ihn Mirzosa heftig. „Ich werde im Leben nie ein Schloß besitzen, wenn es davon abhängt. Ein schwatzendes Kleinod! Pfui! Wie unanständig! ... Fürst, mit einem Wort, Ihr kennt meine Gründe; und ich erinnere Euch allen Ernstes an meine Drohung."

„Nun, dann beklagt Euch entweder nicht mehr über meine Proben oder sagt uns, an wen wir uns wenden sollen; denn es verdrießt mich, daß das kein Ende nimmt. Liederliche Kleinode, und nichts als liederliche Kleinode!"

„Ich setze großes Vertrauen in Eglés Kleinod", sagte Mirzosa, „und ich erwarte mit Ungeduld das Ende der vierzehn Tage, die Ihr Euch ausgebeten habt."

„Madame", sagte Mangogul, „sie sind gestern abgelaufen; und während Selim Euch Geschichten vom alten Hof erzählte, erfuhr ich von Eglés Kleinod, daß seine Herrin dank Célébis Grimm und Almanzors Beharrlichkeit Euch zu nichts mehr nütze sein kann."

„Ach, Fürst, was sagt Ihr da?" rief die Favoritin.

„Es ist eine Tatsache", sagte der Sultan. „Ich ergötze Euch mit der Geschichte ein andermal; inzwischen sucht eine neue Saite für Euren Bogen."

„Eglé, die tugendhafte Eglé, ist nun auch gefallen!" sagte die bestürzte Favoritin. „Wahrhaftig, das fasse ich nicht."

„Da seid Ihr nun ganz kopflos", sagte Mangogul, „und wißt nicht mehr aus noch ein."

„Das nicht", sagte die Favoritin, „aber ich gestehe Euch, ich hatte fest auf Eglé gebaut."

„Damit ist es vorbei", versetzte Mangogul, „aber sagt, war sie die einzige sittsame Frau, die Ihr kanntet?"

„Nein, Fürst; ich kann Euch hundert andere liebenswerte Frauen nennen", versetzte Mirzosa. „Ich bürge wie für mich selbst für ... für ..."

Mirzosa hielt inne, ohne einen einzigen Namen genannt zu haben. Selim konnte sich des Lächelns nicht erwehren, und der Sultan platzte heraus über die Verwirrung der Favoritin, die so viele sittsame Frauen kannte und sich auf keine besann.

Verärgert wandte sich Mirzosa an Selim und sagte: „Ach, Selim, helft mir doch, Ihr kennt Euch doch aus. Fürst", fügte sie, an den Sultan gewandt, hinzu, „wendet Euch an ... Wen soll ich nennen, Selim, helft mir doch."

„Mirzosa", sagte Selim.

„Oh, Ihr wartet mir übel auf", sagte die Favoritin. „Ich fürchte die Probe nicht; aber ich verabscheue dergleichen. Nennt schleunigst eine andere, wenn Ihr wollt, daß ich Euch verzeihe."

„Man könnte prüfen", sagte Selim, „ob Zaïde den idealen Liebhaber gefunden hat, den sie sich immer vorstellte und an dem sie dereinst alle, die ihr den Hof machten, maß."

„Zaïde?" sagte Mangogul. „Ich gestehe, gegen die Frau könnte ich tatsächlich verlieren."

„Sie ist vielleicht die einzige", setzte die Favoritin hinzu, „deren Ruf die prüde Arsinoé und der Schwätzer Jonéki nie angetastet haben."

„Das ist viel", sagte Mangogul, „aber meine Ringprobe ist ein besserer Beweis. Auf denn zu ihrem Kleinod: Gewisser ist sein Spruch als des Kalchas Orakel."

„Oho!" sagte die Favoritin lachend. „Ihr beherrscht Euren Racine ja wie ein Komödiant."

52. Kapitel

Neunundzwanzigste Ringprobe · Zuleiman und Zaïde

Ohne auf den Scherz der Favoritin zu erwidern, eilte Mangogul davon und begab sich zu Zaïde. Er fand sie zurückgezogen in einer Kammer, vor einem kleinen Tisch, auf dem er Briefe, ein Porträt, verstreute Kleinigkeiten gewahrte, die von einem innig Geliebten kamen, wie leicht an dem Aufheben, das sie davon machte, erkennbar war. Sie schrieb; Tränen rannen ihr aus den Augen und netzten das Papier. Verzückt küßte sie das Bildnis, öffnete die Briefe, schrieb ein paar Worte, nahm wieder das Bild vor, griff nach den erwähnten kleinen Dingen und drückte sie ans Herz.

Der Sultan schaute in grenzenlosem Staunen; außer der Favoritin und Zaïde hatte er nie zärtliche Frauen gesehen. Er glaubte sich von Mirzosa geliebt; aber liebte Zaïde Zuleiman nicht noch inniger? Und waren diese beiden Liebenden nicht die einzigen wahrhaft Liebenden in Congo?

Die Tränen, die Zaïde beim Schreiben vergoß, waren nicht etwa traurige Tränen. Die Liebe hieß sie rinnen. Und in diesem Augenblick empfand sie nichts als das köstliche Gefühl, Zuleimans Herz ganz sicher zu besitzen. „Liebster Zuleiman", schrieb sie, „wie liebe ich Dich! Wie teuer bist Du mir! Wie selig bin ich von Dir erfüllt! In Augenblicken, da Zaïde das Glück entbehrt, Dich zu sehen, schreibt sie Dir wenigstens, wie sehr sie Dein ist: fern von Zuleiman, ist seine Liebe das einzige, womit sie sich befassen mag."

Soweit war Zaïde in ihren zärtlichen Gedanken, als Mangogul seinen Ring auf sie richtete. Gleich hörte er ihr Kleinod seufzen und die ersten Worte des Monologs seiner Herrin wiederholen: „Liebster Zuleiman, wie liebe ich dich! Wie teuer bist du mir! Wie selig bin ich von dir erfüllt!" Zaïdens Herz und Kleinod waren zu sehr eins, um in ihren Worten voneinander abzuweichen. Zaïde war anfangs überrascht; aber sie war so gewiß, daß ihr Kleinod nichts sagen werde, was Zuleiman nicht voll Freuden hören dürfte, daß sie wünschte, er wäre bei ihr.

Mangogul wiederholte die Probe, und Zaïdens Kleinod wiederholte mit sanfter, lieblicher Stimme: „Zuleiman, liebster Zuleiman, wie lieb ich dich! Wie teuer bist du mir!"

„Zuleiman", rief der Sultan aus, „ist der glücklichste Sterbliche in meinem Reich. Verlassen wir diesen Ort, wo das Bild eines größeren Glücks als meines sich meinem Auge enthüllt und mich betrübt." Flugs eilte er von dannen und begegnete der Favoritin mit unruhiger, umwölkter Miene.

„Fürst, was habt Ihr?“ fragte sie ihn. „Ihr sagt nichts von Zaïde...“

„Zaïde, Madame, ist eine wundervolle Frau!“ versetzte Mangogul. „Sie liebt, wie nie ein Weib geliebt hat.“

„Desto schlimmer für sie“, sagte Mirzosa.

„Was meint Ihr damit?...“ rief der Sultan.

„Ich meine“, erwiderte die Favoritin, „daß Kermadès einer der grämlichsten Männer in Congo ist, daß die Ehe durch die Selbstsucht und Autorität der Eltern zustande kam und daß es nie ein ungleicheres Paar gab als Kermadès und Zaïde.“

„Aber, sie liebt doch nicht ihren Gatten, Madame...“ versetzte Mangogul.

„Wen denn?“ fragte Mirzosa.

„Zuleiman“, sagte Mangogul.

„Dann ade, Porzellan und Rollschwanzäffchen!“ sagte die Sultanin.

„Ah! diese Zaïde hat mich tief beeindruckt!“ sagte sich Mangogul leise. „Sie verfolgt mich; ich bin besessen von ihrem Bild; ich muß, ich muß sie wiedersehen.“

Mirzosa unterbrach ihn mit Fragen, die er einsilbig beantwortete. Er lehnte ein Piquet ab, das sie ihm vorschlug, klagte über Kopfweh, das er nicht hatte, zog sich in seine Gemächer zurück, ging ohne Nachtmahl schlafen, was ihm noch nie im Leben passiert war, und schlief nicht. Zaïdens Schönheit und Zärtlichkeit, Zuleimans Vorzüge und Glück quälten ihn die ganze Nacht.

Man kann sich denken, daß er anderntags nichts Eiligers zu tun hatte, als wieder zu Zaïde zu gehen: er verließ den Palast, ohne sich nach Mirzosa erkundigt zu haben; er versäumte es zum erstenmal. Er fand Zaïde in derselben Kammer wie tags zuvor. Zuleiman war bei ihr. Er hielt die Hände seiner Liebsten in den seinen, und sie blickten sich Aug in Auge: Zaïde beugte sich über ihn, aus ihren Blicken sprach heftigste Leidenschaft. So verweilten sie eine Zeit; dann gaben beide gleichzeitig dem Sturm ihrer Begierden nach, stürzten einander in die Arme und hielten sich fest umschlungen.

Das tiefe Schweigen, das bislang um sie herrschte, wurde von ihren Seufzern, dem Geräusch ihrer Küsse und unartikulierten Lauten, die sich ihnen entrangen, unterbrochen ... „Ihr liebt mich! ..." – „Ich bete Euch an! ..." – „Werdet Ihr mich ewig lieben? ..." – „Mein letzter Atemzug wird Zaïde gehören!"

Niedergeschlagen vor Betrübnis, warf sich Mangogul in einen Lehnstuhl und schlug die Hände vor die Augen. Er fürchtete Dinge zu sehen, die man sich gut denken kann, die aber mitnichten geschahen ... Nach Augenblicken des Schweigens sagte Zaïde: „Ach, süßer, geliebter Freund, daß ich Euch doch immer so fest gefunden hätte, wie Ihr jetzt seid! Ich liebte Euch darum nicht minder und müßte mir keinen Vorwurf machen ... Aber du weinst, liebster Zuleiman. Komm, süßer, zärtlicher Freund, komm, laß mich deine Tränen trocknen ... Zuleiman, Ihr schlagt die Augen nieder: was habt Ihr? Seht mich doch an ... Komm, liebster Freund, komm ... daß ich dich tröste: hefte deine Lippen auf meinen Mund; hauche mir deine Seele ein; empfange die meinige: halt ein ... Ah! nein ... nein ..." Zaïde beendete ihre Worte mit einem heißen Seufzer und verstummte.

Der afrikanische Autor berichtet, daß Mangogul von dieser Szene mächtig betroffen war; daß er einige Hoffnung auf Zuleimans Unvermögen setzte und geheime Anträge an Zaïde richtete, die sie ausschlug und sich daraus kein Verdienst vor ihrem Geliebten machte.

53. Kapitel

Die platonische Liebe

„Ist diese Zaïde wirklich so einzigartig? Mirzosa steht ihr an Schönheit in nichts nach, und ich habe tausend Beweise ihrer Zärtlichkeit: ich will geliebt sein, ich bin's; und wer hat mir gesagt, daß Zuleiman mehr Liebe findet als ich? Ich war ein Narr, dem anderen sein Glück zu neiden. Nein, unter dem Himmel ist keiner glücklicher als Mangogul."

So begannen die Vorhaltungen, die der Sultan sich selber machte. Der Autor hat das übrige gestrichen; er begnügt sich, uns zu vermelden, daß der Fürst ihnen mehr Gehör schenkte als seinen Ministern und daß Zaïde ihm nicht mehr in den Sinn kam.

Eines Abends, als er mit seiner Geliebten oder mit sich selber sehr zufrieden war, schlug er vor, Selim zu rufen und ein wenig in den Bosketten des Palastgartens zu lustwandeln. Dort waren grüne Lauben, wo man ohne Zeugen reden konnte und wo mancherlei geschah. Auf dem Weg dorthin lenkte Mangogul das Gespräch auf die Gründe, weshalb man liebt. Mirzosa, die hohe Grundsätze hegte und beharrlich an ihren Vorstellungen von Tugend festhielt, die ganz gewiß weder ihrem Rang noch ihrem Äußeren noch ihrem Alter entsprachen, behauptete, sehr oft liebe man, einzig um zu lieben, und Bindungen, die auf Übereinstimmung der Charaktere gründeten, die von gegenseitiger Achtung getragen und durch Vertrauen untermauert seien, könnten sehr dauerhaft und sehr beständig sein, ohne daß der Liebhaber Gunstbeweise beanspruche oder die Frau versucht sei, solche zu gewähren.

„Da zeigt sich, Madame", sagte Mangogul, „wie die Romane Euch verdorben haben. Dort seid Ihr bis zur Dummheit ehrbaren Helden und tugendsamen Prinzessinnen begegnet und habt doch nie bedacht, daß solche Wesen nie anders als in der Phantasie ihrer Autoren existiert haben. Wenn Ihr Selim, der Cythères Katechismus besser kennt als sonst wer, fragt, was Liebe ist, so wette ich, er gibt zur Antwort, die Liebe ist nichts weiter als ..."

„Würdet Ihr auch wetten", fiel ihm die Sultanin ins Wort, „daß zarte Empfindungen ein Hirngespinst sind und daß es ohne Hoffnung auf Genuß kein Fünkchen Liebe in der Welt gäbe? Wahrhaftig, da müßtet Ihr eine sehr geringe Meinung vom Menschenherzen haben."

„Habe ich auch", versetzte Mangogul, „unsere Tugenden sind genauso wenig selbstlos wie unsere Laster. Der Tapfere sucht den Ruhm, wenn er sich in Gefahren stürzt; der Feige liebt seine Ruhe und sein Leben; und ein Liebender sucht Lust.“

Selim, der dem Sultan beistimmte, setzte hinzu, wenn zwei Dinge abhanden kämen, verschwände die Liebe aus der Gesellschaft auf Nimmerwiedersehn.

„Was für zwei Dinge meint Ihr?“ fragte die Favoritin.

„Er meint“, sagte Mangogul, „wenn Ihr und ich, Madame, und alle anderen das verlören, was Tanzaï und Néadarné im Traum wiederbekamen.“

„Wie! Ihr meint“, fiel Mirzosa ein, „ohne die Unglücksdinge gäbe es keine Achtung, kein Vertrauen zwischen zwei Menschen verschiedenen Geschlechts? Eine Frau mit schönen Gaben, Witz und Anmut könnte nicht mehr rühren? Ein Mann mit einem liebenswürdigen Äußern, schönem geistigem Feuer, ausgezeichnetem Charakter würde nicht erhört?“

„Nein, Madame“, sagte Mangogul, „denn was sollte er ihr sagen, bitte schön?“

„Nun, allerlei Hübsches, was man immer mit Vergnügen hört, mein ich“, antwortete die Favoritin.

„Bedenkt, Madame“, sagte Selim, „daß derlei alle Tage ohne Liebe gesagt wird. Nein, Madame, nein; ich habe unstrittige Beweise, daß es ohne einen wohleingerichteten Körper keine Liebe gibt. Wenn ich eine Frau wäre, könnte Agénor, der schönste Mann in Congo und feinsinnigste Geist am Hof, mir sein schönes Bein herzeigen, seine großen blauen Augen auf mich richten, mir die zartesten Huldigungen darbringen und mir in all seinen gewinnenden Zügen entgegentreten, so oft er wollte, ich würde ihn nur eins fragen; und wenn er mir nicht prompt erwidern könnte, hätte ich alle mögliche Achtung für ihn, nur keine Liebe.“

„Daran ist nicht zu rütteln“, setzte der Sultan hinzu, „und Ihr werdet zugeben müssen, daß diese eine mysteriöse Frage ihre Richtigkeit und Notwendigkeit hat, wenn man liebt. Ihr solltet Euch zu Eurer Belehrung nur das Gespräch eines Schöngeistes von Banza mit einem Schulmeister wiederholen lassen, und Ihr würdet das sehr schnell begreifen, genau so wie der Schöngeist, der anfangs Eure These vertrat und schließlich einräumen mußte, daß er im Unrecht war und daß sein Widerpart ganz wie ein Kleinod räsonierte. Aber das mag Selim Euch erzählen; ich hab's von ihm."

Die Favoritin konnte sich denken, daß eine Geschichte, die Mangogul ihr nicht erzählen wollte, sehr schlüpfrig war, und so trat sie in einen Laubengang, ohne Selim danach zu fragen: zu seinem Glück, denn bei all seinem Witz hätte er die Neugier der Favoritin entweder ungenügend befriedigen oder ihr Schamgefühl hart verletzen müssen. Doch um sie zu entschädigen und von der Schulmeistergeschichte völlig abzulenken, erzählte er ihr folgendes:

„In einem großen Land nahe den Nilquellen lebte einst ein Jüngling, schön wie die Liebe. Er war noch nicht achtzehn, als alle Mädchen schon um sein Herz stritten und kaum eine Frau ihn nicht zum Liebsten genommen hätte. Mit zärtlichem Herzen geboren, liebte er, sobald er zur Liebe imstande war.

Eines Tages, als er im Tempel dem öffentlichen Kult der großen Pagode beiwohnte und, dem üblichen Zeremoniell gemäß, eben seine vorgeschriebenen siebzehn Kniefälle verrichtete, kam die Schöne, in die er vernarrt war, vorüber, blickte ihn an und sandte ihm ein Lächeln, das ihn derart verwirrte, daß er das Gleichgewicht verlor, auf die Nase fiel, alle Anwesenden durch sein Ungeschick entrüstete, die Zahl der Kniefälle vergaß und nur sechzehn machte.

Die große Pagode war über solche Mißachtung und das Ärgernis empört und strafte ihn grausam. Hilas, so war sein Name, der arme Hilas, fühlte sich plötzlich in heftigsten Begierden brennen, aber glattweg des Mittels beraubt, sie zu befriedigen. So überrascht wie betrübt ob eines solchen Verlustes, befragte er die große Pagode.

‚Du wirst', antwortete sie ihm unter Niesen, ‚erst in den Armen einer Frau gesunden, die dein Elend kennt und dich gleichwohl liebt.'

Selbsteingenommenheit ist leicht die Begleiterin der Jugend und Schönheit. Hilas bildete sich ein, sein Geist und seine anmutige Gestalt würden ihm bald ein zartsinniges Herz gewinnen, das mit dem zufrieden wäre, was ihm blieb, ihn um seiner selbst willen lieben und ihm das Verlorene schnell wiederbringen würde.

Er wandte sich zunächst an jene, die der unschuldige Anlaß seines Mißgeschicks war. Es war ein junges, lebhaftes, wollüstiges und kokettes Ding. Hilas betete sie an; er erhielt ein Rendezvous, wo sie den armen Jungen mit Necken und Tändeln dahin brachte, wohin er nie gelangen konnte: er quälte sich rechtschaffen und suchte in den Armen seiner Liebsten die Erfüllung des Orakels; nichts geschah. Als sie es überdrüssig war zu warten, kleidete sie sich unverzüglich an und verließ ihn. Das Schlimmste bei dem Abenteuer war, daß die kleine Närrin es einer Freundin anvertraute, die es unter dem Siegel der Verschwiegenheit nur drei oder vier anderen weitersagte, die ein so öffentliches Geheimnis daraus machten, daß Hilas, zwei Tage zuvor noch Hahn im Korbe, von allen Frauen verachtet, mit Fingern gezeigt und als eine Mißgeburt angesehen wurde.

In der Heimat verschrien, beschloß der unglückselige Hilas, zu reisen und in der Ferne Heilung von seinem Übel zu suchen. Er begab sich inkognito und ohne Gefolge an den Hof des Kaisers von Abyssinien. Anfangs war man in den jungen Fremdling vernarrt: man riß sich um ihn; aber der kluge Hilas mied Bindungen, bei denen er um so weniger auf seine Rechnung zu kommen fürchtete, als er gewiß war, daß die Damen, die ihm nachstellten, bei ihm nicht auf die ihre kommen würden. Aber wie scharfsinnig ist die Weiblichkeit! Ein so junger, so gesitteter, so schöner Mann, hieß es, das ist ein Wunder; und wenig fehlte, so hätte man gerade wegen so vieler vereinter Vorzüge sein Gebrechen erraten und aus Argwohn, ihm alles zuzugestehen, was den ganzen Mann ausmacht, ihm ebendas abgesprochen, was ihm fehlte.

Nachdem er die Liebeskarte des Landes einige Zeit studiert hatte, schloß er sich einer jungen Frau an, die, aus welcher Laune immer, von der vollendeten Galanterie zu höchster Frömmigkeit gewechselt hatte. Er erschmeichelte sich nach und nach ihr Vertrauen, legte sich ihre Ansichten bei, ahmte ihre Gepflogenheiten nach, hielt ihre Hand in den Tempeln und sprach mit ihr so oft über die eitlen Vergnügungen der Welt, daß er bei ihr, mit der Erinnerung daran, den Wunsch danach wiedererweckte. Über einen Monat lang hatte er die Moscheen besucht, den Predigten beigewohnt und Kranken aufgewartet, als er die eigene Genesung ins Werk setzen wollte, aber vergebens. Bei all ihrer Kenntnis, wie es im Himmel zugehe, wußte seine fromme Freundin doch recht gut, wie man auf Erden beschaffen sein muß, und der arme Knabe sah sich im Handumdrehn um die Frucht all seiner guten Werke gebracht. Sein Trost war, daß man unverbrüchliches Schweigen über die Geschichte wahrte. Ein Wort hätte sein Leiden unheilbar gemacht, doch blieb es ungesprochen; und Hilas verbündete sich mit anderen frommen Schwestern, die er, eine nach der anderen, für das besondere, ihm von dem Orakel verordnete Heilmittel hielt; allein sie entzauberten ihn nicht, weil sie nur das an ihm liebten, was er nicht hatte. Ihre Angewohnheit, alles Weltliche zu vergeistigen, half ihm nichts. Wohl schmachteten sie nach Gefühl, aber nach solchem, das Lust erzeugt.

‚Ihr liebt mich also nicht? ...‘ fragte Hilas traurig.

‚Ei, wißt Ihr nicht, Monsieur‘, lautete die Antwort, ‚daß man erkennen muß, ehe man liebt? Und Ihr werdet einräumen, so unbegnadet seid Ihr nicht liebenswert, wenn man Euch kennt.‘

‚Wehe!‘ sagte er, als er von dannen ging. ‚Die reine Liebe, von der so viel gefaselt wird, gibt es nirgends; die zartsinnigen Gefühle, von denen alle Männer und Frauen schwärmen, sind ein Wahn. Das Orakel führt mich an der Nase herum, und ich bin fürs Leben gezeichnet.‘

Unterwegs begegnete er solchen Frauen, die reine Herzensbeziehungen fordern und jeden Draufgänger wie die Pest verabscheun. Man empfahl ihm so ernsthaft, nichts Irdisches, Grobes in sein Ansinnen zu mischen, daß er sich davon viel für seine Genesung versprach. Er hielt sich guten Glaubens daran und wunderte sich gewaltig, daß er bei den zärtlichen Reden, in die sie ihn verstrickten, stets blieb, wie er war.

‚Vielleicht', sagte er sich, ‚gesunde ich doch nicht allein durch Reden', und er lauerte auf eine Gelegenheit, wie das Orakel sie wohl verlangte. Sie kam. Eine junge Platonikerin, die über alles gern spazierenging, zog ihn mit fort zu einem abgelegenen Wäldchen; dort, fernab von allen Spähern, sank sie ohnmächtig nieder, Hilas warf sich über sie, tat, was er konnte, sie zu erleichtern, aber all sein Mühen war umsonst; die ohnmächtige Schöne merkte es so gut wie er.

‚Ach, Monsieur', sagte sie, ‚nie wieder gehe ich an so einsame Orte, wo einem schlimm wird und man hundertmal vergehen kann, weil keine Hilfe kommt.'

Andere erkannten seinen Zustand, bedauerten ihn, schworen ihm, das täte ihrer Zuneigung zu ihm keinen Abbruch, und sahen ihn niemals wieder.

Der unglückliche Hilas verursachte bei dem schönsten Antlitz der Welt und den zartesten Gefühlen viel Unzufriedenheit."

„Weil er ein Esel war", fiel der Sultan ein. „Warum hat er sich nicht an die Vestalinnen gewandt, von denen unsere Klöster wimmeln? Die hätten sich um ihn gerissen, und er wäre unfehlbar geheilt worden, durchs Gitter hindurch."

„Herr", sagte Selim, „die Chronik versichert, er habe auch diesen Weg versucht und lediglich erfahren, daß man nirgends für nichts und wieder nichts lieben will."

„Ja, dann", sagte die Favoritin, „war sein Fall hoffnungslos."

„Er sah ihn ebenso hoffnungslos wie Eure Hoheit", fuhr Selim fort, „und der vergeblichen Versuche leid, ging er in eine Einöde, da eine endlose Menge Frauen ihm klar und deutlich gesagt hatte, daß er in der Gesellschaft unnütz sei.

Schon manche Tage irrte er durch seine Wüste, als er von unweit Seufzer vernahm. Er lauschte; die Seufzer hoben von neuem an; er trat näher und erblickte ein junges Mädchen, schöner als die Sterne, den Kopf in die Hand gestützt, die Augen in Tränen gebadet, in trauriger, sinnender Haltung.

‚Was sucht Ihr hier, Mademoiselle?' redete er sie an. ‚Ist diese Wüste für Euch geschaffen? . . .'

‚Ja', antwortete sie voller Gram, ‚hier darf man wenigstens ungestört traurig sein.'

‚Und was betrübt Euch so? ...'

‚Wehe! ...'

‚Sprecht, Fräulein, was habt Ihr? ...'

‚Nichts ...'

‚Wie, nichts? ...'

‚Nun, eben nichts, und das ist mein Kummer: vor zwei Jahren widerfuhr mir das Mißgeschick, eine Pagode zu beleidigen, und so hat sie mir alles genommen. Es war freilich so wenig, daß dies kein großer Beweis ihrer Macht war. Aber seitdem fliehen mich alle Männer und werden mich fliehen, hat die Pagode gesagt, bis ich einen treffe, der mein Unglück kennt, sich mir anschließt und mich liebt, wie ich bin.'

‚Was höre ich?' rief Hilas aus. ‚Der Unglückliche, den Ihr zu Euren Füßen knien seht, hat auch nichts; und er leidet daran wie Ihr. Ihm widerfuhr vor einiger Zeit das Mißgeschick, eine Pagode zu beleidigen, die auch ihm wegnahm, was er hatte; und – ohne Eigenlob – es war nicht wenig! Seitdem fliehen mich alle Frauen und werden mich fliehen, hat die Pagode gesagt, bis ich eine treffe, die mein Unglück kennt, sich mir anschließt und mich liebt, wie ich bin.'

‚Ist das denn möglich?' fragte das Mädchen.

‚Ist wahr, was Ihr mir sagt? ...' fragte Hilas.

‚Seht her', sagte das Mädchen.

‚Seht her', sagte Hilas.

Sie überzeugten sich gegenseitig, so daß kein Zweifel offenblieb, daß sie beide Opfer des himmlischen Zornes waren. Das gemeinsame Unglück vereinte sie. Iphis, so hieß das Mädchen, war für Hilas geschaffen; Hilas war geschaffen für sie. Sie liebten sich platonisch, wie Ihr Euch denken könnt; denn anders ging es kaum; doch augenblicks endete der Zauber; sie stießen Freudenschreie aus, und die platonische Liebe nahm ein Ende.

Während der Monate, die sie in der Wüste noch verbrachten, hatten sie Zeit genug, sich ihrer Wandlung zu vergewissern; und als sie zurückkehrten, war Iphis vollständig geheilt; nur Hilas, sagt der Autor, drohte ein Rückfall."

54. Kapitel

Dreißigste und letzte Ringprobe · Mirzosa

Während Mangogul in seinen Gärten sich mit der Favoritin und Selim unterhielt, brachte man ihm die Meldung von Sulameks Tod. Sulamek hatte, gegen Erguebzeds Willen, als Tanzmeister des Sultans angefangen; aber einige Intrigantinnen, denen er gefährliche Sprünge beigebracht hatte, schoben ihn nach besten Kräften vorwärts und rührten so viel, daß er Marcel und anderen vorgezogen wurde, obwohl er nicht würdig war, ihr Handlanger zu sein. Er war ein kleinlicher Geist, beherrschte den höfischen Ton, wußte angenehm zu plaudern und die Kinder zu ergötzen; aber er verstand nichts vom hohen Tanz. Als die Stelle des Großwesirs frei wurde, gelang ihm durch eifriges Katzbuckeln, den Großseneschall auszustechen, der zwar ein unermüdlicher Tänzer, aber ein ungelenker Mann war, der sich nur widerwillig beugte. Sulameks Amtszeit tat sich nicht durch glorreiche Ereignisse dem Volke kund. Seine Feinde – und wer hätte keine? Sogar echtes Verdienst hat die seinen – beschuldigten ihn, er könne nicht Geige spielen und habe keine Ahnung von Choreographie; ferner habe er sich von den Pantomimen des Priesters Jean nasführen und von einem Bären aus Monoémugi, der ihm eines Tages vortanzte, erschrecken lassen; auch habe er dem Kaiser von Tombut Millionen zugesteckt, um zu verhindern, daß dieser zu einer Zeit, als er die Gicht hatte, tanzte; weiter habe er pro Jahr fünfhunderttausend Zechinen für Colophonium ausgegeben und überdies alle Spielleute verfolgt, die andere Menuette als die seinen spielten; kurzum, er habe fünfzehn Jahre lang beim Klang der Drehleier eines Dicken aus Guinea dahingeschlummert, der zu seinem Begleitinstrument congoitische Lieder radebrechte. Allerdings habe er die Mode der holländischen Linden eingeführt usw...

Mangogul hatte ein weiches Herz; er betrauerte Sulamek und ordnete für ihn einen Katafalk und eine Leichenrede an, mit der Brrrouboubou, der Hofprediger, beauftragt wurde.

Am Tag der Leichenfeier begaben sich die Häupter der Brahmanen, der gesamte Staatsrat und die Sultaninnen, geführt von ihren Eunuchen, in die große Moschee. Brrrouboubou bewies zwei Stunden lang mit einer verblüffenden Behendigkeit, daß Sulamek dank seinen überragenden Talenten so hoch gestiegen war; häufte Ehrung auf Ehrung; vergaß weder Mangogul, noch was dieser unter Sulameks Staatsverwaltung Großes vollbracht, und erschöpfte sich in Lobpreisungen, als Mirzosa, die bei Lügen von Vapeurs befallen wurde, einen Anfall erlitt und die Besinnung verlor.

Ihre Diener und Zofen eilten ihr zu Hilfe; man trug sie in ihre Sänfte und brachte sie eilends in den Palast. Als Mangogul von der Gefahr hörte, lief er ungesäumt herbei: die ganze Pharmazie wurde aufgeboten. Hoffmannstropfen, Englisch Salz, Schauerscher Balsam, alles wurde versucht, aber ohne Erfolg. Der verzweifelte Sultan, der bald über Mirzosa weinte, bald Orcotome verfluchte, verlor endlich alle Hoffnung oder setzte sie vielmehr nur noch in seinen Ring.

„Habe ich Euch verloren, Wonne meiner Seele", rief er, „so muß Euer Kleinod auf ewig schweigen wie Euer Mund."

Sogleich befiehlt er allen hinauszugehen; man gehorcht; und nun steht er allein vor der Favoritin: er dreht seinen Ring auf sie; aber Mirzosas Kleinod, das sich bei der Predigt gelangweilt hatte, wie es anderen alle Tage auch geschieht, und das sich offenbar noch gänzlich leblos fühlte, murmelte anfangs nur ein paar verworrene, undeutliche Worte. Der Sultan wiederholte den Versuch; und das Kleinod sagte klar und deutlich:

„Ach, Mangogul, was sollte ohne Euch aus mir werden? ... Treu bis in die Grabesnacht, würde ich Euch suchen; und wenn Liebe und Beständigkeit bei den Toten etwas gelten, so hätte ich Euch, liebster Fürst, gefunden ... Weh! Ohne Euch wäre Brahmas köstlicher Palast, den er seinen treuen Gläubigen verheißen hat, für mich nur eine elende Bleibe."

Mangogul war vor Freude so verzückt, daß er nicht merkte, wie die Favoritin allmählich aus ihrer Ohnmacht erwachte; sie mußte die letzten Worte ihres Kleinods hören, wenn er seinen Ring zu spät umdrehte: was auch geschah.

„Oh! Fürst", sagte sie, „sind das Eure Schwüre? Habt Ihr Euren ungerechten Argwohn endlich befriedigt? Konnte nichts Euch abhalten, weder der Zustand, in dem ich mich befand, noch der Schimpf, den Ihr mir antatet, noch das Wort, das Ihr mir gabt?"

„Ach, Madame!" antwortete der Sultan. „Schreibt meine Ungeduld nicht schändlicher Neugier zu, denn einzig die Verzweiflung, Euch zu verlieren, hat mich dazu bewogen: ich habe keine Ringprobe an Euch vollzogen, sondern ich glaubte, ich dürfte meinen Ring, ohne meinem Versprechen untreu zu sein, als das Heilmittel einsetzen, das Euch meinem Verlangen wiedergibt und Euch mein Herz auf ewig sichert."

„Ich will Euch glauben, Fürst", sagte die Favoritin, „aber gebt dem Geist diesen Ring zurück, damit sein verhängnisvolles Geschenk Euren Hof und Euer Reich nicht länger verstöre."

Sogleich machte sich Mangogul ans Beten, und Cucufa erschien.

„Allmächtiger Geist", sagte Mangogul, „nehmt Euren Ring zurück und gewährt mir Euren Schutz wie immer."

„Fürst", antwortete der Geist, „teilt Euer Leben zwischen Liebe und Ruhm; Mirzosa steht Euch für die Liebe; für den Ruhm will ich Euch bürgen."

Mit diesen Worten zwickte das vermummte Gespenst seine Käuze in den Schwanz und wirbelte auf, wie es gekommen war.

Nachwort

Von allen Diderotschen Werken erlebten „Die geschwätzigen Kleinode“ die meisten Ausgaben und die wenigste Anerkennung. Über 200 Jahre versetzte der Roman eine Literaturkritik in dauernde Verlegenheit, für die das gesellschaftliche Tabu der Sexualsphäre und damit das Tabu einer erotischen Wirkung von literarischen Werken eine selbstverständliche Denkvoraussetzung abgab.

Als 1748 Diderots Roman erschien, herrschte der christliche Spiritualismus, der die Sinnlichkeit als tierische Natur des Menschen unterdrückte. Noch unbekannt war der Kantsche Imperativ des interesselosen Wohlgefallens, durch das die Freiheit von sinnlichen Neigungen und praktischen Bedürfnissen zur Bedingung der ästhetischen Haltung überhaupt erhoben wurde.

Weitgehend im Bannkreis der idealistischen deutschen Ästhetik sah das 19. Jahrhundert in dem Roman nur noch ein Ärgernis. Nicht nur die weltanschaulichen Gegner des großen Aufklärers, auch seine Anhänger sprechen hier eine Sprache. „Den ekelhaftesten von allen faden Romanen, vergangenen, gegenwärtigen und zukünftigen“, urteilte 1832 Carlyle; ein „Schandgedichte“, Ernst Moritz Arndt 1846; „Schweinerei“ und „Zoten“, Barbey d'Aurevilly 1880. Sowenig wir heute noch geneigt sind, mit Carlyle jedem, dem das Buch in die Hände fällt, als Lektüreergebnis einen lasziven Lebenswandel zu prophezeien, es bleibt einzuräumen, daß dieser fiktive Kinsey-Report aus dem galanten Jahrhundert keine Speise ist, die jedem Gaumen zuträglich wäre. Paradoxerweise ist derjenige, auf den wir uns dabei berufen können, Diderot selbst.

Im „Salon von 1767" findet sich eine Überlegung, die den Widerspruch zwischen öffentlicher und privater, zwischen allgemeiner und konkreter Funktion der Kunst auf bemerkenswerte Weise bewußt macht: „Ich weiß, daß derjenige, der ein schlechtes Buch unterdrückt oder eine wollüstige Statue zerstört, einem Narren ähnelt, der Angst hat, in einen Fluß zu pissen, weil er fürchtet, daß ein Mensch sich darin ertränken könnte; doch lassen wir die Wirkung dieser Werke auf die Sitten der Nationen, beschränken wir uns auf die Sitten des einzelnen. Ich kann mir nicht verhehlen, daß ein schlechtes Buch oder ein unzüchtiger Stich, die durch Zufall meiner Tochter vor die Augen kämen, sie zu heimlichen Träumen verleiten und verderben könnten. Die unsere öffentlichen Gärten mit Bildern der Prostitution bevölkern, wissen nicht, was sie tun! Und doch belehren uns die vielen niederträchtigen Inschriften, mit denen die ‚Venus mit den schönen Hinterbacken' im Park von Versailles immer wieder beschmiert wird, die vielen ausschweifenden Handlungen, die mit diesen Inschriften eingestanden werden, die vielen von der Verderbtheit ihren eigenen Idolen zugefügten Beleidigungen, die von verdorbener Phantasie künden, von einer unerklärlichen Mischung aus Korrumpiertheit und Barbarei, hinreichend über den schädlichen Einfluß dieser Art von Werken."

Das ist gewiß nicht die Sprache der Philister, vor denen der alte Goethe bekanntlich Diderot mit dem herrischen Wort in Schutz nahm: „Wer an ihm oder seinen Sachen mäkelt, ist ein Philister, und deren sind Legion." Schon die für den reifen Diderot charakteristische Art, die Dinge unverblümt bei ihrem Namen zu nennen, macht das deutlich. Nicht weniger offen attackiert Diderots Sprachrohr im 18. Kapitel des Romans die Prüderie der Frauen in Sätzen, die man dem Werk als Motto voranstellen könnte: „Sind es die Dinge, die Euch abschrecken? Nein, denn die kennt Ihr. Sind es die Worte? Wahrhaftig, das lohnt der Mühe nicht. Ist es schon lächerlich, sich der Handlung zu schämen, um wieviel alberner ist es, über den Ausdruck zu erröten?"

Im Tempel der schönen Künste konnte ein Text, in dem der uneigentlichen Redeweise so rücksichtslos aufgekündigt wurde, nur als ein Frevel empfunden werden. So kam eine Legende höchst gelegen, die seit Ausgang des 18. Jahrhunderts schwer auf dem Ruf der „Geschwätzigen Kleinode" gelastet hat. Die Ansicht, der Verfasser hätte in gesetzteren Jahren einen Finger geopfert, wenn ihm die vollständige Unterdrükkung einer „Jugendtorheit", dieses „Deliriums seiner Einbildungskraft", garantiert worden wäre, ist durch die Forschung der letzten Jahrzehnte jedoch als haltlos erwiesen. Diderot hat sein Werk auch im Alter als ein legitimes Kind seines Geistes anerkannt und mit drei zusätzlichen Kapiteln ausgestattet. Daß ausgerechnet der von Diderot mit der Edition seiner gesammelten Werke betraute Naigeon, von dem der Roman in der definitiven Fassung zum erstenmal 1798 bekanntgemacht wurde, auch der Kronzeuge jener erbaulichen Legende werden konnte, entbehrt freilich nicht der Paradoxie.

Dennoch wäre es unangebracht, für Diderots Erstling den Versuch einer uneingeschränkten Ehrenrettung zu wagen. Zu widerspruchsvoll sind die Elemente, die er hier zu einem Ganzen vereinte. Doch stellt es nun einmal eine wichtige Stufe auf seinem Weg zur künstlerischen Meisterschaft dar und muß als ein integrierender Bestandteil seines erzählerischen Werkes angesehen werden.

Die libertinistische Literatur, an die „Die geschwätzigen Kleinode" unmittelbar anknüpfen, wird schon in der Widmung namhaft gemacht. Crébillon der Jüngere galt um die Jahrhundertmitte als unbestrittene Autorität im galanten Fache. Lessing, der von sich bekannte, „nicht Herz genug" zu haben, eine Verführungsszene zu bearbeiten, weil er sich „vor der einen Klippe, zu wenig Erfahrung zu zeigen, ebensosehr gefürchtet" hätte als „vor der andern, allzu viele zu verraten", bezeichnet es als „mehr als Crébillonsche Fähigkeit", sich „zwischen beiden Klippen durchzustehlen". In der Tat hatte Crébillon die Erotisierung zum gestalterischen Prinzip erhoben. Genremäßig gehören seine von Diderot erwähnten Werke „Das Sofa“ und „Tanzaï“ zur pseudoorientalischen Erzählung, die sich nach der Übersetzung der arabischen „Märchen aus 1001 Nacht“ am Jahrhundertbeginn zu einem üppigen Zweig der französischen Literatur entfaltet hatte. Der eiserne Bestand jeder orientalischen Erzählung, ein von Langeweile geplagter Sultan, ein auf seine Zerstreuung bedachtes Weib und ein alter Magier, sind auch in den „Kleinoden“ die tragenden Elemente der Handlung.

Doch dieses orientalische Gewand war bewußt nachlässig übergestreift. Jeder zeitgenössische Leser wußte, auch ohne eines besonderen Schlüssels zu bedürfen, daß Sultan Mangogul für Ludwig XV. eingesetzt war, die Favoritin Mirzosa für die Pompadour, Selim für den Marschall von Richelieu. Die frömmelnde Gattin des Königs hieß Manimonbanda, Ludwig XIV. Erguebzed. Entsprechend war mit Congo natürlich Frankreich gemeint, mit Banza Paris. Und weil das Ganze ja kein echtes orientalisches Märchen, sondern dessen Parodie sein sollte, nahm man die Maskerade auch nicht weiter ernst. Die Namen von Sängerinnen der Pariser Oper tauchen auf, der Bois de Boulogne und lothringische Liköre werden erwähnt, ohne daß der Autor ein Wort über den Szenenwechsel verlöre.

Obwohl der regierende französische König und seine Mätresse keineswegs in einem ungünstigen Lichte gezeigt werden, was Diderot später den Vorwurf niedriger Schmeichelei eintrug, war das Unternehmen gewagt. Hatte Ludwig XV. doch die Gewohnheit, sich während der Zeremonie seiner Morgentoilette, beim „petit lever“, die „chronique scandaleuse“ vorlesen zu lassen, die Agenten des Polizeiministers eigens zu diesem Zwecke anfertigen mußten. Und dieses Rad der ansonsten hoffnungslos zerrütteten Staatsmaschinerie des Ancien régime funktionierte. Wenigstens können wir das aus dem heute noch möglichen Einblick in die Tätigkeit einer anderen Abteilung dieses Apparates erschließen. Am 29. Januar 1748 erhielt der Polizeichef die Nachricht von der soeben erfolgten Auslieferung des Diderotschen Romans. Am 14. Februar wußte der gleiche Informant zu melden: „Es ist Monsieur Durand, Rue Saint-Jacques, der ‚Die geschwätzigen Kleinode' gedruckt hat und der sie verkauft. Er kaufte das Manuskript von ‚Dridot' für 1200 Livres. Dieser Drucker ist sehr beunruhigt, wie auch die Herren David und Briasson, die befürchten, daß ‚Dridot' etwas zustoßen könnte, was das Wörterbuch der Medizin (die Enzyklopädie) aufschieben würde, das ‚Dridot' herausgibt."

Es gehört kein Scharfsinn dazu, um in dem skandalösen Spitzelsystem, das sich sogar auf das Bettgeflüster der Untertanen erstreckte, des Sultans Kern zu erkennen, den Diderot im Auge hatte, wenn er den Mangogul seines Romans sich damit die Zeit verkürzen läßt, daß er die Damen seiner Umgebung zur Preisgabe ihrer intimsten Geheimnisse zwingt. Bewerkstelligt wird das mit Hilfe eines Zauberringes, der die Damen selbst verstummen läßt, wenn die Stunde der Wahrheit für sie gekommen ist und ihre „am besten in die Dinge eingeweihte" Körperpartie zu sprechen anhebt.

Auf diesem zweifellos indezenten Einfall, den Diderot mitsamt der derbkomischen Tendenz aus heimischer Quelle, einem altfranzösischen Fabliaux, übernahm, beruht der Aufbau des Buches. Von vierundfünfzig Kapiteln sind dreißig den Versuchen mit dem Ring gewidmet. Zunächst aus blanker Neugier unternommen, erhalten sie bald den seriöseren Charakter einer Enquête zur Klärung des uralten Problems, was man als Natur der Frauen und der Liebe zu betrachten habe. Das Ergebnis der Versuchsreihe, wenn hier von einem Ergebnis gesprochen werden darf, ist für eine Theorie der Frauen wenig schmeichelhaft. In achtundzwanzig Fällen enthüllen die burlesken Konfessionen der Kleinode, daß ihre Herrinnen Liebe lediglich als Gesellschaftsspiel kennen oder reine Amüsiermaschinen sind. Nur bei zwei Frauen, zu denen natürlich die Favoritin gehört, ist Liebe und Treue kein leerer Wahn.

Offenkundig ist dies Bild der höfischen Gesellschaft mit dem Pinsel der Satire gemalt. Doch sollte man das kritische

Moment nicht überbewerten. Denn die Beziehung dieses „sittenschildernden“ Spiegels zur historischen Wirklichkeit ist noch keine realistische. Man darf bezweifeln, daß die Galerie weiblicher Naturelle oder Entartungen – die Skala reicht von platonischer Liebe und falschen Betschwestern bis zur Sodomie – ein Ergebnis wirklicher Beobachtung gewesen sein soll. Gerade die starke Betonung des empirischen Weges, auf dem das Material der „Tatsachen“ zusammengebracht wird, ist ein bewußter Kunstgriff, um beim Leser eine so peinliche Frage, wie Lessing sie stellte, möglichst gar nicht erst aufkommen zu lassen. Die satirischen Porträts, die der Roman enthält, sind also deduktiver Natur und waren samt und sonders aus der burlesken Umkehr des Ideals der zärtlich liebenden Frau zu gewinnen, das in der Favoritin verkörpert ist. Die Methode, der Diderot offenbar folgte, kommt an einer Stelle unmittelbar zur Sprache, wenn der Sultan die These entwickelt, das Verhältnis des Kleinods zur Seele bestimme jeweils den züchtigen, spröden, galanten, wollüstigen oder zärtlichen Charakter einer Frau. Nach diesem typologischen Konzept sind auch die „Porträts“ verfertigt. Und der livreske Ursprung der Diderotschen „Erkenntnisse“ wird vollends offenbar, wenn die Favoritin den billigen Spott des Sultans über die „Torheiten und Laster der Weiblichkeit“ mit der Bemerkung quittiert, er wiederhole ja doch nur, was er bei Brantôme und anderen einschlägigen Autoren gelernt habe. Nicht Realismus, sondern die klassische Rhetorik begegnet uns hier, und zwar in der Form der parodistischen Umkehr, bei der der Autor nicht in die äußere Welt, sondern nach innen schaut, wo er das Ideal der zärtlichen Frau im Herzen trägt und nun aus dem Gegensatz heraus sein Werk mit Karikaturen des Ideals bevölkert.

Der zeitgenössischen Kritik ist der rhetorische Zug der „Kleinode“ nicht entgangen. Raynal, ein Rezensent der Erstausgabe, bemerkte, Diderot kenne die Welt schlecht, die er habe darstellen wollen. Er sei „nicht für das Genre geschaffen“, in dem er sich versucht habe.

Den Vorwurf mangelnden Geschicks für diese Materie hat

man später noch oft wiederholt. Auch Rosenkranz, Diderots erster Biograph, spricht von dem „frostigen Eindruck", den dies Produkt hinterlasse. Man kann den Vorwurf, daß Diderot der Kunst des Verführens so wenig Interesse schenkte, einer Kunst, die Crébillon in den Vordergrund gerückt hatte und die Laclos später auf einen eisigen Gipfel führen sollte, freilich auch positiver bewerten. Als Versuch nämlich, der Tendenz entgegenzutreten, die Darstellung der Liebesbeziehungen zu einem psychologischen Aphrodisiakum zu entwickeln, eine Tendenz, gegen die der satirisch-derbe Rekurs auf die natürliche Voraussetzung menschlicher Existenz, den Geschlechtsakt und dessen physiologische Bedingungen, sich wie ein ernüchterndes Korrektiv ausnehmen mußte. Die Grenze zum libertinistischen Genre ist hier mit dem Gebrauch der Sprache unmittelbar gezogen. Indem Diderot die Normen der klassischen Stilsprache beiseite setzt und die Dinge bei ihrem Namen nennt, wird der Spielraum der Phantasie begrenzt. Statt poetisch verhüllten Anspielungen werden dem Leser prosaisch nüchterne Berichte gegeben, deren Knappheit wie eine Tendenz zur Verwissenschaftlichung anmuten mag. So gesehen, entbehrt die „ekelhafte Prämisse" der geschwätzigen Kleinode, wie Rosenkranz von der Warte des deutschen Idealismus herabschauend sich ausdrückte, nicht eines realistischen Gehalts.

Dennoch würde der Roman längst vergessen sein, und dies zu Recht, wenn er nichts anderes als mehr oder weniger geglückte Variationen des Motivs der Ringprobe zu bieten hätte. Doch neben dieser Ebene hat Diderot, und darin bekundet sich seine Originalität, den Roman auf zwei weiteren Ebenen entwickelt. Mit den Serien der Ringversuche rhythmisch alternierend, hat er Kapitel eingelegt, in denen die Protagonisten sich über die jeweiligen Ergebnisse unterhalten und die Handlung so vorwärtstreiben. Über dieser zweiten Schicht, der Ebene der intellektuellen Kommentierung, ist schließlich eine dritte gelagert, in der die Geschichte in die Welt der Träume hineinreicht.

Seit jeher haben diese phantastischen Partien und vor allem die Träume der beiden Hauptfiguren den uneingeschränkten Beifall der Kritik gefunden. „Dieser Traum, der den Realismus Diderots in seiner ganzen Jugendfrische malt, ist ein Meisterstück." So ließ sich der ansonsten unnachsichtige Rosenkranz vernehmen. Nicht weniger begeistert urteilt einer der besten Diderotkenner der Gegenwart, Jacques Chouillet: „Durch ihre Regelmäßigkeit und ihre Bedeutung bilden diese Kapitel den wirklichen Einschlag des Romans – eine Art von *cantus firmus,* um den sich die Arabesken der galanten Erdichtung herumschlingen." In der Tat bestimmen die mit genialischen Einfällen bestückten Kapitel, die jede erotische Spannung immer wieder auf Null sinken lassen, den philosophischen Charakter des Romans. Es ist echter Diderot, wenn der träumende Sultan auf seiner „Reise in das Reich der Hypothesen" einen ungeheuren Palast von höchst fragiler Bauweise findet, dessen Bewohner damit beschäftigt sind, Seifenblasen in die Lüfte zu schicken. Das eitle Treiben der unter solchem Sinnbild vorgestellten systematischen Philosophen endet damit, daß sie von Trümmern begraben werden, als das ganze Gebäude durch das rapide Wachstum der „Erfahrung" aus einem Kinde zum riesigen Koloß zum Einsturz gebracht wird.

Charakteristisch an diesem Hymnus auf die exakten Wissenschaften, in dem die Gesinnung des Enzyklopädisten sich zu erkennen gibt, ist nun, wie Diderot mit dem Lob der Erfahrung die Moral verknüpft. Herausgehoben aus der Masse der Systematiker wird nämlich Platon, dessen Programm sich in den Sätzen zusammenfaßt: „den Menschen kennenlernen, sich in der Tugend üben und den Grazien opfern". Die Fortschritte der neuen Philosophie erscheinen so als eine Rückkehr zu Platon und Sokrates. In letzteren erkennt Diderot die höchste Anstrengung, die der Mensch bisher unternahm, sich selbst zu erkennen und zu bilden. Den systematischen Philosophen gelte als hohe Ehre, einen Fetzen vom Gewande des Sokrates zu tragen. Die wahre Aufgabe der Philosophie aber könne nur sein, die seit Sokrates verlorene Einheit des Wahren, des Guten und des Schönen wiederherzustellen.

Sicher mag die Hochebene der Träume im Rahmen der libertinistischen Niederungen ein heterogenes Ingredienz scheinen. Aber sollte nicht auch von diesem gelten, was Goethe über die musikästhetische Diskussion in „Rameaus Neffe" sagte, daß sie der Teil sei, der „dem Ganzen Halt und Würde" gebe? Auf gedankliche Sprünge muß sich der Leser Diderots stets gefaßt machen. Nicht zuletzt den überraschenden Wendungen seines Denkens ist es zuzuschreiben, daß seine Werke bis in die Gegenwart von ihrer Frische und Lebendigkeit nichts eingebüßt haben. Überdies bildet die Vorstellung von der organischen Einheit eines Kunstwerks ein Denkklischee, das erst seit der Romantik geläufig ist. Für die Geistesprodukte der Aufklärer wäre die Ganzheitsideologie eine völlig unangemessene Perspektive. Undenkbar, daß Diderot die endgültige Ausgabe seines Romans mit einer Anmerkung versehen hätte, wie sie Victor Hugo der definitiven Fassung von „Notre-Dame de Paris" 1832 beifügte. Einziges Anliegen der Anmerkung war, den Abdruck von drei unveröffentlichten Kapiteln des Romans mit der verschrobenen Idee vom spontanen Zeugungsakt eines Kunstwerks in Einklang zu bringen. Deshalb betonte Hugo, die Kapitel seien gleichzeitig mit dem übrigen Werk entstanden und aus dem gleichen Bewußtsein hervorgegangen, keinesfalls dürften sie als später angeflickte Zutaten des Verfassers betrachtet werden. Beschwörend fügt Hugo sein ästhetisches Credo hinzu: „Ein Roman... wird geboren, auf eine gewissermaßen notwendige Weise, mit allen seinen Kapiteln; ein Drama wird geboren mit allen seinen Szenen. Glaubt nicht, daß es etwas Willkürliches in der Anzahl der Teile gäbe, aus denen sich dieses Ganze zusammensetzt, dieser geheimnisvolle Mikrokosmos, das ihr Drama oder Roman nennt."

Von einer solchen Mystifizierung des künstlerischen Subjekts und seiner Werke ist bei Diderot noch nichts zu spüren. Mit großartiger Unbefangenheit schreibt er die drei postum veröffentlichten Kapitel des Romans, es handelt sich um das 16., 18. und 19., auf genau dem Standard, den seine Erzählkunst seit 1760 erreicht hat. Schon durch die Technik der

Dialoggestaltung und die Form ihrer Darbietung heben sich diese Kapitel von allen übrigen ab. Nur in diesen späten Kapiteln der „Geschwätzigen Kleinode" setzt Diderot die Namen der Sprechenden über ihre Worte, als handele es sich um einen dramatischen Text. Durch diesen Kunstgriff ist der ganze Ballast stereotyper Wendungen wie „sagte sie", „antwortete er" überflüssig geworden. Nur in diesen späten Kapiteln findet sich auch das für den Diderot des „Jacques" typische Verfahren, daß der Erzählende von einem Zuhörer unterbrochen und in einen Dialog verwickelt wird, in dem der „interlocuteur" den Gang der Geschichte nicht nur kommentieren, sondern den Fortgang der Ereignisse auch vorwegnehmen kann. Oberflächlich gesehen werden auf diese Weise die verschiedenen Ebenen des Romans in eine verwirrende Bewegung gebracht, bei der es vorkommt, daß eine allegorische Gestalt aus „Mangoguls Traum" auf die Fragen eines Beamten des Sultans antwortet. Hinter dem scheinbar unverantwortlichen Spiel, die Ebenen des Realen und des Phantastischen gleichsam romantisch ineinanderfließen zu lassen, verbirgt sich jedoch die Absicht Diderots, sich einen aktiven Leser zu erziehen. Geschult durch das Vorbild des „interlocuteur", der aus der Rolle des Zuhörers heraustritt und dem Erzähler Fragen stellt, soll der Leser aus seiner Passivität herausgeholt werden.

Nicht nur gedanklich, auch erzähltechnisch stehen „Die geschwätzigen Kleinode" den Romanen der Meisterjahre also näher, als man gewöhnlich wahrhaben will. Schon in den „Kleinoden" wird der Weg zu einem kritisch-experimentellen Lesen gewiesen. Der Leser wird nicht auf die idealistische Lektüreweise verpflichtet, „den Geist des Ganzen aus allen Teilen des Werks, und dieses wieder aus jenen, herauszukonstruieren" (Fichte), was die bürgerliche Kritik inzwischen zur Ideologie der Ganzheit des Kunstwerks fetischisiert hat. Der Leser wird von Diderot vielmehr aufgefordert, den Erzähler stets genau zu kontrollieren, den Erzählvorgang durch eigenes Fragen zu unterbrechen und die Lektüre gegebenenfalls als unergiebig ganz abzubrechen.

In den „Kleinoden“ finden wir aber auch jene Gebiete des geistigen und gesellschaftlichen Lebens herausgehoben, zu denen Diderot immer wieder seine Gedanken mitteilen wird. Philosophie und Literatur, Naturwissenschaften und Handel, Theater und Musik, Kirche und Mode, Staat und Recht, wesentliche Seiten des damaligen Lebens sind in der Rahmenhandlung erfaßt und der Kritik unterworfen. Und doch ist Diderot mit seinem ersten Roman der große Wurf noch nicht gelungen. Es fehlt dem Roman gewiß nicht an glänzenden Einfällen, in denen das Wunder der plötzlich aller Diskretion entratenden Kleinode der unmittelbaren Sozialkritik dient. Das Sprachvermögen der Kleinode stellt Methoden und Kenntnisse der Naturwissenschaftler auf die Probe, während es der Geistlichkeit als Geißel Gottes sehr gelegen kommt; einen geschäftstüchtigen Unternehmer veranlaßt es zur Produktion von Maulkörben; in Klöstern und bei Hofe bewirkt es dagegen, daß die äußeren Hüllen der Sitten und Bräuche fallen und das Leben der Gesellschaft einem entfesselten Tanz der Demaskierung gleicht. Es fehlt dem Roman auch nicht an brillanten Szenen der Satire wie jener, in welcher der Hof von Versailles und der gesamte Staatsapparat der französischen Monarchie als ein System „subalterner Hampelmänner“ erscheinen, gelenkt vom Willen der devoten Mätresse des alternden Sonnenkönigs. Woran es den „Geschwätzigen Kleinoden“ jedoch mangelt, ist eine einheitliche Perspektive. Aus dem Dualismus in der Wertung resultiert die eigentliche Schwäche des Romans. Während die parasitären Schichten der französischen Feudalgesellschaft auf der einen Seite mit Schalen voll Hohn übergossen werden, ist der Leser auf der anderen Seite gehalten, mit dem Sultan von der Spitze der Ständepyramide auch auf den Bürgerstand voller Verachtung herabzuschauen. Zwischen der bürgerlichen Ideologie des Autors und der aristokratischen Perspektive der Hauptfiguren des Romans verbleibt eine Spannung, die dort am unerträglichsten wird, wo der alte Hofmann Selim von seinen amourösen Erfahrungen mit den „Antipoden“, den bürgerlichen „Tugendgänsen“, berichtet: „Was mich in ihrem

Umgang belustigte, war, daß sie in Gefühlen schwelgten, daß man ebenso schwelgen mußte und daß sie dabei zum Totlachen komisch redeten."

Man begreift, daß Diderot angesichts so handfest antibürgerlicher Gesinnung in späteren Jahren seinem ersten Roman nicht ohne Vorbehalt begegnen konnte. Die Gefühlsseligkeit, die den Abscheu des Adels erregte, gehörte zur Bürgerkrone. Er selbst sollte bald zu den Rufern im Streit auch auf diesem Felde gehören.

Martin Fontius

Anmerkungen

7 *„Das Sofa“, „Tanzaï“, „Die Beichten“* – bekannte erotische Romane der Zeit: „Le Sopha“ (1745) und „Tanzaï et „Néadarné“ (1734) von Claude-Prosper Jolyot de Crébillon dem Jüngeren, „Les Confessions du Comte de ***“ (1742) von Charles Pinot Duclos.

9 *Mangogul* – Der Schlüsselroman lebt davon, daß die Verhüllung durchschaut wird. Um sich zurechtzufinden, braucht der Leser jedoch nur mit dem Schlüssel der wichtigsten Personen und Lokalitäten vertraut gemacht zu werden, was jeweils bei der ersten Erwähnung geschieht. Mangogul steht für Ludwig XV., Congo für Frankreich, Banza für Paris, Erguebzed und später Kanoglou für Ludwig den XIV. Die Mehrzahl der Nebenfiguren sind mit sprechenden Namen ausgestattet, an deren Wortgestalt in der Übersetzung nichts verändert wurde; eine Anzahl historischer Personen, die nicht der Verhüllung bedurften, werden als solche ausgewiesen.

11 *Mangogulana* – Spott auf die Sammlungen von Anekdoten und Aussprüchen berühmter Männer, die als sogenannte „Anas“ ein beliebtes Genre bildeten.

13 *Mirzosa* – Madame de Pompadour (1721–1764), deren Liaison mit Ludwig XV. seit 1745 bekannt war.

14 *Géliote* – Gemeint ist Pierre Jéliotte (1713–1797), zwischen 1733 und 1755 Opernstar in Paris. Diderot durchbricht schon hier, wie noch oft, den orientalischen Rahmen.

21 *Cavagnole* – Glücksspiel, das von Maria Leszczyńska, der Frau Ludwig XV., auf die hier als „Manimonbanda“ angespielt ist, sehr geschätzt wurde.

23 *Doktor Cigogne* – ursprünglich ein Gerber, später Apotheker, der, protegiert durch den Leibarzt Ludwigs XV., zum „Arzt“ avancierte. Den Ursprung der Hysterie vermutete man im 18. Jahrhundert im Uterus.

24 *Nicole* – Pierre Nicole (1625–1695), führender Theologe der jansenistischen Reformbewegung innerhalb der katholischen Kirche, dessen vielgelesene „Essais de morale“ (von 1671 bis 1678 erschienen) bei der Emanzipierung des französischen Bürgertums von kirchlicher Bevormundung eine bedeutsame Rolle spielten.

32 *Monoémugi, Béléguanza* – Auf den Karten des 18. Jahrhunderts liegt Monoémugi nordwestlich von Kongo; gemeint sind Wissenschaftler aus Holland, Deutschland, England, die seit Gründung der Akademie der Wissenschaften (1666) in großer Zahl nach Frankreich gerufen wurden.
Vortikosen, Attraktionisten – Die Entstehung der Planetensysteme war von Descartes (Olibri) durch die „Wirbeltheorie“, von Newton (Circino) durch das Gesetz der Attraktion erklärt worden. In der Akademie der Wissenschaften besaßen die Anhänger Newtons seit den dreißiger Jahren die Mehrheit.

34 *delphus* – Uterus; wegen seiner medizinischen Kenntnisse ist Diderot von den Zeitgenossen häufig als Arzt angesehen worden.

41 *Engastrimuthen* – Bauchredner.

45 *zwei berühmte Tonschöpfer* – Gemeint sind Jean-Baptiste Lully (1632–1687), unter Ludwig XIV. unumschränkter Beherrscher des französischen Musiklebens, und der Musiktheoretiker und Komponist Jean-Philippe Rameau (1683–1764). Diderot betrachtet die Situation der Oper hier noch ganz mit der klassizistischen Brille, die Universalität des Geschmacks voraussetzend.

46 *„Dardanus“* – Oper Rameaus (1739) nach einem Text von La Bruére; der berühmte Librettist Lullys war Philippe Quinault.
die Chevalier, die La Maure – Sängerinnen der Pariser Oper.

50 *die Nächte beim Gelage zubringen* – Die politischen Gegner des Regimes Ludwigs XV. äußerten ihre Kritik durch ihre Parteinahme für die Regierungszeit Ludwigs XIV.

51 *Fontenoy, Lawfeld* – Orte, an denen die französische Armee 1745 und 1747 im Österreichischen Erbfolgekrieg siegreich war.

53 *und er folgende Rede losließ* – In dem folgenden Abschnitt, der ein glänzendes Beispiel der im 18. Jahrhundert beliebten Form des literarischen Pastiche darstellt, ahmt Diderot den erhabenen Stil der Kanzelreden Bossuets nach.

56 *16. Kapitel* – wurde erstmals 1789 von Naigeon veröffentlicht.

62 *Ich will, daß meine Untertanen nach ihrer Façon selig werden* – Das ist die Sprache des aufgeklärten Fürsten, dessen Idealbild Mangogul hier verkörpert.

63 *sie sind Logenmeister* – Die Freimaurerversammlungen standen in dem Ruf, nur einen Vorwand für lukullische Genüsse abzugeben.

65 *18. Kapitel* – Dieses und das folgende Kapitel, beide ebenfalls erstmals 1798 veröffentlicht, zeigen die Hand des gereiften Erzählers Diderot. Neben der kunstvollen Dialogtechnik und der aus der Vorliebe für die „Insulaner“ erkennbaren geistigen Nähe zum „Nachtrag zu Bougainvilles Reise“ (1772) verweist auf die spätere Abfassung auch der stichomythische Eingang des 18. Kapitels, der an den Anfang des Romans „Jacques der Fatalist“ erinnert.

77 *eines gewissen schwarzen Brahmanen* – Gemeint ist der Jesuit Louis-Bertrand Castel (1688–1757), einer der führenden Redakteure des apologetischen Organs „Journal de Trévoux“, auf dessen Idee eines Farbenklaviers Diderot in seinen Werken mehrfach zu sprechen kommt.

79 *Fontange* – eine Haarschleife, von der Herzogin de Fontange, einer Mätresse Ludwigs XIV., aufgebracht.

94 *Traktat des Pancirolli* – Die „Rerum memorabilium deperditarum libri duo“ (1599) des italienischen Juristen Gui Pancirolli (1523–1599) handeln von den verlorengegangenen Künsten der Antike und von den Entdeckungen der Neuzeit. Die Abhandlungen der Akademie der Inschriften erschienen seit 1717.

101 *Ein großer Philosoph hat die Seele ... in der Zirbeldrüse angesiedelt* – Descartes in seinem „Traité de l’homme“ (1633).

La Bruyère, Montaigne, Charron – bekannte französische Moralisten: Jean de La Bruyère (1645–1696), Michel de Montaigne (1533–1592), Pierre Charron (1541–1603). Das ehemalige Frauenkloster Port-Royal war im 17. Jahrhundert Mittelpunkt der jansenistischen Bewegung.

108 *schriebe die Gazette besser als mein Sekretär* – Während der morgendlichen Toilette ließ Ludwig XV. sich aus der Skandalchronik der Stadt vorlesen.

115 *verfuhr weniger schonend als Doktor Petit* – Jean-Louis Petit (1674–1750) hatte ein Verfahren entwickelt, um bei Operationen Blutungen zu stillen.

121 *Florentiner Vorrichtung* – der seit dem Mittelalter bekannte Keuschheitsgürtel.

130 *ist ebenso lange eine Unverschämtheit* – In ähnlichem Sinne äußert sich auch Rousseau zu der erkenntnistheoretischen Fragestellung, in welchem Verhältnis Selbstwahrnehmung und Fremdwahrnehmung zueinander stehen. In einer später unterdrückten Fassung seiner „Bekenntnisse", die der Autobiographie einen echten Sinngedanken gibt, hieß es: „Ich habe mich entschlossen, für meine Leser einen neuen Schritt in der Menschenkenntnis zu unternehmen und sie von dieser immer befolgten, aber darum nicht weniger falschen Regel abzubringen, derzufolge man das Herz der anderen Menschen nur aus der Kenntnis des eigenen Herzens beurteilen könne, während man, um sein eigenes Herz zu erkennen, im Gegenteil damit anfangen müßte, das der anderen Menschen zu entziffern. Ich will versuchen, für die richtige Einschätzung seiner selbst einen Vergleichspunkt zu bieten, so daß jeder außer sich selbst einen anderen erkennen kann; und dieser andere, der will ich sein."

133 *ihm die Beschreibung ... zu schenken* – Wie die Beschreibung gehörten die literarischen Porträts, über die sich Diderot hier mokiert, zum eisernen Bestand der Romantechnik.

134 *wo die Pferde eine Regierung ... haben* – In Jonathan Swifts Roman „Gullivers Reisen" (Travels into Several Remote Nations of the World, 1726) gelangt Gulliver in das Land Houyhnhnms, wo tierähnliche Menschen von vernunftbegabten Pferden beherrscht werden.

135 *eines dreischwänzigen alten Paschas* – Den Rang eines Paschas kennzeichnet die Zahl von Pferdeschwänzen, aus denen seine Standarte gebildet ist.

137 *vergreiste Kinder* – ironischer Gebrauch des seit der Spätantike als Lobschema überlieferten Topos vom „puer senex".

Systematiker – Die Ablehnung des Systemdenkens und die Aufwertung der Erfahrung ist eine Grundposition der französischen Aufklärung. Programmatisch stellt auch d'Alembert im „Discours préliminaire" der Enzyklopädie 1751 die Geschichte der Fortschritte der Naturwissenschaft heraus: „Der Geschmack an Systemen, die mehr der Einbildungskraft schmeicheln als die Vernunft erleuchten, ist heute fast völlig aus den guten Werken verbannt."

138 *ein langes Teleskop gen Himmel richten ... das Licht zerlegen* – Anspielungen auf Entdeckungen Galileis, Pascals und Newtons.

144 *drei Seiten Brantôme oder d'Ouville* – Diderot nennt hier

geistige Vorläufer der „Geschwätzigen Kleinode“: die „Vies des dames galantes“ von Pierre de Bourdeille, Seigneur de Brantôme (1540–1614) sowie die „Nouvelles“ (1656) und „Contes“ (1659) von Antoine Le Métel d’Ouville. Crébillon der Jüngere (1707–1771) war wegen seiner „Contes licencieux“ mehrfach mit den Behörden in Konflikt gekommen.

145 *Bayle* – Das grundgelehrte „Dictionnaire historique et critique“ von Pierre Bayle (1647–1706) war eine Rüstkammer der französischen Aufklärer.
Marquis d’... – vermutlich ist der Marquis ‘Argens (1704–1771) gemeint, wie Voltaire Vertreter einer skeptischen Philosophie.
Chevalier de Mouhy – (1701–1784), ein heute vergessener Romanautor.

148 *aus Madame de Vérues Kabinett* – Die Gräfin de Verrue (1670 bis 1736) war in der ersten Hälfte des 18. Jahrhunderts berühmt für ihre Sammlung kostbarer Kunstgegenstände und seltener Bücher.

149 *auch in diesem Band* – In der Originalausgabe von 1748 begann mit diesem Kapitel der zweite Band.

159 *schrieb man die Stücke für die Schauspieler* – In der Tat hatte das Recht der königlichen Schauspieler, über die Annahme eines Stückes zu entscheiden, zu den kritisierten Auswüchsen geführt, die erst durch die Institution der Dramaturgie beseitigt wurden.

163 *eines gewissen Miroufla, der ein wunderbares Poem verfaßt hatte* – Gemeint sind Homer und seine „Ilias“. Der seit 1687 datierende Streit, ob der Gipfel der kulturellen Entfaltung in der Antike oder in der absolutistischen Ära der Neuzeit liege, die beruhmte „Querelle des anciens et des modernes“, wird hier von Diderot als Debatte im Serail fortgeführt, wobei er um eine vermittelnde Porition bemüht ist.

164 *Die Ahnen unseres erhabenen Herrschers ...* – Satire auf den Leerlauf der auf Konvention und Rhetorik verpflichteten Akademiereden, die schon Voltaire in seinen „Lettres philosophiques“ (1734) aufs Korn genommen hatte.

166 *Ich glaube, Ihr täuscht Euch ...* – Von hier bis Seite 171 stützt sich die Übersetzung auf Lessings Übersetzung in der „Hamburgischen Dramaturgie“, 84. und 85. Stück.
Eurisopé, Asophe – Gemeint sind Euripides und Sophokles.

167 *Hieraus folgt aber nichts anderes ...* – Selim resümiert hier den Standpunkt der Modernen, während Mirzosa Diderots eigene

Auffassung vertritt. Lessing hatte einen großen Teil des Diderotschen „Literaturgesprächs“ in der „Hamburgischen Dramaturgie“ übersetzt, um sich der Diderotschen Kritik an der französischen Tragödie zu versichern.

168 *Polipsile* –Gemeint ist Philoktet aus der gleichnamigen Tragödie des Sophokles; der listenreiche Forfanty ist Odysseus, der junge Ibrahim Neoptolemos, Alindala die Insel Lemnos.

daß der Zuschauer ... sich einbildet, selbst an der Handlung teilzuhaben – Diderot gibt hier eine frühe und genaue Beschreibung des Vorgangs der theatralischen Einfühlung.

170 *Der Fürst ist mit seinem Sohn entzweit* – Offensichtlich denkt Diderot an das Sujet der Phädra, das Euripides und Racine behandelt hatten.

175 *Meine Herrn, ich enthebe mich ...* – Die ganze Rede ist eine Parodie auf den Stil Crébillons des Jüngeren.

177 *Fee Taupe, Fee Moustache* – Figuren aus Crébillons Roman „Tanzaï et Néadarné“; die durchsichtige Kritik am politischen Regime Frankreichs in diesem in Japan angesiedelten Roman brachte dem Autor einige Wochen Festungshaft ein.

178 *als eine Frau aus einer Fensternische trat* – Minerva, die Göttin der Künste.

ein Blinder – Homer; der junge Held ist Achill, die besänftigende Frau seine Mutter, die Meergöttin Thetis.

179 *die Büste eines jungen Mannes* – Vergil, Autor der „Aeneis“, der „Georgica“ und der „Bucolica“.

eines Mannes mit verstörtem Blick – Pindar, dessen Festgesänge im folgenden versinnbildlicht sind.

die feine Miene ... – Horaz, der zu den Lieblingsdichtern Diderots gehört.

Er war der Freund und das Opfer – Sokrates, den Diderot wie im 32. Kapitel als großes Vorbild betrachtet.

180 *der Schüler ... des unglücklichen Tugendmannes* – Platon.

Ein liebenswerter Philosoph – Anakreon.

Sie (die Büste) stand auf einer Trophäe ... – Voltaire, dessen universalem Geist Diderot hier huldigt.

Wehe! er war sein Sohn! – Zitat aus Voltaires „Henriade“.

Seid ihr's, Nérestan? – Zitat aus Voltaires Tragödie „Zaïre“.

181 *erhob sich Streit* – Die Allegorie macht deutlich, aus welcher Distanz Diderot auf den Streit zwischen den Altertumsfreunden und den Parteigängern des Fortschritts zurückblickt.

181 *eine lange Reihe von Pygmäen* – Die Polemik gegen Journalisten und Berufskritiker findet sich bei allen Großen der französischen Aufklärung.

182 *mit einer anderen Sorte von Pygmäen* – an die Adresse der Philologen, Scholiasten und Kommentatoren gerichtet, in deren Händen die Methode der Textverbesserung sich verselbständigt und vielfach zu Textverflachungen geführt hatte.

184 *Liebste Acaris ...* – Das Thema der im Kloster gezüchteten Homosexualität, das Diderot in der „Nonne" entfalten wird, ist hier schon angeschlagen.

189 *Montmartre* – trug im 18. Jahrhundert noch ländlichen Charakter, so daß hier Pferde und Esel zu finden waren.

190 *die nichts als ein Gespinst von Träumen sind wie etwa Platons „Ideenlehre"* – Während Platon als Schüler des Sokrates, dem man wesentlich die Überlieferung der sokratischen Morallehren verdankt, in hohem Ansehen steht, wird seine idealistische Lehre, nur den Ideen komme wirkliche Existenz zu, verworfen und mit dem mystischen „Corpus Hermeticum" auf eine Stufe gestellt. Hermes Trismegistos, den dreimal größten Hermes, nannten die Griechen den ägyptischen Gott Toth, der im Mittelpunkt einer religiös-mystischen Bewegung des 1. Jahrhunderts bei den Griechen stand. Mit Pater H... ist der Jesuit Hardouin (1646–1729) gemeint, der in modernistischem Übereifer die „Aeneis" zur apokryphen Arbeit mittelalterlicher Benediktiner erklärt hatte. Der gewisse Brahmane ist Louis-Bertrand Castel (vgl. Anm. zu S. 77).

191 *Philoxen* – (435–380 v.u.Z.), altgriechischer Autor.

201 *das metaphysische Argument der Cartesianer gegen die tierische Seele* – Descartes' mechanistische Erklärung der tierischen Lebensvorgänge hatte den Anstoß fur nicht enden wollenden Streit gegeben.

203 *Halley* – Edmund Halley (1656–1742), englischer Astronom; hatte vorausgesagt, der von Kepler 1607 beobachtete Komet werde 1758 wieder erscheinen.

207 *„Aloysia"* – lateinisch geschriebener erotischer Dialog von Nicolas Chorier (1612–1692).

208 *Ich ließe mir's nicht nehmen ... Euch den furchtbarsten Orkan zu schildern* – Nach dem Muster der „Odyssee" mußte in einem Roman die Beschreibung einer Reise auf dem Meer mit der Schilderung eines Sturms verbunden sein.

215 *Tavernier* – Jean-Baptiste Tavernier (1605–1689); bereiste den Orient und schrieb zahlreiche Reiseberichte.

218 *Monsieur de Claville* – Charles-François-Nicolas La Maitre de Claville; Verfasser eines vielgelesenen „Traité du vrai mérite de l'homme" (1734).
222 *Rue Saint-Denis* – die Straße der Kaufleute im damaligen Paris.
225 *„Marianne", „Der Bauer"* – „La Vie de Marianne" (1731 bis 1741) und „Le Paysan parvenu" (1735), Romane von Pierre Carlet de Chamblain de Marivaux.
„Verirrungen des Herzens" – „Les Egarements du cœur et de l'esprit" (1736), Roman von Crébillon dem Jüngeren.
„Die Beichten" – Vgl. Anm. zu S. 7.
227 *A wealthy lord ...* – (engl.) Ein reicher Lord, der durch Frankreich reiste, schleppte mich nach London. Ach, das war ein Mann, in der Tat! Sechsmal am Tag begoß er mich, und nachts ebensooft. Sein Schwanz sandte flammende Pfeile aus wie ein Kometenschweif: noch nie hatte ich so schnelle und erregende Stöße zu fühlen bekommen. Kein sterblicher Held hätte das bei seinem Tempo lange aushalten können; so ermattete er allmählich immer mehr, und ich empfing seine Seele, die aus seiner Rute sickerte. Er gab mir fünfzigtausend Pfund. Diesem edlen Lord folgten zwei Piratenkapitäne, die gerade von einer Fahrt zurückgekommen waren. Da sie aufs engste befreundet waren, fickten sie mich, wie sie zur See fuhren, nämlich gemeinsam, und wetteiferten, wer die meiste Kraft bewiese und am schnellsten schußbereit wäre. Während der eine vor Anker lag, nahm ich den anderen beim Schwanz ins Schlepp und machte ihn zu erneutem Beschuß bereit. Nach vorsichtiger Berechnung schätze ich, daß ich in etwa acht Tagen einhundertachtzig Schuß abbekommen habe. Doch bald wurde ich es müde, so genau darüber Buch zu führen, denn es nahm kein Ende mit ihren Breitseiten. Ich bekam zwöftausend Pfund von ihnen als Anteil an den Prisen, die sie gemacht. Da das Winterquartier zu Ende ging, mußten sie wieder in See stechen und hätten mich am liebsten als Begleitschiff angeheuert, doch ich war schon zuvor einen Vertrag mit einem deutschen Grafen eingegangen.
227 *Duxit me Viennam ...* – (lat.) Er brachte mich nach Österreich in seine Heimatstadt Wien, wo ich drei volle Monate sein Gast war und, aufs prächtigste bewirtet, in den Strudel ausschweifender Lust geriet. Er hatte einen faltigen, eingeschrumpften Hodensack, wie bei Lothringern üblich, und eine so lange und dicke Rute, daß sie nicht einmal zur Hälfte bei mir Platz fand,

obgleich meine geschundene Spalte nach wiederholtem Koitus gewaltig klaffte. Durch häufigen Gebrauch jedoch nahm meine Scheide dieses riesige Schwert schließlich mit Leichtigkeit auf, und wir dachten uns neue Künste aus, das tägliche Einerlei zu überwinden. Bald beackerte er mich, wenn ich auf dem Rücken lag, bald lag er selbst und ich bewegte mich gleichsam im Trabgang, wie ein Reiter an seine Weichteile gepreßt. Oft hielt er sein schwellendes, schäumendes Glied an meinen Mund und rieb es, sobald Lippen auf Lippen lagen, an meiner rauhen Katzenzunge. Obgleich er niemals der hinteren Venus huldigte, kam er mir auch von hinten und zwängte sich, ein Bein gehoben, das andere gesenkt, zwischen meine Schenkel, begierig überwindend, was die Wollust hinderte. In des Sanchesius Liebeskunst kannte er sich aus wie ein wahrer Meister, und die lustigen Geschichten Aretins deutete er, wie niemand es besser gekonnt hätte. Voll des Lobes über mich, honorierte er meine Willfährigkeit mit mehreren tausend Goldstücken, und ich begab mich nach Rom.

228 *Quella città ...* – (ital.) Diese Stadt ist der Tempel der Venus und die Stätte der Lüste. Indes gefiel mir nicht, daß ein reizvolles Hinterteil dort höher im Kurs stand als die schönsten Brüste; ich erfuhr es schon am dritten Tag nach meiner Ankunft. Eine berühmte Kurtisane erbot sich, mir tausend Scudi zu verschaffen, wenn ich mit ihr den Abend in einem Weingarten verbrächte. Ich nahm die Einladung an. Wir stiegen in eine Kutsche und fuhren zu einem ihr wohlbekannten Ort, wo zwei Kavaliere in roten Hosen uns empfingen und in das Dickicht eines Wäldchens führten; dort zogen sie flugs die Kleider aus, und wir sahen die geilsten Riemen stehen. Jeder nahm die Seine zum Vögeln. Dann spielten wir zu viert, ließen uns in den Mund träufeln und auf die Brüste; schließlich nahm einer der Vögler sich meines Rivalen an, derweil der andere mich von vorn beackerte. Gleiches widerfuhr auch meiner Begleiterin; und das alles gewürzt mit florentinischen Küssen. Und als unsere Helden die Schlacht beendet hatten, verabreichten wir ihnen eine Reibekur, die Lust wieder zu wecken bei jenen begnadeten Herren, welche es uns großzügig lohnten. Bei mehreren ähnlichen Gelegenheiten verdiente ich sechzigtausend Scudi, und zwei weitere Male ebensoviel, mitsamt dem, was mir die Kurtisane verschaffte. Ich weiß noch, wie einer mich oft besuchte und immer zweimal spritzte, ohne ihn herauszuziehen;

und wie ein anderer sich immer ganz sachte davonmachte, um nebenan einzukehren; es genügte, den Hintern höher oder tiefer zu halten. Dies ist aber eine merkwürdige Gewohnheit, der man da in Italien nachgeht.

229 *influxo malo del clima! ...* – (span.) ein übler Einfluß des Klimas! und ich faßte den Entschluß, mich in ein Land zu begeben, wo ich meine Rechte auskosten könnte, ohne sie mit einem Usurpator zu teilen. Ich reiste nach Altkastilien, wo er wieder seiner schlichten Bestimmung dienen durfte; aber das genügte meinem Rachedurst nicht. Ich zwang ihn, auf den Bällen, die er am Tage und in der Nacht mitfeierte, den Takt zu schlagen; und das machte er so gut, daß wir uns versöhnten. Am Hof zu Madrid erschienen wir in gutem Einvernehmen. Beim Betreten der Stadt tat ich mich zusammen mit einem in Ehren ergrauten Venusberg: das war mein Glück; denn meine Jugend erbarmte ihn, und er verriet mir ein Geheimnis, Frucht sechzigjähriger Erfahrung, um mich vor der Krankheit zu schützen, bei der Pate gestanden zu haben die Franzosen sich als Verdienst anrechnen können, weil sie sie als erste in Umlauf brachten. Mit diesem Rezept und meinem Reinlichkeitssinn, den ich in Spanien vergebens zu verbreiten trachtete, schützte ich mich in Madrid vor jedem Unfall, doch wurde meine Eitelkeit dort hart verletzt. Wie ihr seht, hat meine Herrin einen sehr kleinen Fuß. Ein solcher Schatz ist für eine kastilische Phantasie das stärkste Reizmittel. Ein kleiner Fuß ist für ein Mädchen in Madrid die beste Empfehlung, auch wenn ihm eine noch so breite Spalte zwischen den Beinen klafft. Ich entschloß mich, ein Land zu verlassen, wo ich die meisten Triumphe fremdem Verdienst danken mußte; und ich machte mich an einen äußerst tugendhaften Klosterherrn heran, der im Begriff stand, nach Westindien zu fahren. Unter den Fittichen seiner Ehrwürden sah ich das Land der Verheißung, ein Land, wo der glückliche Frater, ohne Anstoß zu erregen, Gold im Beutel, einen Dolch im Gürtel und die Liebste auf der Kruppe mit sich führen darf. Wie herrlich war mein Leben dort! Was für Nächte! Götter, was für Nächte! O weh! wenn ich an all die Genüsse zurückdenke, mach ich mich voll ... Mehr noch ... jetzt ... Mir schwinden die Sinne ... ich sterbe fast ...

247 *das Goldene Zeitalter* – in Analogie zum Goldenen Zeitalter der römischen Literatur unter Augustus gebildet für die von Voltaire das „Zeitalter Ludwigs XIV." genannte Periode, in der die

Meisterwerke von Corneille, Racine, Molière, Boileau, La Fontaine erschienen.

248 *also vertrieb er aus Congo mehr als zwei Millionen Menschen* – Auf Grund der Aufhebung des Edikts von Nantes (1685) verließen viele Hugenotten Frankreich.

unsere Turenne und Colbert – Anspielung auf den französischen Heerführer Turenne (1611–1675) und auf Jean-Baptiste Colbert (1619–1683), den allmächtigen Wirtschafts- und Finanzminister des Sonnenkönigs.

249 *Galerie voller Hampelmänner* – Mit der Allegorie der Hampelmänner gibt Diderot der Kritik am absolutistischen Staatssystem, das nur einen „Beweger", den Herrscher, aber unzählige „Räder" kannte, eine einprägsame Gestalt.

eine abgetakelte alte Fee – die frömmelnde Madame de Maintenon, morganatische Gattin Ludwigs XIV.

250 *alle Frauen schlugen Purzelbäume ...* – Anspielung auf die Vorgänge auf dem Pariser Friedhof Saint-Médard um 1730, wo in religiöser Hülle das Volk von Paris seine Opposition gegen die despotische Politik der französischen Regierung zum Ausdruck brachte.

251 *Doktor Bion* – ein Optiker (1733 gestorben).

258 *Gewisser ist sein Spruch als des Kalchas Orakel* – Zitat aus Racines Tragödie „Iphigenie".

269 *Sulamek* – Gemeint ist der 1743 gestorbene Kardinal Fleury; durch Intrigen Minister geworden, hatte er 1733 die Fortdauer der Allianz mit England erkauft, hatte die Jansenisten verfolgt und war für viele zu schonend mit Österreich umgegangen.

Inhalt